Jenk Saborowski
Argwohn

PIPER

Zu diesem Buch

Zwei junge Mädchen fliehen aus einem moldawischen Dorf und folgen einer mysteriösen Prophezeiung. In den Münchener Isarauen wird ein formalingetränkter Arm gefunden und landet auf dem Schreibtisch von Kriminalhauptkommissar Paul Regen vom Bayerischen Landeskriminalamt. Auf der letzten Kriminologenkonferenz war von einem ähnlichen Fall in Frankreich berichtet worden, aber er ist der einzige, der an einen Zusammenhang glaubt. Zur gleichen Zeit verüben skrupellose Menschenhändler einen Anschlag auf die Zentrale der Europapolizei ECSB, über achtzig Kollegen sterben im Feuer der Maschinengewehre. Die Spur führt Agentin Solveigh Lang tief in den Sumpf des Organisierten Verbrechens. Gibt es eine Verbindung zwischen dem Arm und der süditalienischen Mafia? Und welches Schicksal erwartet Lila und Ioana? Paul Regen und Solveigh Lang gehen an ihre Grenzen – und weit darüber hinaus.

Jenk Saborowski, geboren 1977 im Taunus, studierte Publizistik und Germanistik und zog nach New York. Er organisierte die erste interaktive Hundeschau der Welt, betextete Reklametafeln und arbeitete bei mehreren Medienunternehmen, bevor er sich der Schriftstellerei zuwandte. Heute lebt der Autor mit seiner Frau und seiner Tochter in München und Frankfurt.

Jenk Saborowski

ARGWOHN

Thriller

Piper München Zürich

Mehr über unsere Autoren und Bücher:
www.piper.de

Von Jenk Saborowski liegen bei Piper vor:
Operation Blackmail
Biest
Argwohn

»Argwohn« ist eine fiktive Geschichte. Ereignisse, Personen und Institutionen sind frei erfunden, jede Übereinstimmung mit der Realität wäre reiner Zufall.

FSC
www.fsc.org
MIX
Papier aus verantwortungsvollen Quellen
FSC® C083411

Originalausgabe
Februar 2014

Umschlaggestaltung: Hafen Werbeagentur
Umschlagmotiv: Getty Images, Corbis
Satz: Kösel, Krugzell
Gesetzt aus der Minion
Papier: Munken Print von Arctic Paper Munkedals AB, Schweden
Druck und Bindung: CPI – Clausen & Bosse, Leck
Printed in Germany ISBN 978-3-492-30420-7

»Aus kleinen Missverständnissen zimmern wir uns Glaubensvorstellungen und Hoffnungen zurecht und sprechen von den Brotrinden, die wir Kuchen nennen, wie arme Kinder, die Glücklichsein spielen.«

Fernando Pessoa

TEIL 1

Die Prophezeiung, der Anschlag und die Wette.

KAPITEL 1

Iliciovca (Drochia), Moldawien
Montag, 3. Juni 2013, 7.09 Uhr

Obwohl Lila längst verlernt hatte zu träumen, erwachte sie jeden Morgen voller Zuversicht und weckte ihre Großeltern mit dem lauten Quietschen der Fensterläden. Nicht alle Mädchen in ihrem Dorf hatten das Glück, dass beide noch lebten, um den Garten zu bestellen, zu kochen und sie zur Schule zu schicken. Eltern gab es in Iliciovca keine mehr.

Lila wartete auf die Bläschen im Wasser, aber ausgerechnet heute schien die Flamme kleiner als sonst. Als sie Großmutters schlurfende Schritte auf dem Weg ins Bad hörte, war der Tee fertig. Sie verschüttete beim Eingießen etwas davon und beeilte sich, den Fleck aufzuwischen. Die schweren Schuhe ihres Großvaters schoben sich unter den Tisch. Sie reichte ihm seinen Becher und eine Schale mit Mamalyga. Sein gebeugter Rücken bildete eine schöne Kurve vom Fuß seines Schemels bis zur Tasse, wie eine Funktion in der Mathematik. Er starrte auf Lilas Brief. Die brüchige Haut seiner Finger strich über den Schmetterling, den ihre Mutter auf den Umschlag gezeichnet hatte. Dann wog er ihn in der Hand. Lila spürte die Hoffnung auf Geld hinter seinen Augenlidern. Sie nahm ihm den Brief aus der Hand, und die Kurvenfunktion fiel in sich zusammen. Aber er lief ihr nicht hinterher, als sie ihr Schulbündel schnappte und die Tür hinter sich zuschlug. Lila und die anderen Kinder hatten gelernt, mit den dünnen Briefen ihrer Eltern zu leben, mit den vielen Worten und den wenigen Scheinen für Bücher, Zahnpasta und den Arzt. Normalerweise öffneten sie die Briefe am Küchentisch und berieten, was am nötigsten gebraucht wurde. Aber nicht heute. Heute nicht. Heute war Lilas fünfzehnter Geburtstag.

»Wir kaufen dir ein Kleid«, sagte Ioana, als sie nach der Schule zum Busbahnhof liefen. »Fürs Mittsommerfest.«

Lila beobachtete die Kieselsteine vor ihren Schuhspitzen. Sie glaubte an die Logik und die Mathematik. All ihre Berechnungen sprachen sich dagegen aus, bei der Wahl zur Mittsommerkönigin anzutreten, denn das Ergebnis war jedes Mal, dass eine andere gewinnen würde. Lila war dünn wie die Beine eines Ziegenbocks, und sie hatte eine große Lücke zwischen den Schneidezähnen. Ioana hingegen trugen die Jungs wie auf Kissen gebettet in einer Sänfte durch die Schulflure. Die Summe aller Berechnungen sah jedoch Lila im Plus, denn sie glaubte, dass es für ein Mädchen aus Moldawien ungesund ist, sich nicht anstrengen zu müssen. Das Leben würde noch hart genug werden, wenn sie erst mit der Schule fertig waren. Eine Zukunft gab es für sie nämlich nicht. Die Schulen waren ein Relikt aus den guten Zeiten, als ihre Republik der Garten aller Sowjetstaaten gewesen war und die Exporte von Wein, Tabak und Gemüse ihren Wohlstand gesichert hatten. Als eigenständiger Staat hatte Moldawien seinen Kindern nichts zu bieten.

»Wie viel haben sie dir geschickt?«, fragte Ioana.

Lila zog den Umschlag mit dem Schmetterling zwischen den Schulbüchern hervor. Zwischen zwei Zeitungsseiten steckte der gefaltete Schein. Die orangefarbene Banknote knisterte beim Öffnen, und Stück für Stück kam das Bild einer mittelalterlichen Festung zum Vorschein. Einhundert Lei.

Ioana pfiff leise durch die Zähne, Lila hätte das besser gekonnt.

»Für hundert Lei kannst du die halbe Siedlung kaufen. Lass uns wenigstens schauen, was sie haben.«

Lila nickte. Die Siedlung vielleicht nicht, aber eine ganze, riesengroße Salami vermutlich schon. Oder ein Kleid. Vielleicht sogar eines mit einem Aufdruck. Etwas Modernes. Eines, in dem sie nicht mehr aussah wie das Bein eines Ziegenbocks, wie Bence sie genannt hatte. Sein Kommentar saß tiefer, als sie gedacht hatte. Ioana hatte recht: Was günstige Textilien anging, war der Markt vor der Stadt nicht zu schlagen. Die Großeltern sahen es nicht gerne, wenn Lila dorthin ging, weil die Frauen angeblich Hexen waren und einige mit dem Teufel paktierten, was Lila für nicht sehr wahrscheinlich hielt. Außerdem mussten sie es ja nicht erfahren. Ebenso wenig, dass es ursprünglich einhundert Lei gewesen waren. Ioana hatte sie angesteckt. Zumindest ein wenig.

—

Lila und Ioana umkurvten die unberechenbaren Pfützen und liefen an den Häusern mit den Töpfen und den Stühlen vorbei bis zum Platz zwischen den Hütten, die wie eine kleine Wagenburg zusammenstanden. In der Mitte hingen ihre Waren, hauptsächlich Kleidung unter großen Schirmen. Vor den Häusern saßen breitbeinig alte Frauen in schmutzigen Kleidern, um zu demonstrieren, dass sie sich nichts davon leisten konnten. Was, wie Lila vermutete, nicht einmal gelogen war. Ioana begann systematisch an einer Schirmstrebe zu suchen und schob die Plastikkleiderbügel auseinander und wieder zusammen. Lila beobachtete die Frauen.

Eine von ihnen zurrte ihre grauen Haare noch fester und legte ihre rechte Hand wieder in eine Schale mit Wasser und Blüten. Lila starrte sie an, erst auf ihren strengen Dutt, dann auf die Schale. Die Frau hob den Kopf, und Lila beeilte sich, hinter einem Vorhang aus Hosen in Deckung zu gehen.

»Hast du die gesehen?«, flüsterte sie Ioana zu, die unbeirrt Plastikbügel um Plastikbügel durchging.

»Wen?«, fragte Ioana.

»Die alte Frau. Großmutter sagt, hier in der Siedlung hätten es manche mit dem Teufel.«

Ioana lachte, aber Lila bedeutete ihr, leise zu sein.

»So ein Unfug«, sagte Ioana. »Meine Eltern schreiben mir immer, ich soll nicht alles glauben, was die alten Leute erzählen.«

»Hast ja recht«, sagte Lila und warf einen letzten verstohlenen Blick durch die Hosenbeine. Die alte Frau murmelte etwas und schien wieder mit sich selbst beschäftigt.

Lila wanderte hinter Ioana die Stangen mit den Kleidern entlang. Beim ersten Durchgang schloss sie die Augen und fühlte nach den Stoffen. Die weiche Baumwolle, die geriffelte Schurware und die glänzende falsche Seide. Lila hatte noch niemals ein Kleid aus Seide angefasst, aber sie kannte die Beschreibung aus einem Buch. Es war das Zarteste, was man mit Geld kaufen konnte. Und sie würde es sich niemals leisten können. Beim zweiten Durchgang betrachtete Lila die Farben der Kleider, während ihre Finger sich an das Gefühl erinnerten. Ioana hielt ihr ein Kleid nach dem anderen vor die Brust, aber Lila dachte an das Geld und ihre Großeltern. Die meisten Kleider kosteten über fünfzig Lei, so viel wie ein Huhn, das jeden dritten Tag ein Ei legte. Ioana war gerade hinter einem der Vorhänge verschwunden und suchte etwas Günstigeres, als Lila spürte, wie plötzlich jemand hinter sie trat. Sie drehte sich um. Dort stand die alte Frau und starrte sie an, ihr Gesicht keine zwanzig Zentimeter von ihrem entfernt.

»Du suchst ein besonderes Kleid?«

Lila schluckte. Sie wollte in die Stoffe abtauchen, für immer verschwinden, aber der Blick der alten Frau hielt sie fest. Sie nickte. Wo war Ioana? Lila blickte nach rechts. Dann war die Frau verschwunden, und Ioana tauchte mit einem blauen T-Shirt wieder auf.

»Wo warst du?«, fragte Lila.

»Nur dahinten«, sie deutete auf eine Kleiderstange am anderen Ende des Schirms. »Was ist passiert? Du siehst aus, als hättest du einen Werwolf gesehen.« Lila sagte nichts. Sie starrte an Ioana vorbei. Die Frau war zurück. Und sie trug ein schwarzes Kleid unter dem Arm, das auf keiner der Stangen gehangen hatte. Es war aus einem seidig weichen Stoff und wirkte wie aus einer anderen Zeit. Es hatte Ränder mit fein gehäkelten Spitzen und eine rote Schleife um die Taille. Es kostete mit Sicherheit ein Vermögen. Sie drückte es Lila in die Hand.

»Wer dieses Kleid trägt«, sagte die alte Frau, »wird eines Tages eine Königin sein.«

Ioana klatschte in die Hände: »Genau das, was wir gesucht haben!«

»Was kostet es?«, fragte Lila.

Die alte Frau tätschelte Lila den Arm und legte das Kleid darüber. »Für dich nur zwölf Lei, mein Kind.«

Nur zwölf Lei? Das war weniger als ein Viertel dessen, was all die anderen Kleider kosteten.

»Warum ist es so günstig?«, fragte Lila.

»Alles hat seinen eigenen Preis«, lächelte die Frau und machte sich auf den Rückweg zu ihrem Hocker vor der Hütte. Lila sah ihr nach und betrachtete ihre alten Füße in den sauberen Schuhen, darunter der lehmige Boden. Sie spürte, wie Ioana an ihrem Ärmel zupfte, während die alte Frau ihre Hände in dem Blütenwasser wusch, als hätte sie sich die Hände an dem Kleid schmutzig gemacht. Das Kleid einer Königin, dachte Lila. Vielleicht war die alte Frau doch eine Hexe? Ihre Großmutter behauptete, dass es gute und schlechte unter ihnen gebe. Manche bekämpften das Übel, andere huldigten dem Bösen. Kann der Satan eine Königin schaffen? Lila zog den Hundert-Lei-Schein aus dem Briefumschlag, spürte das Knistern des Papiers zwischen ihren Fingern und betrachtete die alte Frau mit einem mulmigen Gefühl im Bauch.

KAPITEL 2

Landeskriminalamt, München, Bayern
Donnerstag, 13. Juni 2013, 16.07 Uhr (zehn Tage später)

Paul Regen schlug den Fisch in Zeitungspapier, beschriftete das Paket mit leidlich verstellter Schrift und lehnte sich zurück. Die Sonne schien durch die schräg gestellten Lamellen, und unter der Druckerschwärze begannen die Bakterien mit der Zersetzung der Eiweiße und der Fettsäuren. Er trug das Paket wie Kaspar die Myrrhe über den ausgetretenen Teppichboden seines Büros. Mit einer Hand öffnete er die

Tür zum Auswärtigen Amt, wie er sein Vorzimmer insgeheim nannte.

Adelheid Auch schob ihre Brille auf eine der Falten ihrer Stirn und beobachtete seine Prozession zum Fach für die Hauspost von ihrem Schreibtisch aus.

»Mit Essen spielt man nicht, Herr Regen«, sagte sie mit ihrer kratzigen Altersstimmbruchstimme.

»Sparus aurata ist nicht umsonst gestorben, Frau Auch«, sagte Paul Regen und schnüffelte an dem Paket. »Er hatte sehr viele Zähne, glauben Sie mir, er wollte nicht spielen.«

»Ist das für den Kriminaldirektor?«, fragte Adelheid Auch. »Sie wissen, dass er in Urlaub auf Mykonos ist.«

Paul Regen seufzte. Er wusste, dass sich Adelheid nur um seine Zukunft sorgte, dabei lag der Fisch in der Vergangenheit begraben. Außerdem schien es ihm unbegreiflich, wie Adelheid Auch angesichts der letzten acht Jahre noch ernsthaft an eine Zukunft des Kriminalhauptkommissars Paul Regen glauben konnte. Aber er liebte sie für ihren unerschütterlichen Optimismus, den sie mit ihrer vorsichtigen Frage nach der Bestimmung des Fischs wieder einmal unter Beweis gestellt hatte. »Ich weiß nicht, was der Kriminaldirektor Wochinger gegen eine gute Dorade einzuwenden haben könnte«, sagte Paul Regen.

»Immer dieser Zynismus«, stellte Adelheid Auch fest. »Das Kurzschwert des Griesgrams.«

»Eine Woche ist nichts für einen guten Fisch«, fügte Paul Regen hinzu. »Früher haben die von Brindisi bis München zehn Arbeitstage gebraucht, und dieser hier hat vorgestern noch im Mittelmeer gebadet.«

»Und Sie glauben, dass er es an seinem Sekretariat vorbei schafft?«

»Zufällig weiß ich, dass Kriminaldirektor Wochinger kürzlich ein Extrapostfach für Pakete in seinem Büro installieren ließ wegen der Geschenke.«

»Eine kluge Entscheidung«, bemerkte Adelheid Auch, setzte die Brille auf die Nase und erklärte damit ihre Unterhaltung für beendet.

»Im Übrigen«, fügte er hinzu, »ist ein Griesgram einer, der sich grämt. Ich gräme mich nicht.«

Adelheid Auch unterbrach ihr Stakkatogetippe: »Nein, Herr Regen, das tun Sie tatsächlich nicht.«

Paul Regen legte die Hand an die Türklinke seines winzigen Büros, das ungefähr ein Viertel der Grundfläche von Adelheid Auchs Auswärtigem Amt ausmachte.

»Sie könnte man aufgrund Ihrer Kostüme übrigens als Partyblume bezeichnen, was auch nichts Besseres ist als ein Griesgram.« Paul Regen sagte das nicht, um sie mit ihren eigenwilligen Modevorlieben aufzuziehen, sondern weil er es vorzog, seine Unterhaltungen selbst zu beenden. Adelheids Brille wanderte wieder auf die Stirn, und der Drehstuhl quietschte, als sie sich zu Regen umdrehte. Ihr Faible für Mintfarbenes war unerschütterlich.

»Bleistiftröcke waren niemals aus der Mode, Herr Regen. Im Gegensatz zu Ihrem Kleinkrieg mit dem Kriminaldirektor. Kaum zu glauben, dass Sie beide früher beste Freunde und Partner waren.«

»Würde es Ihnen besser gefallen, wenn ich mit einer Handgranate in den vierten Stock laufen würde?«

»Ein Selbstmordattentat hatte ich nicht gerade im Sinn«, sagte Adelheid Auch und drehte sich wieder zu ihrer Tastatur.

Paul Regen grinste und hörte, kurz bevor er die Tür zu seinem Büro schloss, wie sie hinzufügte: »Andererseits würde dann mal jemand gewinnen.«

Da hatte sie nicht einmal so unrecht.

Paul Regen suchte im Internet nach einem Segelboot, das er sich leisten konnte und das es bis nach Kroatien schaffen würde, als er hörte, wie im Auswärtigen Amt das Telefon klingelte. Paul Regen ging nicht einmal ran, wenn Adelheid Auch auf der Toilette war. Es gab immer die Möglichkeit, dass Wochinger dran war. Zudem war das AA für alles zuständig, was sich außerhalb seines Büros abspielte. Seit Klaus Wochinger vor sieben Jahren als Kriminalrat von der Hochschule in Münster zurückgekehrt war, ernteten sie nur noch die Jobs, die wirklich niemand erledigen wollte. Zurzeit beschäftigten sich Paul Regen und seine Kriminalhauptmeisterin Adelheid Auch mit der Einführung einer neuen Informationstechnologie, dem »Erkennungsdienst digital«, was genauso spannend war, wie es sich anhörte. Kriminaldirektor Wochinger war kein einfacher Feind, aber Paul Regen war im Recht. So einfach war das. Und doch so kompliziert.

Es klopfte keine zwei Minuten später, und die Tür wurde geöffnet, ehe er sich wehren konnte.

»Können Sie nicht warten, bis ich ›herein‹ sage?«, fragte er mit gespielt vorwurfsvollem Ton.

»Sie haben einen Arm«, sagte Adelheid Auch. Ihre Brille saß immer noch auf der Stirnfalte.

»Sie meinen, mir wuchs zwischenzeitlich ein dritter Arm, den Sie sehen, aber den ich nicht bewegen kann, oder hatten Sie etwas anderes im Sinn?«, fragte Paul Regen.

»Sie haben einen Arm an der Isar gefunden«, fuhr das Auswärtige Amt unbeirrt fort.

»Heißt das, wir können den Termin wegen der neuen Schnittstelle absagen?«, fragte Paul Regen hoffnungsvoll.

»Das glaube ich nicht«, sagte Auch. »Sie wissen genau, dass Kriminaldirektor Wochinger persönlich kontrolliert, ob Sie hingehen.«

»Sie wissen genau, dass die jede Woche neue Probleme aus dem Hut zaubern wie zum Beispiel die Frage, ob unsere brillante Software auch erkennt, dass ein Auge gar nicht tätowiert sein kann. Ich meine, wem fällt denn so was ein?«

»Ich weiß«, sagte Adelheid Auch, und es klang sogar mitfühlend. »Aber die Sache mit dem Arm ist schnell erledigt. Sie wollen das offenbar als Test für unser neues System.«

Wohl eher als Offenbarungseid, dachte Paul Regen, hütete sich aber, es laut auszusprechen. Seufzend schloss er die Seite mit den Segelbooten und blickte fragend zu Adelheid.

»Der Arm ist offenbar abgerissen, ob vom Hochwasser oder vorher, können sie noch nicht sagen.«

»Haben wir keinen anderen für so etwas? Das klingt doch nach was, so ein abgerissener Arm.«

»Offenbar ist er alt.«

»Wer ist alt?«, fragte Regen. »Der, der dranhing am Arm?«

»Nein. Also keine Ahnung. Jedenfalls wurde der Arm irgendwie konserviert und ist jetzt durch das Hochwasser angespült worden. Sie schätzen, er ist einige Jahre alt.«

»Das heißt, keine Leiche?«

Adelheid Auch schüttelte den Kopf.

Natürlich nicht, dachte Paul Regen und ärgerte sich, dass man ihn nicht in Ruhe lassen konnte. Er nahm den Trenchcoat vom Haken und warf einen skeptischen Blick auf seine frisch geputzten Wanderschuhe und die saubere Jeans. Hatte das Auswärtige Amt nicht etwas von Hochwasser gesagt? Und kam das nicht einer Reisewarnung gleich? Paul Regen beschloss, dass der Arm bis nach einem frühen Abendessen auf dem Markt warten konnte. »Verschieben Sie die Schnittstelle auf morgen Mittag«, rief er im Rausgehen, sodass Adelheids Widerworte im leeren Flur verhallten.

KAPITEL 3

Amsterdam, Niederlande
Donnerstag, 13. Juni 2013, 18.48 Uhr (am selben Tag)

»Ich weiß nicht, warum du mich anreisen lässt, um dann mit mir Schluss zu machen«, sagte Marcel. »Das hättest du auch am Telefon haben können.«

Solveigh schluckte eine bissige Bemerkung herunter und konzentrierte sich auf die Schale mit Erdnüssen. Das Schulterholster drückte kalt auf ihre Rippen, wenn sie sich vorbeugte. Dann nippte sie an ihrem Scotch und sagte: »Du hast dich verändert, Marcel.«

»Und du bist nie da«, sagte Marcel. Solveigh wusste, worauf das hinauslief. Ihr Job war mal wieder der Grund für alles.

»Marcel, die wievielte war das jetzt?«, fragte Solveigh. Ein weiterer Schluck Scotch.

»Ich weiß nicht, wovon du redest«, sagte Marcel. Und sah sehr gut aus, als er das sagte. Nur nicht besonders glaubwürdig. Solveigh dachte an die Bilder in der Akte. Sie hatte nicht gewusst, dass auch die Partner von Mitarbeitern überprüft wurden, aber es wunderte sie auch nicht besonders. Nur hatte sie nicht darum gebeten, über Marcels Affären informiert zu werden. Vermutlich hatte ihr der Kollege einen Gefallen tun wollen und das Gegenteil erreicht. Vielleicht hatte Marcel recht, und dieser Job zerstörte alles Private. Bei dem Gedanken an letzten Februar wurde ihr schlecht. Zerstört ist hier wörtlich zu nehmen, dachte sie.

»Marcel, hör zu. Es geht nicht nur um deine Bettgeschichten. Du bist ein anderer Mensch geworden, als du vor zwei Jahren warst. Und ich glaube, das weißt du auch.«

»Ich weiß nicht, was das alles mit mir zu tun haben soll!«, sagte Marcel. Seine Aggressivität, seine Angriffslust, das waren einmal Eigenschaften gewesen, die sie an ihm gemocht hatte. Vielleicht hatte auch sie sich verändert.

Als er nach ihrer Hand griff, starrte sie in den Fernseher, der über der Bar hing. Der Nachrichtenkanal wechselte von einer Dokumentation über die größten Schaufelradbagger der Welt zu einer aktuellen Sondermeldung. Wie passend, dachte Solveigh und beobachtete Marcels Hand auf ihrer, die sich fremd anfühlte, wie aus einer anderen Zeit. Trotzdem entzog sie sich ihm nicht. Noch nicht. War sie bereit für diesen Schritt? Der Fernseher zeigte Bilder aus dem Helikopter, ein brennendes Haus. Offenbar hatte es am Stadtrand eine Explosion gegeben. Ein Terroranschlag? Solveigh musste das vermuten, dafür war sie schließlich ausgebildet. Für Gefühle war sie offenbar nicht gut genug ausgebildet worden.

»Alles hat mit dir zu tun, Marcel. Weil es mit uns zu tun hat. Uns beiden, verstehst du? Ich gebe dir keine Schuld, aber …«

Solveighs Stimme versagte. Ein Reporter stand vor dem Hochhaus, Feuerwehrleute rannten hinein, zwei andere schleppten eine Trage hinaus. Sie kannte das Gebäude. Es war das Gebäude, in dem sie arbeitete.

»Slang«, versuchte Marcel ihre Aufmerksamkeit zurückzugewinnen. »Bitte wirf das alles nicht einfach weg. Wirf uns nicht einfach weg.«

Solveigh war wie gelähmt. Will, Eddy, ihre Kollegen.

»Slang, was ist los?«

»Nicht jetzt, Marcel.«

Er folgte ihrem Blick. »O mein Gott«, sagte er, und die Hand, die eben noch auf Solveighs geruht hatte, wanderte zu seiner Fototasche. Die Reflexe eines Reporters.

Solveighs Handy klingelte.

»Ich muss los«, sagte sie. Sie goss den Rest des Wassers in ihr Glas und leerte es in einem Zug.

»Natürlich«, antwortete Marcel. »Kann ich mitkommen?«

»Untersteh dich«, sagte Solveigh und griff nach ihrer Tasche.

»Ich liebe dich immer noch!«, rief er ihr hinterher, als sie an den Barhockern entlang Richtung Ausgang rannte und dabei ihr Handy aus der Tasche kramte.

»Das Notfallprotokoll wurde aktiviert«, sagte eine blecherne Computerstimme. »Ihr Evakuierungspunkt ist der Leidseplein. Melden Sie sich bei der Zentrale, wenn Sie Ihren Evakuierungspunkt erreicht haben.«

An der frischen Luft sog Solveigh Sauerstoff in die Lungen. Wie viel hatte sie getrunken? Zwei Gläser. Sie halluzinierte nicht, oder? Das Notfallprotokoll. Der allerletzte Ausweg nach einem direkten Angriff auf eine Institution der EU. Evakuierung bedeutete, dass alle Mitarbeiter der ECSB aufgeteilt und auf neue Büros verteilt wurden, um von dort die Arbeit wieder aufzunehmen. Geschwächt, aber einsatzfähig, so schnell wie möglich. Solveigh war bewusst, dass von ihr erwartet wurde, den Anweisungen des Protokolls genau Folge zu leisten. Selbst eine minimale Abweichung würde der direkten Missachtung eines Befehls gleichkommen. Vor der Laterne mit ihrem Rennrad blieb sie stehen und überlegte. Der Leidseplein war nicht weit entfernt, mit dem Rad wäre sie in weniger als fünf Minuten an ihrem Evakuierungspunkt.

Aber was, wenn es Eddy mit seinem Rollstuhl nicht rechtzeitig herausgeschafft hatte? Sie wählte seine Nummer und steckte den Kopfhörer ins Ohr. Solveigh hatte nicht vor, sich zu dem Evakuierungspunkt zu begeben. Sie musste herausfinden, was passiert war. Und Eddy finden. Sie schwang sich auf das Rennrad und trat in die Pedale. Es klingelte, aber er ging nicht ans Telefon. Eddy ging immer ans Telefon. Er war ihr Alter Ego, ihr bester Freund. Er war immer für sie erreichbar, selbst wenn er betrunken in seiner Bodega hing. Und sie war für ihn da, wenn er sie brauchte. Sie musste zum Büro. Nach Süden. Weg vom Leidseplein. Hinein ins Chaos.

KAPITEL 4

Iliciovca, Moldawien
Donnerstag, 13. Juni 2013, 19.04 Uhr (am selben Tag)

Das lange Gras kitzelte Lilas Kniekehlen, während sie versuchte, ihre Hand so ruhig zu halten, dass der Grashüpfer sie für sicheres Terrain hielt. Als er heruntersprang, drehte sich Lila um. Sie betrachtete Ioanas Busen, der sich im Schlaf gleichmäßig hob und senkte. Bis die Bewegung kurz innehielt. Sie war aufgewacht.

»Glaubst du, sie war eine Strigoaică?«, fragte Lila.

»Es gibt keine Hexen, Lila. Alles Aberglaube der Alten. Wir sollten nicht so viel mit den Alten zu tun haben. Es ist nicht gesund.«

»Hast du die Schale mit dem Wasser und den Blüten gesehen? Großmutter sagt, das hilft gegen die bösen Geister.«

»Quatsch«, sagte Ioana und setzte sich auf. Sie verscheuchte eine Fliege von ihrem Oberschenkel. »Sag mir lieber, wie du dich entschieden hast.«

Lila seufzte. Konnte sie nie damit aufhören? Das Mittsommerfest war in zwei Tagen, dann wäre der Spuk vorbei.

»Du weißt, dass ich nicht mitmache«, sagte Lila.

»Aber jetzt, wo du das Kleid hast, wäre das doch eine Verschwendung, oder nicht? Sie hat gesagt, es ist das Kleid einer Königin.«

»Ich dachte, du glaubst nicht an den Spuk.«

»Tu ich auch nicht.«

Lila betrachtete Ioana und bewunderte sie für ihre Unbekümmertheit. Lila machte sich Gedanken über ihre Zukunft. Ob sie Freundinnen bleiben würden, wenn es ernst wurde? Sie hoffte es.

»Was machen wir eigentlich nächstes Jahr?«, fragte Lila und zeichnete den Umriss ihres Körpers auf den niedergedrückten Grashalmen nach.

Ioana zuckte mit den Schultern: »Du meinst, wenn wir mit der Schule fertig sind? Was sollen wir schon tun?«

»Ich würde gerne studieren«, sagte Lila.

»Du bist nicht die Tochter vom Bürgermeister«, stellte Ioana fest.

»Ich weiß«, sagte Lila.

»Wenn du natürlich bei der Wahl mitmachen würdest …«

Die Mittsommerkönigin bekam eine Einladung zum Ferienkolleg der Universität in Kischinau. Ein Ticket, mit dem man beweisen konnte, dass man an die Akademie gehörte anstatt auf die Felder der Großeltern. Lila wusste, dass sie es schaffen würde, wenn sie die Chance bekam. Sie wusste natürlich ebenso, dass es keinen Sinn für sie hatte, an einem Schönheitswettbewerb teilzunehmen.

»Wenn es nicht klappt mit dem Studieren, gehen wir wohl in die Ukraine zum Arbeiten«, sagte Ioana. »Wie unsere Eltern. Und wenn wir Kinder bekommen, schicken wir sie hierher zurück, bis sie groß sind.«

»Der Kreislauf eines moldawischen Lebens«, sagte Lila und dachte an Bence. Ob Bence einen Ziegenbock heiraten würde? Und was hatte sie eigentlich zu verlieren, wenn sie doch mitmachte? Die Häme, wenn sie verlor, würde sie aushalten. Waren nicht gerade die Außenseiter diejenigen mit den besten Aussichten bei einem Wettbewerb, egal, wie er ausging? Lila dachte nach, über den Kreislauf des moldawischen Lebens und das Mittsommerfest.

»Glaubst du wirklich, mit dem Kleid hätte ich eine Chance?«, fragte Lila schließlich.

Ioana ließ sich ins Gras fallen und lachte: »Ich wusste es. Natürlich hast du eine Chance! Es ist ja nun nicht so, dass du wirklich aussiehst wie ein Ziegenbock. Du bist dünn, okay. Aber deine Zahnlücke ist süß. Ich finde, sie macht dich unverwechselbar.«

»Klar«, sagte Lila. Sie starrte in den Himmel und wünschte kurz, sie könnte mit den Wolken ziehen. Wenn sie Mathematik studieren könnte, würde sie in Kischinau leben. Vielleicht könnte sie für die Regierung arbeiten oder selbst unterrichten. Es wäre ein Leben mit einer eigenen Familie, und sie würde die Kinder nicht ihren Eltern überlassen müssen. Es war nicht gerecht, dass ein dämlicher Schönheitswettbewerb die Chancen auf ein Studium steigerte. Und nicht mal das war sicher, dachte Lila. Es war nur eine Legende. Wie die Sache mit dem Kleid.

»Übrigens kommt Radu zum Mittsommer.«

»Im Ernst?«, fragte Lila.

»Er hat gesagt, das lässt er sich nicht entgehen, wenn seine Cousine bei der Wahl antritt.«

»Wow«, sagte Lila.

»Hoffen wir nur, dass er die weite Reise nicht umsonst macht«, sagte Ioana.

Radu lebte im Westen, in Bukarest. Für die beiden Mädchen war das gleichbedeutend mit Amerika oder Berlin. Eine unerreichbare Welt, in der es angeblich keine Armut gab und wo die Eltern zusammen mit ihren Kindern lebten. Angeblich war Bukarest mehr als doppelt so groß wie Kischinau.

»Er muss uns davon erzählen«, sagte Lila.

»Ich bin sicher, dazu werden wir ihn nicht ermutigen müssen«, sagte Ioana.

»Ich kann das Kleid ja noch einmal anprobieren«, schlug Lila vor und versuchte, dabei so unbeteiligt wie möglich zu klingen.

Ioana sprang auf: »Endlich nimmst du Vernunft an, Lila! Ich flechte dir den Zopf. Wollen wir doch mal sehen, ob du dann nicht aussiehst wie eine echte Königin.«

Hand in Hand rannten Ioana und Lila über die Wiese, den Hügel hinunter zum Haus ihrer Großeltern.

KAPITEL 5

München, Deutschland
Donnerstag, 13. Juni 2013, 19.12 Uhr (zur gleichen Zeit)

Paul Regen hasste Regen. Vor allem wegen der Pfützen und der muffig-dampfenden Jacken nach seinen Spaziergängen. In München regnete es seit Wochen, was Paul gehörig auf die Laune schlug. Trotzdem war er zum Isarwerk II zu Fuß unterwegs, was ihm immerhin eine gute Stunde Diskussion mit der EDV erspart hatte. Er lief über den hölzernen Flauchersteg und winkte von oben den Kollegen zu, die sich bemühten, das improvisierte Zelt in der immer noch viel Wasser führenden Isar am Wegschwimmen zu hindern. Auf der anderen Flussseite stolperte er den Zubringer zum Radweg hinunter und dann über die Kiesbetten, auf denen in jedem anderen Juni die Sonnenanbeter gelegen hätten, bis zu der Stelle, wo sie den Arm gefunden hatten. Ein ganz und gar verschwendeter Sommer, dachte Paul Regen.

Am nördlichen Rand der südlichsten Isarinsel stand das Zelt der Kollegen, direkt unterhalb des Wehrs. Sie trugen Gummistiefel und die weißen Ballonanzüge mit Polizei-Schriftzug. Die Kriminaltechnik konnte sich einen guten Geschmack bei ihren Uniformen nicht leisten.

»Was habt ihr?«, fragte Paul und betrachtete seine Wanderschuhe, die sich bisher erfolgreich gegen die Nässe wehrten.

»Kriminalhauptkommissar Regen«, sagte der leitende Beamte, Peter Schmidt, »dich hab ich ja ewig nicht gesehen.«

Er machte Anstalten, ihn zu umarmen, hob dann aber entschuldigend die Hände.

»Ich verstehe schon, keine Zärtlichkeiten vor zwanzig Uhr«, sagte Paul Regen und grinste.

»Dass sie dich mal wieder rauslassen …«

»Ich bin häufiger an der frischen Luft als früher«, korrigierte Paul Regen. »Und ehrlich gesagt, hast du mir nicht gerade gefehlt.«

»Ich glaube dir kein Wort«, sagte Schmidt.

»Das macht nichts. Also, was ist nun mit dem Arm?« Paul Regen trat von einem Bein auf das andere, damit seine Socken trocken blieben.

»Kann ich dir zeigen. Ziemlich mysteriös das Ganze«, sagte Schmidt und stapfte zu seinem Zelt. Er kam mit einem dicken Plastikschlauch zurück, dessen Enden mit Kabelbindern zusammengehalten wurden.

Paul Regen nahm den Arm in die Hand und versuchte,

durch das dicke Plastik ein paar Details zu erkennen. Genauer gesagt handelte es sich nicht um einen vollständigen Arm, sondern um einen Unterarm. Anhand der Behaarung ließ sich zumindest erkennen, dass es sich um ein männliches Exemplar handelte, und zwar ein ziemlich großes.

»Pranke mit Stumpf hätte es besser getroffen«, sagte Paul Regen. Schmidt nickte. »Außerdem ist er ziemlich nass«, sagte Paul Regen.

»Was einen nicht verwundern sollte«, sagte Schmidt.

»Was einen nicht verwundern sollte«, wiederholte Paul Regen mit einem Seitenblick auf den Fluss.

»Wusste ich, dass du das denkst«, sagte Schmidt, der stets einen Spaß daran fand, die Schreibtischtäter vom LKA vorzuführen. »Aber das ist kein Wasser.«

»Nein?«, fragte Paul Regen und betrachtete die dicken Tropfen auf der Innenseite des Beutels.

»Er war in einem schwarzen Müllbeutel eingewickelt, und darin war eine ganze Menge Chemie. Ich tippe auf Formalin, kann ich aber noch nicht beschwören.«

»Er war konserviert«, stellte Paul Regen fest.

Schmidt nickte: »Und vermutlich vergraben. Die Flut hat ihn aufgespült und bis hierher getrieben. Was machst du eigentlich hier?«

Eine durchaus berechtigte Frage des Kollegen Schmidt, denn Paul Regen arbeitete ja nunmehr bei den Vampiren der EDV.

»Der Arm wird ein Modellprojekt für den neuen Erkennungsdienst digital«, sagte Paul Regen wahrheitsgemäß. Er fügte nicht hinzu, dass er eine Ahnung hatte, was den Arm und das Schicksal von Kriminalhauptkommissar Paul Regen betraf. Wenn er es richtig anstellte, könnte so ein

Arm sogar seine Karriere retten. Und die von Adelheid Auch gleich mit.

»Wie alt ist das Ding eigentlich?«, fragte Paul Regen.

»Kann ich nicht sagen. Vielleicht Jahre. Das ist ja nun mal der Sinn von einer Konservierung, oder?«

Paul Regen musste das zugeben. Trotzdem wurde er nicht daraus schlau. Wer konserviert einen Arm und vergräbt ihn dann in einer Plastiktüte? Und vor allem: warum? War der Arm aus einem pathologischen Institut gestohlen worden? War es ein besonders pietätloser Studentenstreich? Paul Regen beschlich eine Ahnung, warum der Wochinger ausgerechnet diesen Fall als Prüfstein für ihr neues Computersystem ausgesucht hatte. Bei einem alten Arm, zudem noch einem von einem Baum von einem Mann, gab es kaum etwas zu gewinnen, aber eine Menge zu verlieren. Es würde nahezu unmöglich sein, den Fall aufzuklären, und das wusste natürlich auch sein Chef. Paul störte es nicht, insbesondere, da er spürte, dass hier mehr dahinter steckte. Irgendetwas stimmte mit dem Arm in seiner Hand nicht.

»Es war nur der Arm, oder?«

Schmidt nickte.

»Hast du dir den Stumpf näher angeschaut?« Eine rhetorische Frage.

Schmidt nickte erneut: »Auf den ersten Blick ein ziemlich sauberer Schnitt. Vielleicht sogar ein professioneller.«

Paul Regen fand, dass sie Fortschritte machten. Vorbehaltlich der gerichtsmedizinischen Untersuchung handelte es sich bei seinem Arm also um einen amputierten Unterarm, der zunächst konserviert und dann an der Isar vergraben wurde. Hätte es den Regen nicht gegeben, wäre Regen das alles erspart geblieben. Dann hätte es kein Hochwasser gegeben, und statt des Arms lägen hier die nackerten Grillfreunde im Kies. Paul Regen dachte nach und beschloss, den Regen als Chance zu betrachten. In seiner Situation gab es davon nicht mehr viele. Er zückte sein Handy und wählte die Nummer von Adelheid Auch. Es galt, einige Termine zu verschieben.

KAPITEL 6

Amsterdam, Niederlande
Donnerstag, 13. Juni 2013, 19.28 Uhr (zur gleichen Zeit)

Auf dem Spaklerweg rasten die Spritzenwagen der Brandweer und die Einsatzfahrzeuge der Polizei keinen halben Meter von ihrem Lenker an Solveigh vorbei, die Kakofonie ihrer Sirenen unterstrich das Ausmaß der Katastrophe. Über ihrem Kopf kreiste der Hubschrauber von rtl 4 und sendete die Livebilder in die warmen Wohnzimmer der Schaulustigen. Sie trat in die Pedale, und das Tempo trieb ihr den Nieselregen ins Gesicht. Je näher sie der Zentrale kam, desto beißender wurde der Geruch von verbranntem Zellstoff und geschmolzenem Plastik. Sie bremste hinter einem Einsatzwagen der Feuerwehr und warf ihr Rad gegen die Bushaltestelle, die dem unscheinbaren Bürogebäude gegenüberlag, das sein Innerstes bis heute erfolgreich gehütet hatte. Eine Mimese zur Tarnung, wie die lebenden Steine, eine Pflanzengattung, die von den Steinen in ihrer Umgebung nicht zu unterscheiden war. Eines der bestgehüteten Geheimnisse der Europäischen Union, die grenzübergreifend agierende

Sondereinheit des Europäischen Rats. Angestellte, die aussahen wie die Mitarbeiter einer Rechtsanwaltskanzlei in einem Büro, das aussah wie das einer Steuerberatungsgesellschaft. Ein Stein unter vielen. Ihre Nachbarn lieferten keinen Grund für einen Sprengstoffanschlag. Jemand musste ihre Taktik durchschaut haben. Jemand musste erkannt haben, dass es sich bei diesem Stein nicht um einen Stein handelte. Für Solveigh gab es keinen Zweifel, dass der Anschlag der ECSB gegolten hatte.

Solveigh rannte auf das Gebäude zu, mitten hinein in das Chaos. Notärzte ordneten die Verletzten nach der Triage für Rettungseinsätze mit vielen Opfern in drei Gruppen: Schwerverletzte ohne Überlebenschance, Schwerverletzte mit Überlebenschance und den Rest. Die Tragen waren für die zweite Gruppe reserviert. Solveigh sah mindestens zwanzig von ihnen, seitlich aufgereiht auf dem Platz vor dem Gebäude. Die Fensterscheiben des zweiten Stocks waren geborsten, die Splitter des Sicherheitsglases funkelten wie Diamanten auf dem Pflaster zwischen den Tragen und den Menschen, die noch sitzen oder stehen konnten. Viele husteten vom stark beißenden Geruch der Chemikalien. Es musste eine ganze Menge Sprengstoff gewesen sein. Solveigh suchte die Reihen nach ihren Leuten ab. Sie entdeckte eine Gruppe von Analysten, die aber alle nicht schwer verletzt schienen. Als sie bei den Tragen angekommen war, bemerkte sie einen ihrer Kollegen, einen Agenten im Außendienst: Pollux. Er sah schlechter aus als die anderen, aber er hatte sich schon wieder aufgesetzt. Ein dünnes Rinnsal Blut tropfte von seiner Nase auf das blaue Hemd.

»Was ist passiert, Pollux?«

»Es war eine Bombe neben Wills Büro. Keine Ahnung, woher die wussten, wo sein Schreibtisch steht, aber die Platzierung kann kein Zufall sein.«

»Neben Wills Büro? Wo ist er? Ist ihm etwas passiert? Und wo ist Eddy? Habt ihr Eddy gesehen?«

»Keine Ahnung, wo Eddy ist. Ich glaube, Will fahren sie gerade weg. Er war bei der zweiten Gruppe.«

Er deutete auf fünf Krankenwagen, die nebeneinanderstanden und mit offenem Heck auf die eiligsten Fälle warteten. Pollux musste Solveigh nicht sagen, was es hieß, zur zweiten Gruppe einer Triage zu gehören. Will war nach Einschätzung der Notärzte schwer verletzt. Solveigh rannte los, quer über den Platz. Sie sprang über prall gefüllte Schläuche, die Wasser ins Innere des Gebäudes pumpten, um die Schwelbrände zu löschen, die noch in den Verkabelungen saßen. Sie erkannte ihren Chef von Weitem. Sein Kopf war mit einer Zervikalstütze fixiert und sein graues Haar blutverkrustet. Ein Sanitäter schob die Trage gegen das Heck des Krankenwagens, und das Gestell klappte bereits ein, als Solveigh ihn zurückhielt.

»Warten Sie einen Moment, wenn er nicht gerade stirbt, okay?«

Der Sanitäter sah nicht ein, warum er ihrer Bitte nachkommen sollte, und schob die Trage ins Innere des Wagens.

»Ist schon gut«, sagte eine erschreckend schwache Stimme von der Trage. Der Sanitäter hielt inne. Solveigh kletterte auf das Trittbrett des Krankenwagens und zog sich zu Will hoch.

»O mein Gott, Will«, flüsterte Solveigh.

»Es ist nicht so wild«, sagte er. Sein Husten bei seinen ersten Worten strafte ihn Lügen.

»Haben wir eine Ahnung, wer das gewesen sein könnte?«, fragte Solveigh.

Will Thater schüttelte den Kopf: »Schön, dich wohlbehalten zu sehen, Slang.«

»Wo ist Eddy? War Eddy auch im Büro?« Eddy war immer im Büro. Wenn er nicht in seiner Bodega war und sich betrank. Und er ging nicht ans Telefon. Sein Smartphone legte er selbst mit 1,5 Promille nicht zur Seite.

»Hab ihn nicht gesehen, Slang. Tut mir leid.«

»Was sollen wir jetzt machen, Will? Der Evakuierungsplan wurde aktiviert.«

»Scheiß auf das Standardprotokoll«, sagte Will Thater, »das hier riecht nach einem Maulwurf. Es gibt eine Akte für solche Fälle in meinem Büro.« Wieder wurde er von einem starken Hustenanfall unterbrochen. »Besorg diese Akte, Slang, sie liegt in meinem Safe. Oder lag zumindest dort.«

»Ginge das etwas genauer?«, fragte Solveigh nach einem Blick auf das Gebäude. Es sah aus, als könnte es jeden Moment einstürzen. Was war das für ein Zeug, das die hier verwendet hatten? Solveigh kannte sich mit den Sprengstoffen C4 und Semtex aus. Das hier war nichts von beidem.

»Auf dem Ordner steht ›ELMSFEUER‹«, röchelte Will. »Es enthält genaue Anweisungen für den Fall eines Verräters bei der ECSB. Ich brauche diese Akte, Slang.«

»Gibt es denn keine Kopie?«, fragte Solveigh.

Will Thater versuchte, den Kopf zu schütteln, aber die Cervixstütze hielt sein Genick eisern umklammert.

»Es war doch vollkommen undenkbar, dass es gleichzeitig einen Anschlag und einen Verräter in den eigenen Reihen gibt. Jedes der beiden für sich genommen hätte ich ausgeschlossen.«

»Und seit dem Stuxnetvirus vertraust du nicht einmal mehr unseren Computern, oder wie darf ich das verstehen?«, fragte Slang empört.

Will warf ihr einen bösen Blick zu: »Frag mal Eddy, wie überzeugt er von der Sicherheit unserer Netzwerke ist. Die Amerikaner kommen überall rein, sagt er. Und wenn der Maulwurf nun von der CIA eingeschleust wurde? Papier ist das Neueste in Sachen Vertraulichkeit, Solveigh.«

Solveigh hob abwehrend die Hände: »Schon gut. Die Kombination für den Safe?«

Will Thater gab sie ihr. Der Sanitäter hinter Solveigh ließ sich nicht länger davon abhalten, seinen Patienten ins Krankenhaus zu fahren. Sie sah, wie Wills Gesicht zwischen den Geräten verschwand.

»Besorg mir die Totenliste, Slang!«, hörte sie ihn noch rufen. »Und meldet euch nur bei mir. Vertraue niemandem! Hörst du? Nur bei mir persönlich!« Dann wurden die beiden Türen von innen zugezogen.

Tote? Davon hatte niemand etwas gesagt. Sie sprang von dem Trittbrett, nicht ohne eine Hand auf die Hecktür des Wagens zu legen mit einem stillen Stoßgebet für Wills Gesundheit. Und Eddys.

Solveigh lief durch die Reihen mit den leichter Verletzten in Richtung des zerstörten Hochhauses und hegte die leise Hoffnung, zwischen den vielen Menschen einen Rollstuhl zu entdecken und festzustellen, dass sie Eddy aus dem Gebäude geschoben hatten, ohne dass er sein Handy mitnehmen konnte. Aber da war kein Rollstuhl. Auch auf den verbliebenen Tragen konnte sie ihn nicht entdecken. ELMSFEUER, dachte Solveigh. Sie hätte niemals gedacht, dass Will einen Plan haben könnte, gegen seine eigenen Leute vorzugehen. War es sicher, die Akte zu bergen? Oder könnte das Gebäude tatsächlich einstürzen? Offene Brandherde waren zumindest nicht mehr zu erkennen.

Als sie an einem Mannschaftswagen der Feuerwehr vorbeilief, dessen Seitentür offen stand, griff sie nach einer Feuerwehrjacke und einem Helm. Im Gehen schlüpfte sie in den schweren Mantel und zog den Helm mit dem Plexiglasvisier über den Kopf. Niemand beachtete sie. Wer wäre auch verrückt genug, ein brennendes Gebäude zu betreten? Offenbar sie selbst. Und das nur, um ein Stück Papier zu bergen, das so vertraulich war, dass ihr Chef es keinem Computer anvertrauen wollte. Die Ärmel der Jacke reichten weit über ihre Handflächen, und der Helm schlackerte auf ihrem Kopf, aber für den ersten Teil ihres Wegs würde es reichen müssen. Rettungskräfte mit Atemschutzmasken kamen ihr entgegen, sie war die Einzige, die in Richtung Gebäude unterwegs war. Solveigh hielt den Kopf gesenkt, damit sie niemand als Fremde identifizieren konnte. Zwei Minuten später betrat sie die Lobby im Erdgeschoss.

Das Wasser tropfte aus den oberen Etagen durch die Decke auf den ehemaligen Empfangstresen. Der Strom war im ganzen Gebäude zusammengebrochen oder abgestellt worden, auch die Fahrstühle funktionierten erwartungsgemäß nicht. Solveigh drückte die Tür zum Treppenhaus auf. Auf dem Weg in den zweiten Stock kam ihr nur noch ein Brandschutzteam entgegen. Offenbar war das Schlimmste überstanden. Bis heute war ihr Büro vom Treppenhaus nicht zugänglich gewesen, der einzige Weg in die Räume der ECSB hatte über die Büros der Loude IT Services im Stockwerk darüber geführt. Die Tarnfirma war mit der Explosion hinfällig geworden, die Feuerschutztüren hatten sich automatisch entriegelt und standen sperrangelweit offen. Solveigh zog sich den Helm vom Kopf. Die weiß verschalten Gänge ihrer Zentrale waren rußgeschwärzt, überall lagen umgekippte Tische und Stühle, darunter begraben Computer und Bildschirme. Wenn sie nicht von der Druckwelle der Explosion umgerissen worden waren, hätten die sechs Bar, mit dem die Spritzen der Feuerwehr das Löschwasser ins Gebäude gepumpt hatten, den Rest besorgt. Jetzt lag eine gespenstische Stille in den Gängen, die Solveigh so vertraut vorkamen. Und doch war nichts mehr, was es gestern noch gewesen war. Solveighs Schritte patschten in den tiefen Pfützen, als sie durch den Gang in Richtung von Wills Büro lief. Je näher sie dem Explosionsherd kam, desto deutlicher wurde der eigentümliche Geruch nach Marzipan. Nur ein Hauch lag davon in der Luft, aber für ihre feine Nase deutlich wahrnehmbar. Es gab keine andere Erklärung, als dass er von der Explosion herrühren musste, mit jedem Schritt wurde er intensiver. Und keine zwanzig Meter vor ihr lag ihr eigenes Büro, das sie sich mit Eddy teilte, nur zwei Gänge vom Epizentrum entfernt. Sehr nah dran. Solveigh schluckte, als sie die geborstene Tür erblickte. Was erwartete sie? Lag Eddys Rollstuhl umgekippt auf dem Boden? Die Feuerwehrleute hätten ihn doch niemals liegen gelassen, oder? Die Angst um ihren besten Freund spielte ihr einen Streich. Natürlich nicht. Sie schluckte, als sie im Türrahmen stand. Das Regal hinter ihrem Schreibtisch war nach vorne gekippt, der Bilderrahmen mit dem Foto ihrer Mutter lag zerborsten auf dem Boden. Aber keine Spur von Eddy. Solveigh ging in die Knie, fischte das Bild aus den Scherben und trocknete es an ihrer Hose. Dann hörte sie ein Geräusch. Schritte, die sich langsam und vorsichtig durch das zentimeterhohe Löschwasser tasteten. Zu vorsichtig. Kein Mitglied der Rettungstrupps würde sich so leise fortbewegen. Dazu hätten sie keinen Grund. Solveigh steckte das Foto in die Hosentasche und schälte sich aus der Feuerwehrjacke. Der schwere Stoff mit den Leuchtstreifen am Rücken und den Armen knisterte, wenn man ihn knickte. Solveigh legte sie mit dem Innenfutter nach oben über den Fuß eines umgekippten Schreibtischstuhls. Dann zog sie ihre Glock aus dem Schulterholster und drückte sich gegen das, was von der Wand ihres Büros übrig geblieben war, und lauschte. Die Schritte kamen aus der Richtung, in der Wills Büro lag. Wusste noch jemand von ELMSFEUER? Und wenn ja, was hatte das zu bedeuten? Solveigh atmete ein und hob die Jericho mit beiden Händen. Dann schlich sie in den Flur.

KAPITEL 7

Veiros, Portugal
Donnerstag, 13. Juni 2013, 19.31 Uhr (zur gleichen Zeit)

Er stellte sich mitten zwischen die Menschen und beobachtete. Er sah den Mann in dem dunklen Gewand, der durch die Menge schritt, als stünde er über den Menschen. Wie jeden Tag. Der ewige Gang. Er betrachtete die Frau mit den ausgeprägten Wangenknochen, die abgewandt in der dunklen Ecke vor dem Lokal stand und die niemanden beachten wollte, als ginge sie die Schlacht des Lebens gar nichts an. Er beobachtete, wie ihr die Abendsonne bis kurz vor die Füße fiel und sie doch nicht berührte. Ihr Haar hing ihr seitlich ins Gesicht und zerschnitt die Linienführung ihrer Lippen, zum stummen Gebet gepresst. »Herr, ich habe zu dir gehalten, bin immer standhaft gewesen.« Er faltete den kleinen Klappstuhl auf und begann zu zeichnen. Als die Sonne längst verschwunden war und der Moment verflossen, saß er immer noch auf seinem Hocker und zeichnete die Erinnerung, den perfekten Moment, das perfekte Bild, die perfekte Szene. Noch als es Nacht wurde und ein kalter Zug um seine nackten Beine wehte, spürte er das Kratzen des Bleistifts auf dem rauen Papier. Er musste noch eine zweite Zeichnung anfertigen. Das Spiegelbild der ersten. Und doch eine ganz andere. Er wartete auf den Mond. Und dann sah er den leeren Platz, und es formte sich eine Szene. Eine Haltung. Er begann mit einer groben Skizze. Wie kniete das Spiegelbild der standhaften Frau? Der Stift kratzte ein Bein, aufgestellt zum Schwur. Ein zweites, dann ihre Hände über dem Knauf des Schwerts gefaltet. Ihr Blick nach oben gerichtet, zu ihrem Herrn. Ein Gesichtsausdruck entstand auf einem zweiten Blatt. Flehende Augen, ein Moment der Schwäche oder der Bewunderung. Es war wichtig, dass dieser Unterschied später nicht zu deuten war. Es war wichtig, wie jedes Detail wichtig war. Jeder Ring an ihren Fingern, jede Wimper ihrer Augen, jede Ader auf ihren Händen. Alles war wichtig, nichts durfte dem Zufall überlassen werden. Es gab keine Alternative. Nicht für ihn. Sondern für die Menschheit. Niemand wusste, wie wichtig es war, dass er ihren Gesichtsausdruck richtig hinbekam. Nur in der Perfektion lag die Unsterblichkeit. Erst nach Stunden erhob er sich, seine Glieder waren steif, seine Beine schmerzten. Aber er hatte eine Vorstellung davon, wie es werden könnte. Morgen

Abend würde er wiederkommen und warten, bis sich die Frau mit den ausgeprägten Wangenknochen und die Sonne beinah trafen, wie jeden Tag. Er würde ihren Gesichtsausdruck bewundern und dann an ihrem Gegenstück arbeiten. Die ganze Nacht, bis zum nächsten Morgen. Wie oft würde er sie noch malen müssen? Wie lange würde er mit einem Bild vorliebnehmen müssen? Es war kein adäquater Ersatz. Eher ein Vorspiel. Das Vollkommene braucht Zeit, ermahnte er sich. Dann ging er nach Hause, stellte Teewasser auf den Ofen und holte Käse und Oliven aus dem Kühlschrank.

KAPITEL 8

Amsterdam, Niederlande
Donnerstag, 13. Juni 2013, 20.12 Uhr (zur gleichen Zeit)

Solveigh schob langsam einen Fuß vor den anderen. Es war ein Ding der Unmöglichkeit, sich im stehenden Wasser fortzubewegen, ohne ein Geräusch zu verursachen. Einzig das Kreisen des Hubschraubers über dem Gebäude und die Aufräumarbeiten zwei Stockwerke unter ihr verschafften ihr alle paar Sekunden ein kurzes Zeitfenster für eine schnelle Bewegung. Kurz bevor sie Wills Büro erreichte, hielt sie noch einmal inne und lauschte. Sie hatte keine Schritte mehr gehört. Stattdessen vernahm sie ein metallisches Kratzen. Jemand versuchte, eine Schranktür zu öffnen. Oder etwas Ähnliches. Oh, Eddy, ich bin es nicht gewohnt, so etwas alleine machen zu müssen, flehte sie, obwohl sie wusste, dass sie nicht mit seiner Unterstützung rechnen konnte. Wo zum

Teufel war der Mistkerl? Solveigh hielt die Luft an und schwang ihre Pistole um die Ecke in den Gang vor Wills ehemaligem Büro. Der Gang existierte nicht mehr, die Explosion hatte die Wände zu beiden Seiten fast vollständig zerstört. Der Lauf ihrer Waffe streifte die Löcher in den Wänden, Schwaden von Staub und Rauch hingen immer noch in der Luft. Aber der Verursacher der Geräusche war nirgends zu erkennen. Solveigh stieg über Metallstreben und Betonbrocken, die Jericho weiter im Anschlag. Das Kratzen wurde lauter. Es kam aus dem Nachbarzimmer. Hinter ihr. Solveigh fuhr erschrocken herum, aber ihr Fuß fand keinen Halt. Ihr Schuh platschte ins Wasser. Viel zu laut, Solveigh. Sie hielt inne und wartete auf eine Reaktion des Unbekannten. Das Kratzen hatte aufgehört. Keine Sekunde nach ihrem Abrutschen. Solveigh gab ihre Vorsicht auf und lief den Gang hinunter. Es hatte keinen Sinn, darauf zu hoffen, dass ihr Gegner sie unterschätzte. Initiative war bedeutend mehr wert in dieser Situation. Die Wand zum Nebenzimmer war intakt geblieben, ebenso wie die Tür. Offenbar hatte die Bombe einen Großteil ihrer Sprengkraft in die andere Richtung abgegeben. Solveigh hörte Schritte hinter der Wand. Sie drückte die Klinke nach unten und stieß die Tür mit dem Fuß auf. Eine dunkle Gestalt mit einer Sturmhaube auf dem Kopf kletterte über die Reste der Rückwand zu Wills Büro. Die Bombe hatte sie beinah komplett eingerissen.

»Stehen bleiben!«, rief Solveigh.

Die Gestalt machte keine Anstalten, sich zu ergeben. Solveigh feuerte einen Warnschuss in die Luft und riss sofort wieder beide Arme nach vorne, um sie ins Visier zu nehmen. Die Gestalt bewegte sich ohne Angst, was sehr ungewöhnlich war. Sie war zu breitschultrig für eine Frau. Der

Mann mit der Maske hatte die Figur eines Kraftsportlers, und doch wirkten seine Schritte federleicht. Ein Boxer vielleicht. Zumindest ein Profi, der nicht zum ersten Mal unter Beschuss stand. In diesem Moment ertönte der typische Dreiklang für den Eingang einer SMS. Ihr Handy.

»Scheiße!«, fluchte sie, als sie bemerkte, dass dem Mann eine halbe Sekunde Ablenkung gereicht hatte, um hinter dem Schutthaufen zu verschwinden. Solveigh ignorierte das Handy und rannte zurück in den Flur. Sie hörte seine schnellen Schritte im Wasser und sah seinen Rücken, vielleicht zehn, zwölf Meter von ihr entfernt. Im Gegensatz zur landläufigen Meinung ist es nicht leicht, mit einer kurzläufigen Waffe einen rennenden Menschen zu treffen, vor allem, wenn man die Beine treffen muss. Solveigh legte an und zielte auf seinen Rücken. Erst im letzten Moment senkte sie den Lauf und feuerte zweimal auf seine Kniescheiben. Und verfehlte. Die dunkle Gestalt verschwand hinter einer Ecke.

Was hatte das zu bedeuten?, fragte sich Solveigh. Wusste noch jemand von dem geheimen Plan? Wer könnte von ELMSFEUER wissen? Der Maulwurf selbst? Oder die Leute, die den Anschlag geplant hatten? Heute würde sie es nicht mehr herausfinden. Solveigh zog ihr Handy aus der Tasche und las die SMS:

»Bin am Evakuierungspunkt Leidseplein. Wo bist du?«

Eddy. Solveigh fluchte. Und war froh, dass er lebte. Sie hoffte für ihn, dass er eine gute Erklärung für sein Verschwinden hatte. Sie tippte eine Antwort: »Komme, warte auf mich.«

Dann steckte sie die Jericho in ihr Holster und lief zurück in das Büro. Der Mann hatte vor Wills Safe gehockt, als sie ihn überrascht hatte. Der Safe lag zwischen dem Schutt in der Mitte des Nebenzimmers. Die Wucht der Explosion musste ihn mitsamt der halben Wand herausgesprengt haben. Aber er wirkte intakt und lag glücklicherweise mit der Tür nach oben. Solveigh stellte die Kombination ein und drehte an dem dreiarmigen Griff. Sie hörte, wie sich die Bolzen im Inneren bewegten. Er ließ sich tatsächlich noch öffnen. Sie brauchte drei Anläufe, bis es ihr gelang, die Tür über ihren Schwerpunkt zu ziehen. Das schwere Metall krachte auf den Schutt und wirbelte trotz der Nässe eine Staubwolke auf. Solveigh hustete, als sie den Inhalt des Safes durchsuchte. Die Akten lagen durcheinander auf der Rückseite. Solveigh wühlte sich durch die Seiten, bis sie den roten Umschlag entdeckte.

»ELMSFEUER«, stand in Wills krakeliger Schrift auf der Außenseite. Er war säuberlich verklebt. Hab ich dich, dachte sie, während sie in den Trümmern nach einer brauchbaren Metallstrebe suchte, mit der sie die Tür des Tresors wieder zustemmen konnte. In ihrem Büro steckte sie den Umschlag unter die durchnässte Feuerwehrjacke und machte sich auf den Weg zum Evakuierungspunkt. Dem Spanier, wie sie Eddy manchmal nannte, würde sie etwas erzählen, wenn sie ihn in die Finger bekam.

—

Eine Viertelstunde später stieg Solveigh am Leidseplein aus einem Taxi. Etwa zwanzig Mitarbeiterinnen und Mitarbeiter der ECSB standen ganz und gar nicht konspirativ in dem kleinen Park und warteten darauf, dass sie jemand abholte oder ihnen weitere Instruktionen gab. Auch die ECSB war vor Pannen nicht gefeit, dachte Solveigh. Wie fast alle Evakuierungspläne, auch die des Katastrophenschutzes, stießen sie in der realen Welt auf unüberbrückbare Hindernisse. Bei einem ihrer Aufträge vor einem halben Jahr hatte die deutsche Regierung beispielsweise festgestellt, dass bei einem atomaren Zwischenfall im AKW Neckarwestheim zweihundert Busse am Heidelberger Hauptbahnhof auf sechstausend Bürger warten sollten – auf der entsprechenden Vorfahrt fanden aber nur vier Busse Platz. Evakuierungspläne wurden eben meist mit dem Wohlwollen verfasst, dass man sie nicht brauchen würde, wusste Solveigh. Sie sah Eddy schon von Weitem in seinem Rollstuhl inmitten der Kollegen. Solveigh nickte dem einen oder anderen zu, als sie durch die Reihen ging. Und doch war einer von ihnen möglicherweise der Verräter. Und verantwortlich für den Tod von mehreren Menschen. Sie konnte sich von keinem der Anwesenden vorstellen, dass er oder sie es sein könnte. Aber das konnte man nie, wusste sie. Ein ebenso ungeschriebenes Gesetz wie die Fehlbarkeit eines jeden noch so guten Plans. Sie begrüßte Eddy kühler, als sie es gewohnt waren. Und sie fragte ihn nicht, wo er gewesen war. Das würden sie unter vier Augen besprechen.

»Lass uns hier verschwinden«, sagte Solveigh und legte ihre Hände auf die Griffe seines Rollstuhls. Eddy kurbelte und drehte sich geschickt von ihr weg.

»Nicht so schnell«, sagte Eddy. »Ich will erst wissen, was los ist.«

»Später«, sagte Solveigh, packte ihn von hinten und schob ihn durch die kleine Versammlung in Richtung Leidseplein.

»Es ist viel komplizierter, als du denkst«, sagte sie, als sie außer Hörweite der anderen waren. »Will setzt einen Plan mit dem Namen ›ELMSFEUER‹ in Kraft, was auch immer das heißen soll.«

»ELMSFEUER?«, fragte Eddy. »Verdammt noch mal, Slang, jetzt sag mir endlich, was los ist!«

»Nicht jetzt, Eddy«, sagte Solveigh. »Wo warst du überhaupt?«

»Herrgott noch mal, Slang! Darf man denn nicht einmal fünf Minuten seine Privatsphäre genießen?«

Solveigh hörte ihn kaum noch. Ihr Blick war fest auf den Leidseplein gerichtet. Etwas hatte ihren Instinkt geweckt. Ein Auto.

»Weißt du, ob es ein Unfall war? Und ob es welche von unseren Leuten erwischt hat?«, fragte Eddy, während er wild auf seinem Handy herumtippte. »In den Nachrichten sagen sie nur etwas von vielen Schwerverletzten.«

Ein Van. Schwarz. Am Steuer ein Mann in Schwarz. Genau wie der in Wills Büro. Und der Fahrer trug eine Sturmhaube.

»Jetzt red endlich mit mir, Slang!«, forderte Eddy sie auf. »Ist Will etwas passiert? Wie geht es den anderen? Was ist mit Pollux und Maria? Was hat es mit der Evakuierung auf sich?«

Es gab nur eine Erklärung: Es war noch nicht vorbei. Solveigh versetzte Eddys Rollstuhl einen Tritt gegen die Lehne. Er rollte über den Rasen in Richtung einer Bank.

»Runter!«, schrie Solveigh, so laut sie konnte. Sie beobachtete, wie die Seitentür des Vans geöffnet wurde. Eddy hatte seinen Rollstuhl umgekippt und lag flach auf dem Boden, so sicher es in dieser Situation möglich war.

»Runter!«, schrie sie noch einmal. Nur wenige ihrer Kollegen reagierten. Von den zweihundert Agenten der ECSB arbeitete der weitaus größte Teil in der Zentrale, nur etwa vierzig von ihnen waren an der Waffe geschult wie Solveigh. Einige legten sich auf den Boden, ein Kollege zog eine Pistole. Aus dem Lieferwagen ragten die Gewehrläufe von automatischen Waffen. Sie waren hoffnungslos unterlegen. Nicht nur, dass sie in dem Park standen wie auf dem Präsentierteller, auch was die Feuerkraft anging, würden sie mit ihren Pistolen einen fahrenden, bis an die Zähne bewaffneten Van nicht aufhalten können. Solveigh schwante, dass der Evakuierungsplan für einen Brand in der Zentrale geschrieben worden war und nicht etwa für einen Terroranschlag mit dem Ziel, die ECSB zu vernichten. Solveigh feuerte zwei Schüsse ab, bevor die Maschinengewehre losratterten. Sie ging hinter einem Baum in Deckung und beobachtete, wie die Salven die Leiber ihrer Kollegen in die Luft rissen. Auf der Bluse einer jungen Dolmetscherin, die Solveigh gut kannte, bildeten sich rote Blutflecken, die rasch größer wurden. Sie kippte nach hinten, ihre Augen vor Entsetzen geweitet. Es war ein Massaker. Nichts anderes als ein verdammtes Massaker. Als der Van mit quietschenden Reifen die Stadhouderskade hinunter verschwand, rannte Solveigh hinter ihm her und feuerte ihr Magazin leer. Sinnlos. Dann lief sie zu der jungen Frau, um ihr zu helfen. Aber Solveigh starrte in ein lebloses Augenpaar. Beim nächsten Opfer das gleiche Bild. Sie wählte die Nummer des Notrufs. Sie konnten doch unmöglich alle tot sein! Einige hatten mit Sicherheit überlebt und brauchten Hilfe. Als sie in das nächste leblose Gesicht blickte, tropften ihre Tränen auf die erkaltende Haut. Dann hörte sie ein Stöhnen. Also gab es doch Hoffnung. Die Hoffnung stirbt zuletzt, erinnerte sich Solveigh an einen Leitsatz ihres Vaters. Er war ein Zyniker gewesen, den sie nie besonders gemocht hatte. Er hatte es negativ gemeint, aber er hatte trotzdem recht behalten. Jemand versuchte, die ECSB auszulöschen. Gänzlich. Aber sie war noch da. Und Will Thater hatte auch überlebt. Es braucht nicht viele Menschen, um die Welt zu verändern. Nur einen, der damit anfängt.

KAPITEL 9

Iliciovca, Moldawien
Freitag, 14. Juni 2013, 13.36 Uhr (am nächsten Tag)

Lila trug den Nagellack an der rechten Hand zum dritten Mal auf.

»Lass mich das machen«, sagte Ioana und entfernte die Farbreste mit Alkohol und einem Lappen. »Ist ja nicht gerade so, dass wir viel davon haben.«

»Entschuldige«, sagte Lila.

»Ich weiß gar nicht, was du hast«, sagte Ioana. »Das wird sicher lustig. Und außerdem kommen doch nur Leute, die wir kennen.«

»Und Radu«, fügte Lila hinzu.

»Du kennst ihn doch gar nicht«, sagte Ioana. »Und ich übrigens auch nicht. Also kaum. Ich habe ihn vielleicht sechsmal gesehen bei den Familienfesten. Früher.«

»Und, sieht er gut aus?«

Ioana seufzte und griff nach dem roten Nagellack. Sie hielt ihn skeptisch gegen die Lampe über dem Esstisch von Lilas Großeltern: »Wie oft hast du mich das schon gefragt, seit du weißt, dass er kommt? Neun Mal?«

»Vergiss es einfach«, sagte Lila und hielt ihr die Hand hin. Sie konnte es immer noch nicht glauben, dass sie sich wirklich darauf eingelassen hatte. Das Mittsommerfest, das im Gegensatz zu den nordischen Ländern schon einen Monat früher und an wechselnden Wochenenden gefeiert wurde, war das wichtigste gesellschaftliche Ereignis des Jahres in Iliciovca. Zwei Tage dauerten die Festivitäten, und die Wahl zur Königin war der Höhepunkt am Samstagabend.

»Hier, probier, ob es passt«, stolperte ihre Großmutter in den Raum. Sie hatte die traditionelle Tracht von ihrer Mutter für Lila umgenäht, da ihr das Kleid viel zu groß war. Bei der Wahl zur Mittsommerkönigin des Ortes wurden zwei Outfits erwartet. Zuerst das traditionelle, zu dem die Mädchen Blumen im Haar trugen und mit dem alle Teilnehmerinnen in das Gemeindezentrum einziehen würden, und ein zweites für das Finale. Falls sie es tatsächlich bis dahin schaffte, würde sie das neue tragen. Das sie zu einer Königin machen würde, wenn die Prophezeiung der Alten aus Drochia stimmte.

»Danke, Bunică«, sagte Lila und drückte ihr einen Kuss auf die Wange. Dabei lächelte die alte Frau wie ein Kind.

»Mach dir keine Sorgen, Lila, du wirst toll aussehen morgen«, sagte sie, nicht ohne hinzuzufügen: »Und du natürlich auch, Ioana.« An ihr war eine Diplomatin verloren gegangen.

KAPITEL 10

Amsterdam, Niederlande
Freitag, 14. Juni 2013, 14.04 Uhr (zur gleichen Zeit)

Solveigh Lang fühlte sich elend. Elend, weil sie das Schicksal ihrer Kollegen in die Hände der Rettungskräfte gelegt und die Flucht ergriffen hatte. Elend von dem metallischen Geruch von Blut und dem Tod so vieler Menschen, die sie gekannt hatte. Und noch mehr, die sie besser hätte kennen sollen. Ihre Hände zitterten leicht von dem Schlafmangel einer durchwachten Nacht in einer billigen Pension und von den Gesprächen mit Eddy über das, was passiert war. Und das, was sie nicht fassen konnten: dass jemand versuchte, sie alle umzubringen. Das Ziel der Anschläge war es nicht, die ECSB aufzuhalten. Spätestens seit dem Attentat auf den Evakuierungspunkt war klar, dass es ihrem Gegner darum ging, sie vollständig zu vernichten.

In dem Elektronikmarkt schob Eddy seinen Rollstuhl vor das Regal mit den Prepaidhandys und zog ein Paket nach dem anderen von den Metallhaken. Er reichte sie Solveigh über seine Schulter, und sie packte die Geräte in den Einkaufswagen, den sie vor sich herschob. In der Computerabteilung besorgte Eddy Ersatz für ihre Laptops, die bei dem Feuer zerstört worden waren und die sie aus Sicherheitsgründen wohl ohnehin verschrottet hätten. Solveigh hatte für diesen Einkauf ihre sämtlichen Ersparnisse geplündert, auf ihrem Konto herrschte jetzt gähnende Leere. Aber nach dem Angriff auf die ECSB hatte sie es nicht riskieren wollen, ihre Kreditkarte zu verwenden. Bargeldloses Bezahlen war in etwa so riskant wie Telefonieren, wenn man von der Bildfläche verschwinden wollte. Noch immer trug sie den ELMS-FEUER-Umschlag in ihrer Handtasche bei sich. Sobald sie sich mit neuen Handys versorgt hatten, konnte sie es riskieren, Kontakt zu Will Thater aufzunehmen.

Eine Dreiviertelstunde später saßen Solveigh und Eddy in der hintersten Ecke eines Cafés am Nieuwmarkt und schoben eine SIM-Karte nach der anderen in die Telefone. Als Solveigh das erste aktiviert hatte, wählte sie die Nummer der ECSB-Zentrale.

»Herzlich willkommen bei Loude IT-Services, wie kann ich Ihnen helfen?« Die falsche Empfangssekretärin würde sie nicht verbinden, sie wusste nicht einmal, dass sie nicht für Loude IT-Services arbeitete. Erstaunlich, dass zumindest die Telefonleitung schon wieder funktioniert, dachte Solveigh. Wenn man bedenkt, was sonst alles schiefgelaufen ist.

Solveigh drückte eine Nummernfolge, gefolgt von der Rautetaste, um schließlich ihre PIN einzugeben.

»Willkommen, Agent Lang«, sagte eine Computerstimme.

»Notfalllokalisation Thater, William«, sagte Solveigh.

»Bitte warten Sie«, sagte der Computer.

»Der Aufenthaltsort kann nicht ermittelt werden«, lautete das Ergebnis. Ob Will das selbst entschieden hatte?

»Bitte geben Sie den Autorisationscode für die laufende Operation ein, um fortzufahren.«

Was für einen Code?

»Sie wollen einen weiteren Code«, sagte Solveigh zu Eddy.

Eddy legte den Akku des achten Handys beiseite und zuckte die Achseln. Ein Autorisationscode für eine laufende Operation? So etwas hatte der Telefoncomputer noch nie verlangt. Solveigh dachte an den Umschlag in ihrer Handtasche. Über die Tastatur tippte sie wie bei einer SMS den Zahlencode für ELMSFEUER ein: 33555677777777333338833777.

»Bitte warten Sie«, sagte die Stimme. Ausdruckslos. Einige Sekunden später hörte Solveigh das Geräusch eines klingelnden Anschlusses.

»Ja?«, fragte eine ihr wohlvertraute Stimme.

»Will?«, fragte Solveigh. »Gott sei Dank!«

Er hustete.

»Hast du die Akte?«, fragte er.

Solveigh tastete nach dem Umschlag in ihrer Handtasche.

»Ja«, bestätigte sie.

»Mach sie auf«, verlangte Will Thater.

Solveigh zog den roten Umschlag hervor und riss mit ihrem Zeigefinger die Lasche auf. Weitere Kuverts glitten auf den blank polierten runden Bistrotisch. Vier Stück an der Zahl, alle ebenso rot wie der große. TEAM 1, TEAM 2 und TEAM 3 sowie einer, auf den Will KOORDINATION geschrieben hatte. Solveigh wurde klar, dass sie Sir Williams letzte Festung in der Hand hielt. Den Plan für ein Ereignis, das niemals hätte eintreten dürfen. Er hatte die Einsatzpläne selbst verfasst und auf keinem Computer gespeichert. Keine Sekretärin hatte sie abgetippt, kein Drucker ausgedruckt. Dies war der analoge Plan eines altmodischen Geheimdienstlers, der niemandem mehr vertraute außer denen, die er selbst in ELMSFEUER einweihte.

»Öffne den Umschlag für Team 1«, sagte Will.

Solveigh steckte die anderen zurück und riss das erste

Kuvert auf. Solveigh überflog das Dokument. Es enthielt detaillierte Anweisungen für ein vollständiges Abtauchen, ein Ermitteln ohne jede Hilfestellung von der Zentrale. Mit dem einzigen Ziel, die Urheber des Terroranschlags aufzuspüren. Dazu eine Schlüsselkarte für ein Schließfach bei der Rabobank, das vermutlich das Bargeld enthielt, das sie dringend benötigten. Keine Kreditkarten, täglicher Wechsel des Mobiltelefons, alle E-Mails verschlüsseln, keinesfalls alte Passwörter verwenden. Aufbau einer provisorischen Einsatzzentrale, Kommunikation mit anderen Mitgliedern von ELMSFEUER ausschließlich persönlich und nach Nennung des Codeworts. Will meinte es ernst.

»Du glaubst wirklich, die hatten einen Insider? Der Evakuierungspunkt war schließlich nicht besonders unauffällig«, gab Solveigh zu bedenken.

»Ich glaube es nicht, ich weiß es«, behauptete Will Thater. »Alleine die Platzierung der Bombe kann kein Zufall sein. Und ihr wisst sicherlich, dass drei von fünf Evakuierungspunkten angegriffen wurden?«

Solveigh und Eddy hatten keine Ahnung.

»O mein Gott«, sagte Solveigh. »Wie viele?« Tote meinte sie.

»Über sechzig«, flüsterte Sir William. Der Schock war auch seiner Stimme deutlich anzumerken. »Ich werde die ECSB vorläufig schließen und alle Mitarbeiter hier in einem der Krankenhausflügel zusammenrufen, der gerade renoviert wird. Die EU-Kommission habe ich bereits informiert, es steht außer Frage, dass es jetzt vor allem gilt, unsere Leute zu schützen.«

»Und die anderen Teams?«, fragte Solveigh.

»ELMSFEUER wird aus drei Teams bestehen. Ihr arbeitet

unabhängig aber alle mit dem gleichen Ziel: die Attentäter zu finden und auszuschalten«, sagte Sir William.

»Wer sind die anderen Teams?«, fragte Solveigh.

»Ihr werdet eure Identitäten gegenseitig nicht erfahren, zu eurem eigenen Schutz«, sagte Sir William. »Vertraut niemandem, der sich nicht selbst als ELMSFEUER identifizieren kann!«, fügte er nach einer kurzen Pause hinzu. »Ihr seid die letzte Bastion, Slang. Ich zähle auf euch!«

Solveigh schluckte.

»Du kannst dich auf uns verlassen«, sagte sie schließlich mit trockener Kehle, als sie plötzlich einen Mann in einer Jeansjacke bemerkte, der sich ihrem Tisch näherte. Es war keiner der Kellner. Solveigh griff nach ihrer Waffe. Er hatte braune Haare und einen Dreitagebart. Er sah aus wie ein Student. Architektur oder etwas in der Richtung. Solveigh entsicherte die Waffe noch im Holster. Sie würde schneller ziehen als er.

»Sie haben einen Umschlag für mich?«, fragte der Student, als er zu ihnen an den Tisch trat. Eddy blickte verwundert auf, er hatte nicht einmal mitbekommen, dass sich ihnen jemand genähert hatte. Solveigh blickte ausdruckslos an ihm vorbei.

»ELMSFEUER«, raunte der Mann in der Jeansjacke.

»Gib ihm den Umschlag, Solveigh. Und wirf das Handy weg, das du verwendet hast«, verlangte Will Thater.

Solveigh starrte konsterniert auf das Gerät in ihrer Hand. Sie hatte keine zehn Minuten telefoniert. Es war fast unmöglich, dass jemand in dieser Zeit … Es sei denn, er hatte sie beschattet. Bei dem Gedanken, dass er auch für die Gegenseite hätte arbeiten können, lief ihr ein kalter Schauer über den Rücken. Amsterdam war nicht mehr sicher, sie würde besser aufpassen müssen, wenn sie und Eddy überleben wollten. Sie drückte dem Mann den Umschlag in die Hand und sah ihm hinterher, wie er in einem Supermarkt verschwand. Vertraue niemandem, wenn er nicht zu ELMSFEUER gehört, erinnerte sich Solveigh und nahm die Batterie aus dem Handy. Sie brach die SIM-Karte in der Mitte auseinander und ließ sie in ihre halb volle Kaffeetasse fallen. Sie brauchten eine sichere Operationsbasis. Und zwar so schnell wie möglich.

KAPITEL 11

München, Deutschland
Samstag, 15. Juni 2013, 15.46 Uhr (am nächsten Tag)

Paul Regen verließ seine Wohnung in der Isarvorstadt, in der schon seine Eltern gelebt hatten, um Viertel vor vier. Der endlose Regen der letzten Wochen war einer Hitzewelle gewichen, die jeden Klimawandelskeptiker an den Haaren aus seiner industriefreundlichen Ecke zerren musste. Da er zu Hause zwar einen Computer, aber keinen Drucker besaß und Adelheid Auch das wohlverdiente Wochenende genoss, ließ er sich den Bericht des Rechtsmediziners bei einem Schilderdienstgeschäft ausdrucken, das mangels innenstädtischer Schildernachfrage auch einen Kopierservice betrieb. Mit mageren vier Seiten in der Jackentasche machte er sich auf den Weg zum Markt.

In der Müllerstraße stolperte ihm eine junge Frau in einer zerrissenen Strumpfhose vor die Füße. Ihr folgte ein Mann mit einem Hellen in der Hand und Schaumresten um den Mund. Paul Regen wich aus und grüßte unbekannterweise. Der Sunshine Pub machte seinem Namen stets alle Ehre. Geschlafen wurde dort anscheinend nicht, zumindest ließen die stark geröteten Untotenaugen darauf schließen, dass man den Rausch der Nacht hier standesgemäß ausklingen lassen konnte. Paul Regen hatte nichts dagegen, er hatte in den vergangenen Jahrzehnten noch jede bunte Kapriole seines Stadtviertels begrüßt. Einzig auf die Neubauten mit Concierge, Champagnerbar und Pool, die »Limonenhöfe« oder »The 99« hießen und deren Bewohner hinter der Tram herhupten, könnte er gut verzichten. Den schlimmsten diesbezüglichen Neuzugang, ein Bürohaus unter dem »The 99«, das vermutlich »The ugly little sister« hieß, passierte Paul Regen ohne Zwischenfälle. Aber welcher Unternehmensberater würde schon am Samstag mit blutunterlaufenen Augen aus seinem Büro stolpern, das tat er ja schon am Donnerstag beim Kunden. Paul Regen ging ausnehmend gerne spazieren, er hatte sogar gegenüber Adelheid Auch einmal behauptet, ein Spaziergang sei die beste Strategie für alles. Und Paul Regen glaubte daran. Ein gebrochenes Herz, rauchender Zorn, ein berufliches Problem, beispielsweise ein toter Arm, für die meisten guten Gedanken war ein Spaziergang der optimale Ausgangspunkt.

Mindestens an einem Tag in der Woche ging Paul Regen auf den Markt, meistens am Samstag, weil ihn die Projekte vom Wochinger auf Trab hielten, so ungern er sich auch mit EDV-Problemen auseinandersetzte. An einem Stand, der versprach, alles zu liefern, was schwimmt, erwarb er eine Räucherlachssemmel, denn Paul Regen war überzeugt, dass die Omega-3-Fettsäuren noch den kleinen Rest besorgten, den Spaziergänge nicht schafften. Außerdem war es selbst jetzt um kurz nach fünf noch gefühlte dreißig Grad warm, und Fisch war doch ohnehin gesünder, oder nicht? Außer natürlich Obst. Obst mochte Paul Regen zwar nicht, aber es war außer Konkurrenz, was die Gesundheit anging. Ergo erstand er gegenüber noch einige Aprikosen aus der Wachau und setzte sich dann mit seinem Computerausdruck auf die Auslage eines der Stände, die der TÜV im letzten Jahr wegen baulicher Mängel geschlossen hatte. Was ein Skandal war, aber gleichzeitig bedeutete, dass Paul Regen in Ruhe lesen konnte. In manchem galt er sich selbst als Opportunist. Er legte die Aprikosen zur Seite, biss in das Brötchen und schlug den Bericht auf. Beim großen Klecks Meerrettich in der Mitte hatte er begriffen, dass der Arm einem blonden weißen Mann gehört hatte, der etwa 1 Meter 95 groß gewesen sein dürfte. Zum Zeitpunkt seines Todes dürfte der Mann – geschätzt – zwischen 35 und 45 Jahre alt gewesen sein. Und der Todeszeitpunkt lag vor etwa zehn Jahren. Die Konservierungsmethode machte eine genauere Bestimmung unmöglich, ebenso wie die Beantwortung der Frage, ob der Arm bei lebendigem Leib vom Körper abgetrennt wurde. Ausnahmsweise hatte sich die Gerichtsmedizin ins Zeug gelegt. Paul Regen hatte nicht erwartet, so schnell etwas über den Todeszeitpunkt zu erfahren. Er steckte das Brötchen in den Mund und blätterte zur letzten Seite des Berichts, wobei seine fettigen Finger dunkle Flecken an den Seitenrändern hinterließen. Als er bei der Unterschrift angekommen war, tropfte Meerrettichsauce auf den Namen von Dr. P. Breitling.

»Aha«, sagte Paul zu sich selbst. »Hab ich es doch gewusst.«

Der Workaholic unter den Gerichtsmedizinern, dessen Augenringe noch ausgeprägter waren als die der Untoten aus dem Sunshine Pub. Paul Regen blätterte zurück.

Der Arm war mit einer chirurgischen – oder einer anderen sehr scharfen – Säge abgetrennt worden. Dr. Breitling musste das schreiben aus Gründen der Absicherung gegenüber seinem Vorgesetzten, was Paul ihm keineswegs übelnahm. Trotzdem war klar, dass er von der chirurgischen Säge überzeugt war. Erst danach war er konserviert worden, und zwar mit einer ganz ähnlichen Methode, mit der auch die Pathologie ihre Präparate vor dem unweigerlichen Verfall schützte. Danach war das Exponat in einen handelsüblichen Müllbeutel eingewickelt worden, der von Tausenden Supermärkten und beinah ebenso vielen Drogerien in ganz Deutschland verkauft wurde. Dr. Breitling forderte die Kriminaltechnik auf, die weitergehende Analyse vorzunehmen, etwa um eine Chargennummer herauszubekommen, was Paul Regen den Kollegen morgen ersparen würde, denn es würde ganz sicher zu nichts führen. Hätte man das schon einmal gehört? Dass man eine Plastiktüte zurückverfolgen kann? Wenn sie keine Fingerabdrücke oder fremde DNA-Spuren fanden, konnten sie die Tüte ebenso gut verbrennen, was natürlich gegen die Vorschriften wäre. Schlussendlich, so der Bericht von Dr. Breitling, habe die Tüte wohl luftdicht abgeschlossen, denn das verbleibende Formalin habe nahezu komplett konservierend gewirkt. Was kein Wunder war, schließlich war die Tüte vergraben worden. Paul Regen leckte seine Finger ab und roch daran. Dann rollte er die Aprikosen auf die Ausdrucke und wusch neben seinen Fingern auch noch die 2,50 Euro Wechselgeld an einem der Marktbrunnen. Paul Regen hatte das Gefühl, dass sich

Fischgeruch überall festklammerte wie ein schwer zu lösender Schleim. Natürlich war das unsinnig, aber seine Phobien wurde man nun einmal schwerer los als seine guten Angewohnheiten. Mit einer der Aprikosen im Mund blätterte er zu dem, was Dr. Breitling unter »Sonstiges« vermerkt hatte. Paul Regen wusste, dass sich dort meist die echten Schätze einer rechtsmedizinischen Untersuchung versteckten. Es sei denn, ein Mann hatte seine Frau erschlagen oder ein Bruder seinen Bruder oder der Opa den Sohn. Das waren die Fälle für die Fakten auf den ersten beiden Seiten, die DNA, die absoluten Beweise. Wie Klaus Wochinger ahnte auch Paul Regen, dass dieser Arm nicht zu den Fällen gehörte, die schnell und idiotensicher aufgeklärt werden würden. Niemand hatte behauptet, dass der Kriminaldirektor nicht ein schlauer Bursche wäre, auch wenn seine steile Karriere auf einem Missverständnis beruhte, das Paul Regen als sein damaliger Partner versäumt hatte aufzuklären. Unter »Sonstiges« hatte Dr. Breitling notiert, dass der Arm wohl einem schwer arbeitenden Menschen gehört haben muss. Er hatte Erde unter seinen Fingern gefunden, Schwielen an den meisten Fingern und über den Mittelhandknochen. Dr. Breitling schloss daraus, dass der Mann regelmäßig, vermutlich berufsbedingt, mit schweren Werkzeugen hantiert haben musste. Die große Frage war, wie es Paul Regen gelingen konnte, weiter an dem Fall zu arbeiten. Am Montag würde er die Daten in ihr neues System eingepflegt haben und vermutlich keine Treffer landen. Und dann?

Nach dem letzten Absatz und der letzten Aprikose kaufte Paul auf dem Markt eine große Portion Schafskäse, eingelegtes Gemüse, Brot und Knoblauch. Die schweren Tüten schnitten in seine rechte Hand, und der Bericht geisterte durch seinen Kopf, als er den Rückzug antrat. Er machte einen Umweg über den Gärtnerplatz, um nachzudenken. Gegenüber Adelheid Auch bezeichnete er diese Form seiner Spaziergänge als assoziative Investigation, was mehr nach Arbeit klang und sich besser anhörte, wenn jemand nach ihm fragte. »Der Herr Regen ist spazieren gegangen«, konnte sie ja schlecht sagen. Obwohl sich Paul fragte, warum das eigentlich nicht gehen sollte, wenn es der Aufklärungsquote dienlich war. »Der Herr Regen arbeitet an einer assoziativen Investigation«, hörte sich trotzdem professioneller an, und Paul Regen wusste, dass eine gute Formulierung bei vielen deutschen Beamtenseelen den Unterschied zwischen Zweifeln an seiner Zurechnungsfähigkeit und ehrlich empfundenem Respekt ausmachte.

Am Reichenbachplatz querte er die Straße bei Rot und dachte an den Arm. Ein Arbeiter? Paul Regen blieb stehen. Die Tram war hier die letzten Monate ausgefallen, weil sie an der Fraunhoferstraße die Gleise erneuerten. Hatte sein Arm einem Bauarbeiter gehört? Möglich, dacht Paul Regen. Aber wieso überhaupt wurde der Mann getötet? Oder wurde ihm der Arm entfernt? Könnte eine Tram einen Arm abtrennen, dass es wirkte, als sei eine Chirurgensäge verwendet worden? Das war natürlich Unsinn. Aber der Unsinn gehörte ebenso zu seinen Assoziationsketten wie das Sinnvolle. Letzteres konnte Fälle lösen, an denen sich alle die Zähne ausgebissen hatten.

Andererseits hatte in dem Bericht nichts davon gestanden, dass der Arm lädiert gewesen war, und wenn es ein Unfall gewesen wäre, hätte ja der Arm, der amputiert worden war, lädiert sein müssen, sonst hätte ihn ja kein Arzt amputiert, oder nicht? Also war doch der Mann gestorben, bevor sie ihm den Arm abgesägt hatten? Paul setzte sich wieder in Bewegung und hätte fast den Schirm eines Kinderwagens abgerissen, der sich in seiner Käsetüte verhakt hatte. Er entschuldigte sich bei der Mutter, die aussah, als arbeite sie für ein Modemagazin, was vermutlich auch zutraf. Doch ein Gewaltverbrechen? Er betrachtete die Frau hinter dem Kinderwagen in ihrem Sommerkleidchen und stellte fest, dass die Temperaturen ausgesprochen positive Nebenwirkungen mit sich brachten.

Auf dem Gärtnerplatz schienen sich die positiven Nebenwirkungen der Sommersonne exponenziell zu vermehren. Paul Regen lief einmal um den Platz herum vorbei an der Baustelle des Theaters, die aussah, als gälte es, das Kolosseum neu zu errichten. Zwei größenwahnsinnige Bagger schaufelten selbst am Samstag ihr Geröll, und Kräne zwirbelten ihre Stahlträger hoch über die Dächer. Und wenn es doch ein Unfall gewesen war und der Tote einen Organspendeausweis besessen hatte? Dann hätte er möglicherweise auch das Kreuz bei der Verwendung für wissenschaftliche Zwecke gesetzt. Dann wäre es noch möglich, dass ein anderer Körperteil verletzt worden war, zum Beispiel, indem etwas von einem Kran heruntergestürzt war. Natürlich nur als Beispiel. Möglich war es. Aber wie war der Arm in die Plastiktüte gekommen? Und vor allem, warum? Paul lief durch das Currywurst-Dreieck an der Fraunhoferstraße, in dem zwischen drei Buden ein regelrechter Krieg tobte, und geriet kurz in Versuchung aufgrund der von ihm vorgelegten Gesundheitsmahlzeit am Markt. Ohne dem verlockenden Duft nachzugeben, lief er die Klenzestraße hinunter, vorbei an der Schule, die an entsprechenden Sonntagen zum Wahllokal umfunktioniert wurde. Wäre es möglich, dass der Arm ein Streich gewesen war? Ein besonders makabrer natürlich, möglicherweise unter Studenten? Er erinnerte sich daran, vor Jahren gelesen zu haben, dass in der Pathologie der Kölner Universitätsklinik mehrere Fässer mit Leichenteilen einfach im Keller gestanden hatten. War so etwas möglich? Vielleicht war sein Arm doch nicht ein ganz so großes Rätsel, dachte Paul Regen, als er die Haustür aufschloss. Vielleicht war es einfach nur ein Studentenstreich? Wem würde es überhaupt gelingen, einen 1,95 Meter großen Mann umzubringen? Entgegen der landläufigen Annahme war es gar nicht so leicht, jemanden zu ermorden, es sei denn, man besaß eine Schusswaffe. Und selbst dann sollte man mit ihr besser umgehen können als Paul Regen, der Schusswaffen nicht mochte. Nicht, dass es bei den Meetings zur Einführung des Erkennungsdienstes Digital besonders gefährlich zuging. Immerhin hatte er einige Ideen, und auf Adelheid Auch wartete am Montag eine ganze Menge Arbeit. Ein Studentenstreich?, fragte Paul Regen, als er die Tüten in der Küche abstellte und lächelte. Wir werden es schon herausfinden.

KAPITEL 12

Iliciovca, Moldawien
Samstag, 15. Juni 2013, 18.58 Uhr (am selben Tag)

Um genau neunzehn Uhr am Samstagabend standen zwölf junge Mädchen in ihren Trachten hinter dem Gemeindezentrum und warteten darauf, dass die Musik aufspielte. Sie trugen Gräser und Blumen im Haar, die meisten sahen aus wie Lila und Ioana. Nur die Tochter des Bestatters aus Drochia war grell geschminkt. Er konnte es sich leisten und ließ sie bei allen Dorffesten antreten, obwohl sie eigentlich in der Stadt wohnten, wo Lila und Ioana zur Schule gingen. Aber da er die Preise für seine Dienstleistung individuell festsetzen konnte, wollte ihm niemand den Gefallen verwehren. Auch niemand aus Iliciovca. Lila hörte die Männer im Inneren grölen und lachen, sie feierten seit dem frühen Nachmittag. Es hatte heute schon Bewertungen für die schönste Milchkuh und den prachtvollsten Hahn des Orts gegeben. Die Mädchen waren das Highlight des Fests. Lila wusste, dass Großvater und Großmutter zwischen ihren Nachbarn saßen, um ihr Beifall zu klatschen. Ioanas Verwandte hatten einen ganzen Tisch für sich reserviert. Radu hatte für das Fest Geld geschickt. Er wollte seiner Cousine beim Gewinnen zusehen. Lila nahm Ioanas Hand. Sie sah atemberaubend aus, selbst in der einfachen Tracht. Ihr dunkles Haar trug Ioana zu einem kunstvollen Kranz geflochten, in dem rote Mohnblumen steckten. Sie selbst hatte sich für Margeriten entschieden. Eine einfache Blume mit einer schönen Form. Wie sie. Lila war die Außenseiterin, aber sie musste zugeben, dass Ioana und ihre Großmutter Wunder gewirkt hatten. Sie sah bei Weitem nicht so dünn aus, wie sie war, und die Margeriten passten zu ihrem blonden Haar, das ausnahmsweise nicht strohig wirkte. Die Musik spielte. Ioana drückte ihre Hand, und sie gingen hinein.

Das Gemeindezentrum gehörte der Kirchengemeinde und wurde für jedes Dorffest genutzt. Es war nicht viel mehr als eine baufällige große Halle mit einem roten Dach, aber es bedeutete für das Dorf den Erhalt ihrer Gemeinschaft in schwierigen Zeiten. Natürlich kannte Lila alle, die dort an den Tischen saßen. Sie lief vorbei an ihren Nachbarn, den Großeltern von Bence, der zwischen ihnen saß und sich das mit dem Ziegenbock hoffentlich noch einmal überlegen würde. Lila hielt den Kopf hoch erhoben, sie schaute nicht nach rechts oder nach links. Sie wollte mit Haltung untergehen. Ganz vorne saßen der Vorsteher der Mühle mit seiner Frau und der Bestatter aus Drochia. Das war der Tisch mit den Reichen. Das wäre sogar aufgefallen, wenn sie nicht lauter und besser gekleidet gewesen wären – es war der einzige Tisch, an dem Jugendliche und unter Fünfzigjährige zusammensaßen. Die Einzigen aus der Generation ihrer Eltern, die es sich leisten konnten, hier zu bleiben. Lila und Ioana reihten sich auf der Bühne in einen Kreis, sie tanzten eine Hora, einen traditionellen Reigen. Es war wichtig, den Kopf exakt im richtigen Moment gegen die Bewegung des Körpers einzusetzen, was deutlich komplizierter war, als es aussah. Lila versuchte, einen Blick auf ihre Großeltern zu erhaschen, aber ihr Kreis drehte sich ständig weiter um sich selbst. Auch Ioanas Großeltern und ihre Brüder konnte sie nicht ausmachen. Dort würde auch Radu sitzen. Radu aus Bukarest. Nach der Hälfte der Liederfolge würde ein Säckchen aus Samt an den Tischen herumgereicht, in den jeder einen Stimmzettel legen durfte. Die Musik endete in frenetischem Applaus, der den ganzen Saal ausfüllte. Einzelne Namen wurden gerufen, und auch einige Blumensträuße flogen auf die Bühne. Es war ein großartiges Gefühl, dort zu stehen. Lila spürte ein Kribbeln in der Magengegend. Es musste so etwas wie Stolz sein. Eine Bühne und ein Publikum können ein Gefühl erzeugen, das mit nichts vergleichbar ist, hatte ihre Musiklehrerin immer gesagt. Die Mädchen stellten sich in einer Reihe auf, und der Bestatter kam auf die Bühne. Er wirkte sehr weltmännisch in seinem glatten Anzug und mit der Krawatte. Lila überlegte, dass in Drochia wohl der Bürgermeister das Mittsommerfest moderierte, aber Iliciovca war zu klein für einen Bürgermeister. Das Gesicht des Bestatters war aufgedunsen vom Wein und fettem Essen. Lila hielt immer noch Ioanas Hand, als der Bestatter das Ergebnis verkündete.

»Du warst super«, flüsterte Ioana Lila ins Ohr.

»Für das Finale wurden nominiert …«, begann er, und das Klatschen im Saal erstarb.

Von den zwölf Mädchen kamen nur drei in die zweite Runde. Damit sollte sichergestellt werden, dass es nur Sieger gab, keine Verlierer. Die Stimmzettel wurden nachher verbrannt. Vor vier Jahren hatte sich eines der Mädchen, das den letzten Platz belegt hatte, noch in der Nacht des Mittsommerfests an der Küchenlampe erhängt. Seitdem wurde heimlich ausgezählt, und es hatte keine weiteren Zwischenfälle gegeben. Wer ins Finale kam, war ein Sieger, die anderen die zweiten. Lila spürte den Schweiß auf ihrer Handfläche, obwohl sie ja erst gar nicht hatte mitmachen wollen. Sie blickte zum Tisch ihrer Großeltern. Bunică winkte ihr zu und lächelte.

»... Mascha Syrbu ...«

Eine hübsche, aber nicht sehr helle Tochter eines Tabakbauern, die vier Häuser neben Ioana wohnte. Sie erntete verhaltenen Applaus. Und da sah sie Radu. Am Tisch von Ioanas Großeltern und inmitten all ihrer Geschwister. Ihre Erinnerung hatte Ioana nicht getäuscht. Er sah gut aus. Und er sah zu ihr herüber ...

»... Ioana Grigorasch ...«

Lila riss eine Hand in die Höhe und küsste Ioana auf die Stirn, und auch der Saal tobte. Ihre vier Brüder sprangen auf und ab, Radu trommelte mit der Faust auf den Tisch, und ihre Großeltern klatschten. Sie nahm ihre beste Freundin in die Arme und verdrückte eine Träne an ihrer Wange. Sie hatte gewusst, dass Ioana es schaffen würde. Aber Ioana flüsterte ihr ins Ohr: »Es gibt noch einen Platz, Lila.«

»Und die dritte Teilnehmerin unseres Finales für die Mittsommerkönigin von Iliciovca heißt ...«

»Ich weiß«, flüsterte Lila zurück und versuchte noch einmal Radus Blick zu erhaschen, bevor alles vorbei wäre. Wenn sie die Mathematik nicht im Stich ließ, wusste sie, wer noch im Finale stand ...

Der Bestatter riss den Mund weit auf, als könne er es kaum glauben, was er auf dem Zettel mit der Stimmauswertung lesen durfte.

»... es ist«, er räusperte sich, »... Svetlana Saenko. Meine eigene Tochter!« Er umarmte seine stark geschminkte Svetlana, deren Mund aussah wie ein Kaugummi, und zerdrückte dabei eine der Blumen in ihrem Haar.

KAPITEL 13

Amsterdam, Niederlande
Samstag, 15. Juni 2013, 19.39 Uhr (zur gleichen Zeit)

Solveigh betrat die Filiale der Rabobank am Flughafen Schiphol zwanzig Minuten vor Ende der Geschäftszeiten. Die Schalterhalle der vermutlich aus Prestigegründen eingerichteten Geschäftsstelle war leer, außer einem Wachmann und zwei Mitarbeiterinnen war niemand zu sehen. Solveigh legte ihre Identifikationskarte wortlos auf den Tresen und wurde erwartungsgemäß aufgefordert, sich einen Moment zu gedulden. Wenige Minuten später erschien ein Mann mit schlecht gebundener Krawatte und bedeutete ihr, ihm zu folgen. Sie stiegen eine kurze Treppe hinunter in den Tresorraum der Filiale, der nicht gerade beeindruckende Ausmaße aufzuweisen hatte. Bis auf die dicke Stahltür sah er aus wie ein reguläres Büro. An einer der Wände waren die Schließfächer in die Wand eingelassen. Er nahm ihre Karte in Empfang und zückte einen langen Schlüssel. Sie hatten immer noch kein Wort gewechselt, und wenn es sich vermeiden ließ, würde Solveigh daran nichts ändern. Sie schob die Sonnenbrille zurecht, als er den Schlüssel umgedreht hatte und sich vornehm wegdrehte, um ihr beim Eingeben der Zahlenkombination nicht über die Schulter zu schauen. Solveigh zog den Zettel aus der Hosentasche, auf dem sie die lange Nummer notiert hatte, und drückte die entsprechenden Tasten. Kurz darauf wurde ein elektrischer Motor im Inneren des elektronischen Schlosses aktiviert, und die Tür sprang auf. Solveigh zog die Metallschublade heraus, der

Bankangestellte wies ihr den Weg zu einem Vorhang in der hinteren Ecke des Raumes. Auf dem schmalen Resopaltisch zog sie den Reißverschluss einer roten Sporttasche auf, die sie mitgebracht hatte, und begann, sie mit dem Inhalt des Schließfachs zu füllen. Das Wichtigste war das Bargeld, von dem sie einen Teil bereits einer Maklerin für eine möblierte Wohnung in der Innenstadt versprochen hatte. Solveigh zählte auf die Schnelle über hunderttausend Euro in Fünfziger- und Hunderterstapeln ab. Als Solveigh das Geld eingesteckt hatte, pfiff sie leise durch die Zähne. Auf dem Boden der Box lagen Umschläge mit einem Sicherheitsmuster auf der Außenseite, das es unmöglich machte, den Inhalt zu lesen, ohne sie zu öffnen. Und auf den Außenseiten prangten vertraute Embleme: Europol, Eurojust, das deutsche BKA, der britische GCHQ, DCRI. Solveigh vermutete, dass es sich um Zugangsdaten handelte. Sie waren fast noch wichtiger als das Geld, denn ohne eine funktionierende IT-Infrastruktur war heute keinem anständigen Verbrecher mehr auf die Schliche zu kommen, geschweige denn bestens organisierten Terroristen. Solveigh stopfte die Umschläge zu dem Bargeld in ihre Tasche und gab die Schublade zurück. Ihre Sonnenbrille hatte sie während ihres gesamten Besuchs in der Bank nicht abgesetzt, und mit den Angestellten hatte sie kein Wort gewechselt. Bis auf Weiteres galt es, so vielen Überwachungskameras wie möglich ein Schnippchen zu schlagen – oder es ihnen zumindest so schwer wie möglich zu machen, ein gutes Bild von ihr einzufangen. Bis sie wussten, mit welchem Gegner sie es zu tun hatten, durften sie kein Risiko eingehen. Und mit den Passwörtern dürfte es an Eddy sein, zu beweisen, was der moderne Überwachungsstaat zu leisten imstande war, wenn er alles in Bewegung setzte, was ihm zur Verfügung stand. Aber in diesem Fall hoffentlich zu ihren Gunsten.

Als Solveigh die möblierte Wohnung im zweiten Stock eines der typischen Amsterdamer Häuser betrat, sah sie Eddy einen Strang Ethernetkabel hinter seinem Rollstuhl herziehen.

»Alles klar?«, fragte er, als er sie bemerkte.

»Klar«, sagte Solveigh. »Und möglicherweise habe ich eine Überraschung für dich.«

Eddy klemmte die Kabel zwischen die Lehne und die Reifen: »Und die wäre?«

»Nur wenn du mir endlich sagst, wo du während des Anschlags wirklich gewesen bist«, sagte Solveigh.

Eddy nahm die Kabel wieder in die Hand und versuchte, sie um die eng gestellten Möbel zu manövrieren. Seit Stunden verkabelte er die neuen Computer, um aus den sechzig Quadratmetern zum Touristenpreis von neunhundertfünfundsechzig Euro die Woche eine vorläufige Einsatzzentrale zu machen.

»Diese Wohnung ist ungefähr so behindertengerecht wie die New Yorker Metro«, fluchte Eddy, als er vermutlich zum dreiundachtzigsten Mal an diesem Tag versuchte, die kleine Holzschwelle zwischen Wohnzimmer und Flur mit Schwung zu meistern.

»Wo warst du, Eddy?«, insistierte Solveigh.

»Was mache ich, wenn ein Feuer ausbricht?«, fragte er nicht ganz zu unrecht. Sie hatten ihn und seinen Rollstuhl in zwei Etappen hinauftragen müssen, von dem Lastenkran des ehemaligen Speichers im oberen Stockwerk existierte nur noch der Holzausleger.

»Ich besorge einen Feuerlöscher, wenn du mir sagst, wo du gestern Abend warst. Wir arbeiten seit sechs Jahren zusammen, und du warst bisher immer erreichbar.«

»Spar dir den Feuerlöscher. Das Leben als Krüppel ist kompliziert, Slang.«

Solveigh seufzte und hob einen Monitor auf den kleinen Schreibtisch. Keine zehn Sekunden später fluchte sie laut, weil sie sich einen Nagel beim Reindrehen einer Schraube einriss.

»Ich brauche ein Bier«, sagte Solveigh. »Willst du auch eins?«

»Wenn du nicht einmal mehr weißt, was ich trinke, können wir gleich einpacken«, sagte Eddy.

Fünf Minuten und eine Verschnaufpause in der Küche später setzte sich Solveigh mit einem Glas Rotwein und einem sehr kalten Heineken auf die Couch. Eddy stöpselte Kabel an einen Router. Sie hielt ihm das Glas vor die Finger. Er blickte auf.

»Danke, Slang.«

»Bitte.«

Sie schaute ihn an, versuchte, sich einen Reim darauf zu machen, warum Eddy schwieg. Was war vorgefallen, dass er dem Mädchen, das er einst aus der Gosse gezogen und zur ECSB geholt hatte, nicht mehr vertraute? Eddy war so etwas wie ein großer Bruder für sie. Eine Identifikationsfigur. Und sie waren ein Team. Die gesamte ECSB war in Einheiten zu je zwei Mitarbeitern organisiert. Einer, der in der Zentrale die Fäden zusammenhielt, und einer, der europaweit ermittelte. Zwei Menschen, die sich bedingungslos aufeinander verlassen konnten. Die sich bedingungslos vertrauten. Zwei Menschen wie Eddy und Solveigh. Und ausgerechnet jetzt, in der Stunde der größten Krise, die sie jemals erlebt hatten, schien ihr Vertrauensverhältnis zum ersten Mal ernsthaft gestört. Es war Solveigh nicht angenehm, ihn nach Dingen zu fragen, die sie möglicherweise nichts angingen, die seine Privatsphäre berührten. Aber sie hatte das Gefühl, dass sie nicht anders funktionierten. Nicht in dieser Situation, alleine gegen alle anderen. Und Eddy war sich darüber im Klaren. Solveigh blieb nichts anderes übrig, als seine Entscheidung zu akzeptieren.

»Was machen wir jetzt?«, fragte Solveigh und nahm einen großen Schluck Bier.

»Einundachtzig Kollegen sind tot. Weitere zwanzig verletzt, neun schweben noch immer in Lebensgefahr, was denkst du, was wir tun sollten?«, fragte Eddy, der seinen Rotwein auf dem Tisch abgestellt hatte und weiter Kabel steckte. »Sie schlachten uns ab, Slang.«

»Wäre Will in seinem Büro gewesen, dann …«

»Ich weiß«, sagte Eddy.

»Wir holen sie uns, oder?«

Eddy blickte betreten zu Boden.

»Wie weit bist du mit der Technik?«, fragte Solveigh mit einem Seitenblick auf das Chaos in der Wohnung.

»Was die Infrastruktur angeht, fast fertig, unsere E-Mail-Accounts hab ich schon wieder online, inklusive Verschlüsselung«, sagte Eddy und starrte in sein Rotweinglas. »Allerdings fehlt uns die Software. Wir haben Zugang zum Internet, aber das war's. Zwei, drei kann ich vielleicht hacken, aber die anderen … Eine Ermittlung ohne die richtigen Datenbanken im Hintergrund ist Selbstmord, und das weißt du selbst am besten. Was willst du machen? Sollen wir die Verdächtigen googeln? Oder willst du einfach beim Erstbesten reinmarschieren, ein bisschen mit deiner Jericho rumballern und dann Fragen stellen?«

Solveigh trank schweigend ihr Bier.

»Keine E-Mail-Rückverfolgung, keine Grenzübertritte, keine Mobilfunkdaten, nicht einmal ein verdammtes Überwachungsvideo!«

Eddy war heute ein Meister im Schwarzmalen.

Noch ein Schluck Bier.

»Vielleicht …«, sagte Solveigh, »… habe ich dafür eine Lösung.«

»Wie meinst du das?«, fragte Eddy.

»In dem Schließfach war nicht nur Geld.«

Solveigh öffnete die Sporttasche, die zu ihren Füßen lag, und holte die Umschläge heraus. Sie warf sie Eddy in den Schoß.

»Ist es das, was ich denke?«, fragte Eddy.

»Ich hoffe«, sagte Solveigh.

Eddy riss einen der Umschläge auf und faltete das Papier auseinander. Der Zugangscode war zusätzlich mit einer Schicht Farbe bedeckt wie bei einem Rubbellos. Eddy kratzte sie mit dem Fingernagel herunter.

»Du hast gefragt, ob wir sie uns holen?«, fragte Eddy.

Solveigh nickte.

»Jetzt haben wir eine Chance!«, gab Eddy zu und hielt ihr das Weinglas hin.

»Wir kriegen sie!«, sagte Solveigh. »Für Hennink Briggsen, Piotr Limanota, Sara Capelli und Jens Weiland«, zählte Solveigh die verstorbenen Kollegen auf, die ihr am nächsten gestanden hatten. »Und für all die anderen.«

Einer der Computer signalisierte den Eingang einer

neuen E-Mail. Eddy drückte Solveigh sein Weinglas in die Hand und rollte zum Schreibtisch.

»Und für Tina Bennett«, fügte er hinzu und deutete auf den Monitor. Es war eine Nachricht von Will Thater.

To: all_ecsb_evac@ebsc.eu
From: William Thater [will@ecsb.eu]
Betrifft: Tina Bennett

Liebe Kolleginnen und Kollegen,

vor zehn Minuten starb unsere Freundin Tina auf der Intensivstation des VUmc. Sie ist das 82. Opfer dieses grauenhaften Terroranschlags, den wir Überlebenden nun verkraften müssen. Sie wird uns allen fehlen, während wir versuchen, die ECSB wieder aufzubauen. Tun wir es auch in ihrem Namen. Sie alle kennen Ihre individuellen Aufgaben, ich bitte Sie heute dennoch um Ihre Gedanken oder Gebete für Tina und ihre Angehörigen, welcher Glaubensrichtung Sie auch angehören.

Für Tina,
Will

Solveigh starrte auf die Flasche Heineken in ihrer Hand. Ihre Gedanken formten kein Gebet, sondern eine Erinnerung an Tina, ihre gekräuselte Stirn, wenn sie sich konzentrierte, ihr Lachen, wenn ihr etwas gut gelang. Solveigh und Eddy hatten ein paarmal mit ihr zusammengearbeitet. Sie war eine fröhliche, lebenslustige junge Frau gewesen mit einem brillanten Verstand. Schnell, analytisch, selbstkritisch. Sie hätte eine große Zukunft bei der ECSB gehabt. Wenn das Attentat sie nicht mit achtundzwanzig Jahren aus dem Leben gerissen hätte. Das Attentat, das ihnen allen gegolten hatte. Solveigh ballte die Hand zur Faust.

Eddy, dem Solveigh ansehen konnte, dass er ebenso an Tina gedacht hatte, prostete ihr zu: »Auf Tina.«

»Auf dich, Tina«, sagte Solveigh.

Danach widmete Eddy sich wieder seinen Steckverbindungen. Bauen wir die ECSB auch in ihrem Namen wieder auf, hatte Will sie aufgefordert. Genau das würden sie tun. Und sie und Eddy würden damit anfangen, diejenigen zu finden, die für die feigen Anschläge verantwortlich waren. Es waren – so viel war Solveigh auch ohne Computer klar geworden – mit Sicherheit Gegner, denen die ECSB in der Vergangenheit bereits Schaden zugefügt hatte. Das engte die Suche auf einige der größten kriminellen Organisationen ein, die dieser Kontinent zu bieten hat, dachte Solveigh sarkastisch, als sie Eddy unterbrach.

»Slang?«, fragte er leise.

Solveigh stellte den Rechner beiseite, den sie gerade zum Schreibtisch tragen wollte, und schaute ihn fragend an.

»Es ist nicht so, wie du denkst, aber auch wir Behinderte haben Bedürfnisse. Und du weißt doch, was dieser Job schon mit deinem Privatleben macht, und du sitzt nicht in einem verdammten Stuhl und kannst nicht mal eine Keksdose aus dem Regal holen.«

»Eddy, wie meinst du das …«, stammelte Solveigh, die keine Ahnung hatte, was sie mit diesem Bekenntnis anfangen sollte.

»Ich war bei einer Prostituierten.«

Solveigh erschrak – was wahrscheinlich die unangebrachteste Reaktion von allen war.

»Gestern Abend. Ich war bei einer Frau und hatte das Handy aus.«

Plötzlich musste Solveigh lachen. Erst vor Erleichterung. Dann wegen der Absurdität. Und am Schluss vor Scham, weil sie so etwas nicht einmal in Erwägung gezogen hatte. Sie würde sich entschuldigen müssen bei Eddy. Und es würde mit einem Glas Rotwein nicht getan sein.

KAPITEL 14

Iliciovca, Moldawien
Samstag, 15. Juni 2013, 20.11 Uhr (am selben Tag)

Ioana hielt immer noch Lilas Hand, als sie der Bestatter durch die Tischreihen führte. Sein fleischiger Mund grinste unablässig. Weder Bence geschweige denn Radu würden jemals mit einem Verliererziegenbock reden. Aber Lila hatte es sich selbst zuzuschreiben, die Demütigung war zu erwarten gewesen. Warum hatte sie sich nur darauf eingelassen?

Als sie den Spießrutenlauf endlich beendet hatten und wieder unter sich waren, zog Ioana sie weg von den anderen, nach draußen.

»Es ist ungerecht, Lila«, sagte sie und schloss sie in die Arme.

»Es ist schon okay«, sagte Lila.

»Der Bestatter hat sie gekauft, jede Wette«, sagte Ioana.

»Was ändert das schon?«, fragte Lila.

Ioana schwang sich auf einen Zaun und klopfte mit der Handfläche auf das Holz neben sich. Lila blieb stehen.

»Jetzt musst du gewinnen«, bestimmte Lila.

»Wegen Radu?«, fragte Ioana mit einem Augenzwinkern.

»Wir können ihr doch nicht das Feld überlassen, dieser angepinselten … Ach, was weiß ich.«

»Es ist doch egal, wer gewinnt, Lila. Es ist das Dorffest. Hast du das nicht gerade selber gesagt? Was ändert das schon?«

»Aber das Kleid, Ioana. Die Vorsehung.«

»Ach was, Vorsehung. Glaubst du immer noch an diesen Unsinn mit der Hexerei?«

»Ich hab's!«, sagte Lila und setzte sich neben Ioana.

»Die Lösung für all unsere Probleme?«, fragte Ioana spöttisch.

»Vielleicht«, sagte Lila. »Du musst das Kleid tragen. Dann gewinnst du ganz sicher. Und die Prophezeiung geht doch noch in Erfüllung.«

»Du spinnst«, sagte Ioana. »Es ist dein Kleid. Das kann ich nicht annehmen.«

»Ich leihe es dir ja nur«, sagte Lila und sprang vom Zaun. Sie lief zu der Kleiderstange, die jemand hinter das Gemeindezentrum geschoben hatte, und griff nach dem Bügel mit ihrem schwarzen Kleid. Sie legte es vorsichtig zusammen, damit es nicht auf dem Boden schleifte, als sie zu Ioana zurückrannte.

»Zieh es an«, sagte Lila und drückte es ihr an die Brust.

»Ich weiß nicht«, sagte Ioana.

—

Alle bis auf die drei Finalistinnen saßen nun an den Tischen oder tanzten zwischen den Bänken. Der Wein und der Cognac lösten die Stimmbänder, es wurde gelacht und gesungen. Ein Freund ihres Großvaters legte einen Arm um Lilas Rücken und sagte ihr, dass sie es verdient gehabt hätte, in die zweite Runde zu kommen. Dazu zeigte er eine löchrige Reihe gelber Zähne und verströmte seinen säuerlichen Atem. Lila freute sich trotzdem über seinen Versuch, sie aufzumuntern, als die Musik plötzlich verstummte. Der Bestatter betrat die Bühne und kündigte die Mädchen an. Mascha, Ioana und Svetlana betraten die Bühne. Und ihre Freundin sah atemberaubend aus in Lilas Kleid. Sie hielt den Rücken durchgedrückt, und die schwarze Spitze war raffinierter als alles, was das Gemeindezentrum jemals gesehen hatte. Svetlana, die Tochter des Bestatters, trug einen kurzen roten Rock und ein T-Shirt mit aufgedruckten Sternen. Sie sah aus wie eine Sängerin aus dem Fernsehen, mit hochtoupierten Haaren und blauem Lidschatten. Lila musste zugeben, dass sie auftrat wie ein Star. Ioana dagegen sah aus wie die Herzogin von Bukarest, wie eine echte Dame. Lilas Fingernägel krallten sich in ihre Handflächen, bis es wehtat. Ioana musste gewinnen. Die dritte Kandidatin, Mascha, hatte offenbar nicht damit gerechnet, eine Runde weiterzukommen, denn sie hatte kein zweites Outfit mitgebracht. Sie sah sehr unglücklich und verloren aus auf der großen Bühne neben dem Bestatter, der jetzt zum Rhythmus der Musik klatschte und abtrat. Lila suchte den Blick ihrer Großmutter, die ihr direkt gegenübersaß. Die alte Frau betrachtete das Geschehen mit einer gewissen Milde, die Lila guttun würde, aber sie tat ihr den Gefallen nicht, ihr Blick blieb starr auf die Bühne gerichtet. Für die Mädchen galt es, einen weiteren Spießrutenlauf vor dem ganzen Dorf zu absolvieren: ein Lied oder ein Stück auf einem Instrument, einige Fragen des Publikums. Ioana hielt sich tapfer, und auch Mascha schien einige Sympathien im Publikum zu gewinnen. Dann rief er die drei zusammen und führte sie an den Rand der Bühne. Ioana stand jetzt keine fünf Meter von Lila entfernt und lächelte ihr zu. Sie winkte zurück und versuchte, möglichst zuversichtlich zurückzuzwinkern. In wenigen Augenblicken würden sie wissen, ob das Kleid die Prophezeiung erfüllt hatte. Die Wahlurnen, kleine Säcke aus weichem Samt an einem Holzstecken, die normalerweise für die Kollekte in der Kirche benutzt wurden, wanderten nach vorne. Der Bestatter erklärte, dass die Auszählung nur noch wenige Minuten dauern würde. Als die letzten Stimmzettel vor dem Ortsvorsteher auf den Tisch geschüttet wurden, riss der Bestatter die Hände der Mädchen in die Höhe, als wolle er sie alle drei zu Siegerinnen erklären. Lila drehte sich zu Radu um, der auf zwei Fingern pfiff und mit den Füßen auf den Boden stampfte. Dann reichte der Ortsvorsteher dem Bestatter einen Zettel. Der las ihn, ohne die Miene zu verziehen, und drängte sich zwischen Mascha und Ioana. Dann verstummte die Musik. Das Mikrofon verursachte eine Rückkopplung, und für den Bruchteil einer Sekunde war nur ein lautes Kreischen zu hören.

»Platz Nummer drei …«, verkündete er betont langsam, »geht an …«

Lila schaute zu Radu, zu ihrer Großmutter und zu Ioana. Ihre Fingerknöchel traten weiß hervor, als sie sich in die Holzbank krallte.

»Mascha Syrbu!« Er umarmte die unglückliche Mascha mit ihrem Folklorekleid. Irgendjemand reichte einen Blumenstrauß auf die Bühne, und das Dorf klatschte frenetisch Beifall. Jeder wusste, dass die eigene Enkelin schon im nächsten Jahr auf dieser Bühne stehen konnte mit all ihren Hoffnungen.

»Bevor wir zur Verlesung der diesjährigen Mittsommerkönigin von Iliciovca kommen, habe ich noch eine gute Nachricht für die Siegerin!«, sagte der Bestatter. Lila hätte schwören können, dass er kurz überlegen musste, wo er war, als er den Namen ihres Dorfes nannte.

»Zum ersten Mal in diesem Jahr wird als Preis für die Siegerin keine Einladung zum Ferienkolleg der Universität vergeben …«

Ein Raunen ging durch die Menge, und Lilas Finger schlugen gegen die Unterkante des Tisches. Kein Ticket für das Kolleg? Warum auf einmal diese Änderung? Es war Tradition, dass die Mittsommerkönigin an die Universität nach Kischinau ging.

»Stattdessen lädt die Stadt Bukarest die Gewinnerin ein, für zwei Wochen unser Nachbarland kennenzulernen.«

Die Menge grölte, was Lila nur dem Alkohol zuschreiben konnte. Der neue Preis war eine Katastrophe!

Lila starrte zu Ioana. Der ganze Aufwand für nichts? Was sollte Ioana für zwei Wochen in Bukarest, wenn sie den Rest ihres Lebens hier verbringen müsste? Und wie sollte es ihr gelingen, Lila doch noch an die Uni zu schleusen, wenn sie nicht einmal selbst ein Ticket dorthin gewann? Ioana stand in ihrem wunderschönen Kleid die Enttäuschung ins Gesicht geschrieben. Sie sah jetzt aus wie eine verzweifelte Herzogin von Bukarest, die soeben in ihr eigenes Schloss eingeladen worden war. Dabei hatte sie noch gar nicht gewonnen.

»Hiermit präsentiere ich Ihnen die beiden Siegerinnen der diesjährigen Wahl zur Mittsommerkönigin von Iliciovca. Die Vizekönigin Ioana Grigorasch und die Königin Svetlana Saenko!« Er klatschte in die Hände und umarmte seine Tochter. Ioana beachtete er nicht mehr. Radu pfiff, und Lila schluckte. Sie stand auf. Als Ioana an ihr vorbei in Richtung ihrer Familie schritt, sah sie sehr gefasst und sehr königlich aus. Lila rannte hinter ihr her, während das Dorf die neue Mittsommerkönigin feierte. Ioana umarmte ihre drei Brüder, und nur Lila bemerkte eine kleine Träne auf ihrer Wange. Dann drehte sie sich um, und die Trauer war aus ihren Augen verschwunden. Sie umarmte Lila, wie sich nur zwei allerbeste Freundinnen umarmen können, und flüsterte ihr ins Ohr: »Was sollen wir auch in Bukarest?«

Lila hätte beinah selbst geweint, aber Ioana ließ ihr keine Zeit.

»Radu, du musst Lila kennenlernen«, sagte sie bestimmt und drückte Lila in seine Richtung. »Ich brauche einen Wein!«

Radu küsste sie auf beide Wangen. Von Nahem sah er sogar noch etwas besser aus. Er musste etwa fünf oder sechs Jahre älter sein als sie, und es war ihm anzusehen, dass er es in der Großstadt zu etwas gebracht hatte. Er trug eine leuchtend weiße Jeans, ein enges T-Shirt und sehr große, sehr weiße Turnschuhe von adidas. Für Turnschuhe von adidas hätten Lila und Ioana mehrere Hühner geopfert, zur Not sogar eigenhändig.

»Hallo, Lila.«

»Eigentlich heiße ich Liliana«, sagte Lila.

»Liliana«, sagte Radu. Es klang verträumt. »Ein schöner Name für ein schönes Mädchen«, sagte er.

Lila schoss die Röte ins Gesicht, und sie hoffte, dass man es für eine Folge des Weins oder der Hitze hielt. Glücklicherweise hatte Ioana mittlerweile ein Glas aufgetrieben und setzte sich auf die Bank gegenüber mitten zwischen ihre lärmenden Brüder, denen die Veranstaltung merklich auf den Zeiger ging.

»Also doch nicht nach Bukarest?«, fragte Radu seine Cousine.

»Es war ein abgekartetes Spiel«, sagte Lila.

»Natürlich war es das«, sagte Radu. »So läuft es immer.«

»Auch in Bukarest?«, fragte Lila.

»Es kommt immer drauf an, wen man kennt«, sagte Radu. »Aber grundsätzlich ja.«

»Wer will schon nach Bukarest?«, fragte Ioana.

Lila trat ihr unter dem Tisch mit dem Fuß gegen das Schienbein: »Wer nicht?«, fragte sie stattdessen.

Radu lächelte: »Für den Trip braucht ihr diese Veranstaltung jedenfalls nicht.«

Und dann erzählte ihnen Radu von seiner Stadt und wie die Menschen dort leben. Dass jeder sich täglich Fleisch leisten könne und dass fast jede Familie ein Auto besitzt. Die beiden Mädchen hingen an seinen Lippen, bis das letzte Musikstück gespielt war. Ihre Großeltern waren längst im Bett, als Radu sie in seinem Auto zu einer Spritztour einlud und mit ihnen nach Drochia fuhr und zurück, nur zum Spaß. In dieser Nacht träumte Lila zum ersten Mal von ihrer Zukunft, weit weg von Iliciovca.

KAPITEL 15

Amsterdam, Niederlande
Dienstag, 18. Juni 2013, 20.59 Uhr (drei Tage später)

Solveigh stellte die zwei Flaschen Cola auf den Tresen des thailändischen Imbisses neben ihre Bestellung und hielt dem zierlichen Asiaten hinter der Kasse einen Fünfzig-Euro-Schein vor die Nase. Er notierte einige Zahlen in einem seltsamen Additionssystem auf einem gelbstichigen Kellnerblock und gab ihr achtundzwanzig Euro und dreißig Cent zurück. Solveigh stopfte einen Fünfer in das dafür vorgesehene Glas auf der Theke und griff nach den Tüten.

Die Nacht war mild, und die Cafés auf der Reguliersdwaarstraat hatten ihre Fensterfronten geöffnet. Eine sanfte Brise wehte durch die enge Gasse, als Solveigh den Weg zurück in ihr temporäres Zuhause antrat. Eddys Durst nach zuckerhaltigen Getränken war kaum zu stillen, vermutlich lag es an der Anspannung und den Stunden, die er mit konzentriertem Programmieren verbrachte. Er arbeitete an einem Computerprogramm, das die Bilder der Überwachungskameras aus dem Amstel Business Park mit den Datenbanken der europäischen Polizeibehörden abglich. Seit gestern Abend funktionierte es, aber ohne die Rechenleistung der Server aus ihrer Zentrale dauerte die Analyse länger, als es sich Solveigh hätte vorstellen können.

»Was hast du erwartet von einem Laptop für zweitausend Euro?«, hatte Eddy gefragt. Solveigh hatte keine Ahnung, was sie erwartet hatte, aber die Warterei lag ihr nicht. Seit dem

Telefonat mit Will am Samstag hatte sie keinen Kontakt zu ihm gehabt, geschweige denn zu jemand anderem von der ECSB. Natürlich hielten sie sich an das Protokoll von ELMS-FEUER, und sie beschränkten sich auf Anrufe untereinander, aber Solveigh hatte das Gefühl, dass sie keinen Schritt vorankamen. Vielleicht hatten die anderen Teams, die Will Thater beauftragt hatte, mehr Erfolg? Für Solveigh kam es nicht infrage, dass jemand außer ihnen die entscheidende Verbindung herstellte. Da sie Eddy beim Programmieren kaum behilflich sein konnte, hatte sie sich auf die Fälle der ECSB konzentriert. Wem waren sie derart auf die Füße getreten, dass er sie um jeden Preis vernichten wollte? Ihre Liste war nicht eben kurz, aber nachdem sie nicht nur die Vergangenheit, sondern auch die zukünftige Bedrohung für die jeweiligen Organisationen durch die einzige paneuropäische Polizeibehörde analysiert hatte, ergab sich ein klareres Bild. Zwar hatten sie sich auch mit einigen ausländischen Geheimdiensten, allen voran den Russen, in den letzten Jahren das ein oder andere Scharmützel geliefert, aber ein staatlich sanktionierter Angriff auf eine EU-Behörde konnte wohl ausgeschlossen werden. Und für politisch motivierte Terroristen gab es lohnendere Ziele als ausgerechnet die verschwiegene ECSB. Die Gruppierungen, denen sie den meisten Schaden zufügten, und zwar beinah täglich, stammten aus den Kreisen des organisierten Verbrechens. Solveigh war mittlerweile überzeugt, dass eines der großen Syndikate hinter den Anschlägen steckte. Die Russen, die Ukrainer, die Italiener, möglicherweise auch ein chinesisches. Sie alle verloren durch die Effektivität der ECSB bares Geld. Wenn der EU der einzige international operativ tätige Arm abgehackt wurde, hätten sie die nächsten Jahre freie Bahn für ihre illegalen Geschäfte.

Solveigh blieb vor einem Modegeschäft stehen und starrte ins Schaufenster. Sie hatte sich getäuscht, oder nicht? Sie beobachtete die andere Straßenseite in der Spiegelung der Scheibe. Eine Frau mit einem langen blauen Mantel eilte vorbei. Waren es ihre Schritte gewesen, die Solveigh gehört hatte? Langsam litt sie an Verfolgungswahn. Es gab keinerlei Verbindung von der ECSB zu ihrer neuen Wohnung, und sie hatte jedes Mal einen Umweg genommen, nur um sicherzugehen. Als sie sich von der Scheibe löste, klingelte ihr Handy.

»Eddy, was gibt's?«, fragte sie.

»Ich hab ihn!«, sagte er.

Solveigh hörte ihre eigenen Schritte auf den Pflastersteinen. Wirklich nur ihre eigenen? Sie hatte keine Hand frei, um sich zu vergewissern, dass die Jericho im Schulterholster steckte. Natürlich steckte sie. Seit dem Anschlag verließ Solveigh das Haus niemals ohne Waffe.

»Sag bloß, du hast richtig gelegen mit dem Typ von der Fassadenreinigung?«

Mit den Tüten in der einen und dem Handy in der anderen Hand würde sie niemals schnell genug ziehen können. Was, wenn jemand sie doch gefunden hatte? Sie hastete um die nächste Ecke, so gewann sie wenigstens ein paar Sekunden, in denen ein Verfolger kein freies Schussfeld hätte. Ein Motorroller knatterte vorbei.

»Er war es nicht alleine, Slang«, sagte Eddy.

Solveigh rannte bis zur nächsten Brücke und schlug dann einen Haken nach links, zurück in die Richtung aus der sie gekommen war.

»Und für wen arbeitet er? Für die Russen?«, keuchte sie.

»Slang, was ist los?«, fragte Eddy.

»Ich weiß nicht. Vermutlich nur Einbildung, ich bin gleich da«, sagte sie und legte auf. In einem dunklen Hauseingang stopfte sie das Handy in die Hosentasche, stellte die Tüten auf den Boden und griff nach ihrer Waffe. Sie lauschte in die Nacht. Ihr Herz pumpte lauter als das Stimmengewirr von dem Hausboot, das vor der Brücke an der Gracht lag und dessen Bewohner eine Party feierten. Die Schritte waren verschwunden. Mit der Waffe in der rechten Hand griff Solveigh mit der linken nach den Tüten. Sie hatte es sich doch nur eingebildet, oder nicht?

KAPITEL 16

München, Deutschland
Donnerstag, 20. Juni 2013, 10.04 Uhr (zwei Tage später)

»Es ist schon fünf vor zehn, Herr Regen«, sagte Adelheid Auch. Paul Regen stand mit der Akte zum Arm unterm Arm in der Tür zwischen ihren Büros.

»Ich weiß«, sagte er.

»Sie haben einen Termin. Bei ihm«, sagte sie.

»Ich weiß«, sagte Paul Regen und warf einen Blick auf seine Armbanduhr. Dann machte er sich auf den Weg zu Kriminaldirektor Wochinger, von der grünen Villa, in der sein Büro lag, einmal über den Hof. Die Villa, eine baufällige ehemalige Infanteriekaserne, verdankte ihren Namen nur der Scheußlichkeit des Gesamtarrangements an der Maillinger Straße.

Als er das Vorzimmer seines Chefs im vierten Stock des C-Baus betrat, versuchte er unauffällig festzustellen, ob der Fisch ihn noch an seinem Spätwerk teilhaben lassen würde. Wenn er sich nicht täuschte, lag noch ein Hauch von Verwesung in der Luft. Von toten Algen in der Sonne und angespülten Eingeweiden eines Riesenkalmars.

»Komm rein, Paul«, sagte Klaus Wochinger und winkte ihn zu sich heran. Die Gute-Laune-Strategie, die schlechteste aller Großwetterlagen.

Paul blieb in der Mitte des Raumes stehen und lehnte sich an die Glasplatte des riesigen Konferenztischs mit Blick auf die Stadt. Unter ihm fuhren die Münchner zur Arbeit oder in ihr kuscheliges Zuhause. Sie ahnten nichts von seinem Fall oder den ständigen Bedrohungen, die das Landeskriminalamt von ihnen abzuwenden suchte.

»Paul Regen, was sollen wir nur mit dir machen?«, fragte er, ohne den Blick von seinem Computer zu wenden. Immer, wenn Klaus Wochinger etwas Unangenehmes im Schilde führte, sprach er in der Wirform, obwohl es niemanden gab, den er meinen könnte.

»Mein oberster Feldherr fragt mich, in welchen dreckigen Schützengraben der Infanterist geschickt werden könnte? Wie wäre es mit der Pension?«

Hinter seinem Schreibtisch hing ein Bild von der Seine, ein Urlaubsmitbringsel aus einer Weinlaune heraus, von einem Maler, der aussah, wie sich Touristen einen Pariser Künstler vorstellen mussten und der in Wahrheit die Bilder nur verkaufte. Weil es sich in der Kunst meistens so verhielt, dass es einen mit dem Talent zum Zeichnen gab und einen mit dem Sinn für das Kommerzielle.

»Du weißt, dass du dazu viel zu jung bist, Paul.«

»Ich weiß, dass ich zu jung bin, um die nächsten zwanzig Jahre mit der Einführung von Computersystemen, Schnittstellen und abenteuerlichen Zeitplänen zu verbringen. Oder der Frage deines Büros, ob unsere Software Fehleingaben erkennt, wie ein tätowiertes Auge. Als ob das irgendjemand eingeben würde …«

»Hast du mir deshalb den Fisch geschickt?«, fragte Klaus Wochinger.

»Natürlich«, sagte Paul Regen. »Und weil es unser Jahrestag ist, hast du das vergessen?«

Klaus Wochinger seufzte und klickte etwas zu heftig auf seiner Maus herum, als dass Paul sein kleiner Ärger entgangen wäre.

»Es gibt wieder Beschwerden, weil du deine Dienstwaffe nicht trägst«, sagte Klaus Wochinger und faltete die Hände zum unschuldigen Gebet.

»Sag den Kollegen, es ist besser für sie. Außerdem habe ich in den letzten acht Jahren keine Waffe mehr abgefeuert, und ich gedenke nicht, das zu ändern. Außer auf dem Schießstand natürlich.«

»Ich weiß, dass du die vorgeschriebenen Trainings leistest, streng nach Vorschrift.«

»Natürlich«, sagte Paul Regen.

Sein Blick blieb wieder an dem Bild aus Paris hängen. Irgendetwas erinnerte ihn an seinen Fall. Die Seine war ein Fluss – wie die Isar. Aber ungleich größer. Es war nicht der Fluss, es war die Stadt. Paul hatte keine Ahnung, was das zu bedeuten hatte, aber er würde es herausfinden. Vermutlich bei seinem nächsten Spaziergang. Hier beim Wochinger jedenfalls nicht. Viel zu angespannt, viel zu hektisch zum ordentlichen Nachdenken.

»Hör mal«, sagte der Kriminaldirektor, »wäre es nicht für alle das Beste, wenn du dich einfach versetzen ließest? Ich bin sicher, wir finden gemeinsam einen schönen Posten für dich.«

»Seit Jahren kommst du mir mit dieser hirnrissigen Versetzungsidee, dabei bist du derjenige, der hierher nach München gekommen ist. Ich gehe hier garantiert nicht weg. So weit kommt es noch …«

»Lisa meint auch, dass es mittlerweile …«

»Was Lisa mir zu sagen hat, das sagt sie mir schon selber!«, sagte Paul Regen.

»Du hast wieder Kontakt mit ihr?«, fragte der Wochinger, dessen großes Problem eine übersteigerte Eifersucht war, die sich auf einer uralten Geschichte gründete. Paul Regen war damals mit Lisa zusammen gewesen. Aber sie hatte sich für Klaus entschieden. Vor über zehn Jahren. Ende der Geschichte.

»Sie hat mich angerufen. Heißt das jetzt, ich darf kommende Woche auch noch die neue Windows-Version auf deinem PC installieren? Weil ich ja jetzt so ein ausgewiesener IT-Experte bin?«

Klaus Wochinger, der sich gerne als obersten Feldherrn sah, aber nicht mehr war als ein Verwalter der Feldküchen, würde sich nun auf Vorschriften zurückziehen, wie er es jedes Mal tat, wenn das Thema auf Lisa kam.

»Die Digitalisierung ist ein wichtiger Teil unserer kriminalistischen Arbeit und gerade im Hinblick auf die neuen Datenschutzrichtlinien der EU eine nicht zu unterschätzende Verantwortung. Sind die überhaupt schon bereichsübergreifend umge…«

»Ich weiß schon, alles überaus wichtig«, sagte Paul Regen

und legte die Akte, die er mitgebracht hatte, auf Wochingers Schreibtisch.

»Der Arm«, sagte Paul Regen.

»Welcher Arm?«, fragte Klaus Wochinger.

»Den sie aus der Isar gefischt haben«, sagte Paul Regen. »Mit dem hast du dir übrigens ein Eigentor geschossen.«

»Ach der«, sagte der Kriminaldirektor und widmete sich wieder seinem Computer. »Wieso Eigentor?«

»Weil es das Interessanteste ist, was ich in den letzten vier Jahren auf dem Schreibtisch hatte. Und bilde dir ja nicht ein, dass du ihn mir wegnehmen kannst.«

»Aber Paul, du weißt genau, dass die Ermittlungen bei den Münchener Kollegen liegen. Wenn du vorhast, eine Abordnung zu beantragen, muss ich leider …«

»Wir werden sehen«, sagte Paul Regen und wandte sich zum Gehen.

»Wir werden sehen«, murmelte er noch einmal, als er die Tür hinter sich zuzog. Der Lufthauch, den das Türblatt vor sich hertrieb, roch fischig. Paul Regen lächelte zufrieden und machte sich auf den Rückweg in die grüne Villa.

KAPITEL 17

Amsterdam, Niederlande
Donnerstag, 20. Juni 2013, 14.28 Uhr (am selben Tag)

Solveigh Lang kniete auf dem Dachfirst eines Hauses im Zeeheldenbuurt hinter dem Schornstein und beobachtete das, was Eddy als ihr Ziel ausgemacht hatte. Angeblich diente das Restaurant auf der gegenüberliegenden Straßenseite als Fassade für eine Organisation, deren Kaltblütigkeit ebenso legendär war wie ihre interne Loyalität.

»Das sollen die Leute sein, die achtzig unserer Leute abgeschlachtet haben wie Nutzvieh? Ist das dein Ernst?«, fragte Solveigh und stellte das Okular ihres Zeiss-Photoscope scharf.

»Zweiundachtzig. Und tu nicht so, als wäre das alleine auf meinem Mist gewachsen«, hörte sie Eddy in ihrem Headset. Damit hatte er nicht unrecht, schließlich war sie es gewesen, die Eddy vorgeschlagen hatte, sich mit seinem Algorithmus auf die organisierte Kriminalität zu konzentrieren. Es hatte die Gesamtmenge an zu vergleichenden Bildern drastisch reduziert und damit auch die Rechenleistung, die sie benötigten. So hatten sie einen Treffer bei einem der Besucher des ECSB-Gebäudes am Tag des Anschlags erzielt. Ein junger Mann, der bei einem Fassadenreinigungsservice arbeitete, dessen Geschäftsführung sie wiederum durch sämtliche Datenbanken gejagt hatten. Bei der Europol, der datensammelwütigen Schwesterorganisation der ECSB, waren sie schließlich fündig geworden: Michele Vizzone galt als Mitglied der »Ehrenwerten Gesellschaft«, besser bekannt als 'Ndrangheta, die süditalienische Mafia aus Kalabrien. Aber die geschäftige Pizzeria, die Solveigh jetzt beobachtete, wollte mit ihrer Sommerterrasse und den gut gelaunten Kellnern so gar nicht ins Bild einer Organisation passen, die aus einem Van mit Maschinengewehren feuert und Menschen niedermäht. Natürlich war die 'Ndrangheta für die ECSB kein unbeschriebenes Blatt. Es waren diese supranationalen Syndikate, zu deren Bekämpfung die ECSB gegründet worden war – und ihre Erfolge sprachen für sich. Das Netzwerk von Vertrauensbeamten in den einzelnen Ländern, das Will Thater über die Jahre aufgebaut hatte, war einzigartig. Ebenso wie der juristische Kniff, der ihnen die internationale Polizeiarbeit überhaupt erlaubte. Jedes Mal, wenn Solveigh eine Grenze überquerte, wechselte sie formell ihren Arbeitgeber. Sie unterstand jeweils direkt dem Innenminister und hatte dementsprechend weit reichende Befugnisse. Im Grunde war es also kein Wunder, dass ein Syndikat versuchte, die größte Bedrohung seines Geschäfts der letzten zwanzig Jahre auszulöschen. Zwanzig Jahre offene Grenzen und zurechtgestutzte Ermittler auf Länderebene hatten Begehrlichkeiten geweckt. Es waren Privilegien, die aufzugeben äußerst schmerzhaft sein musste. Die 'Ndrangheta hatte sich mit den Falschen angelegt, wenn sie wirklich hinter den Anschlägen steckte, wusste Solveigh.

»Lust auf die Pizza des Monats, Eddy?«, fragte sie zwanzig Minuten später.

»Konzentrier dich lieber auf die Leute, Slang«, mahnte Eddy.

»Krabben und Artischocken«, sagte Solveigh, »und keine Sorge, mir entgeht niemand.« Sie warf einen Blick auf ihren

Laptop, der aufgeklappt neben ihr stand und jedes Bild, das sie mit dem Hochleistungsokular schoss, zu Eddy übertrug.

»Du bist dir also sicher, was dieses Restaurant angeht, ja? Die Kellner begrüßen hier jeden Stammgast aufs Freundlichste mit Handschlag, und für mich sehen die nicht besonders zwielichtig aus.«

»Amsterdam ist nicht gerade einer ihrer wichtigsten Märkte, aber laut den Kollegen ist das ›Scala‹ ihre Anlaufstelle hier in der Stadt. Sie haben fast überall legale Fassaden für ihre Geschäfte aufgebaut.«

Laut dem Bericht, den Solveigh natürlich auch gelesen hatte, wurde die internationale Expansion der 'Ndrangheta als Kolonialisierung bezeichnet. Sie schufen im Ausland exakte Kopien ihrer Strukturen in Kalabrien, die streng hierarchisch gegliedert waren und deren Führungskader ausschließlich mit Verwandten besetzt wurden. Blut galt in der ehrenwerten Gesellschaft als dicker als Wein.

»Jedenfalls sehen die Pizzen gar nicht schlecht aus. Vielleicht sollte ich mir eine rüberholen …«, sagte Solveigh.

»Vielleicht sollte dir jemand den Hintern versohlen, Slang«, sagte Eddy.

»Du weißt, wie sehr ich Überwachungen liebe, oder?« Im Film käme in etwa zwei Minuten der Michele Vizzone, den sie suchten, reingeschneit. In der Realität konnte es genauso gut in drei Tagen oder in einem Monat passieren. Oder nie.

»Denk an die Regeln. Wir sind auf uns gestellt. Find dich damit ab«, sagte Eddy.

Solveigh wusste, dass er recht hatte. Will Thater hatte sich bei der Formulierung der Prinzipien für ELMSFEUER etwas gedacht. Und natürlich wussten sie immer noch nicht, wer die genaue Lage von Wills Büro verraten hatte. Aber wäre es wirklich ein so großes Risiko, jemand anderen zu beauftragen, die Pizzabäcker zu fotografieren, während Solveigh etwas Sinnvolleres unternahm? Warten lag ihr nicht. Vor allem nicht, da sie nichts über den Fortschritt der anderen ELMSFEUER-Teams erfuhr. Sie wusste, dass der Ehrgeiz eines ihrer größeren Probleme war. Er machte sie ungeduldig. Solveigh wollte gewinnen. Immer. Selbst bei Monopoly. Will hatte sie oft genug bei Personalgesprächen darauf hingewiesen. Wenn er das von den Tabletten und ihren Kopfschmerzattacken wüsste, wäre ihm das bisschen Ehrgeiz gerade recht, dachte Solveigh.

»Was, wenn keiner kommt, Eddy?«, fragte Solveigh.

Sie hörte Eddy in das Headset schnaufen: »Du bist ungeduldiger als zehn Spatzen bei der Fütterung.«

»Wenn nichts passiert, gehe ich da rein«, sagte Solveigh.

»Das wirst du nicht!«, sagte Eddy.

»Und wie, mein lieber junger Freund, willst du mich aufhalten?«

»Musst du mich ständig daran erinnern, dass ich hier in dieser Wohnung festsitze, wenn mich niemand die Treppe runterträgt?«

»Immerhin habe ich dir einen Feuerlöscher besorgt«, sagte Solveigh und grinste.

»Immerhin hast du deinen Humor noch nicht verloren«, sagte Eddy.

Solveigh seufzte und konzentrierte sich auf das Scala. Wenn sie Eddy dvon überzeugen wollte, dass es sinnvoller war, etwas zu unternehmen, dann brauchte sie einen Plan. Einen Plan, der besser war als abzuwarten. Immerhin hatte sie genug Zeit, einen zu entwickeln.

KAPITEL 18

Autopista 8, Portugal
Donnerstag, 20. Juni 2013, 12.47 Uhr (am selben Tag)

Es muss perfekt werden. Perfektion ist alles, was zählt, dachte er, als er auf der Autobahnbrücke den Bidasoa überquerte. All die Jahre, die ich geopfert habe, die Tausenden von Stunden. Es muss perfekt werden, damit es mich und alle Zeiten überdauert. Für ein wahres Kunstwerk hat der Mensch ein ganzes Leben lang Zeit, aber auch keine Sekunde länger.

Der erste französische Autohof war sein Etappenziel für heute. Über tausendvierhundert Kilometer von zu Hause entfernt musste er suchen, was ihn der Vollendung näher bringen würde. An der Ausfahrt zum Rastplatz schaltete er in den dritten Gang. Der VW-Bus rumpelte über den Bordstein der Tankstelle, und er stellte ihn vor der Dieselzapfsäule ab. Während der Kraftstoff in den Tank lief, setzte er sich auf den Beifahrersitz und blätterte in seinem Skizzenbuch. Er hatte verinnerlicht, was er suchte, aber wenn er die Bilder betrachtete, wurden sie in seinem Kopf lebendig. Er sah die Reiterin, kraftvoll auf ihrem Pferd, die Stirn glänzend von einem schnellen Ritt, die Haare zerzaust. Sie stieg ab, schwungvoll, wie Jeanne d'Arc. Aber sie trug keine Rüstung. Natürlich trug sie keine Rüstung. Das Klischee war der Feind der wahren Kunst. Keine Rüstung, sondern ein einfaches Wams. Ihre Waffen waren ihr Schwert, ihre Loyalität und die Behändigkeit ihres Pferdes. Ein lautes Klacken ließ ihn hochfahren. Der Tank war voll. Er legte das Skizzenbuch zurück ins Handschuhfach und schloss den Wagen ab. Dann ging er zum Bezahlen.

Als er den hellen Verkaufsraum betrat, stellte er fest, wie müde er war. Seine Augen huschten über die Regale mit den Chips und den Süßigkeiten. Im Gegensatz zu den meisten Menschen, denen ihr Beruf ein Nomadenleben entlang der Autobahnen aufzwang, ernährte er sich nicht von dem, was als alternativlos galt. Er stellte vier Flaschen Wasser auf den Tresen und nickte in Richtung seines Busses. Dann legte er zwei Fünfzig-Euro-Scheine auf die Plastikschale, die einen ultimativen Sprit anpries, und zählte das Wechselgeld. Ohne aufzublicken, verließ er den Laden und parkte neben zwei Lastwagen einer deutschen Spedition. Die Deutschen waren ihm recht, denn sie redeten nicht gerne und interessierten sich niemals für einen VW-Bus voll billiger Kunstgegenstände aus Portugal. Auf dem quer installierten Bett ganz hinten unter der Ladeklappe schnitt er dicke Scheiben Speck von einem großen Stück und betrachtete die Sterne am Himmel. Erst als der Schinken wieder in die Kühlbox gewandert war und er die Brotreste mit Wasser herunterspülte, warf er noch einmal einen Blick in das Skizzenbuch. Im dumpfen Schein der Parkplatzlampen sah die Frau auf seiner Zeichnung noch geheimnisvoller aus. Er fragte sich, wie wohl die echte aussehen würde, diejenige, die ihm das Schicksal zuzuspielen gedachte. Er betrachtete die Skizze der neuen Reiterin, ihren Umhang, ihre Körpersprache. Sie war gerade vom Pferd gestiegen und maß ihre Gegenspielerin. Es war ein ebenbürtiges Duell, wenn es jemals dazu kommen sollte. Ihre Haltung signalisierte Stärke, vielleicht sogar Arroganz.

Würde die Echte sich schnell in ihrer Rolle zurechtfinden? Oder würde er es ihr beibringen müssen? Er starrte auf die Reiterin in seiner Hand, direkt in ihr Gesicht. Aber dort, wo ihre Augen sein mussten, lag nichts als Schatten. Die Höhle unter der Kapuze war leer. Die gesichtslose Reiterin starrte zurück, und er wusste, es würde nicht mehr lange dauern, bis er sie finden würde.

KAPITEL 19

Amsterdam, Niederlande
Samstag, 22. Juni 2013, 3.18 Uhr (zwei Tage später)

Solveigh hörte das Bersten von Glas und das Brechen von Beton, bevor sie die Explosion gegen das Regal schleuderte. Sie spürte, wie ihre Lungen von dem Druck zusammengequetscht wurden, die Luft, die sie atmete, war heiß. Viel zu heiß. Sie kämpfte gegen den Schock und die Panik. Sie stolperte auf den Gang. Dichter Qualm schlug ihr entgegen, die Wände waren kurz davor nachzugeben. An der nächsten Ecke lag jemand auf dem Boden. Sie riss ihre Bluse auf und presste den Stoff gegen den Mund. Sie brauchte Wasser. Sie drehte den leblosen Körper um. Die Augen waren aufgerissen vor Schmerz, aus seiner Brust ragte das Stahlrohr eines Aktenschranks. Solveigh kniete sich neben ihn und streichelte seine Wange. »Will, mein Gott, Will. Was ist passiert?« Irgendwo klingelte ein Handy. Da sah sie den Schatten, der um ihr linkes Auge schlich. Jenen vertrauten Vorboten ihrer Krankheit. Der Cluster kam. Der Schatten wurde größer, aber sie wollte Will nicht alleine lassen. Sie brauchte ihre Tabletten. Der Kopfschmerz würde sie binnen Minuten handlungsunfähig machen. Aber Will durfte nichts davon wissen, niemand im Büro wusste davon. »Ich bin gleich wieder da«, sagte Solveigh und fragte sich, warum niemand an das verdammte Telefon ging. Sie drehte sich weg und kramte in der Hosentasche nach den Verapamil. Sie waren weg. Solveigh erfasste Panik. Ohne die Tabletten … Sie zwang sich zur Ruhe. Noch einmal suchte ihre Hand in der Tasche nach dem kleinen Film mit den zwei Notfallrationen. Aber der dünne Stoff zwischen ihren Fingern blieb leer. Sie brauchte das verdammte Verapamil.

Solveigh erwachte mit der Hand in der Hosentasche. Sie schlug die Augen auf und sah den Schatten, bedrohlich groß. Sie hatte nur die Hälfte geträumt, der Cluster kam tatsächlich. Sie setzte sich auf und griff nach links, wo sie neben die provisorische Matratze ihre Waffe und die Verapamil gelegt hatte. Sie schluckte beide Tabletten auf einmal. Wo war das Wasser? Sie lief zu dem Schreibtisch mit den Computern und fand eine fast volle Flasche von Eddys Cola. Sie trank in gierigen Schlucken. Ihre Brust war feucht von den Schrecken des Albtraums. Als Solveigh die Tabletten geschluckt hatte, kehrte sie langsam in die Wirklichkeit zurück. Das Telefon klingelte immer noch. Es lag direkt vor ihr, neben dem Photoscope. Sie hatte es erst gestern Abend ausgetauscht. Die Nummer hatte sie nur einem Menschen außer Eddy gegeben. Die Raffungen des ausgeblichenen grünen Vorhangs warfen kurze Schatten vom Licht des Displays. Eine Festnetznummer aus Amsterdam. Will?, fragte sich Solveigh. Das hieß, es ging ihm besser? Sie warf einen Blick auf die Uhr: 3.22 Uhr. Wenn er so spät noch anrief, war es etwas Wichtiges.

»Will«, meldete sich Solveigh.

»Slang«, sagte Will. Seine Stimme klang nicht mehr brüchig, sondern kräftig und entschieden. »Macht ihr Fortschritte?«

»Kommt darauf an, was man darunter versteht«, sagte Solveigh und trank einen weiteren Schluck Cola. Sie schob den Vorhang zur Seite und warf einen Blick auf die Straße. Es war niemand zu sehen.

»Wie geht es dir?«

»Ich arbeite daran, diese Organisation wieder zum Laufen zu kriegen. Uns wieder aufzurichten gewissermaßen«, sagte Sir William. Manchmal konnte einem sein blasierter Englandstil ganz schön auf die Nerven gehen. Trotzdem freute sich Solveigh, dass es dem Chef besser ging. Sie hätte sich keinen anderen wünschen können.

»Ich meinte eigentlich, wie es dir gesundheitlich geht«, sagte Solveigh.

»Zumindest gut genug, dass ich einen Bericht haben will«, antwortete er.

Solveigh atmete ein.

»Die Kurzfassung?«, fragte sie.

»Die Kurzfassung«, bestätigte Will Thater.

»Wir sind uns sicher, dass die 'Ndrangheta hinter dem Anschlag steckt. Die Bombe wurde von einem Mitarbeiter der Fassadenreinigung eingeschmuggelt und vermutlich in einem der Drainagerohre vom Dach aus installiert. Der Geschäftsführer soll einer der führenden Köpfe hier in Amsterdam sein.«

»Und was habt ihr unternommen?«, fragte Will.

»Ich sitze seit zwei Tagen auf dem Dach gegenüber einer Pizzeria, die angeblich die Hauptanlaufstelle für Michele Vizzone ist, den hiesigen Adlatus der Familie. Bisher Fehlanzeige.«

»Du klingst, als wäre das nicht unbedingt die beste Strategie.«

»Will, wir haben kein Personal, keine Unterstützung. Normalerweise würde ich einen Kollegen anfordern, der die Überwachung übernimmt, und mir die Fassadenreinigung vornehmen. Vielleicht arbeitet der Typ, der den Anschlag verübt hat, ja immer noch da.«

»Das glaubst du doch selbst nicht, oder, Solveigh? Hast du eine Ahnung, mit wem wir es hier zu tun haben?«

»Ich weiß, dass wir der ’Ndrangheta vor zwei Jahren einen empfindlichen Schlag versetzt haben, indem wir eine ihrer Hauptkokainrouten lahmgelegt haben …«

»Die ’Ndrangheta macht vierundvierzig Milliarden Euro Umsatz im Jahr, Slang. Das sind keine Kleinkriminellen, sondern die oberen Zehntausend des organisierten Verbrechens. Sie haben beschlossen, dass wir ein lästiges Kaugummi an ihrem Schuh sind, also haben sie zugeschlagen. Wir müssen herausfinden, für welche der Familien dieser Vizzone arbeitet. Und zwar bevor wir die kleinen Fische aufschrecken.«

»Das klingt nach Krieg«, sagte Solveigh.

»Verdammt richtig, das bedeutet Krieg. Wer uns vernichten will, muss mit einem Gegenschlag rechnen. Trotzdem will ich, dass wir das unter Kontrolle behalten. Wir halten uns weiterhin an die Regeln von ELMSFEUER. Ich befürchte, ihr seid weiterhin auf euch alleine gestellt. Erinnert euch an die alten Tugenden: Täuschung, Improvisation,

Kreativität. Ihr habt keine Analysten mehr im Hintergrund, unsere Infrastruktur wurde zerstört, und es wird Wochen dauern, bis ich ein neues Büro gefunden habe, in dem wir uns alle einigermaßen sicher fühlen. Bis dahin will ich, dass ihr diesen Michele Vizzone ausfindig macht. Koste es, was es wolle.«

Noch lange, nachdem Solveigh aufgelegt hatte, dachte sie über Wills Worte nach. Kreativität, Improvisation und Täuschung. Es waren die Tugenden, mit denen er damals im Nordirlandkonflikt Terrorzellen und Polizei gegeneinander ausgespielt und viele Leben gerettet hatte. Sie waren das, was aus einem einfachen Undercover-Polizisten eine Geheimdienstlegende, die aus Will Thater »Sir William, Knight Commander of the British Empire« gemacht hatten. Er hatte recht. Morgen würde sie mit Eddy darüber sprechen. Ihr blieben noch vier Stunden, bis die ersten Lieferanten für das Scala auftauchen würden.

KAPITEL 20

Iliciovca, Moldawien
Sonntag, 23. Juni 2013, 17.38 Uhr (am nächsten Tag)

Ioana war mit ihren Großeltern gekommen. Alle saßen um den Holztisch in der Mitte der Küche von Lilas Haus.

»Wann habt ihr zum letzten Mal etwas von den Kindern gehört?«, fragte Ioanas Großmutter. Lilas Großvater starrte in den Becher mit Kaffee, er rekelte sich kurz, dann formte sein Rücken wieder die schöne Kurvenfunktion.

Lila und Ioana saßen nebeneinander. Sie sahen sich oft an, um sich ihrer zu vergewissern. Sie hatten um den gemeinsamen Familienrat gebeten, um Radus Angebot zu besprechen. Lila und Ioana würden nicht ohne den Segen ihrer Familien gehen. Sie alle hatten von Mädchen gehört, die ins Ausland gingen und nie wieder auftauchten. In der Schule hingen Plakate, die davor warnten, zu Fremden ins Auto zu steigen. Aber Radu war kein Fremder, er war Ioanas Cousin. Lila und Ioana hatten zwei Nächte über nichts anderes gesprochen. Und sie waren sich einig: Sie wollten nach Bukarest. Sie wollten wenigstens das, was ihnen durch die abgekartete Wahl entgangen war, wenn sie schon nicht das Studium bekamen, auf das sie so gehofft hatten.

»Wann kommt denn Radu nun?«, fragte Lilas Großmutter in die Stille.

»Er ist bestimmt gleich da«, sagte Ioana. Nur Lila bemerkte ein winziges Heben der Augenbrauen, das ihr signalisierte, dass Ioana die Situation auf die Nerven ging. Ein Motorengeräusch riss sie aus ihren Gedanken. Radu fuhr mit seinem funkelnden Opel Calibra vor, einem Sportwagen aus Deutschland. Lila und Ioana dachten noch gerne an ihre gemeinsame Ausfahrt zurück, nach ihrer Niederlage beim Mittsommerfest. Radu hatte das Schiebedach geöffnet, und sie waren mit lauter Musik rüber bis nach Drochia und zurück gefahren. In seinem Auto hatte er ihnen zum ersten Mal von seinem Job bei der Agentur erzählt.

Radu bekam einen Becher mit Kaffee wie alle anderen und ein Stück Brot mit Marmelade, die Ioanas Großmutter mitgebracht hatte. Er erzählte von seiner Arbeit in Bukarest. Und den Chancen, die sich dadurch für Ioana und Lila ergaben.

»Ich arbeite bei einer Agentur, die Modefotos organisiert«, erzählte er. »Eigentlich suchen wir im Moment keine neuen Models, aber für eine frisch gebackene Vizekönigin und ihre Freundin lässt sich möglicherweise etwas einrichten.«

»Was ist das für eine Agentur?«, fragte Lilas Großmutter.

»Wir haben Büros in Mailand, in Amsterdam, in Berlin und in Bukarest. Es ist wirklich eine große Organisation, wir haben viele Aufträge aus dem Ausland.«

Radu legte einen Prospekt auf den Tisch. Auf der ersten Seite waren die Titelseiten von Modemagazinen abgebildet. Von den meisten hatte Lila noch niemals zuvor gehört, aber die »Vogue« war ihr ein Begriff.

»Ist die ›Vogue‹ eine große Zeitung?«, fragte Lila.

»Es ist die wichtigste Modezeitung der Welt«, sagte Radu. »Wenn du es bei ihr auf die Titelseite schaffst, stehen dir alle Türen offen. Und zwar weltweit.«

»Und du schaffst es, dass Ioana auf die Titelseite kommt?«, fragte ihr Großvater, ein massiger Tabakbauer, dessen Ernte seit zwei Jahren keinen Absatz mehr fand, weil die Zigarettenfabrik in Kischinau geschlossen hatte.

Radu hob beide Hände: »Das kann ich wirklich nicht versprechen«, sagte er. »Unsere Firma arbeitet regelmäßig mit der ›Vogue‹, aber auch mit vielen kleineren Zeitschriften und Fotografen. Selbst ein Shooting für ein kleines deutsches Magazin wie die ›Für Sie‹ bringt schon zweitausend Lei. Es lässt sich wirklich gut Geld damit verdienen.«

Zweitausend Lei. Das war so viel, wie ihre Mutter nicht in drei Monaten schicken konnte. Es hörte sich unglaublich an.

Lilas Großvater räusperte sich. Die Kurvenfunktion seines Rückens hatte sich zu einer Geraden versteift: »Ehrlich gesagt, Radu: Ich weiß nicht. Man liest so viel über angebliche Versprechen, und dann kommen die Mädchen fünf Jahre später zurück ohne jeden Lebensmut.«

»Natürlich gibt es schwarze Schafe, das will ich gar nicht bestreiten«, sagte Radu. »Aber ich weiß, für wen ich arbeite. Lila und Ioana wären nicht die ersten Mädchen, denen ich zu einer Karriere im Ausland verhelfe. Meine Chefin steht auch jederzeit dafür gerade. Wenn ich sie überzeugen kann, dass Ioana und Lila die Richtigen sind.«

»Das ist nicht sicher?«, fragte Ioana.

»Cousinchen«, sagte Radu. »Lass mich nur machen.«

»Also, was meint ihr?«, fragte Lila.

»Wie würde das ablaufen?«, fragte ihre Großmutter.

»Als Erstes würden wir den beiden ein Visum besorgen und eine Einladung zu unserer Firma nach Bukarest. Dann würden wir hier den Vertrag unterzeichnen, und dann könnte es losgehen.«

»Sie bekommen ein Visum?«, fragte Ioanas Großvater.

»Selbstverständlich. Wie soll das sonst möglich sein, in Bukarest als Model zu arbeiten? Ohne Visum geht das nicht.«

»Und was kostet das Visum?«, fragte Lila.

»Nichts«, sagte Radu.

»Nichts ist kostenlos!«, behauptete Lilas Großvater.

Lila dachte an die zwölf Lei für ihr Kleid.

»Wir bekommen den Vertrag und das Recht, die beiden exklusiv weltweit zu vertreten. Das Visum ist unsere Investition in die zukünftige Entwicklung der beiden. Wir erhalten fünfzig Prozent aller Einnahmen, die die beiden mit ihren Fotos erzielen.«

Radu zog zwei Ausdrucke aus der Tasche: »Damit ihr das in Ruhe durchlesen könnt, lasse ich euch schon mal zwei Verträge da.«

Auf der Titelseite war der Schriftzug der »Vogue« abgebildet und einige andere Zeitschriften, die Lila aus dem Prospekt kannte.

»Aber ich muss dazu sagen, dass dies noch keine Zusage ist. Ich muss erst mit meiner Chefin reden.«

»Ist klar«, sagte Ioana und nahm einen der Verträge, den anderen reichte sie Lila.

»Verzeih mir, Lila«, sagte ihre Großmutter. »Aber ich würde gerne noch wissen, ob du Lila tatsächlich Chancen einräumst. Ich meine, sie ist doch so dünn und erst fünfzehn Jahre alt.«

Lila schlug die Augen nieder. Sie hoffte, niemals wieder aufblicken zu müssen.

»Der androgyne Typ ist nach wie vor sehr gefragt«, sagte Radu, und es klang sehr professionell. »Und was das Alter der beiden angeht: Die besten Models von Chanel sind zwischen vierzehn und zwanzig, mit achtzehn brauchst du das Modeln gar nicht mehr anzufangen. Die Erfahrung holst du nie auf.«

Lila und Ioana nickten. Sie sahen sich an. Und sie wussten, dass sie den Vertrag wollten. Koste es, was es wolle.

KAPITEL 21

München, Deutschland
Montag, 24. Juni 2013, 9.34 Uhr (am nächsten Tag)

Paul Regen lief mit der Jacke unter dem Arm die Kaufingerstraße hinauf, doch schon kurz nach dem Mandelstand, der erstaunlicherweise auch im Hochsommer röstete, stockte es. Er umkurvte die Traube, die sich um den erfolgreichsten Straßenmusiker Münchens gebildet hatte, einen feisten Südosteuropäer, der seine Ziehharmonika malträtierte, dass es Rondo Veneziano die Schamesröte ins Gesicht getrieben hätte. Im Gegensatz zu den staunenden Touristen wusste Paul, dass sein Repertoire nur aus drei Stücken bestand und dass er aus seinen zerrissenen Hosen vermutlich mehr Profit schöpfte als er selbst mit Besoldungsgruppe A12. Obwohl Paul Regen hundemüde war, weil er die halbe Nacht wachgelegen hatte wegen der Sache mit dem Arm, hatte er sich für den Umweg über die Fußgängerzone entschieden, denn er fragte sich immer noch, welche Synapsen das billige Seinebild in Wochingers Büro gekitzelt hatte. Er wich einer Gruppe Japaner aus, die wie paralysiert auf die Bronzefigur vor dem Fischereimuseum starrten.

»Big Artist«, raunte Paul zu einer von ihnen und beeilte sich weiterzukommen, bevor sie ihn um ein Foto anschnorren konnten.

Frankreich, was hatte die Hand mit Frankreich zu tun? Welche Berührungspunkte habe ich überhaupt zu Frankreich? Bis auf einen Urlaub vor zwanzig Jahren in einem sehr schäbigen Hotel im Elsass hatte er keinerlei Verbindung zu dem Land. Und doch kitzelten die Synapsen noch immer. Wenn es also nichts mit seinen touristischen Erfahrungen zu tun hatte, dann blieben noch erstens Franzosen, die er kannte, und zweitens Berufliches. Privat hatte er einmal eine Marguerite gekannt, was hübsche Erinnerungen wachrüttelte, aber nichts mit dem Arm zu tun hatte.

Am Stachus entschied sich Paul gegen die Unterführung und stattdessen für die Fußgängerampel gegenüber dem Justizpalast, die nicht einmal ein sprintender Ursain Bolt in einem Rutsch schaffte. Vor dem Königshof stand eine Traube Geschäftsleute, die allesamt sehr müde aussahen und sich durch sogenannte Badges, in Plastik eingeschweißte kleine Ausweise, als zusammengehörige Gruppe identifizieren ließen. Bestimmt besuchten sie einen Kongress oder eine Messe. Sie verteilten sich auf einen großen Schwung anrollender Taxis, ihre Augenringe sprachen Bände. Vermutlich hatten sie am Abend an der Bar ein Bier zu viel erwischt, als sie von ihren Abschlüssen in Asien geprahlt oder ihre Managementfehler unter gegenseitig zustimmendem Nicken der Weltwirtschaftskrise in die Schuhe geschoben hatten.

Und plötzlich kamen Paul Regen die gesuchten Bilder wieder in den Sinn. Eine Bar. Ein Kongress. Die EuroCrim 2005 in Warschau. Polnisches Bier am Abend. Ein französischer Akzent. Er war erst deutlich nach ein Uhr nachts ins Bett gekommen. Paul Regen hatte am nächsten Tag deutlich schlechter ausgesehen als die Gruppe am Königshof. Jemand erzählte etwas von einem Fall, den sie nicht aufklären konnten. Auf einer Müllkippe war ein Fass mit Körperteilen gefunden worden. Das war es, was die Synapsen gekitzelt hatte.

War es möglich, dass ein Zusammenhang bestand? Paul erinnerte sich nicht an Details des Gesprächs, aber an einen Namen: Pierre Thonet. Nach sechs oder sieben Drinks hatten er und ein Kollege aus Schweden es sehr lustig gefunden, einen Franzosen kennenzulernen, der wie ein deutscher Stuhl hieß.

Am Bahnhof wählte Paul die einzige Nummer, die er auswendig kannte.

»Frau Auch, ich bräuchte Ihre Hilfe«, sagte Paul Regen.

»Guten Morgen, Herr Regen«, sagte Adelheid Auch ohne jeden Anflug von Sarkasmus. Sarkasmus war ihr fremd.

»Entschuldigen Sie, guten Morgen, Frau Auch«, sagte Paul Regen. »Ich bräuchte, wie gesagt, Ihre Hilfe.«

»Ist es wegen Ihres Arms?«

»Sie müssten einen Kollegen in Frankreich für mich ausfindig machen, bitte.«

Das Auswärtige Amt schwieg überfordert, was Paul theatralisch vorkam. Andererseits wusste Adelheid Auch nicht, dass sie von ihm so genannt wurde.

»Ich warte auf einen Namen«, sagte Adelheid Auch schließlich.

Paul Regen wich einem Fahrradfahrer aus, der sich mit halsbrecherischer Geschwindigkeit laut klingelnd über eine dunkelgelbe Ampel rettete.

»Natürlich«, sagte er. »Sein Name ist Pierre Thonet.«

»Thonet wie der Stuhl?«, fragte das Auswärtige Amt.

»Genau«, sagte Paul.

»Und wo arbeitet der Herr Thonet?«, fragte Adelheid Auch.

»Keine Ahnung. Aber er war kein Streifenpolizist. Ich habe ihn bei der EuroCrim in Krakau kennengelernt.«

»Ich finde ihn«, fand das Auswärtige zum gebotenen Optimismus zurück.

»Danke«, sagte Paul Regen und legte auf. Gegenüber von Gleis vier erstand er einen Salat für die Mittagspause. Die Lautsprecheransage im Bahnhof informierte über irgendein heilloses Durcheinander bei Augsburg, als sein Handy klingelte. Unbekannter Anrufer. Möglicherweise schon Pierre Thonet?

»Regen«, sagte Paul.

»Die Sonne scheint, Paul.«

Lisa Wochinger. Pauls Stimme gewann an Zuversicht: »Hallo, Lisa«, sagte er.

»Ich wollte nur mal deine Stimme hören«, sagte Lisa Wochinger, die Ehefrau seines Chefs. Die nicht der Grund war, warum er ihm manchmal einen toten Fisch schickte, sondern vielmehr einer der Auslöser des ganzen Schlamassels. Schließlich hatte sie sich für Klaus entschieden, und trotzdem hatte ihm der Wochinger seine Karriere verbaut.

»Schön, dass du anrufst«, sagte Paul und vernahm ein dumpfes Klingeln in der Leitung.

»Ich wollte fragen, ob es bei Freitag bleibt?«, sagte Lisa Wochinger, geborene Falter. Falter passte so viel besser zu ihr.

Paul warf einen Blick auf das Display. Das Auswärtige Amt klopfte an, sicherlich der Kollege aus Frankreich.

»Es ist grade nicht günstig, Lisa«, sagte Paul. »Ich habe einen anderen Anruf, können wir Freitag darüber reden?«

Er wechselte zu dem zweiten Gespräch.

»Ich habe den Commissaire Thonet am Telefon, Herr Regen«, sagte Adelheid Auch und legte auf.

»Monsieur Thonet«, sagte Paul Regen und fuhr mangels

ausreichender Französischkenntnisse auf Englisch fort: »Wie geht es Ihnen?«

»Paul Regen aus Deutschland?«, fragte Pierre Thonet in gebrochenem Englisch. »Ich freue mich sehr, von Ihnen zu hören.« Im Alkoholrausch hatten sich seine Sprachkenntnisse bedeutend imposanter angehört.

»Ich brauche Ihre Hilfe, Monsieur Thonet. Erinnern Sie sich an unser Gespräch in Krakau? Sie erwähnten einen Fall, an dem Sie seinerzeit arbeiteten und den Sie nicht aufklären konnten. Es ging um eine Tonne mit Leichenteilen, die auf einer Mülldeponie entdeckt wurden …«

Commissaire Thonet schien zu überlegen, für einen Moment war nichts als das Rauschen der Leitung zu vernehmen.

»Ich verstehe nicht …«, sagte Thonet.

»Leichenteile in einer Tonne«, sagte Paul Regen auf Deutsch und probierte es dann mit allem, was ihm zur Verfügung stand. »Body parts in a ton. Des cadavres dans une tonne?«

»Ah oui«, sagte Commissaire Thonet. Es folgte eine sehr lange, sehr schnelle Ausführung auf Französisch, der Paul nicht folgen konnte. Wenn er sich doch nur zwei Sekunden länger an meinen furchtbaren Akzent hätte erinnern können, müsste ihm klar sein, dass ich kein Wort davon verstehe. Paul Regen ließ ihn ausreden.

»Können Sie mir die Akte schicken? Can you send me the files? Est-ce-que vous pouvez me donnez les dossiers?«

»Non, non«, antwortete der Franzose, was Paul übersetzen konnte. »C'est nécessaire de soumettre une requête officielle. I need request. Stempel. Deutsche Stempel.«

In Paul Regens Schreibtischschublade lag ein Stempel, der

»Ich habe einen Stempel« stempelte, insofern konnte er den Witz des Franzosen über die deutsche Bürokratiemanie gut nachempfinden. Es ging ihm nicht anders. Aber er brauchte die Akte, und zwar nicht erst in drei Monaten.

»Commissaire Thonet«, versuchte es Paul mit Engelszungen, »il faut seulement contrôler quelque chose, I just need it to check something, ich muss nur etwas überprüfen.«

Paul hoffte, dass es funktionierte. »Je vais faire le requête apres, bien? Stempel kommt später«, sagte Paul.

Commissaire Thonet lachte und fragte nach einer E-Mail-Adresse.

Paul fand, dass es doch ganz gut geklappt hatte mit dem Franzosen. Mit dem Salat unter dem Arm machte er sich auf den Weg ins Büro. Er freute sich heute regelrecht, Adelheid Auch zu sehen. Und er war sehr gespannt, ob ihn das Kitzeln an seinen Synapsen nicht getäuscht hatte. Wenn er ehrlich war, befürchtete er, etwas aus der Übung geraten zu sein, aber es war ein gutes Gefühl, wieder einmal an einem echten Fall zu arbeiten. Auch wenn es nur ein alter Arm war, der dem Wochinger vom Schreibtisch gefallen war.

KAPITEL 22

Amsterdam, Niederlande
Mittwoch, 26. Juni 2013, 15.54 Uhr (zwei Tage später)

»Eddy, bist du bei mir?« Solveigh steuerte den Audi A8, dessen Kennzeichen, nicht jedoch der Wagen, zu einer der führenden Anwaltssozietäten Amsterdams gehörte, Richtung Norden.

»Wo sonst, Slang?«, fragte Eddy. Die Sprechverbindung über den in ihrer dickrandigen Brille installierten Knochenschalllautsprecher war einwandfrei.

»Videoübertragung?«

»Läuft.«

»Und die Umleitung für die Anrufe bei der Kanzlei?«

»Steht. Allerdings schätze ich, wir haben nicht mehr als zwei Stunden, bevor sie draufkommen, dass ihr technisches Problem etwas tiefer liegt.«

»Es wird das Erste sein, woran sie denken, dort anzurufen«, sagte Solveigh. »Dann los.«

Sie parkte direkt vor dem Scala im Halteverbot, griff nach der braunen Lederaktentasche auf dem Beifahrersitz und stieg aus. Es war ihr Plan, dem Eddy erst nach einigem Zögern zugestimmt hatte. Kreativität, Improvisation und Täuschung. Solveighs Plan ließ es an keinem der drei mangeln.

Das Mittagsgeschäft im Scala lief schleppend an diesem Tag. Der Kellner, der sich fortwährend an den Schritt griff und der ein Muttermal am Hals überschminkte, hatte Dienst. Salvatore Rizzi. 52 Jahre alt, aus Cardeto. Verheiratet, drei Kinder, Hundertvierzigtausend Euro Schulden bei der

Bank, gedeckt durch ein Reihenhaus in Weesp. Keine Vorstrafen.

»Guten Tag, ich suche Michele Vizzone«, sagte Solveigh mit einem verbindlichen Lächeln.

Salvatore Rizzi warf einen Blick nach draußen, dann fragte er ohne jede Anstrengung von Höflichkeit, worum es ginge.

Bist du einer der Männer, die in dem Van saßen? Solveigh reichte ihm eine Visitenkarte, die Eddy hatte drucken lassen: »Mein Name ist Diane van Vries«, sagte sie mit einem Hauch Anwaltsarroganz. »Und ich hätte Herrn Vizzone gerne in einer dringenden Angelegenheit persönlich gesprochen.«

»Gibt es irgendwelche Probleme?«, fragte ein untersetzter Mann in einem hellgrauen Anzug, der aus dem Nichts aufgetaucht war. Andrea Collio, 48, geboren hier in Amsterdam. Keine Frau, keine Kinder, keine Schulden. Dafür zwei Vorstrafen wegen Körperverletzung, beide im Prostituiertenmilieu. Er war der Geschäftsführer des Scala und daher vermutlich eine Art Stellvertreter für Michele Vizzone, zumindest hier im Restaurant. Vielleicht auch bei den anderen Aktivitäten der 'Ndrangheta? Solveigh dachte an die Sturmhaube hinter dem Steuer des Lieferwagens. Sie sah die weißen Augäpfel, hell zwischen dem dunklen Stoff. Könnte Andrea Collio der Fahrer gewesen sein? Solveigh gab auch ihm eine Karte und schüttelte ihm die Hand: »Diane van Vries«, sagte sie. »Und nein, natürlich gibt es keine Probleme. Also zumindest nicht, wenn ich Herrn Vizzone alsbald erreiche.«

»Was wollen Sie von ihm?«, fragte noch einmal Rizzi, der einfache Kellner.

Solveigh tippte auf ihre Visitenkarte in seiner Hand: »Tergut, Marsh und Westerkamp. Ich bin seine Anwältin, Herr …«

»Lass gut sein, Salvatore«, sagte Andrea Collio und schickte ihn mit einer leichten Berührung an der Schulter in die Küche.

Solveigh sah die zuckenden Körper im Feuer der Maschinengewehre. Sie stürzten auf den grünen Rasen des Parks, einer nach dem anderen. Dann hörte sie die quietschenden Reifen, als der Van beschleunigte.

»Worum geht es, Frau de Vries?«, fragte Collio.

»Das würde ich ihm schon lieber selbst sagen«, sagte Solveigh und wandte sich zum Gehen. »Richten Sie ihm bitte aus, dass ich da war? Ich werde es morgen wieder versuchen.«

Als sie an der Tür war, rief er hinter ihr her: »Frau de Vries! Ich muss wissen, worum es geht, sonst kann ich Ihnen wirklich nicht helfen.«

Solveigh blieb stehen: »Es gab in den vergangenen zwei Wochen einige merkwürdige Anfragen bei Wirtschaftsauskunfteien, was seine Kreditwürdigkeit angeht. Eine davon hat uns kontaktiert, weil wir als seine Rechtsvertretung angegeben waren. Ich bin mir sicher, es ist keine große Sache, aber wir sollten das klären …«

»Es gibt also kein Problem?«, fragte Collio.

»Bisher nicht. Ich vermute, sonst hätten sie auch nicht mich geschickt, oder?« Solveigh lächelte ein wenig naiver, als es der Anwältin, die sie zu sein vorgab, gestanden hätte. »Soweit ich weiß, wird Herr Vizzone in heiklen Fällen direkt von Herrn Marsh betreut, oder nicht?«

»Natürlich«, sagte Andrea Collio.

Der Köder ist gelegt, dachte Solveigh, als sie die Tür zu ihrem Audi öffnete. Schauen wir mal, ob sie anbeißen. Wenn sie ihr glaubten, würden sie bei Tergut, Marsh und Westerkamp anrufen, um sich ihre Identität bestätigen zu lassen. Natürlich würde Eddy sagen, dass Frau de Vries heute bei Michele Vizzone vorsprechen wollte. Eine Telefonleitung zu kapern gehörte für ihn zum Standardrepertoire.

Als sie außer Sichtweite des Scala war, rumpelte sie mit dem Wagen auf einen Bordstein und übergab sich in einen Blumenkübel. Ob es eine Folge von vier Tagen auf Verapamil war oder die gespielte Freundlichkeit gegenüber den Mördern ihrer Freunde, wusste sie nicht. Es war nicht wichtig. Wichtig war nur, dass ihr Plan funktionierte.

KAPITEL 23

Iliciovca, Moldawien
Mittwoch, 26. Juni 2013, 17.38 Uhr (am selben Tag)

Schon vom Haupteingang aus konnte Lila den grün glänzenden Sportwagen erkennen. Radu hatte Wort gehalten, er holte sie ab. Ioana und Lila rannten die Stufen hinunter bis zu seinem Auto.

»Und, haben sich eure Großeltern entschieden?«, fragte Radu. Er begrüßte sie beide mit zwei Küssen auf die Wange.

»Na ja«, sagte Lila. »Sie meinen, wir sollten auf unsere Eltern warten, und …«

»Wir machen es«, sagte Ioana. »Oder brauchst du unbedingt ihre Unterschriften?«

»Eure reichen mir«, lachte Radu. »Aber es wäre mir nicht recht, wenn wir es ohne ihre Zustimmung durchziehen würden.«

»Es ist ja nicht so, dass sie es nicht wissen«, sagte Ioana, als sie auf die Rückbank kletterte. »Wir haben gesagt, dass wir es machen wollen, und sie haben auch nicht wirklich Nein gesagt.«

»Aber ...«, wollte Lila einwenden, aber Ioana schnitt ihr das Wort ab.

»Wir schreiben ihnen einen Brief, in dem wir alles noch einmal erklären und wie sie uns bei deiner Firma erreichen können. Wenn es nicht klappt mit dem Modeln, sind wir nach den Sommerferien wieder zurück.«

»Okay«, sagte Radu. »Das klingt nach einem Plan.«

»Oder nicht, Lila?«

Lila nickte: »Und wie geht es jetzt weiter?«

»Heute fahren wir zum Fotografen.«

»Wir machen jetzt schon Bilder?«, fragte Ioana aufgeregt.

»Keine Modelfotos, Cousinchen. Wir brauchen welche für das Visum. Und die Pässe. Oder habt ihr einen Reisepass?«

Die Mädchen zuckten mit den Schultern.

»Das dachte ich mir. Wozu schließlich auch?«, sagte Radu und lachte. »Und danach gehen wir was trinken. Zur Feier des Tages.«

»Was gibt es denn zu feiern?«, fragte Lila.

»Du meinst außer eurer Entscheidung?«, fragte Radu zurück. »Zum Beispiel, dass ich heute das Okay von meiner Chefin bekommen habe?«

»Das heißt ...?«, fragte Ioana.

»Das heißt, dass ich die Verträge für meine Firma unterschreiben darf. Ich habe ihr Bilder von dem Mittsommerfest geschickt, und sie ist begeistert von euch beiden.«

Lila blickte zu Ioana auf dem Rücksitz und sah in freudestrahlende Augen, die eine rosige Zukunft im Blick hatten. Eine Zukunft jenseits von Drochia und Iliciovca. Eine Zukunft in Bukarest. Im Westen. In Europa.

KAPITEL 24

München, Deutschland
Montag, 1. Juli 2013, 12.19 Uhr (fünf Tage später)

»Die Akte aus Frankreich ist da«, rief Adelheid Auch. »Und das Büro von Kriminaldirektor Wochinger fragt nach der Urlaubsvertretung für den Kriminalhauptkommissar Beck.«

»Sagen Sie dem Büro Wochinger, wir machen die Urlaubsvertretung.« Paul Regen stand auf und stellte sich in die Zwischentür.

»Soll ich annehmen, dass das in diesem Fall bedeutet, die Frau Auch macht das auch noch?«

Paul Regen lächelte: »Sie sind die Beste, Frau Auch!« Dann schnappte er sich die Akte, die wesentlich dicker war, als er vermutet hatte, und schloss die Tür. Es war das erste Mal seit vier Monaten, dass Hauptkommissar Paul Regen das Mittagessen ausfallen ließ. Stattdessen versuchte er, sich trotz der Sprachbarriere, die seine mangelhaften Französischkenntnisse zwangsläufig mit sich brachten, einen ersten Überblick zu verschaffen. Glücklicherweise waren Polizeiberichte überall auf der Welt nach einem ähnlichen Muster aufgebaut, und auch die Fachbegriffe waren universell verständlich – da oftmals aus dem Lateinischen entlehnt.

Als das Auswärtige Amt das erste Mal störte, wusste Paul Regen, dass die Fässer mit den Leichenteilen auf einer Mülldeponie im Südwesten Frankreichs gefunden worden waren. Es handelte sich um ein Fass mit vier abgetrennten Beinen. Als es klopfte, hangelte sich Paul Regen gerade durch den Bericht der Spurensicherung.

»Nicht jetzt, Frau Auch!«

Adelheid Auch steckte den Kopf trotzdem durch die Tür. Ihre Lesebrille steckte im grauen Haar, ein deutliches Zeichen für Anspannung.

»Das Büro vom Kriminaldirektor Wochinger sagt, der Kriminaldirektor bestünde darauf, dass Sie die Urlaubsvertretung persönlich übernehmen.«

Paul Regen legte die Akte zur Seite: »Sie haben ihm das gesagt?«

»Natürlich, Herr Regen. Warum denn nicht?«

»Frau Auch, manchmal sind Sie naiver als meine Nichten.«

»Ich kenne Ihre Nichten, Herr Regen, und ich empfinde das nicht als Herabsetzung.«

»Ich werde es ausrichten«, seufzte Paul Regen. »Welche Termine stehen für den Kommissar Beck an?«

»Ein Treffen um fünfzehn Uhr mit seiner Abteilung wegen der jüngsten Häufung von falschen Zwanzig-Euro-Scheinen im Raum Rosenheim, dann um siebzehn Uhr die Schulung mit den Wiesenwirten zur Prävention.«

Sachgebiet 623, Zahlungsmittelfälschungen. Normalerweise wäre es für Paul Regen eine willkommene Abwechslung gewesen, aber nicht in dieser Woche.

»Frau Auch, wir haben den Arm«, entgegnete Paul Regen.

»Aber niemand außer Ihnen interessiert sich für den Arm«, sagte das Auswärtige Amt, das es wissen musste. »Vom Büro des Kriminaldirektors kam die Anweisung, den Arm hintanzustellen. Es sieht aus, als habe Ihr Arm keine Priorität, Herr Regen.«

»Hier steht es schwarz auf weiß, Frau Auch.« Paul Regen klopfte auf die Akte aus Frankreich. »Die Franzosen hatten zwei Beinpaare, vor zehn Jahren.«

»Eben. Vor zehn Jahren. Herr Regen, ich weiß nicht, was Sie an Ihrem Arm so fasziniert, aber mir erscheint das weit hergeholt.«

»Schauen Sie hier«, sagte Paul, stand auf und ließ Adelheid Auch einen Blick in die Akte werfen. »Das Fass mit den Beinen war voller Formalin. Wie bei unserem Arm.«

»Aber wenn ich das richtig sehe, handelte es sich um die Beine eines Mannes und einer Frau aus Bordeaux. Sie wurden identifiziert. Es handelt sich also nicht, was Sie vielleicht in Ekstase versetzt hätte, um die Beine zu Ihrem Arm. Oder gehörte Ihr Arm zu einem Büroangestellten aus Bordeaux mit einer Körpergröße von einem Meter zweiundsiebzig?«

»Nein«, gab Paul Regen zu, »aber …« Er stockte. »Sie können Französisch?«

»Herr Regen, wir kennen uns jetzt seit über fünfzehn Jahren. Wussten Sie nicht, dass ich in unserer Zeit bei der Sitte jede Woche am Freitag im Moulin Rouge gesungen habe?«

»In der Burlesque-Bar?«

Adelheid Auch nickte.

»Nein, das wusste ich tatsächlich nicht. Etwa nackt?«

»Wo denken Sie hin!« Adelheid Auch wirkte ernsthaft gekränkt.

»Entschuldigen Sie«, sagte Paul Regen und fasste einen Entschluss.

»Ich gehe zu den Treffen vom Beck, wenn Sie diese Akte durcharbeiten und mir nachher haarklein Bericht erstatten.«

Adelheid Auch setzte ihre Lesebrille auf die Nase und warf ihm einen vielsagenden Blick zu. Sie glaubte keine Sekunde an Pauls wilde Theorie, dass die beiden Fälle irgendetwas miteinander zu tun hatten, aber sie würde tun, worum Paul sie gebeten hatte. Sie waren immer noch ein Team. Und vielleicht sogar eines der besseren, das dieses LKA zu bieten hatte. Auf dem Weg zu den Geldfälschern beschloss Paul, die Bestellung von vierzig Heimtrainern an die Privatadresse des Kriminaldirektors Wochinger vorerst auf Eis zu legen. Zum einen war er möglicherweise auf eine gewisse Kooperationsbereitschaft angewiesen, was den Arm und die zuständigen Münchener Kollegen anging, und zum anderen wusste er seit Freitag, dass es mit Lisa ernsthafte Schwierigkeiten gab. Das Letzte, was er wollte, war, dass Lisa unter ihrer schwierigen beruflichen Situation zu leiden hatte. Denn im Gegensatz zu seiner Beteuerung ihr gegenüber wusste Paul Regen nicht genau, was er immer noch für Lisa empfand. Im Grunde hatte Klaus Wochinger sein Leben gründlich versaut, dachte Paul, als er das Büro von Kriminalhauptkommissar Beck betrat, auch wenn nicht alles allein seine Schuld gewesen war.

KAPITEL 25

Amsterdam, Niederlande
Montag, 1. Juli 2013, 21.38 Uhr (am selben Tag)

Wie jeden Tag seit beinah einer Woche stieg Solveigh Lang unverrichteter Dinge vor dem Scala in ihren Wagen. Obwohl sich keine halbe Stunde nach ihrem ersten Besuch jemand bei Tergut, Marsh und Westerkamp nach Diane de Vries erkundigt hatte und die Antwort natürlich zufriedenstellend ausgefallen war. Frau de Vries vertritt Herrn Marsh während seines Urlaubs, hatte ein Mitarbeiter ausgerichtet. Nein, Herr Marsh ist derzeit nicht persönlich erreichbar, aber danke für Ihren Anruf. Und trotzdem blieben die Kellner so abweisend wie zuvor, und Michele Vizzone hatte sich nicht blicken lassen. Auch heute Abend hatte sie kein Glück gehabt. Als sie in ihr Auto stieg, bemerkte sie einen leicht süßlichen Geruch. Ihr gesteigerter Geruchssinn stand in direktem Zusammenhang mit ihrer Krankheit und hatte ihr, im Gegensatz zu den Kopfschmerzen, die einen Kollegen einmal fast das Leben gekostet hätten, schon einige gute Dienste erwiesen. Sollte es heute Abend passieren? Solveigh fuhr die Spaarndammerstraat hinunter und bog nach dem Westerpark rechts ab in den Haarlemmerweeg. Jetzt ging es darum, die Rolle der arglosen Anwältin besonders überzeugend zu spielen. Sie warf einen Blick in den Rückspiegel, um sich die Autos einzuprägen, als sie den Grund für den seltsamen Geruch entdeckte. Wie sie vermutet hatte, saß Michele Vizzone auf dem Rücksitz ihres Wagens und starrte sie unvermittelt an.

»Was wollen Sie von mir, Frau de Vries?«

»Guten Abend, Herr Vizzone«, sagte Solveigh. »Wie ungewöhnlich, aber schön, dass wir uns endlich persönlich kennenlernen.«

»Sie waren sehr hartnäckig«, sagte Michele Vizzone. Er sprach Holländisch mit starkem italienischen Akzent.

»Wie ich schon Ihren Kollegen gesagt habe, geht es um einige Unregelmäßigkeiten bei Ihrer Kreditwürdigkeit …«

»Unsinn«, zischte Michele.

Solveigh ließ sich nicht beirren und fuhr weiter. Sie bemerkte, dass Vizzone nicht angeschnallt war.

»In den vergangenen drei Wochen wurden vermehrt Erkundigungen über Sie eingeholt, Signore Vizzone. Haben Sie irgendeine Erklärung dafür?«

»Was soll in den letzten zwei Wochen schon gewesen sein?«, knurrte Michele.

»Bitte vergessen Sie nicht, ich bin Ihre Anwältin«, sagte Solveigh. Sie versuchte einen Blickkontakt zu Michele herzustellen, aber er wich ihr aus.

»Wieso kommt Herr Marsh nicht selbst zu mir?«, fragte Michele misstrauisch.

»Weil Herr Marsh im Urlaub ist«, antwortete Solveigh wahrheitsgemäß. Er lag auf einer gecharterten Jacht irgendwo auf dem Mittelmeer und wäre nur per Funk über seine Sekretärin zu erreichen.

»Ich traue Ihnen nicht«, sagte Vizzone und griff nach dem Türöffner. Bevor er ihn erreichen konnte, hatte Solveigh den Knopf zum Verriegeln gedrückt. Michele Vizzoni schnallte sich an. Mist, der Mann kennt sich aus, dachte Solveigh und gab Gas. Dass er sich erst anschnallte, bevor er die Waffe zog, sprach dafür, dass er eine ähnliche Situation schon einmal erlebt hatte. Vermutlich vom Fahrersitz aus. Nichts war einfacher, als einen unangeschnallten Mann auf dem Rücksitz zu entwaffnen.

»Da sind wir schon zwei«, sagte Solveigh und riss das Lenkrad nach rechts. Sie rasten die Rampe zur Tiefgarage des Blue Hotel hinunter. Er oder ich. Unten angekommen, bog Solveigh scharf nach links ab und drückte das Gaspedal bis zum Anschlag durch. Die acht Zylinder mit 350 PS katapultierten den Wagen die lange Gerade hinunter. Vierzig Kilometer pro Stunde. Denk daran, Solveigh, er ist ein Profi. Fünfzig Kilometer pro Stunde. Ab welchem Aufprall würden die Airbags ausgelöst? Alles hing davon ab, der Erste zu sein, der die Waffe nicht nur im Anschlag hielt, sondern auch zielen konnte. Sechzig Kilometer pro Stunde. Solveigh spannte alle Muskeln an und bereitete sich auf den Einschlag vor.

KAPITEL 26

Le Vigan, Frankreich
Montag, 1. Juli 2013, 22.08 Uhr (am selben Tag)

Die Eisenskulpturen schlugen gegeneinander, als er die letzten vier an den Armen packte und in seinen VW-Bus lud. Ein Mädchen, es mochte etwa acht Jahre alt sein, stand plötzlich neben der offenen Seitentür und starrte auf die Armee aus Metall. Das Mädchen kaute am Ärmel ihres Kleids, als er sie ansprach.

»Gefallen sie dir?«, fragte der Mann.

Das Mädchen schüttelte den Kopf. Der Mann ging in die Hocke und fragte: »Machen sie dir Angst?«

Sie schlug die Augen nieder.

»Das müssen sie nicht«, sagte der Mann und hob vorsichtig eine der Figuren heraus. »Schau, das hier ist Siegfried«, sagte er. »Siegfried ist ein Drachentöter. Er ist kein böser Mann, dieser Siegfried, denn er tötet den Drachen nur, weil der eine schöne Prinzessin verschleppt hat.«

Das Mädchen betrachtete die Figur in seiner Hand. Er stellte sie auf den Boden. Sie bestand aus verrostetem Metall. Ein Rechteck als Körper und eine Lanze unter seinem Arm.

»Willst du, dass die Prinzessin gerettet wird?«

Das Mädchen nickte.

»Siehst du, das kann nur Siegfried«, sagte er. »Und deshalb musst du vor Siegfried keine Angst haben.«

»Okay«, sagte sie und lief auf dem Ärmel kauend zu ihrer Mutter, die ein Stückchen die Straße hinunter bei einem Stand mit Häkeldecken auf sie wartete. Es war immer die gleiche Geschichte, die er über Siegfried erzählte. Manchmal kamen die Mütter am nächsten Tag zurück und kauften etwas bei ihm. Die Mutter des kleinen Mädchens hatte allerdings kein Glück, denn heute war der letzte Tag des Markts. Wer vierzig Jahre in diesem Geschäft tätig war, wusste, wann sie kauften und welche Geschichten er zu erzählen hatte. In Deutschland, dem Ursprungsland der Siegfried-Sage, kam sie nicht besonders gut an, in Italien dafür umso besser. Bei Kindern zog sie eigentlich überall. Der Mann packte Siegfried zurück zu den anderen Figuren und bedeckte sie mit einer großen Plane aus Wolle, damit sie beim Fahren weniger gegeneinanderschlugen. Dann setzte er sich hinters Steuer und verließ den Ort auf der Landstraße Richtung

Osten. Er hatte nicht mehr viel Zeit, bis die Pflegerin in ihren weißen Renault Clio steigen würde, um nach Hause zu fahren. Er hatte sie beobachtet. Jeden Abend in der letzten Woche. Sie war perfekt. Kräftig und ein Gesicht wie Jeanne d'Arc. Und sie fuhr alleine.

Er lenkte den VW-Bus auf halber Strecke zwischen der Landstraße und dem Gestüt in eine Grasnarbe und stellte den Warnblinker an. Durch die dichten Bäume war sein Wagen von den Stallungen aus nicht zu sehen, und dennoch räumte die lang geschwungene Zufahrt der Pflegerin genug Chancen ein, seine Hilflosigkeit wahrzunehmen und ihre Hilfsbereitschaft zu überdenken. Helfen, das wusste er, war eine bewusste Entscheidung, kein Reflex. Aus einem der Schränke holte er einen vorbereiteten Gips, schnallte ihn um sein rechtes Bein und testete die Krücken. Dann öffnete er die Heckklappe und wartete.

Als er den kleinen Motor des Clio hörte, machte er sich am Kasten des Reserverads zu schaffen. Sie bog um die Ecke, er drehte sich um und winkte. Zeigte auf sein Bein, lächelte und zuckte mit den Achseln. Der Clio fuhr vorbei. Der Mann mahnte sich zur Ruhe. Ein wahrer Künstler muss warten können, dachte er noch, als er hörte, wie dünne Reifen auf Schotter bremsten und die Pflegerin den Rückwärtsgang einlegte. Er lächelte, als sie die Tür öffnete.

»Bitte, Mademoiselle, ich bräuchte Ihre Hilfe«, rief er. »Danke, dass Sie anhalten!«

KAPITEL 27

Amsterdam, Niederlande
Montag, 1. Juli 2013, 22.12 Uhr (zur gleichen Zeit)

Der schwere Wagen krachte mit beinah siebzig Stundenkilometern gegen den Betonpfeiler in der Tiefgarage. Nach wenigen Millisekunden explodierten die Treibladungen in den Airbags und füllten die Säcke mit heißem Gas. Solveighs Oberkörper schnellte nach vorne, der Gurt hielt ihn zurück. Sie griff nach ihrer Pistole, noch während das Gas durch den Druck ihres Kopfes entwich, und drehte sich nach hinten. Michele Vizzone war schneller. Er hielt die Waffe im Anschlag und grinste. Solveigh griff nach dem Schalthebel, duckte sich und legte den Rückwärtsgang ein. Ein Schuss krachte. Dann gab sie erneut Gas. Die Mündung von Micheles Waffe tanzte unkontrolliert zum Wagenhimmel. Solveigh drehte das Steuer bis zum Anschlag nach links, und der Wagen raste rückwärts in eine freie Parklücke gegenüber. Blech und Kunststoff krachten gegen die Wand. Diesmal musste es klappen. Solveigh riss ihre Jericho herum und zielte genau zwischen seine Augen. Sie starrte in die Mündung seiner Waffe.

»Sind Sie bereit zu sterben, Frau ›de Vries‹?«, fragte Michele Vizzone und lächelte.

»Wenn Sie es sind«, zischte Solveigh.

Für einige Sekunden starrte sie ihm in die Augen und versuchte zu ahnen, wann er abdrücken würde. Wenn er starb, hatten sie nichts in der Hand. Sie brauchte ihn. Sie konnte nicht als Erste feuern. Und Michele Vizzone wusste das.

Seine dünnen Lippen lächelten immer noch, und auf einmal wusste Solveigh, dass er einer der Männer in dem Van gewesen war. Er wusste, dass sie zur ECSB gehörte. Solveigh biss die Zähne aufeinander und fragte sich, ob dies das Ende sei. Ob sie jetzt sterben würde im Kugelhagel der ’Ndrangheta wie all die anderen? Micheles Finger krümmten sich um den Abzug. Solveigh schloss die Augen. Dann hörte sie das leise Spucken einer schallgedämpften Maschinenpistole. Kugeln schlugen in das Aluminium der Karosserie. Nicht Michele Vizzones Pistole. Eine Uzzi. Sie kannte das Geräusch, sie hatte oft genug selbst damit trainiert. Es waren Warnschüsse. Von außerhalb des Wagens. Sie öffnete die Augen und sah einen Mann vor dem zerborstenen Fenster des Audi, der Michele in Schach hielt. Pollux. Der Kollege, den sie am Abend des Anschlags blutend vor ihrer Zentrale gesehen hatte.

»Pollux!«, rief sie.

»Hallo, Slang«, sagte er.

Vertraue niemandem, erinnerte sich Solveigh.

»So ein schöner Wagen«, sagte Pollux, als er Michele Vizzone die Waffe abnahm.

»Hilf mir mal mit dem Schrankkoffer«, bat Solveigh.

Pollux fixierte Micheles Hände mit Kabelbindern und wuchtete das Monstrum, das beinah so groß war wie ein Kleiderschrank, aus dem Audi.

»Sollen wir mit einem schreienden Italiener durch die Lobby?«, fragte Solveigh, als sie seinen amüsierten Blick bemerkte.

»Im Leben krieche ich da nicht rein!«, rief Michele Vizzone, der offenbar übersah, dass er bereits verloren hatte.

»Wirklich nicht? Wäre es Ihnen lieber gewesen, wir hätten das Scala einfach in die Luft gejagt?«, fragte Solveigh. »Das wäre auch mein Plan gewesen, aber mein Kollege wollte erst mal höflich nachfragen.«

Mit der kalten Mündung der Jericho im Nacken gab Michele Vizzone nach. Im Schrankkoffer klebte ihm Solveigh einen breiten Streifen Gaffa-Tape über den Mund. Als sie den Schrankkoffer Richtung Fahrstuhl schoben, beugte sich der fast zwei Meter große Pollux zu ihr herunter.

»ELMSFEUER«, flüsterte er.

Solveigh nickte ihm zu. Sie hätte sich denken können, dass Pollux zu einem der anderen Teams gehörte. Er war einer der dienstältesten Agents der ECSB. Und offenbar hatten er und sein Partner die gleichen Schlüsse gezogen wie Eddy und Solveigh.

»Bis bald«, flüsterte er, als der Fahrstuhl in der Lobby hielt. Er hatte recht. ELMSFEUER sah nicht vor, dass die Teams miteinander kooperierten. Solveigh war Pollux dankbar, dass er genau im richtigen Moment aufgetaucht war und die Regel ignoriert hatte.

—

Als Solveigh Michele Vizzone in Zimmer 408 das Klebeband von den Lippen riss, spuckte er ihr ins Gesicht. Sie wischte sich mit dem Handrücken über die Wange und drückte ihn auf den Stuhl.

»Signore Vizzoni«, sagte sie. »Wie schön, dass Sie Zeit für uns finden.«

»Polizei«, sagte Michele Vizzone und spuckte erneut auf den Boden.

»Ich kenne eure Regeln über den Umgang mit der Polizei,

Michele. Und sie interessieren mich nicht. Wir sind nicht exakt das, was Sie sich unter der Polizei vorstellen, aber ich denke, Sie ahnen bereits, für welche Organisation ich arbeite, oder nicht?«

»Zumindest sind Sie nicht meine Anwältin«, sagte Michele Vizzone mit Verachtung in der Stimme.

Solveigh lächelte: »Mein Name ist Solveigh Lang, Signore Vizzone.«

»Wir schlitzen Ihnen die Kehle auf, sobald Sie sich umdrehen. Sie werden niemals mehr wissen, ob einer von uns hinter Ihnen steht.«

Eine derartige Drohung in einer aussichtslosen Situation ließ zumindest auf einen gewissen Kampfgeist schließen, fand Solveigh.

»Glauben Sie mir, Michele«, sagte Solveigh, »ich schlafe ruhig.«

Eddy, der am Schreibtisch der Suite auf seinen Einsatz wartete, grinste.

»Ich habe nur eine Frage an Sie, Michele. Und ich stelle sie nur einmal, da ich vermute, dass ich Ihre Antwort kenne: Wer steckt hinter dem Anschlag auf das Bürogebäude im Amstel Business Park?«

Michele Vizzone lachte.

»Das dachte ich mir«, sagte Solveigh und gab Eddy das verabredete Zeichen.

Er schob den Rollstuhl an dem Italiener vorbei zu einem Computer. Dabei sprach er leise und melodisch, fast wie zu einem Kind: »Wissen Sie, Signore Vizzone. Ihr Problem ist, dass wir Sie gar nicht brauchen, um herauszufinden, für welche der Familien Sie arbeiten.«

Michele Vizzone lachte erneut.

»Abgesehen davon, dass wir Sie nur länger hätten beschatten müssen, um das gleiche Ergebnis zu erzielen …«, setzte Solveigh an, und Eddy beendete ihren Satz: »… reicht uns jetzt Ihr Mobiltelefon vollkommen aus.«

Eddy steckte die SIM-Karte aus Vizzones Handy in ein Kartenlesegerät und startete ein Programm. Natürlich handelte es sich um eine Prepaidkarte, die niemals zu Michele Vizzone oder zu irgendjemand anderem geführt hätte, aber da Eddy eine Nummer hatte, mit der er anfangen konnte, erledigte den Rest ein kleines, aber effektives Rechercheinstrument, das die Amerikaner entwickelt hatten. Es würde in den Metadaten der Provider nach allen Verbindungen zu dieser Nummer suchen. Alle Telefonnummern oder E-Mails, die direkt mit diesem Telefon in Verbindung standen, würden ihrerseits durch das Programm identifiziert, sodass sie in einigen Stunden ein klares Bild davon gewinnen würden, mit wem Michele Vizzone in Kontakt gestanden hatte.

»Aber das ist …«, sagte Michele, als er erkannte, dass Eddy und Solveigh nicht übertrieben hatten.

»Illegal, meinen Sie?«, fragte Solveigh mit einem süffisanten Lächeln. »Das ist rechtlich nicht ganz klar. Aber haben Sie den Eindruck, dass mich die gerichtliche Verwertbarkeit unseres kleinen Gesprächs im Moment besonders interessiert?«

Michele starrte auf den Monitor des Laptops.

»Na also. Dann wäre jetzt möglicherweise ein geeigneter Zeitpunkt, um darüber zu reden, was für uns dabei herausspringt, wenn wir der Familie nicht stecken, dass Sie gesungen haben wie ein hungriges Möwenküken, als wir Sie in die Mangel genommen haben. Oder meinen Sie nicht?«

Michele Vizzones Zorn war nicht gespielt. Als er nach dem Glas griff, zitterte der Wasserspiegel. Das waren gute Voraussetzungen.

»Nennen Sie einen Namen«, sagte Michele Vizzone.

Die 'Ndrangheta war für ihre blutigen Fehden berühmt. Und der Ehrenkodex erlaubte nicht einmal, mit der Polizei zu reden. Einen Familiennamen preiszugeben wäre eine Todsünde. Eddy deutete auf den Monitor. Das Programm hatte mehrere Accounts gefunden, mit denen Michele besonders intensiv E-Mails ausgetauscht hatte. Bisher hatte das Programm nur die Betreffzeilen ausgewertet. Dafür schien die 'Ndrangheta eine Art unverfänglichen Code zu verwenden, sie lasen sich allesamt wie reguläre Geschäftskorrespondenz. Aber ein Familienname tauchte besonders häufig auf. Und es war kein unbekannter.

»Die Taccola-Familie«, raunte Solveigh. Die Krähen. Auf Michele wartete keine Bestattung, auf Michele wartete ein Massaker.

Der Italiener trank noch einen Schluck Wasser. Solveigh konnte es ihm nicht verdenken, dass sich seine Kehle trocken anfühlte angesichts dieses Namens. Von allen Familien galten die Krähen als die skrupellosesten. Und die am besten organisierten. Solveigh starrte abwechselnd vom Monitor zu Michele. Plötzlich bemerkte sie, dass der Italiener vor sich hin murmelte.

»Michele, haben Sie sich entschieden?«, fragte sie.

Dann bemerkte sie, dass sich Schaum um seinen Mund bildete. Seine Augen traten hervor, und sein Körper sackte nach vorne.

»Eddy!«, schrie Solveigh.

Sie trat den Stuhl mit Michele darauf nach hinten. Er

krachte auf den Boden, und Micheles Rücken knackte, als er aufschlug. Eine angeknackste Rippe war sein kleinstes Problem, wenn Solveighs Vermutung stimmte. Sie riss ihn vom Stuhl und brachte ihn in eine stabile Seitenlage. Eddy kam mit dem Fahrstuhl herangerollt.

»Finde heraus, ob es hier irgendwo im Haus einen Defibrillator gibt«, sagte Solveigh und fühlte nach Micheles Puls.

»Komm schon!«, sagte Solveigh. Sie beugte sich über ihn und wollte ihn gerade auf den Rücken drehen, als sie den süßlichen Geruch bemerkte.

»Du kannst dir den Defibrillator schenken«, sagte Solveigh. »Unseren Zeugen haben wir gerade verloren.«

Ohne ein Wort rollte Eddy zurück an den Schreibtisch.

»So ein Mist!«, schrie Solveigh und gab dem Stuhl einen Tritt, dass er gegen den Bettkasten krachte.

KAPITEL 28

Iliciovca, Moldawien
Dienstag, 2. Juli 2013, 5.04 Uhr (am nächsten Morgen)

An diesem Morgen erwachte Lila mit Bauchschmerzen. Der Brief lag immer noch zwischen ihren Händen, als hätte sie sich im Schlaf daran festgehalten. Sie schlug die Augen auf und hörte die Vögel vor ihrem Fenster dieselben Lieder trällern, aber für Lila hatten sie einen neuen Klang. Sie würde diese Vögel niemals wieder hören, dachte Lila und fragte sich, ob sie die richtige Entscheidung getroffen hatten. Auf Zehenspitzen schlich sie am Schlafzimmer ihrer Großeltern vorbei und lauschte auf ihren gleichmäßigen Atem. Zum letzten Mal ließ sie Wasser in den Kessel laufen und stellte ihn auf den Ofen. Bevor es kochte, nahm sie ihn herunter und goss einen Kaffee auf. Nur einen. Zum ersten Mal. Mit dem dampfenden Becher in der Hand ging sie zurück in ihr Zimmer und zog sich an. Die Tasche stand gepackt auf dem Boden ihres Schranks. Ein letztes Mal überprüfte sie, ob die Briefe ihrer Eltern in der Seitentasche steckten und ob ihr Erspartes sicher in der Innentasche verstaut war. Dann nahm sie ihre Habseligkeiten, ging in die Küche, stellte die Kaffeetasse auf den Briefumschlag und öffnete die Haustür. Bei ihrem letzten Blick zurück sah sie ihren Großvater am Tisch sitzen, und sein Rücken formte eine perfekte mathematische Kurve bis zu seinem Becher. Dann zog sie die Tür hinter sich zu.

—

Sie sah Ioanas Haar im Orange der aufgehenden Sonne glänzen, bevor sie auch nur in ihrer Nähe war. Lila konnte im Sitzen die Pikser des grob zugeschnittenen Zauns spüren, auf dem sie bis heute jeden Morgen auf den Bus gewartet hatten, um zur Schule zu fahren. Auch das gehörte der Vergangenheit an. Ioana lief ihr entgegen, und Lila sah, dass sie geweint hatte. Kamen ihr auf einmal Zweifel? Sie war immer diejenige gewesen, die Zuversicht ausgestrahlt hatte. Als sie sich in die Arme fielen, kamen auch Lila die Tränen, und für ein paar Minuten hielten sie sich fest in der Trauer über das, was sie zurücklassen würden. Ihre Großeltern, Ioanas Geschwister, die Schule, Bence, ihre Heimat.

»Wir kommen zurück«, flüsterte Lila Ioana ins Ohr, als sie hörte, dass sich ein Auto näherte. Um diese Uhrzeit konnte das nur Radu sein. Lila und Ioana hielten sich immer noch im Arm, als sein Sportwagen neben ihnen bremste. Radu stieg aus, und Lila wischte sich eine Träne von der Wange.

»Alles klar?«, frage Radu.

»Klar«, sagte Ioana.

»Ja«, sagte Lila.

»Umso besser«, sagte Radu und bedeutete ihnen einzusteigen. Kaum hatten sie Platz genommen, gab er Gas und brachte sie weg von Iliciovca, weg von zu Hause.

»Eure Pässe und eure Visa«, sagte er und reichte jedem von ihnen einen Plastikbeutel mit einem Gummiband drumherum.

Lila strich über die raue Oberfläche ihres ersten eigenen Reisepasses. Sie hatte bei ihren Eltern schon einmal einen gesehen, aber dieser hier, das war etwas anderes, etwas Besonderes. Ein Symbol für ihre neue Freiheit. Lila fühlte sich auf einmal sehr erwachsen. Sie schlug ihn auf und betrachtete das Bild, das sie mit Radu bei einem kleinen Fotografen in Drochia aufgenommen hatten. Dann stellte sie fest, dass der Ausweis in Kischinau, der Hauptstadt, ausgestellt worden war, was sie erstaunte. Als Zweites bemerkte sie ihr Geburtsdatum. Es war das falsche Jahr. Laut ihrem Pass war sie achtzehn Jahre alt. Wie konnte in einem offiziellen Dokument ein falsches Geburtsdatum angegeben sein? Oder gab es noch eine andere Erklärung? Direkt unterhalb ihres Bauchnabels bildete sich ein Klumpen. Sie schluckte und fasste nach Ioanas Schulter.

—

»Da ist doch was faul«, flüsterte Lila und beobachtete Radu, der telefonierend vor der Motorhaube auf und ab lief.

»Bestimmt gibt es eine gute Erklärung«, sagte Ioana.

»Klar, die gibt es: Die Pässe sind Fälschungen.«

Ioana strich über die raue Oberfläche und fühlte dann nach der Dicke der Innenseiten, die eingestanzte Nummer.

»Fühlt sich echt an, wenn du mich fragst«, sagte sie schließlich. Lila vergewisserte sich mit einem Seitenblick, dass Radu beschäftigt war.

»Aber wo gibt es denn so was: ein falsches Geburtsdatum? Und vor allem: warum?«

»Fragen wir ihn doch einfach«, schlug Ioana vor.

»Spinnst du?«, sagte Lila. »Was, wenn sie doch falsch sind? Was, wenn er uns doch entführt?«

Ioana lachte: »Radu ist mein Cousin, Lila. Vergiss das nicht. Ich bin sicher, es gibt eine ganz einfache Erklä…«

Sie wurde vom Öffnen des Türschlosses unterbrochen. Radu rutschte hinter das Lenkrad und startete den Motor.

»Alles in Ordnung«, sagte Radu. »Das war meine Chefin. Sie freut sich schon, euch kennenzulernen.«

Lila und Ioana schwiegen.

»Wollt ihr Musik?«, fragte Radu und stellte den CD-Spieler lauter. Dabei legte er die Hand auf die Kopfstütze von Lilas Sitz.

»Was geht euch durch den Kopf?«, fragte Radu nach zehn Kilometern und stellte die Musik wieder ab.

Die Mädchen schwiegen.

»Hey«, sagte Radu, »wenn euch etwas belastet, solltet ihr mir das sagen. Wir sind doch ein Team, oder nicht?«

Lila räusperte sich: »Na ja, wir haben uns gefragt …«

Radu hupte, um einem Bus anzukündigen, dass er ihn

überholen würde. Der Calibra brauste an dem blau-weißen Liaz vorbei und ordnete sich dann wieder auf der rechten Spur ein. Der Arm um Lilas Kopfstütze war verschwunden.

»Was habt ihr auf dem Herzen?«, fragte Radu.

»Lila, also uns beiden …«, sagte Ioana stockend, »kam es irgendwie seltsam vor, dass unsere Geburtsdaten in den Pässen falsch sind …«

»Wir haben uns halt gefragt, wie das sein kann, bei einem offiziellen Dokument. Ich meine …«

Radu lachte laut und machte eine wegwerfende Handbewegung: »Ach«, sagte er. »Das ist doch nichts Besonderes!«

Er legte den Arm wieder auf die Kopfstütze und grinste zu Ioana auf der Rückbank.

»Und außerdem liegt es ja nicht an mir«, fügte Radu hinzu.

Lila und Ioana schauten sich an.

»Wie meinst du das?«, fragte Lila.

»Ihr habt die Verträge unterschrieben«, erklärte Radu. »Und wir können doch nicht jedes Mal eure Großeltern anrufen, damit sie als Erziehungsberechtigte unterschreiben. Es ist so viel einfacher, wenn ihr achtzehn seid …«

»Aber hast du nicht gesagt, mit achtzehn müsste man gar nicht mehr anfangen zu modeln?«, fragte Ioana. Daran erinnerte sich auch Lila noch.

»Aber ihr seid doch gar keine achtzehn Jahre alt«, lachte Radu. »Und meine Chefin weiß das doch.«

Lilas Kloß im Magen wollte trotz seiner Beschwichtigungen nicht verschwinden.

»Aber wie konntest du das so einfach ändern?«, fragte

Lila. »Immerhin ist das doch ein offizielles Dokument, oder nicht?«

»Es kommt eben immer darauf an, wen man kennt«, sagte Radu und zwinkerte Lila zu. »Ihr könnt mir vertrauen. Was ändern schon ein paar Zahlen, wenn sie alles nur einfacher machen. Oder etwa nicht?«

Lila wusste nicht, was sie darauf antworten sollte, und auch Ioana schwieg. Sie hatte keine Ahnung, wie ihre Freundin darüber dachte. Vielleicht war es tatsächlich nicht so wichtig, und möglicherweise hatte Radu auch recht, dass es vieles einfacher machen würde.

»In zehn Minuten sind wir an der Grenze«, kündigte Radu an.

So schnell?, dachte Lila und dachte an zu Hause. Immerhin würden sie gleich herausfinden, ob die Pässe gefälscht waren, dachte Lila. Dann wäre das Abenteuer schnell zu Ende. Sie wusste nicht, was sie sich wünschen sollte. Nicht in diesem Moment.

—

Sie standen schon über eine halbe Stunde in der Schlange des kleinen Grenzübergangs, als Radu den Calibra zum Wachhäuschen auf der moldawischen Seite lenkte und ihre Papiere durch die Seitenscheibe reichte. Lila knabberte an ihren Fingernägeln, bis Radu ihre Hände in ihren Schoß drückte, um sie zu beruhigen. Doch der Grenzbeamte warf nur einen flüchtigen Blick auf ihre Visa und ihre Pässe, bevor er sie ohne ein Wort zurück in den Wagen reichte. Radu schien das nicht zum ersten Mal zu machen, denn er wechselte mitten zwischen den beiden Grenzposten die Fahrbahn, um die kürzere Schlange zu erwischen. Hinter einem offenen Pritschenwagen, der mit allerhand rostigen Metallrohren beladen war, warteten sie auf ihre Einreise nach Rumänien. Beim Anfahren blies der Lastwagen eine Rußwolke aus dem Auspuff. Radu fuhr neben das Fenster. Lila drückte sich, so fest sie konnte, in den Sitz und hielt den Blick starr geradeaus gerichtet. Die Straße hinter der Grenze war dunkel asphaltiert, und ein grünes Schild über der Fahrbahn hieß sie in Rumänien willkommen. Die zwölf gelben Sterne der Europäischen Union prangten auf blauem Grund an einem kleineren Schild am rechten Rand der Fahrbahn. Lila schaute nach links, zu dem Fenster des Wachhäuschens. Der Grenzbeamte trug einen dichten Bart, sodass seine Miene nicht zu deuten war. Als er die Pässe aufschlug, bildete sich Lila ein, die Andeutung eines Nickens bemerkt zu haben. Er blätterte durch ihre Papiere und betrachtete erst Lila und schließlich Ioana eingehend. Als letzten sah er sich Radus abgegriffenen Pass an. Nach einem kurzen Blick in seine Richtung griff er nach rechts. Dann stempelte er alle drei Pässe und gab sie Radu zurück. Als er nach ihnen griff, lächelte Radu und legte den ersten Gang ein.

»Willkommen in Rumänien, Mädels«, sagte er.

Lila schämte sich dafür, dass sie ihm nicht vertraut hatten. Natürlich waren die Pässe nicht gefälscht gewesen. Wie hatten sie ihm nur so etwas unterstellen können? Er hatte sie hierher gebracht. Und er würde sie noch viel weiter bringen.

KAPITEL 29

Kelsterbach, Deutschland
Dienstag, 2. Juli 2013, 6.01 Uhr (am gleichen Tag)

Solveigh Lang starrte durch die Scheibe des gemieteten Ford auf das kleine Reihenhaus in einem Neubauviertel von Kelsterbach, ganz in der Nähe des Frankfurter Flughafens. Die Straße lag verschlafen in der Morgendämmerung, nur vereinzelt waren beleuchtete Fenster von Frühaufstehern auszumachen. Ein Blick auf die Wärmebildkamera verriet ihr, dass nur eine Person im Haus war. Sie klappte den Laptop zu.

»Haben sie Dekker endlich verhaftet?«, fragte Solveigh.

»Sie sind gerade dabei«, hörte sie Eddys Antwort über den Kopfhörer ihres Telefons. Geert-Jan Dekker war der Fensterputzer, der die Bombe in dem Drainageschacht neben Wills Büro platziert hatte. Er war ein kleiner Fisch, ein von Anfang an eingeplantes Bauernopfer. Aber es war wichtig, dass seine Verhaftung durch die Amsterdamer Polizei über die Bühne ging, bevor Solveigh in Aktion trat. Zu leicht könnte er gewarnt werden und für immer von der Bildfläche verschwinden. Der Mann, hinter dem Solveigh jetzt her war, gehörte zu den dickeren Fischen.

»Dann gehe ich jetzt rein«, kündigte Solveigh an und setzte die dickrandige Brille auf, in die eine Kamera und ein Mikrofon verbaut waren. Eddy würde in Amsterdam dafür sorgen, dass sein Computer alles aufzeichnete.

Solveigh stieg aus dem Wagen und lief über die gepflasterte Sackgasse zu dem Reihenhaus. Sie zückte einen elektrischen Dietrich und vernahm keine halbe Minute später zufrieden ein Klacken des Schlosses. Sie öffnete die Tür und schlich durch den kurzen Flur. Auf einer Bank standen kleine Gummistiefel neben Wanderschuhen. Vanderlist hatte einen achtjährigen Sohn und eine fünfjährige Tochter, die jedoch unter der Woche bei ihrer Mutter lebten. Es hätte ihren Einsatz wesentlich komplizierter gemacht, wenn Kinder im Haus gewesen wären, dachte Solveigh, als sie die schmale Treppe ins Obergeschoss hinaufschlich. Vermutlich waren die Scheidung und die Unterhaltszahlungen für seine Familie der Grund für die finanziellen Probleme des ehemaligen Sicherheitschefs der EuroBank. Er hatte seinen Job ein Jahr nach der spektakulären Erpressung verloren, deren Aufklärung die ECSB übernommen hatte. Er war einer der wenigen externen Besucher gewesen, die ihr Büro von innen gesehen hatten. Der Verräter war kein Maulwurf aus den eigenen Reihen. Als eine Frankfurter Vorwahl auf der Anrufliste von Michele Vizzone aufgetaucht war, hatten Solveighs Alarmglocken geläutet. Und tatsächlich war es Vanderlists Privatanschluss gewesen, den der Mafioso von seinem Prepaidhandy angerufen hatte. Eddy hatte die Anfrage beim amerikanischen NSA als Terrorermittlung ausgegeben, weil er wusste, dass sie unter diesem Stichwort alles liefern würden. Die Software gab es erst seit zwei Jahren, sie speicherte sämtliche Verbindungsdaten von E-Mails und Telefonen. Bis zu zwei Monate in die Vergangenheit wühlte sich das Programm durch die Privatsphäre, ausgehend von einer einzigen Telefonnummer. Michele Vizzone hatte eifrig kommuniziert, sein Prepaidhandy hatte sich als wahre Goldgrube für Eddy herausgestellt. Es war ein Glück, dass diese Tatsache auch in Verbrecherkreisen weitgehend unbekannt war. In wenigen Jahren würde vermutlich niemand mehr telefonieren, was die Geheimdienste auf den Stand der Achtzigerjahre zurückwerfen würde.

Die Morgendämmerung fiel durch die Lamellen der Rollläden auf das große Ehebett. Paul Vanderlists Brustkorb hob und senkte sich unter der Decke, sein Atem roch säuerlich nach Wein und Schnaps. Offenbar waren die Zahlungen an seine Exfrau nicht das einzige seiner Probleme. Solveigh konnte es nur recht sein, denn als ehemaliger Soldat war Vanderlist im nüchternen Zustand ein nicht zu unterschätzender Gegner. Solveigh begann, den Nachttisch zu durchsuchen. In der Schublade fanden sich Kondome, ein Hustenlöser und ein altes Handy inklusive Ladegerät, das sicherlich seit Jahren nicht mehr verwendet wurde. Solveigh war nicht hinter elektronischen Geräten her, sie suchte Hinweise, wo sich Vanderlist in den letzten Monaten aufgehalten hatte. Er hatte nur einmal mit Michele Vizzone telefoniert, weitere Verbindungen zur 'Ndrangheta schien es nicht zu geben. Und doch mussten sie existieren. Wenn nicht elektronisch, dann zumindest auf altmodischem Weg. In der zweiten Schublade des Nachttischs fand sie schließlich seine Pistole, eine Glock 38.

Fünfzehn Minuten später stand Solveigh vor einem Regal in seinem Arbeitszimmer und blätterte durch einen Ordner, der mit »Vanderlist Securities«, seiner Beratungsfirma, beschriftet war. Neben einigen Abrechnungen mit Kunden fand sie dort die Auflistung seiner Betriebsausgaben. Solveigh setzte sich auf einen schwarzen Drehstuhl und blätterte durch Belege von Restaurants, diverser Elektronikfachgeschäfte und Taxiquittungen, als sie plötzlich ein Geräusch aus dem Schlafzimmer vernahm. Sie vertiefte sich wieder in den Aktenordner und stieß schließlich auf seine Flugtickets.

»Was hast du hier zu suchen?«, fragte eine belegte Stimme. Solveigh hörte, wie eine Pistole entsichert wurde. Sie drehte sich um.

»Wonach sieht es denn aus?«, fragte sie.

»Sie? Was in Gottes Namen ...«, stammelte Vanderlist.

»Ich suche nach Beweisen für Ihren Verrat an uns, Herr Vanderlist«, sagte Solveigh.

»Legen Sie das sofort weg!«, sagte der ehemalige Sicherheitschef der EuroBank und hielt den Lauf der Glock trotz seines Zustands einigermaßen gerade.

»Ich glaube nicht, dass Sie in der Situation sind, Forderungen zu stellen«, sagte Solveigh und öffnete den Hebel des Ordners. Sie entnahm sämtliche Flugtickets und Bahnfahrscheine.

»Du kannst die Kavallerie rufen, Eddy«, sagte sie.

Solveigh stand auf.

»Bleiben Sie, wo Sie sind!«, schrie Vanderlist und zielte mit der Pistole direkt auf ihr Gesicht. Solveigh griff in ihre Manteltasche.

»Lassen Sie Ihre Finger da, wo ich sie sehen kann!«, rief er. »Und drehen Sie sich ganz langsam um!«

Solveigh zog ihre Hand hervor und lächelte: »Wie ich schon erwähnt hatte, ist es nicht mehr an Ihnen, Forderungen zu stellen.« Sie ließ zwei Patronen um ihren Mittelfinger kreisen.

»Wie konnte es nur so weit mit Ihnen kommen?«, fragte Solveigh leise.

Er ließ sich gegen die Tür seines Arbeitszimmers fallen und sank an ihr herunter. Er rieb sich mit den Handballen über das Gesicht, die Waffe immer noch in der rechten Hand.

»Ich weiß es nicht«, sagte er. »Als ich begriff, was diese Leute vorhatten, war es zu spät. Ich habe doch nicht ahnen können, dass sie einen Anschlag planen. Ich dachte, es ginge ihnen nur darum, Sie etwas an der Nase herumzuführen.«

»Und das von einem ehemaligen Sicherheitsberater!«, sagte Solveigh. »Entweder sind Sie wirklich so naiv, oder Sie lügen so schlecht, dass ich kotzen möchte.«

Tatsächlich begann der Scheißkerl zu weinen. Verlogene Tränen waren Solveigh zuwider. Und im Gegensatz zu den Angehörigen der Toten traf ihn der Schock weder unvorbereitet noch zu Unrecht.

»Wer hat Sie für Ihren Verrat bezahlt, Vanderlist? Ich will einen Namen!«

Über ihr Headset bestätigte Eddy, dass die Frankfurter Polizei zwei Streifenwagen zu seinem Haus schicken würde. Die Kavallerie würde nicht lange auf sich warten lassen.

»Und ich brauche ihn jetzt!«, sagte Solveigh.

»Geben Sie mir die Patronen zurück«, forderte Vanderlist.

»Sie träumen wohl! Ich muss wissen, mit wem Sie sich getroffen haben!«

Vanderlist lachte. Er ließ die schwere Glock auf das billige Laminat fallen. »Ich brauche nur eine«, sagte er.

Solveigh rollte eine der Patronen zwischen Daumen und Zeigefinger hin und her, um Zeit zu gewinnen. Dann kniete sie sich vor ihn, sodass sie seinen sauren Atem riechen konnte, und hielt ihm die Patrone vors Gesicht. Er fasste danach, aber Solveigh war schneller. Ächzend griff Vanderlist nach seiner Waffe und stemmte sich nach oben. Dann drehte er sich um und lief in sein Schlafzimmer, Solveigh folgte ihm mit der Hand an der Jericho, jederzeit bereit, sie zu ziehen, wenn er etwas Unüberlegtes probierte. Vanderlist schaltete das Licht an und öffnete den Kleiderschrank. Er wühlte in einer Schublade voller dunkler Socken herum, und wenige Sekunden später tauchte seine Hand mit einem schmalen blauen Heft wieder auf. Er reichte es Solveigh. Sie überflog die wenigen Seiten mit handschriftlichen Notizen. Hier stand etwas von einer Reise, die sie in den Abrechnungen nicht entdeckt hatte. Und dort stand ein Name. Matteo Taccola. Eine der Krähen. Und eine Telefonnummer. Solveigh warf ihm die Patrone zu und beobachtete, wie er das Magazin aus der Waffe nahm. Er würde nicht schießen, sie sah es an seinen Augen. Er war ein Familienvater, der einen schrecklichen Fehler begangen hatte. Die Vernunft würde siegen. Aber er würde glauben, dass er die Entscheidung selbst getroffen hatte. Manchen half es.

»Sind Sie wirklich sicher, dass Sie diesen Weg gehen wollen?«, fragte sie. Solveigh sah das pulsierende Blaulicht von Streifenwagen an der Innenseite des Schlafzimmerfensters.

Vanderlist nickte.

Solveigh drehte sich um und lief die Treppe hinunter. An der Tür zur Terrasse hielt sie noch einmal kurz inne. Dann lief sie durch den Garten und verschwand hinter einer Buchshecke.

KAPITEL 30

München, Deutschland
Dienstag, 2. Juli 2013, 11.49 Uhr (am selben Tag)

Das Telefon klingelte mitten im Hofgarten, dem Münchner Beweis gegenüber der wundervollen Stadt Berlin, dass etwas, das vollumfänglich schön hergerichtet wurde, nicht so einfach niedergetrampelt wird. Wer könnte dieses Prinzip angesichts der hier bunt blühenden Rabatten einerseits und dem verwahrlosten Schlesischen Busch andererseits in Zweifel ziehen? Als er abnahm, fragte sich Paul Regen, ob man das Knirschen der Kieselsteine am anderen Ende der Leitung hören würde.

»Herr Regen, es geht nicht mehr.«

»Was, liebe Frau Auch, hat denn ob meiner Abwesenheit sogleich die Funktion eingestellt? Ich möchte mich mit einem Blumenstrauß bedanken.«

»Alles, Herr Regen«, sagte Adelheid Auch.

»Wirklich alles?«, fragte Paul Regen und kalkulierte die Anzahl Sträuße mal Schnittblumen, die sich alleine von einem der Felder ernten ließen. Er hatte seit Tagen nicht mehr durchgeschlafen, und tagsüber jonglierte er mit den Aufgaben im Büro, die für sich genommen schon eine gute Vollzeitstelle bedeuteten. Dieser Fall ging langsam an die Substanz. Aber er hielt Paul Regens Gedanken eisern umklammert.

»Ja, alles«, bestätige das Auswärtige Amt. »Ihre Urlaubsvertretung haben Sie seit zwei Tagen nicht mehr wahrgenommen, und das Meeting wegen der Schnittstelle verlege ich jetzt zum vierten Mal. Außerdem hat der Kriminaldirektor Wochinger auch schon angemerkt, dass der Arm ja ein Reinfall war, was den Erkennungsdienst digital angeht, und Sie deshalb ja nun zur Tagesordnung übergehen könnten, und …«

»Eins nach dem anderen, Frau Auch«, sagte Paul Regen, um sich ein wenig Luft zu verschaffen, derweil er weiter Richtung Englischer Garten lief.

»Erstens: die Urlaubsvertretung. Ich habe den überaus kompetenten Kollegen Pertel aus Becks Team als neuen Stellvertreter der Urlaubsvertretung benannt, und ich bin sicher, er hat das bestens im Griff. Es ist überhaupt fragwürdig, warum der Kriminaldirektor nicht ohnehin den Pertel auserkoren hat. Der ist im Thema, und außerdem möchte er es machen. Keine Baustelle für uns, Frau Auch.«

»Aber der …«

»Zweitens: das Meeting mit der Schnittstelle. Ich habe gestern Abend von zu Hause eine E-Mail an die Kollegen geschrieben bezüglich der Tätowierungen. Mir fiel nämlich auf, dass es ja nicht nur ein Auge gibt, das nicht tätowiert werden kann, sondern auch eine Milz, eine Leber oder das Nagelbett.«

Die Anforderung, dass die Software erkennen sollte, wenn ein Ermittler eine falsche Eingabe vornahm, wie eben ein tätowiertes Auge statt einer tätowierten Augenhöhle, wurde damit zu einer Mammutaufgabe.

»Hier wurde ja offensichtlich seitens der Softwarearchitektur gründlich geschlampt«, fuhr Paul Regen fort. »Also zumindest habe ich das so geschrieben, und selbst wenn sie es als Humbug entlarven, werden sie es ja trotzdem begründen müssen, oder nicht?«

»Herr Regen, Sie sind nicht bei Trost!«, sagte Adelheid Auch und klang entsetzt.

»Frau Auch«, begann Paul Regen. Hinter dem Fußgängertunnel lief er den sanft geschwungenen Pfad in Richtung Chinesischer Turm hinauf.

»Ihre fixe Idee mit dem Arm geht mir gehörig auf die …«

»Womit wir bei drittens wären: unserem Fall«, sagte Paul Regen.

»Es ist nicht unser Fall, sagt Kriminaldirektor Wochinger.«

»Noch nicht, Frau Auch, noch nicht. Bitte hören Sie mir einen Moment zu, ja?«

Paul Regen blieb am Rand der großen Wiese stehen und betrachtete eine Gruppe Sportler, die versuchten, mit nacktem Oberkörper Metallstöcke in die Luft zu werfen und wieder zu fangen. Es wirkte sehr asiatisch, inklusive Zen und so. Und der Einzige, der die Stöcke wieder auffing und elegant um die Schultern kreisen ließ, war offenbar der Lehrer, der in der Mitte der Gruppe stand.

»In Ordnung«, seufzte Adelheid Auch, »ich höre Ihnen zu.«

»Die Münchner Kollegen haben den Fall längst abgehakt. Ich habe mir den Bericht schicken lassen, unser Arm wandert in die Asservatenkammer.«

»Ich weiß das, aber …«

»Bitte.«

»Entschuldigung«, sagte Adelheid Auch.

»Stellen Sie sich einmal für einen Moment vor, dieser Arm wäre nicht von einem kräftigen Mann Mitte fünfzig, sondern von einem jungen Mädchen.«

Paul Regen wartete auf eine Reaktion und stellte fest, dass

die Kunst, einen Metallstock in die Luft zu werfen, ein ähnlich frustrierendes Lernerlebnis sein muss wie das Windsurfen.

»Herr Regen? Sind Sie noch da?«, fragte Adelheid Auch.

»Natürlich bin ich noch da, Frau Auch«, sagte Paul. »Haben Sie sich also nun ein junges, zarthäutiges Ärmchen vorgestellt?«

»Ich stelle es mir vor«, sagte Adelheid Auch, »aber ich weiß nicht, was das …«

»Und nun stellen Sie sich weiterhin vor, dass die Beine aus dem Fass auf der Mülldeponie ebenfalls jungen Frauen gehört hätten.«

»Was sie aber nicht haben«, warf Adelheid Auch ein.

»Nein, was sie nicht haben«, bestätigte Paul Regen. »Deswegen müssen Sie es sich ja auch erst vorstellen.«

»Okay«, sagte Adelheid Auch. »Was dann?«

»Ich möchte, dass Sie mir jetzt sagen, was Sie vermuten würden, wenn Sie mehrere Leichenteile unterschiedlicher junger Frauen fänden, eingelegt in derselben Formalinlösung.«

»Ich würde vermuten …«

»Eben«, sagte Paul Regen.

»Meinen Sie das wirklich ernst? Aber ist es nicht gerade für eine Mordserie der Opfertyp, der entscheidend ist? So steht es zumindest in jedem Lehrbuch.«

»Ich weiß«, sagte Paul Regen.

»Und ein Leichenteil hier in München und eines in Frankreich spricht nun auch nicht gerade für Ihre Theorie«, hatte Adelheid Auch einzuwenden.

»Das stimmt.«

»Und trotzdem glauben Sie, dass es derselbe Täter war?«

»Das weiß ich noch nicht, Frau Auch«, sagte Paul Regen wahrheitsgemäß.

»Aber dass die Fälle zusammenhängen, daran glauben Sie?«

»Nein, Frau Auch, das weiß ich«, log Paul Regen.

»Und wie?«

Das war die alles entscheidende Frage, mit der Paul Regen noch aufs ermittlungstechnische Glatteis zu führen war. Erneut landete ein Stock im Gras statt in der Hand einer der Kampfsportschülerinnen. War das die Lösung?

»Vielleicht hat er geübt«, flüsterte Paul Regen.

»Bitte was?«, fragte Adelheid Auch. »Sie sind kaum noch zu verstehen.«

»Ich komme ins Büro«, rief Paul Regen und beschleunigte seinen Schritt. Die Universität war gleich um die Ecke und damit die U-Bahn-Linien 3 und 6. Wenn er am Sendlinger Tor umstieg, wäre er nach sechs Stationen in der Grünen Villa.

»Bereiten Sie eine Eingabe über Europol und das BKA vor«, schnaufte Paul Regen im Dauerlauf. »Wir suchen nach allen Körperteilen, die in den letzten fünfzehn Jahren in Formalin gefunden wurden. Auch ganze Leichen. Die sollen das überall verteilen! Alle Staaten, zumindest die Prümer. Und die sollen ihren Hintern bewegen, wenn ich bitten darf.«

KAPITEL 31

Amsterdam, Niederlande
Mittwoch, 3. Juli 2013, 14.37 Uhr (am nächsten Tag)

Solveigh schob Eddy über den blanken Linoleumboden des Amsterdamer Universitätskrankenhauses. In dem noch nicht eröffneten Neubau begegneten ihnen keine Schwestern oder Ärzte, nur das Quietschen der Reifen von Eddys Rollstuhl störte die geisterhafte Ruhe. Solveigh drückte den Türöffner, und die beiden Flügel setzten sich, begleitet vom Surren einer elektrischen Hydraulik, in Bewegung. Direkt hinter der Tür standen zwei Mitarbeiter der ECSB in schwarzen Anzügen neben einem Metalldetektor. Sie hielten ihre Hände in der Nähe ihrer Waffen, was einem ungeschulten Auge nicht zwangsläufig aufgefallen wäre.

»Entspannt euch, Jungs, wir sind's«, sagte Solveigh.

»Darf ich Sie bitten, sich auszuweisen?«, fragte Michael, der Kleinere der beiden. Seine Hand ruhte immer noch am Knopf seines Jacketts, bereit, die Waffe aus dem Schulterholster zu ziehen.

»Komm schon, Michael. Ich bin's, Solveigh. Und seinen Rollstuhl wirst du doch auch noch erkennen, oder nicht?«

»Die Ausweise!«, verlangte der Zweite. »Es gibt keine Ausnahmen.« Es tut mir leid, sagte sein Blick.

Seufzend reichten Solveigh und Eddy ihm ihre ECSB-Dienstmarken.

»Zufrieden?«

»Wenn Sie freundlicherweise Ihre Waffe hier abgeben würden?«, forderte Michael und hielt ihr ein Plastikkörbchen hin, wie sie an der Sicherheitskontrolle in Flughäfen benutzt wurden.

»Ist nicht euer Ernst«, sagte Solveigh und zog die Jericho. Sie hielt sie an zwei Fingern am Lauf und legte sie hinein. Kein Grund, die Nerven noch weiter zu strapazieren, dachte sie.

»Jetzt hier durch, bitte«, sagte Michael und deutete auf den Metalldetektor.

Solveigh zuckte mit den Achseln und wartete auf das Piepsen, aber offenbar war sie sauber, was am Flughafen selten gelang.

»Was ist mit mir?«, fragte Eddy.

Michael nahm einen Handdetektor von einem als Tischersatz aufgestellten Stuhl.

»Ich darf?«, fragte Michael.

»Wenn du meinst, dass du das musst«, knurrte Eddy. Es dauerte fast zwei Minuten, bis er, begleitet vom typischen Quietschen, für unbedenklich erklärt wurde. Dann schob Solveigh den Rollstuhl in den Trakt, der für die Anschlagsopfer auf das ECSB-Gebäude reserviert war.

Vor Will Thaters Zimmer stand ein weiterer Kollege, der sie mit erstaunlich feindseliger Miene musterte. Die Angst vor dem Verräter in den eigenen Reihen säte eine ungekannte Zwietracht in den Reihen der ECSB. Eddy und Solveigh wussten es mittlerweile besser. Deshalb waren sie gekommen. Eddy trug die Ergebnisse ihrer Recherchen in dem Laptop auf seinem Schoß bei sich.

»ELMSFEUER«, flüsterte Solveigh, woraufhin die Wache zur Seite trat. Solveigh klopfte an die Tür.

»Herein!«, rief Sir William in seinem unverkennbar britischen Tonfall.

Er stand hinter einem großen Schreibtisch, der fast den ganzen Raum einnahm. Kein Zentimeter der Tischplatte war ungenutzt, überall lagen Papiere und Akten, in der Mitte ein riesiger Monitor. Das Krankenhausbett stand dahinter, daneben allerhand abgeschaltete Geräte.

»Es geht dir besser!«, stellte Solveigh freudestrahlend fest. Eine glatte Lüge, denn er war stark abgemagert, seine Wangen waren eingefallen und die Ringe unter seinen Augen dunkel wie ein schottisches Moor.

»Es geht mir blendend«, behauptete Sir William. »Freut mich, euch zu sehen.« Er bot Solveigh einen Platz auf seinem Schreibtischstuhl an, aber sie lehnte sich stattdessen an die Tür zur Toilette.

»Ich nehme an, ihr seid nicht wegen eines Krankenbesuchs hier?«

»Nein«, sagte Solveigh und nickte Eddy zu. Er klappte den Laptop auf und stellte ihn auf einen Stapel Papier, der nach Bauplänen für ein Bürogebäude aussah. Eddy musste den Rollstuhl bis an die Tischkante schieben, um die Tastatur zu erreichen.

»Wer war es?«, fragte Will Thater.

»Fangen wir vorne an«, schlug Solveigh vor. »Eddy?«

»Am Donnerstag, den 21. Februar, verzeichnet das Handy von Michele Vizzone, dem hiesigen Statthalter der Taccola-Familie, vier Anrufe aus Süditalien. Der Inhalt der Gespräche ist nicht verifizierbar, aber er buchte einen Flug von Amsterdam nach Rom und fuhr von dort aus vermutlich weiter Richtung Kalabrien. Wir vermuten, dass es zwischen dem 22. Februar und dem 25. Februar ein Treffen hochrangiger Familienmitglieder gab, dessen einziger Anlass die Planung eines Anschlags auf die ECSB war. Am 25. Februar flog Michele Vizzone zurück nach Amsterdam und begann – so weit unsere Vermutung – mit der Planung des Attentats.«

Solveigh fuhr fort, während Eddy das Foto von Michele Vizzone, das ihn mit Sonnenbrille auf dem Flughafen von Neapel zeigte, gegen eine Kartei der Amsterdamer Kriminalpolizei austauschte. Will Thater starrte konzentriert auf den Laptop. Solveigh fuhr fort: »Am 3. März verzeichneten wir ein Telefonat zwischen Michele Vizzone und dem wegen Waffenhandels vorbestraften türkischen Staatsbürger Amir Ceylan. Wir vermuten, dass er ihm den nicht gekennzeichneten Sprengstoff verkauft hat. Uraltes Nobel 808, deshalb roch es dort auch so nach Marzipan.«

Eddy rief ein weiteres Bild auf, das Michele Vizzone Arm in Arm mit einem jungen Mann zeigte. Es handelte sich offenbar um eine Firmenfeier, denn im Hintergrund waren Weihnachtsgestecke auf den Tischen zu erkennen.

»Das ist Geert-Jan Dekker. Er war ein Angestellter der TCA Holland, des Fassadenreinigungsdienstes, bei dem Michele Vizzone als dritter Geschäftsführer eingetragen ist.«

»War?«, fragte Will Thater.

»Er wurde verhaftet«, sagte Solveigh. »Aufgrund unserer Ermittlungen haben wir sowohl den Waffenhändler Ceylan als auch Geert-Jan Dekker festnageln können. Sie sitzen derzeit in Untersuchungshaft. Die Beweislage gegen Ceylan ist dünn, aber Dekker konnten wir auf den Überwachungskameras eindeutig als den identifizieren, der die Bombe in dem Drainageschacht platziert hat. Er betrat am 13. Juni um 12.45 Uhr das Gebäude und nahm den Lift bis unters Dach. Er installierte den Sprengstoff und aktivierte einen Zeitzünder, bevor er mit einem Kollegen, der eine Viertelstunde nach ihm eintraf, die Fenster an der Westseite reinigte. Eins muss man Dekker lassen, er hat Nerven aus Stahl.«

»Und Vizzone? Können wir ihm den Anschlag nachweisen? Für mich hört sich das bisher nach einem reinen Indizienbeweis an, der vor Gericht niemals standh…«

»Ich weiß«, sagte Solveigh. »Aber es ist irrelevant. Michele Vizzone ist tot. Er biss während unseres Verhörs auf eine Zyankalikapsel. Und ja, ich weiß, ich hätte den Mundraum kontrollieren müssen.«

Will Thater starrte auf den Bildschirm, der immer noch den zweiundzwanzigjährigen Geert-Jan Dekker zeigte.

»Keine Ahnung, wie mir das passieren konnte«, sagte Solveigh.

»Das heißt«, sagte Will Thater, »dass wir unsere einzige Verbindung zu den Taccolas verloren haben?«

Solveigh schüttelte den Kopf.

»Es gab einen weiteren Namen auf Michele Vizzones Anrufliste«, sagte Eddy und tippte einige Befehle in die Tastatur seines Laptops. Auf einem Video war ein braun gebrannter Mann auf der Mitte eines Bahnsteigs zu sehen, im Hintergrund ein Frecciarossa, das italienische Pendant zum Intercity Express.

»Wer ist das?«, fragte Thater.

»Warte einen Moment«, bat Solveigh. Auf dem Video trat ein zweiter Mann aus dem toten Winkel der Kamera und lief auf den Italiener zu.

»Vanderlist?«, flüsterte Will.

»Und der andere ist Matteo Taccola«, referierte Eddy. »Vermutlich einer der Capos der Familie. Er …«

Eddy musste seinen Vortrag unterbrechen, weil ein Pfleger den Raum betrat. Die Wache folgte ihm auf dem Fuße, als er die Teekanne auf dem Klapptisch an Wills Bett austauschte. Solveigh beobachtete ihn, als er das Bett aufschüttelte. Keine zwei Minuten später war er wieder weg.

»Was ist nun mit diesem Matteo?«, fragte Will.

»Er wird in der Europol-Datenbank als beobachtete Person geführt, aber es gibt keine spezifischen Einträge. Allerdings sind die Italiener traditionell nicht sonderlich erpicht darauf, ihre Erkenntnisse über die Mafia zu verbreiten«, erläuterte Eddy.

»Offenbar wurde in der Vergangenheit des Öfteren jemand gewarnt, sobald er ins Visier der Fahnder geriet«, sagte Solveigh. Irgendetwas hatte mit dem Pfleger nicht gestimmt, aber sie konnte sich nicht erklären, was.

»Okay.« Will humpelte zu seinem Bett. Er griff nach der Teekanne und lief zurück zum Schreibtisch. »Das heißt, die unmittelbaren Attentäter und der Maulwurf wurden verhaftet, und die Gefahr ist vorbei, oder nicht?«

Der Pfleger hatte stark geschwitzt, dachte Solveigh. Er hat viel zu stark geschwitzt. Und er hat das Bett nicht aufgeschüttelt wie jemand, der das heute bereits zum fünfzigsten Mal macht. Und das jeden Tag.

»Das vermuten wir«, bestätigte Eddy. Will goss Tee in einen Becher auf dem Schreibtisch und bot ihnen welchen an. Eddy winkte ab.

Solveighs Gehirnzellen waren noch dabei, sich einen Reim auf den merkwürdigen Auftritt des Pflegers zu machen, als Will einen Schluck Tee trank und sagte: »Dann wird es Zeit, dass wir uns mit den Hintermännern beschäftigen.«

KAPITEL 32

Bukarest, Rumänien
Mittwoch, 3. Juli 2013, 16.29 Uhr (am selben Tag)

Lila hing an der Scheibe von Radus Calibra und starrte auf die Hochhäuser in der Ferne, die Leuchtreklamen der Autohäuser und Tankstellen, die Werbeplakate von Coca-Cola. Bukarest erschien ihr noch monströser, als sie es sich vorgestellt hatte. Bunter, leuchtender, schriller. Radu tanzte mit dem Wagen lässig durch die engen Reihen, es wurde unablässig gehupt, als gälte es, jederzeit vor dem Offensichtlichen zu warnen. Gerade hatte er noch links geblinkt, da zog er scharf nach rechts, und der Opel raste die nächste endlos lange Straße hinunter.

Fünfzehn Minuten später bremste Radu vor dem höchsten Haus, das Lila jemals gesehen hatte. Mindestens zweihundert winzige Balkone hingen an einem Kasten aus grauem Beton, mindestens ebenso viele runde Scheiben, die wie die Radarantennen eines Schlachtschiffs aussahen. Die Fenster glänzten rot in der Abendsonne, es wirkte ziemlich modern. Wie eines der großen Hotels aus Kischinau, das sich nur die Touristen leisten können. Radu holte ihre Taschen aus dem Kofferraum, und Lila half Ioana von der winzigen Rückbank des Sportwagens. Sie streckten sich, bis ihre Rücken knackten, und Ioana lachte, weil Lila beinah das Gleichgewicht verloren hätte.

»Wir sind da, Lila«, sagte sie und hielt ihr Gesicht in den Wind. »Und die Sonne scheint nur für uns.«

Lila dachte an den Kreisbogen der Sonne um die Erde und die winzige Strecke, die sie von Iliciovca hierher zurückgelegt hatten, aber sie behielt es für sich.

»Ja, hier sind wir«, sagte Lila.

Radu grinste: »Willkommen in Bukarest«, sagte er und reichte ihnen ihre Taschen. »Dann wollen wir mal euer neues Zuhause für die nächsten Tage anschauen, okay?«

»Wir wohnen nicht bei dir?«, fragte Ioana.

»Nein«, sagte Radu. »Natürlich nicht. Alle unsere neuen Mädchen wohnen zusammen. Ihr wollt doch auch sicher die anderen kennenlernen, oder nicht?«

Welche anderen?, fragte sich Lila, beeilte sich aber, Radu zu folgen, der über den großen Parkplatz auf das Hotel zulief. Am Eingang drückte Radu eine der Klingeln, die auf einem riesigen Tableau angebracht waren.

»Wir gehen nicht ins Hotel?«, fragte Lila.

»Nein, aber es ist fast so gut wie ein Hotel. Wir haben für euch eine Wohnung gemietet, damit ihr euch mehr wie zu Hause fühlt«, sagte Radu. »Aber macht euch keine Sorgen, es wird euch gefallen.«

Da bin ich mir sicher, dachte Lila und betrachtete die bunten Bilder an der Wand. Trotz der schönen Fassade machte das Gebäude von innen einen ziemlich heruntergekommenen Eindruck. Radu trat gegen eine Tür und fluchte, als er die Treppe hinauflief, er bot ihnen nicht an, ihre Taschen zu tragen. Vermutlich war der Aufzug defekt. Sie war noch niemals mit einem gefahren, aber sie kannte das Prinzip aus den Filmen. Sie wäre gerne mit einer der Kabinen gen Himmel gerast, aber da er nun einmal kaputt war, mussten sie mit der Treppe vorliebnehmen.

Als sie im achten Stock angekommen waren, schwitzten Ioana und Lila, und Radu grinste: »Es geht doch nichts über ein gutes Workout, oder?«

Lila hatte keine Ahnung, wovon er redete, fand aber eine Wohnung im achten Stock ziemlich unpraktisch, zumindest wenn der Aufzug kaputt ist. Radu klopfte an eine Tür, von denen es auf dem Gang weit über zehn geben musste. Ein Mann in einem T-Shirt öffnete missmutig.

»Hey, Malo, ich bringe zwei Neue.« Es klang nicht sehr einladend, wie Radu das sagte.

Malo zuckte die Achseln: »Dann mal rein mit euch«, sagte er und hielt ihnen die Tür auf. Lila und Ioana schauten sich nicht in die Augen, als sie sich an ihm vorbei in den engen Flur drückten. Malo roch nach Parfum, süßlich und exotisch. Es passte nicht zu seinem Bart und dem Bauchansatz unter seinem bunten T-Shirt.

»Geht erst mal da rechts rein«, sagte Malo.

Der Flur war karg und lang, aber die Wohnung war sauber. In der Küche stellte Lila ihre Tasche neben Ioanas. Malo lehnte sich an den Herd und kratzte die Haare unter seinem Hemd, Radu blieb im Türrahmen stehen.

»Also, wer sind die beiden Hübschen?«, fragte Malo. Die Frage war nicht an sie gerichtet, sondern an Radu.

»Das sind Lila«, er nickte in ihre Richtung, »und Ioana.«

»Papiere?«, fragte Malo.

»Alles in Ordnung«, sagte Radu und dann, an sie beide gewandt: »Ihr müsst ihm eure Pässe zeigen.«

Lila und Ioana warfen sich einen verstohlenen Blick zu. Zögernd suchten sie nach den Klarsichthüllen mit den Pässen und ihrem Visum. Nachdem Ioana das Päckchen herübergereicht hatte, tat es Lila ihr gleich.

Malo blätterte durch die Dokumente und nickte schließlich: »Okay. Ich habe zwei Betten für euch«, sagte er. »Hier im Kühlschrank sind Getränke.« Er tippte auf die weiße Tür. »Und hier«, sagte Malo und öffnete einige der Küchenschränke, in denen sich die Vorräte stapelten, »findet ihr was zu essen. Nehmt euch einfach, was ihr braucht.« Er machte keinerlei Anstalten, ihnen die Papiere zurückzugeben.

»Wir bräuchten noch unsere Pässe zurück«, sagte Lila, als er aufstand, um ihnen ihr Zimmer zu zeigen.

»Nein, die bleiben bei mir«, sagte Malo. »Solange ihr hier wohnt, hebe ich die für euch auf.«

Lila blickte panisch zu Ioana. Damit hatte sie nicht gerechnet. Sicherlich war es nicht üblich, dass jemand anderes die Papiere hatte und nicht sie selbst.

»Radu?«, fragte Ioana.

Malo kniff die Augen zusammen, als er beobachtete, wie Radu Ioanas Arm tätschelte: »Das ist auch in einem Hotel so üblich«, sagte Radu. »Macht euch keine Sorgen. Ich kenne Malo, ihr seid hier in besten Händen.«

Der neue Hüter ihrer Papiere stand im Flur und bedeutete ihnen, ihm zu folgen. In jedem Zimmer der Wohnung lagen vier einfache Matratzen, jeweils mit einer kleinen roten Lampe daneben auf einer Kommode. Im ersten Zimmer wohnten drei Mädchen, die stumm auf ihren Betten saßen, als Lila und Ioana vorbeiliefen. Die Betten im zweiten Zimmer waren leer. Malo winkte sie herein.

»Euer Reich«, sagte Malo. »Solange wir nicht voll sind, könnt ihr das Zimmer für euch alleine haben.«

»Das ist super«, sagte Radu.

»Badezimmer ist den Flur runter. Ach, und noch etwas: Habt ihr Bargeld dabei?«

Lila dachte an das Bündel mit ihrem Ersparten in der Seitentasche. Sie schüttelte den Kopf.

»Nur das, was ich hier dabei habe«, sagte sie und griff in die Hosentasche. Der Rest des Hundert-Leu-Scheins, den sie zu ihrem Geburtstag bekommen hatte. Ioana zog ihren Geldbeutel aus der Tasche. Sie zählte etwa vierhundert Lei ab. Ob sie noch mehr hatte? Lila vermutete, dass Ioana gar nicht darüber nachdachte, dass sie ohne Pässe und ohne Geld einem Mann, den sie gerade einmal seit fünf Minuten kannten, schutzlos ausgeliefert wären.

»Wir haben das nämlich gar nicht gerne, wenn Geld im Haus kursiert«, sagte er. »Gibt immer nur Scherereien.« Er streckte die Hand aus. Mit einem Seitenblick zu Radu, der aufmunternd nickte, legte Ioana ihre Geldbörse in die große Pranke. Lila legte die 88 Lei dazu und traute sich nicht, ihm in die Augen zu schauen. Sie hoffte, dass er ihre Unsicherheit nicht bemerkt hatte.

»Ich lege das zu euren Pässen, und wenn ihr weiterzieht, dann gebe ich euch das Geld zurück, okay?«

Lila und Ioana lächelten pflichtschuldig. Malo machte sich aus dem Staub.

»Also dann …«, sagte Radu.

»Wie geht es jetzt weiter?«, fragte Lila.

»Ja genau, was passiert jetzt mit uns? Bleiben wir hier?«

»Nein, maximal ein paar Tage, vielleicht eine Woche. Wir suchen ein Shooting für euch, und dann geht es weiter, vielleicht nach Berlin oder nach Paris.«

»Und du?«, fragte Ioana.

»Ich?«, fragte Radu. »Mein Job ist erledigt«, sagte er, und er klang ehrlich betrübt.

»Ich dachte, du zeigst uns die Stadt«, sagte Ioana.

»Und ich dachte, du betreust uns, wenn wir erst mit dem Modeln anfangen«, sagte Lila. »Wir kennen doch außer dir niemanden hier!«

»Ich bin nur ein kleines Licht«, sagte Radu. »Ich kann euch nicht weiterhelfen. Aber vielleicht kann ich euch die Stadt zeigen. Es wird zwar nicht gerne gesehen, wenn wir mit den Mädchen Kontakt haben, aber bei euch kann ich vielleicht eine Ausnahme machen«, sagte Radu. »Wie wäre es mit Samstag?«

KAPITEL 33

Amsterdam, Niederlande
Mittwoch, 3. Juli 2013, 16.32 Uhr (zur gleichen Zeit)

»Was wurde eigentlich aus Vanderlist?«, fragte Will Thater.

Solveigh musste wieder an das Schwitzen des Pflegers und seine ungeschickten Bewegungen beim Aufschütteln des Kissens denken.

»Er wurde von der Frankfurter Polizei verhaftet«, sagte Eddy. »Sein Anwalt versucht, einen Deal mit der Staatsanwaltschaft einzufädeln.«

»Eine Strafminderung kann er sich abschminken!« Will Thater starrte auf die Tür.

Und der Pfleger hatte kein Wort gesagt, keine einzige Frage nach dem Befinden gestellt oder ob sein Patient noch etwas bräuchte. Kein einziges Wort? Solveigh griff nach der Thermoskanne und schraubte den Deckel auf. Sie roch an der dampfenden Flüssigkeit. Eine Kräutermischung mit Fenchel. Und etwas anderes. Solveigh sprang auf. Will Thater und Eddy starrten Sie an.

»Was ist los, Slang?«, fragte Will.

»Trink nichts mehr davon!«, rief sie und rannte aus dem Zimmer. Als sie auf den Gang stürmte, griff der Wachmann vor der Tür nach seiner Waffe. Solveigh hatte ihre abgeben müssen. Sie kam sich ohne die Jericho nackt vor.

»Wo ist er hin?«, fragte Solveigh.

»Wer?«, fragte die Wache.

»Der Pfleger!«, rief Solveigh. Wie begriffsstutzig kann man sein?

»Da runter«, sagte die Wache und zeigte einen langen Gang hinunter, der zu den Zimmern der anderen ECSB-Mitarbeiter führte, die hier auf der Station isoliert lagen.

»Komm mit!«, forderte Solveigh und rannte los. Im Laufschritt stemmte sie die Flügeltüren auf. Ihre Schritte knallten auf dem Kunststoffboden. Bis zur nächsten Abzweigung. Rechts oder links? Es hatte keinen Zweck. Solveigh blieb stehen, ihr Herz pumpte, getrieben vom Adrenalin, Sauerstoff in ihre Muskeln. Sinnlos.

»Riegelt das Gebäude ab und sucht ihn!«, befahl sie, ohne zu wissen, ob ihre Entscheidungen noch irgendeine Relevanz für die Kollegen hatten. ELMSFEUER sei Dank traute niemand mehr niemandem. Aber sie mussten ihn finden. Wenn er bis zu Will Thater vordringen konnte, war keiner der ECSB-Mitarbeiter hier im Krankenhaus in Sicherheit. Sie befahl es sich und den anderen wider besseres Wissen, denn im Grunde wusste sie bereits, dass es aussichtslos war. Zu viele Gänge, zu viele Verstecke. Sobald er den öffentlichen Teil des Krankenhauses erreicht hatte, könnten sie ebenso gut in ganz Amsterdam nach ihm suchen.

—

»Das ist ein verdammter Albtraum«, flüsterte Will Thater, als Solveigh sich frustriert auf das Bett in seinem Krankenzimmer setzte. »Selbst die IRA in ihren schlimmsten Zeiten war nicht in der Lage, so etwas zu organisieren.«

»Die Bombe, das Massaker an den Evakuierungspunkten und jetzt ein Anschlag hier im Krankenhaus«, bestätigte Solveigh. »Und das alles in nicht einmal drei Wochen.«

»Wir müssen sie kriegen, Slang. Oder wir werden niemals mehr ruhig schlafen. Keiner von uns.«

Und du am allerwenigsten, dachte Solveigh. Sie nickte.

»ELMSFEUER ist jetzt alles, was zählt, Slang«, sagte er. »Ihr müsst gegen die Taccolas vorgehen. Hier in Amsterdam, in Italien, wo auch immer sie sich verstecken. Währenddessen wird die ECSB von der Bildfläche verschwinden. Sie müssen glauben, dass sie gewonnen haben, sonst wird es niemals enden.«

»Weiterhin ohne Kontakt zur Zentrale?«, fragte Eddy verzweifelt.

»Welche Zentrale, Eddy?«, fragte Will Thater ungehalten. »Siehst du eine? Ich nicht. Ich brauche mehr Zeit, um etwas Sicheres für uns zu finden. Und wie gut das funktioniert, hat man ja gerade gesehen.«

Eddy schlug die Augen nieder. Auch Solveigh hatte ihren Chef selten so verzweifelt erlebt wie heute. Aber wer konnte es ihm verdenken, Minuten, nachdem ein weiterer Anschlag auf sein Leben in letzter Sekunde vereitelt worden war. Wäre

Solveigh nicht in diesem Moment im Raum gewesen … Sie verbot sich jeden weiteren Gedanken.

»Also setzen wir bei Matteo Taccola an«, seufzte sie und warf Eddy einen aufmunternden Blick zu. Ich weiß, was du sagen willst, dachte sie. Dass dir die Server fehlen und die Analysten. Im Moment gibt es nur uns beide.

»ELMSFEUER also«, murmelte Eddy und klappte seinen Laptop zu.

»Täuschung, Kreativität und Improvisation, Eddy«, versuchte Will Thater ihn aufzumuntern. Solveigh packte den Rollstuhl an den Griffen und schob Eddy aus dem Zimmer.

»Und Slang?«, rief Will sie zurück. »Ich will sie vernichten! Wenn ihr mit ihnen fertig seid, darf nichts von ihrem Imperium mehr übrig sein, hörst du? Nichts! Hängt die verdammten Krähen an ihren eigenen Krallen auf!«

Solveigh wusste, dass er das mit dem Aufknüpfen im übertragenen Sinn meinte, aber sie hatte keine Ahnung, wie sie ein internationales Mafiakartell ausheben sollte, an dem sich sowohl die Italiener als auch Europol seit Jahren die Zähne ausbissen. Aber sie hatte eine Ahnung, wo sie damit anfangen würde. Denn die Verbindungsbeamten der ECSB konnte sie trotz ELMSFEUER anzapfen, zumindest jetzt, da der Verräter gefasst war.

KAPITEL 34

München, Deutschland
Donnerstag, 4. Juli 2013, 9.22 Uhr (am nächsten Tag)

Paul Regen legte die Tüte vom Markt auf den Boden, als er seinen Parka an die Garderobe im Auswärtigen Amt hängte.

»Herr Regen, haben Sie die Anrufe nicht gehört?«, tadelte Adelheid Auch, offenbar ohne etwas von dem Mitbringsel zu ahnen.

»Liebe Frau Auch, ich habe keine vier Stunden geschlafen, die Telefonate dürften zumindest bis zehn Uhr warten können.«

Wobei Paul Regen zugeben musste, dass die letzten beiden Tage eher an die alten Zeiten ihrer Zusammenarbeit erinnerten. Vergessen waren für den Moment der Erkennungsdienst Digital und die Probleme mit den Schnittstellen. Polizeimeisterin Adelheid Auch und Paul Regen waren einem Fall auf der Spur, aus diesem Grund gab es auch die Mitbringsel.

»Pastrami mit Kraut, Tomate-Mozzarella oder Artischocke mit Käse?«, fragte Paul Regen.

»Es kamen zwei E-Mails, Herr Regen.«

»Welches Sandwich, Frau Auch?«, fragte Paul Regen zum zweiten Mal. Solange die Frühstücksfrage nicht geklärt war, würde er sich nicht um seine E-Mails kümmern können. »Gibt es Kaffee?«

»Zwei Köpfe, Herr Regen. Einer aus Italien und einer aus Schweden. Der Schwede kam schon gestern Abend …«

Paul Regen reichte ihr Artischocke mit Käse.

»Tatsächlich?«, fragte Paul Regen und setzte sich an den freien Schreibtisch in Adelheid Auchs für LKA-Verhältnisse riesigem Büro. Er biss in das Pastrami-Sandwich, das er extrakross hatte toasten lassen. »Erzählen Sie mal«, sagte er mit vollem Mund.

Adelheid Auch ließ das wunderbare Essen kalt werden, während sie die beiden E-Mails zusammenfasste.

»Es ist ja überhaupt ein Wunder, dass die Italiener mal was schicken, zudem der Schädel schon im März 2005 auf einer Autobahnraststätte bei Verona gefunden wurde. Er war stark geschrumpft, wies alle Anzeichen einer Konservierung auf.« Adelheid Auch scrollte durch die Akte aus Italien. »Acetonreste, ein hoher Silikonanteil. Sie vermuteten damals schon eine Mordserie, aber der Fall konnte nie geklärt werden. Und in den folgenden Jahren gab es in der Gegend keine vergleichbaren Fälle. Er liegt bis heute auf dem Schreibtisch von Commissario Enzo Fossati, der auch auf Ihren Aufruf reagiert hat. Als Opfer wurde eine zwanzigjährige Studentin, Emilia Bertone, identifiziert.«

»Die nutzen aber nicht ViCLAS, oder?« ViCLAS war die Datenbank, die einige europäische Staaten zur Erfassung von Gewaltverbrechen eingeführt hatten. Auch wieder so ein Flickwerk, bei dem nicht alle mitmachten und für dessen Implementierung irgendwo im BKA noch ein unglückseliger Hauptkommissar Schnittstellen hatte diskutieren müssen. Paul Regen hatte kein Mitleid mit ihm. Sein System funktionierte wenigstens.

»Nein«, sagte Adelheid Auch. »Ich denke, Fossati ist einfach ein cleverer Bursche.«

»Das denke ich auch. Wobei unser Arm dagegen schon reichlich primitiv anmutet«, sagte Paul Regen und leckte die

Limettensauce von den Fingern. Das würde für seine Übungstheorie sprechen, die er Adelheid Auch bisher verschwiegen hatte. Er dachte an die letzten Nächte und das Schwindelgefühl, das sich einstellte, wenn man morgens um sieben immer noch über derselben Akte brütete wie am Abend zuvor um acht. Er packte das Tomate-Mozzarella-Sandwich wieder ein, als Adelheid Auch fortfuhr.

»Die Schweden testen ja das ViCLAS, und genau das hat auch Alarm geschlagen. Die E-Mail kam von dem zuständigen Beamten, und sie klingt richtig aufgeregt.«

»Vermutlich, weil es das Erste ist, was sein System jemals ausgespuckt hat«, mutmaßte Paul Regen.

»Vermutlich. Jedenfalls handelt es sich ebenfalls um einen Kopf, den Bildern nach zu urteilen allerdings wesentlich weniger stark geschrumpft als der von Emilia Bertone. Gefunden wurde er am 6. März 2012 in Kiruna. Das liegt nördlich des Polarkreises.«

»Das wusste ich nicht«, sagte Paul Regen und legte den Rest seines Sandwichs auf den verwaisten Schreibtisch.

»Da geht die Sonne niemals unter«, sagte Adelheid Auch.

»Das hingegen war mir bekannt«, sagte Paul Regen. »Ein seltsamer Ort, um eine Leiche zu entsorgen.«

»Sie geht schon unter, nur an manchen Tagen nicht«, korrigierte sich Adelheid Auch.

»Das Opfer? Irgendeine Ähnlichkeit mit dem Kopf aus Italien?«

»Bis auf das Geschlecht nicht«, sagte Adelheid Auch. »Eine gewisse Ulrika Lindahl, betrieb einen Bauernhof im Süden des Landes.«

»Also wurde der Kopf dorthin gebracht?«, fragte Paul Regen.

Adelheid Auch nickte.

»Und die Italienerin? Wurde die Leiche auch verschleppt?«

Adelheid Auch scrollte wieder durch das Dokument.

»Sie war Studentin in Verona, wurde also ganz in der Nähe ihres Wohnorts gefunden.«

»Und wann wurden die Frauen als vermisst gemeldet?« Paul Regen trommelte mit den Fingern auf dem wiederverpackten Sandwich herum.

Adelheid Auch scrollte.

»Wissen Sie was?«, fragte Paul Regen. »Warum essen Sie nicht ihr Sandwich und drucken das einfach alles aus?«

Adelheid Auch warf ihm einen tadelnden Blick über den Rand ihrer Lesebrille zu, aber wenige Sekunden später vernahm Paul das verheißungsvolle Kratzen ihres Laserdruckers.

»Artischocke mit Käse klingt komisch, schmeckt aber, Frau Auch!«, behauptete Paul Regen, während er neben dem Drucker auf die Seiten wartete.

»Sie müssen es ja wissen«, sagte Adelheid Auch und packte das Sandwich aus.

»Falls Sie darauf anspielen, dass ich zu viele von diesen Dingern esse, sollten Sie sich vor Augen führen, dass sie eine ganz vorzügliche Kalorienbilanz aufweisen.«

»Na dann«, sagte Adelheid Auch und biss in die würzige Mischung, die Paul Regen niemals kampflos hätte aufgeben dürfen.

Fünf Minuten später hatte er sich einen Überblick verschafft und stand mit Adelheid Auch vor den Ausdrucken.

»Emilia Bertone wurde 2005 als vermisst gemeldet, Ulrika

Lindahl 2006«, murmelte Paul Regen. »Gefunden hat man die Bertone allerdings schon vor sieben Jahren, die Lindahl erst vor einem.«

»Was an der Abgeschiedenheit des Polarkreises liegen könnte?«, schlug Adelheid Auch vor.

»Sicher. Aber ich glaube, es ist nicht wichtig. Wir haben jetzt einen Arm, der zehn Jahre alt sein könnte, ohne den geringsten Hinweis auf seinen Besitzer, und wir haben zwei Beinpaare aus Frankreich. Da ist ein Zusammenhang zumindest nicht unwahrscheinlich. Die gleiche Formalinlösung. Und wir haben zwei Köpfe, die ebenfalls mit Substanzen in Berührung kamen, die zur Konservierung von Leichen verwendet werden können, aber die auf den ersten Blick nichts mit den anderen zu tun haben. Außerdem liegen zwischen den Fällen mindestens fünf Jahre. Was sagt uns das?«, sinnierte Paul Regen.

»Ich würde sagen, dass die Gliedmaßen und die Köpfe jeweils demselben Täter zuzuschreiben sind und dass wir keinerlei Hinweise darauf haben, dass alle vier Opfer etwas miteinander zu tun haben.«

Paul Regen absolvierte den minimalen Ersatz für einen Spaziergang, indem er zwischen den Schreibtischen umherlief.

»Richtig«, sagte er. »Wir haben einen Arm von einem großen, schwer arbeitenden Mann, zwei Beine von regulären Büroangestellten und zwei Frauen mit Schrumpfköpfen, davon eine Landwirtin und eine Studentin. Alles in allem eine bunte Mischung, aus der kein Mensch schlau wird.«

»Immerhin könnte unser Arm auch Landwirt gewesen sein«, sagte Adelheid Auch.

Paul Regen blieb stehen.

»Sie haben recht, Frau Auch«, sagte er schließlich. »Sie haben absolut recht. Und wenn das stimmt, dann haben wir unser Bindeglied.«

»Ich weiß nicht, Herr Regen. Es erscheint mir doch ein ziemlicher Gemischtwarenladen für einen Serientäter.«

»Was habe ich Sie letzte Woche gefragt, Frau Auch?«

»Sie haben mich gefragt, was ich denken würde, wenn es alles junge Frauen wären. Und ich habe zugegeben, dass es nach einem Serienmörder aussehen würde, wenn es so wäre, aber da es ja nun einmal nicht so ist, und da …«

»Frau Auch! Nur weil wir die Frage nach dem Warum nicht beantworten können, heißt nicht, dass sie sich nicht stellt. Wenn Ihre Theorie stimmt, dass unser Arm einem Landwirt gehört hat, dann haben wir zumindest den ersten Ansatz einer Spur. Und dann bin ich bereit, meine Theorie beim Wochinger für etwas zu verwetten.«

»Sie wollen mit dem Wochinger wetten?«

»Wir sollten nichts überstürzen«, sagte Paul Regen. »Aber schauen Sie sich doch einmal den Kopf der Italienerin und den der Schwedin an. Was fällt Ihnen da auf?«

»Sie wurden auf die gleiche Art und Weise behandelt, welchen Zweck auch immer jemand damit verfolgen mag.«

»Das ist richtig, Frau Auch. Aber schauen Sie genauer hin!«, forderte Paul Regen sie auf.

»Ich kann nichts weiter erkennen«, gab Adelheid Auch nach wenigen Sekunden zu.

»Finden Sie nicht, dass der Kopf der Schwedin wesentlich lebendiger aussieht als der aus Italien?«

»Lebendig sehen sie beide für mich nicht gerade aus …«

»Ich glaube, dass er übt, Frau Auch. Was, wenn die Arme und Beine nur eine Fingerübung für ihn waren?«

Adelheid Auch rollte die Augen.

»Verzeihen Sie das geschmacklose Wortspiel. Ich meine, wenn er mit den Armen und den Beinen angefangen hat? Und sich erst später an die komplizierten Körperteile gewagt hat? Also die Köpfe? Es wäre ein logischer Lernprozess …«

»Was für ein Lernprozess soll das sein, Herr Regen?«

»Ein besonders perfider, Frau Auch«, sagte Paul. »Wenn ich recht habe, versucht jemand, seit über zehn Jahren zu lernen, wie man Leichen konserviert, damit sie möglichst originalgetreu erhalten bleiben. Und ich finde, bei der Schwedin ist er seinem Ziel schon deutlich näher gekommen.«

»Er?«, fragte Adelheid Auch.

»Meine Theorie ist unwahrscheinlich genug, Frau Auch. Wenn dieser Serientäter auch noch eine Frau sein sollte, dann schlüge das dem Fass nun wirklich den Boden aus …«

»Sie glauben, wir haben einen Serienmörder, der versucht, seine Opfer zu konservieren?«

»Ich glaube, wir haben einen Serienmörder, der dabei ist zu lernen, wie er seine Opfer konserviert. Und wenn ich recht habe, dann sind wir dem ersten paneuropäischen Serienmörder auf der Spur. Der seit über zehn Jahren das Schengen-Abkommen nutzt, um wer weiß wie viele Menschen umzubringen.«

Adelheid Auch hatte das Sandwich zur Seite gelegt.

»Und wissen Sie, was das Schlimmste ist, Frau Auch?«, fragte Paul Regen schließlich.

Adelheid Auch schüttelte den Kopf.

»Wenn er gelernt hat, wie es geht, dann werden wir keine Leichen mehr finden, die uns zu ihm führen können.«

»Weil er sie aufhebt?«, wisperte Adelheid Auch.

Paul Regen nickte.

KAPITEL 35

Sierra de San Pedro, Spanien
Donnerstag, 4. Juli 2013, 22.12 Uhr (am selben Tag)

Der Mann parkte den Bus abseits der Straße und lauschte dem Rauschen der Blätter. Dann öffnete er die Seitentür und zog die Wolldecke von seinen Skulpturen und seiner Beute. Sie lag auf dem Boden des Wagens, an Armen und Beinen mit Karabinern gefesselt, die mit dem Blech verschraubt waren. Sanft entfernte er den Knebel aus ihrem Mund. Die Augen der jungen Frau blickten teilnahmslos zur Decke. Er hielt eine Wasserflasche an ihre Lippen, und nach den ersten paar Tropfen schluckte sie instinktiv. Er streichelte ihre Wange.

»Wir sind bald zu Hause«, sagte er. »Dann wirst du verstehen.«

Er konnte es nicht riskieren, ihre Fesseln zu lösen. Aber sie könnte den Kopf drehen und den Wald anschauen. Sie könnte ihre Sinne benutzen, wenn sie nur wollte. Das Schreien hatte sie aufgegeben, wie alle vor ihr. Die Männer gaben das Schreien noch schneller auf als die Frauen, hatte er festgestellt. Wobei er zugeben musste, dass er bei männlichen Objekten stets eine größere Menge Chloroform verabreicht hatte. Während er den Schinken und das Brot für sie beide schnitt, betrachtete er ihre markanten Züge und ihre kräftigen Oberschenkel. Die fünf Tage in seiner Obhut und der damit verbundene Stress hatten das Objekt nicht verdorben. Der Kampfgeist mochte momentan nicht erkennbar sein, aber er sah ihn in ihren Wangenknochen und an den Muskeln ihrer Oberarme.

Er fütterte sie abwechselnd mit einem Stück Speck und einer Scheibe Brot. Sie kaute langsam, aber stetig. Der menschliche Körper ist aufs Überleben ausgerichtet, es ist schwierig für ihn, zu sterben, nur weil der Verstand es für das kleinere Übel hält. Er streichelte ihre Wange, als er die Wasserflasche an ihre Lippen hielt.

»Wir sind jetzt in der Sierra de San Pedro«, erklärte er ihr. »Wenn du genau hinhörst, kannst du die Eulen hören, die über ihrer Beute kreisen. Und die Blätter im Wind. Wenn du möchtest, beschreibe ich dir den Himmel, denn du kannst ja leider nicht aufstehen. Möchtest du, dass ich dir den Himmel beschreibe?«

Aber das Objekt blieb stumm. Der Mann saß noch eine ganze Weile neben ihr auf der Türkante seines Busses und lauschte. Dann nahm er das Tuch, band es ihr in den Mund und zog die Tür zu. Er selbst legte sich auf die hintere Ablage, direkt unter der Heckklappe. Dort träumte er vom Himmel, wenn er schlief. Morgen sind wir zu Hause, versprach er ihr vor dem Einschlafen. Obwohl er natürlich nicht wissen konnte, ob das Objekt wirklich schlief. Manchmal, wenn er nachts aufwachte, hörte er ein Schluchzen unter dem Tuch. Es spielte keine Rolle. Sie würde es verstehen. Jeder verstand es, wenn ihm erst klar wurde, worum es ging.

KAPITEL 36

Neapel, Italien
Freitag, 5. Juli 2013, 11.46 Uhr (am nächsten Tag)

Als Solveigh am Napoli Centrale aus dem Frecciarossa stieg, erschien ihr die Hitze drückend wie in einem Wüstenstaat. Sie eilte das Gleis hinunter Richtung Haupthalle, als sich plötzlich ein Mann von einem Snackautomaten löste und sich ihr in den Weg stellte.

»Signora Lang!«, rief der Mann so laut, dass es jeder auf dem Bahnsteig hören konnte. Solveigh seufzte. Sie hätte etwas mehr Diskretion erwartet. Gerade hier, keine zweihundert Meter von dem Ort entfernt, an dem sie Matteo Taccola mit Paul Vanderlist in Verbindung gebracht hatten. Durch dieselben Überwachungskameras, die in diesem Moment ihre Begegnung mit Procuratore Ugo Bonardi filmte und sechzig Tage auf einer Festplatte der Trentitalia speicherte. Ugo Bonardi trug einen blauen Anzug mit schmaler brauner Krawatte und braune Schuhe. Er war nicht nur sehr gut gekleidet, er sah auch noch unverschämt gut aus. Solveigh kannte ihn nicht persönlich, aber er war ihr Verbindungsbeamter bei der Antimafia-Einheit der Staatsanwaltschaft. Er sprach akzentfreier Englisch als Solveigh, die halbe Schwedin war, und, was viel wichtiger war, er verweigerte als Staatsanwalt nicht die Zusammenarbeit, weil er sich für etwas Besseres hielt. Auf der Landkarte der europäischen Polizeibehörden galt Italien als schwarzer Fleck, was die Kooperationsbereitschaft anging. Staatsanwälte erwarteten, mit Staatsanwälten zu reden, nicht mit einem Commissario, die in ihrem Land deutlich weniger zu sagen hatten als anderswo.

»Willkommen in Neapel«, sagte Ugo Bonardi und griff nach ihrem Koffer, was Solveigh durch einen Wechsel in die andere Hand unterbinden konnte.

»Es ist warm«, stellte Solveigh fest und beeilte sich, die Haupthalle zu durchqueren. Wer wusste schon, ob hinter den Monitoren der Eisenbahngesellschaft nicht doch jemand auf dem Gehaltszettel der Taccolas stand. Und sie wollte nicht mit den örtlichen Behörden in Verbindung gebracht werden. Man konnte nie wissen, wie sich die Dinge entwickeln.

»Wieso sitzt die Staatsanwaltschaft, die für die 'Ndrangheta zuständig ist, eigentlich in Neapel?«, erkundigte sich Solveigh auf dem Weg in die Stadt. Sie hatte das Fenster geöffnet, und die Motorroller hupten im stockenden Verkehr alle paar Meter durch ihr Fenster. Anders war die Hitze nicht zu ertragen, obwohl die Klimaanlage des Fiat auf Hochtouren lief.

»Sie hatten noch nicht mit der italienischen Mafia zu tun, oder?«, fragte Ugo Bonardi.

»Persönlich hatte ich noch nicht das Vergnügen«, gab Solveigh zu.

»Als ermittelnder Staatsanwalt wollen Sie nicht dort leben, wo Ihre Feinde den Alltag kontrollieren«, erklärte er. »Hier in Neapel ist es die Camorra, die uns vor Übergriffen der 'Ndrangheta schützt. Die Regionalfürsten dulden es nicht, wenn eine andere Organisation auf ihrem Gebiet in Aktion tritt.«

»Die Mafia schützt Sie vor der Mafia?«, fragte Solveigh.

Procuratore Bonardi lachte: »Gewissermaßen«, sagte er.

»Die Kollegen, die gegen die Camorra ermitteln, sitzen in Rom«, sagte er. »Italien ist ein verrücktes Land.«

»Aber ein verdammt schönes«, sagte Solveigh, als sie die geschwungene Bucht unter sich sah mit den Kreuzfahrtschiffen und dem Vesuv im Hintergrund.

»Das schönste«, sagte Ugo Bonardi, als sie vor Solveighs Hotel angekommen waren.

»Ich dachte, Sie wollen sich vielleicht kurz frisch machen, bevor wir anfangen?«, fragte Ugo Bonardi und stellte den Motor ab.

»Danke, das ist vermutlich eine gute Idee.« Hinter ihr lagen ein Flug nach Rom, eine Taxifahrt in die Innenstadt und eine weiter Stunde im Ferrocciarossa nach Neapel. Direktflüge gab es so gut wie keine von Amsterdam nach Neapel, und auf der zweiten Teilstrecke war der Zug die schnellere Alternative. Und die schweißtreibendere. Sie konnte tatsächlich eine Dusche gebrauchen. Ugo Bonardi schloss den Fiat ab und geleitete sie an dem Portier vorbei durch ein eisernes Tor zu einem Fahrstuhl.

»Eine seltsame Lobby«, bemerkte Solveigh, als die gläserne Kabine die Fassade des Innenhofs hinauf bis in den fünften Stock glitt. Offenbar wurde nur das Dachgeschoss als Hotel genutzt.

»Es ist sicherer so«, sagte Ugo Bonardi und hielt ihr die Tür zum Empfangsraum auf. Solveigh kannte viele Hotels auf der ganzen Welt, sie lebte an mindestens hundertfünfzig Tagen im Jahr aus dem Koffer, aber eine derartige Sicherheitsmaßnahme war ihr bisher noch nicht begegnet. Als sie sich mit ihrem ganzen Gewicht gegen die Zimmertür stemmen musste, um sie zu öffnen, und die acht zentimeterdicken Stahlbolzen bemerkte, die wie bei einer Panzertür in den Türstock eingelassen waren, schlug ihr Erstaunen in ernsthafte Besorgnis um. Möglicherweise war es doch eine gute Idee, dass jeder, der das Hotel betreten wollte, durch das Nadelöhr des gläsernen Aufzugs musste. Sie konnte sich nur ansatzweise vorstellen, was diese Sicherheitsmaßnahmen für einen Eindruck auf reguläre Touristen machen mussten, die herkamen, um die Altstadt zu besichtigen und die berühmte Pizza Napoli zu kosten.

Eine knappe Stunde später saßen Solveigh und Ugo Bonardi in seinem Büro über dem Hafen. Solveigh betrachtete die Schiffe, die Waren aus der ganzen Welt lieferten und im Gegenzug europäische Exporte stauten. Ugo Bonardi reichte ihr eine Tasse Espresso und trat neben sie.

»Der Hafen ist nahezu komplett in der Hand der Camorra. Die Organisation betreibt ganze Häuser in der Freihandelszone, in der falsche Adidas-Turnschuhe aus Fernost in korrekte europäische Kartons gepackt werden.«

»Auch Drogen?«

»Selbstverständlich auch Drogen. Und Menschen. Womit wir schon beim Hauptgeschäftsfeld der Taccola-Familie wären.«

»Drogen und Menschenhandel, ich weiß«, sagte Solveigh und nippte an dem Kaffee.

»Ja, aber nicht nur das. Sie müssen verstehen, dass die 'Ndrangheta ein riesiges Konglomerat legaler und illegaler Aktivitäten betreibt. Wir schätzen, dass europaweit mindestens tausend Gesellschaften untereinander Geschäfte abwickeln, um das Geld ihres Imperiums zu waschen und die wahren Profite zu verschleiern. Das ist das, was die 'Ndrangheta von allen anderen unterscheidet. Und es ist der Grund für ihren Erfolg in den letzten zwanzig Jahren. Sie sind eine äußerst gut organisierte und undurchsichtige Gemeinschaft.«

»Und gilt das nicht für jede Mafia?«

»Nicht unbedingt. Die neapolitanische Camorra hat sich zum Beispiel auf das Entsorgungsgeschäft in Italien spezialisiert, international spielen sie kaum eine Rolle.«

»Sie kontrollieren die Müllabfuhr?«, fragte Solveigh.

»Natürlich. Es ist ein riesiges Geschäft mit Milliardenumsätzen. Und jeder weiß es. Wir wissen es, die Politik weiß es, die Bürger wissen es. Und doch wählen sie immer wieder die Kandidaten der Mafia, weil sie androhen, sonst die Stadt im Müll versinken zu lassen. Vor der Bürgermeisterwahl türmen sich hier wochenlang die Abfallberge mitten in der Stadt, damit jeder weiß, was passiert, wenn er das Kreuzchen beim Falschen setzt.«

»Und im Fall der 'Ndrangheta weiß niemand, wer dazugehört?«

»Natürlich haben wir Listen der Familien, und wir kennen die groben Strukturen. Aber Sie werden sehen, dass sie sich eher wie Geschäftsleute gebaren. Sie sind auf den ersten Blick Börsenmakler, Anwälte oder Firmenlenker, keine Gangster. Und die oberen Chargen sind so weit sauber, dass ihnen nichts Illegales nachzuweisen ist. Aber wenn Sie wirklich sehen wollen, wie diese Leute operieren, dann sollten Sie mit nach Bukarest kommen. In der nächsten Woche läuft dort ein Zugriff auf eines ihrer Bordelle, den wir seit Monaten vorbereiten. Das dürfte Ihnen die Augen öffnen.«

»Wissen Sie, zu welcher Familie das Bordell gehört, das Sie hochnehmen wollen?«, fragte Solveigh.

»Es gehört zum Imperium von Matteo Taccola, das vermuten wir zumindest«, sagte Ugo Bonardi.

»Dann buchen Sie mir schon mal einen Platz neben sich«, sagte Solveigh.

»Wieso interessieren Sie sich ausgerechnet für die Taccolas?«, fragte Ugo Bonardi.

»Was halten Sie davon, wenn ich Ihnen das beim Abendessen verrate?«, schlug Solveigh vor. »Und ich wäre Ihnen sehr verbunden, wenn Sie alles mitbringen könnten, was Sie über die Familie Taccola auftreiben können.«

—

Ugo Bonardi hatte versprochen, ihr das echte Neapel zu zeigen, abseits der ausgetretenen Touristenpfade. Als Solveigh auf dem Weg zu der angegebenen Adresse durch die finsteren Gassen der Altstadt lief, vergewisserte sie sich instinktiv, dass ihre Jericho noch im Schulterholster steckte. Neapel versprühte den gleichen Charme wie Detroit oder Manchester, obwohl die Gebäude älter und reich mit den Insignien vergangenen Wohlstands geschmückt waren. Figurinen über den Hauseingängen, schwarz vom Ruß der Zeit, große Tore mit kleinen Türen darin, durch die ein Erwachsener kaum gebückt eintreten könnte. Eine Stadt, in der niemand zeigen wollte, was er besaß oder verloren hatte. Eine Stadt im Würgegriff von Korruption, Verbrechen und Arbeitslosigkeit, die mit jeder Pore Ablehnung und Trotz ausstrahlte. Nachts herrschten hier die Kasten der Kleinkriminellen, junge Mittzwanziger mit zurückgegelten Haaren und Goldketten auf aufgemotzten Motorrollern, die aufgeschwemmte Mädchen in kurzen Hosen an noch kürzerer Leine führten.

Solveigh betrat die Pizzeria um kurz vor neun. Die grob gehobelten Tische standen kreuz und quer in dem holzvertäfelten Raum, die meisten Gäste tranken österreichisches Bier. Wie Ugo Bonardi versprochen hatte, fanden sich unter den Gästen kaum Touristen, sondern eine bunte Mischung Lokalkolorit: Familien, für deren Kinder die Pizza in den Händen Glückseligkeit bedeutete, Männer, die alleine am Tisch saßen und frittierte Teigbällchen verschlagen, einige Ältere, die Schnaps nippten und Backgammon spielten. Ugo Bonardi wartete an einem Tisch ganz hinten, in der Nähe der Küche. Solveigh setzte sich mit dem Rücken zur Wand.

»Wie gefällt Ihnen Neapel, Signora Lang? Haben Sie sich schon eingelebt?«

»Es ist dunkel«, sagte Solveigh und studierte die Karte.

»Da haben Sie in vielerlei Hinsicht den Nagel auf den Kopf getroffen«, sagte der Staatsanwalt.

Ein mürrischer Kellner stellte eine Karaffe Rotwein mit zwei Gläsern vor ihnen auf den Tisch.

»Ich habe mir erlaubt, schon für uns zu bestellen«, sagte Ugo Bonardi. »Die Klassiker meiner Stadt.«

Solveigh hatte nichts dagegen.

»Haben Sie Material über die Taccolas dabei?«, fragte sie nach dem Anstoßen. Der Wein schmeckte sauer und stark.

Ugo Bonardi warf einen prüfenden Blick auf das ältere Ehepaar am Nachbartisch und breitete dann ein Organigramm vor ihr aus.

»Die Taccola-Familie ist streng hierarchisch organisiert«, sagte der Staatsanwalt. »Und regional. Sie vergeben ein Land an ein Familienmitglied, und das ist für die Profite und die Organisation verantwortlich. Wenn es Probleme gibt, kann jederzeit …«

»Erzählen Sie mir etwas, das ich nicht weiß«, sagte Solveigh, die Eddys Dossier kannte.

Der Kellner erschien mit zwei riesigen Tellern. »Ecco, Pizza napolitana«, sagte er. Vor Solveigh lag ein fetttriefender ausgebackener Fladen mit Tomatensauce und Käse. Bonardis Variante sah eher nach dem aus, was sich Solveigh unter einer Pizza vorstellte: ein dünner krosser Boden mit Mozzarella und Basilikum.

»Sie frittieren die Pizza?«, fragte Solveigh erstaunt.

»Nicht gerade unser Exportschlager«, sagte Ugo Bonardi. »Aber hier fast beliebter als das vermeintliche Original.«

Solveigh probierte eine Ecke. Es schmeckte nach siebzehn Tagesrationen Fett, aber nicht einmal so übel. Trotzdem war es offensichtlich, warum sich der Lokalmatador international nicht hatte durchsetzen können.

Mit einem Stück krosser Pizza in der Hand fuhr Ugo Bonardi fort: »Es gibt nur drei Taccolas, die außerhalb der regionalen Hierarchie stehen.« Er zog drei Fotos aus seiner Aktentasche. Das erste zeigte einen Mittfünfziger, der versuchte, den Fotografen mit seinen Händen vor dem Gesicht an einem guten Bild zu hindern. Es war ihm nicht gelungen.

»Sergio Taccola. Gewissermaßen der Buchhalter der Familie. Bei ihm laufen sämtliche Finanztransaktionen zusammen, und er ist derjenige, der das gewaltige Imperium legaler Betriebe kontrolliert.«

Solveigh nahm das Bild vom Tisch und betrachtete einen Mann, der Steuerberater oder Unternehmensberater hätte sein können.

Ugo Bonardi legte das zweite Bild in die Mitte des Tisches.

»Matteo Taccola, ein Neffe von Sergio«, sagte er. Es war der Mann, der Vanderlist die Informationen über die ECSB abgekauft hatte. Im Gegensatz zu ihrem Bild der Überwachungskamera war das Foto von Ugo Bonardi hochauflösend. Es war offenbar mit einem starken Teleobjektiv aufgenommen worden und zeigte Matteo Taccola auf der Terrasse einer Villa, im Hintergrund das blaue Mittelmeer. Er trug eine Sonnenbrille, aber seine markanten Gesichtszüge waren deutlich zu erkennen. Er war Mitte vierzig, braun gebrannt und hätte kein Problem an der Tür einer sehr angesagten Diskothek in New York oder London gehabt.

»Matteo ist der Mann fürs Grobe. Unter ihm laufen alle illegalen Aktivitäten, er ist für die schwarze Seite des Geschäfts zuständig.«

Solveigh schob das Bild neben die Pizza.

Vor ihrem inneren Auge sah Solveigh die Männer mit den Maschinengewehren, die ihre Kollegen niedermähten. Der Mann, mit dem sich Vanderlist getroffen hatte, war direkt dafür verantwortlich. Sie erahnte kalte Augen hinter der dunklen Brille und wusste instinktiv, dass er derjenige war, der den Befehl erteilt hatte.

»Lassen Sie sich von seinem smarten Äußeren nicht täuschen, Signora Lang. Matteo ist gewaltbereit und hat mehr Menschen getötet, als Sie sich vorstellen können. Es hat zwanzig Jahre gedauert, bis er sich das Vertrauen dieses Mannes verdient hatte.«

Ugo Bonardi legte ein drittes Foto auf den Tisch.

»Adriano Taccola. Das Oberhaupt der Familie.«

Ein alter Herr um die siebzig starrte auf dem Rücksitz einer Limousine nach draußen. Wieder war die Aufnahme offenbar heimlich entstanden. Sein langes Haar war stahlgrau und kräuselte sich hinter seinen Ohren. Sein Blick verriet Gnadenlosigkeit und Gerechtigkeitssinn zugleich.

»Wir schätzen sein Vermögen auf über sieben Milliarden Euro«, sagte Ugo Bonardi und griff nach dem letzten Stück Pizza.

»Erzählen Sie mir etwas über Bukarest. Den Menschenhandel, die Prostitution. Wie läuft das ab?«, fragte Solveigh.

»Die Taccolas sind das, was wir eine High-Level-Organisation nennen«, referierte Bonardi. »Sie schleusen keine Menschen in Containern übers Meer und schleppen sie halbtot an Land. Sie besorgen Papiere. Echte oder sehr gut gefälschte. Für sie ist es eine betriebswirtschaftliche Rechnung: Eine Prostituierte bringt mehr Geld als ein Kilogramm Koks, weil man Drogen nur einmal verkaufen kann. Ein verschlepptes Mädchen mit legalen Papieren kann hundert, zweihundert, tausend Mal verkauft werden. Und im nahen Osten zahlen sie Höchstpreise für die europäische Ware. Dazu der Spezialitätenmarkt: Organe, ein bestimmter Typ zur dauerhaften Nutzung.«

Solveigh drehte sich ob der Begriffe, die Ugo für verschleppte Frauen verwendete, der Magen um, obwohl sie natürlich wusste, dass es genau die Formulierungen waren, die im Milieu verwendet werden. Sie schob den Rest ihrer fast unangetasteten Pizza in die Tischmitte und griff nach dem Foto von Matteo Taccola.

»Wie weit erstreckt sich ihr Handelsnetz? Hauptsächlich Osteuropa?«

»Die meisten Frauen werden tatsächlich in Osteuropa entführt. Allerdings hat sich in den letzten Jahren auch in Afrika ein organisierter Markt entwickelt. Die offiziellen Bordelle liegen auch vornehmlich in Osteuropa, wie das in Bukarest, das wir im Visier haben. Aber die besseren Mädchen kommen weiter nach Westen. Nach Paris oder nach

Deutschland. Meist landen sie im Escortbereich, in dem sich bessere Preise erzielen lassen. Oder eben bei den Kunden mit Spezialwünschen.«

Solveigh drehte das Foto in der Hand.

»Und die Frauen?«

»Junge Mädchen zwischen sechzehn und zwanzig aus Ländern, die ihnen keine Zukunftsperspektive bieten. Sie werden mit Versprechungen in den Westen gelockt. Eine Arbeit als Kindermädchen, als Haushälterin, als Kassiererin. Wenn sie erst im Westen sind, wird ihnen irgendwann ein Schuldenberg präsentiert, den sie abarbeiten müssen. Fünfzigtausend Euro lassen sich nun einmal nicht mit Hausarbeit verdienen …«

»Sondern nur mit Prostitution«, schloss Solveigh.

Ugo Bonardi nickte.

»Und das Bordell in Bukarest?«, fragte Solveigh.

»Ein Durchlauferhitzer für neue Ware«, sagte der Staatsanwalt. »Hier lernen die Mädchen, sich zu fügen und das zu tun, was von ihnen verlangt wird. Rumänien ist immer noch ein korruptes Land, Signora Lang. Dort ist es nicht schwer, jemand zu bestechen, den Mund zu halten, wenn mal etwas schiefläuft.«

»Sie meinen wie hier in Italien?«

Ugo Bonardi wurde ernst: »Ich weiß nicht, was Sie für einen Eindruck gewonnen haben, aber wir kämpfen gegen die Mafia mit allen Mitteln, die wir haben!«

»Natürlich«, sagte Solveigh. »Aber trotzdem dulden Sie diese Verbrecher in Ihrem Land.«

»Uns sind die Hände gebunden, Signora. Wie ich schon sagte, die Taccolas sind Meister im Verschleiern. Wenn Sie die Taccolas durchsuchen, finden Sie nichts weiter als Restaurants, Import-Export-Betriebe und Speditionen, die brav ihre Steuern bezahlen.«

Wir werden sehen, dachte Solveigh. Kreativität, Improvisation und Täuschung. Wenn den Taccolas mit regulären Mitteln nicht das Handwerk zu legen war, würden sie sich eben etwas ausdenken müssen.

KAPITEL 37

Bukarest, Rumänien
Samstag, 6. Juli 2013, 12.00 Uhr (am nächsten Tag)

»Wie geht es euch?«, fragte Radu, als sie in seinen Calibra stiegen.

Lila und Ioana tauschten einen vielsagenden Blick aus.

»Keine Ahnung«, sagte Ioana. »Malo lässt uns in Ruhe, wir haben ein bequemes Bett. Vermutlich dürfen wir uns nicht beklagen.«

Wie Lila befürchtet hatte, war es nicht erwünscht, dass die Mädchen die Wohnung verließen, und sie beschlich das Gefühl, dass es eine Menge Ärger geben würde, wenn sie es versuchten. Wenn Malo sagte: »Essen gibt es hier genug, warum wollt ihr vor die Tür?« hatte er, praktisch gesehen, nicht ganz unrecht. Es lagen jede Menge Modemagazine herum, die Lila und Ioana schon vom Titelblatt der Agenturbroschüre kannten, in der Küche gab es sogar einen Fernseher, der allerdings meistens von Malo in Beschlag genommen wurde.

»Wann lernen wir endlich deine Chefin kennen?«, fragte Lila.

»Sie ist im Moment sehr beschäftigt«, wich Radu aus und bog rechts ab Richtung Zentrum. »Aber ich bin sicher, dass wir nächste Woche einen Termin mit ihr oder jemand anderem aus den oberen Etagen kriegen.«

Lila fragte sich zum wiederholten Male, wie die Rechnung aufgehen konnte: Wäre es nicht lukrativer, sie mit Aufträgen zu versorgen, als sie hier in einer Wohnung versauern zu lassen? Die ganze Situation warf immer mehr Fragen auf, und obwohl Radu auskunftsfreudiger war als Malo, blieb es doch bei Allgemeinplätzen.

Radu ordnete sich in die Schlange für das Parkhaus eines gigantischen Einkaufszentrums ein. Die Ausmaße waren so unglaublich, dass Lila beim Vorbeifahren daran zweifelte, ob man ein solch großes Gebäude mit Waren füllen konnte. Was musste es für unglaublich viele neue Artikel geben, dass es fast eine halbe Minute dauerte, mit dem Auto bei 30 Stundenkilometern ein einziges Kaufhaus entlangzufahren. Alleine diese eine Seite der Fassade musste über 200 Meter lang sein.

Radu stellte den Calibra auf der dritten Ebene des Parkhauses ab und hielt ihnen die Tür auf. Dann geleitete er sie zu einer Drehtür, hinter der die bunte Glitzerwelt des Konsums auf sie wartete.

»Wir sehen aus wie die zwei größten Dorftrottel der ganzen Stadt«, raunte Ioana Lila zu. Und sie hatte recht. Die Mädchen hier trugen hochhackige Schuhe, farblich passend zu ihren Kleidern und Handtaschen. Sie sahen aus wie die Frauen aus den Magazinen. Lila trug eine schwarze Hose und ein T-Shirt, dazu ausgelatschte Turnschuhe, Ioana einen roten Rock und weiße Stoffschuhe. Manche starrten sie unverhohlen an, andere schauten betreten zur Seite. Nur Radu schien nichts davon zu bemerken. Er marschierte zwischen ihnen wie ein König inmitten seines Hofstaats. Sie liefen an unzähligen Geschäften vorbei, die teure Computer verkauften oder Handys mit riesigen Displays. Es gab Schmuckhändler, die ihre wertvolle Ware auf Plastikständern in den Gängen stehen ließen. Aus einem anderen Laden drang laut wummernde Musik, und es gab allein auf einem Stockwerk mehr Klamotten als in ganz Kischinau. Wäre Lila nicht so beschäftigt gewesen, die Schaufenster und die Menschen zu betrachten, hätte sie in jedem Geschäft den Rest des Tages verbringen können. Die Bukarester mussten unfassbar reich sein, die ganze Stadt schien nichts anderes im Sinn zu haben als zu kaufen, kaufen, kaufen. Allein der Wert der hier in einem Geschäft angebotenen Dinge würde das Jahreseinkommen aller Familien, die sie in Iliciovca kannte, um ein Vielfaches übersteigen. Lilas Blick blieb an einer Werbung für Lippenstift hängen, aber Radu schob sie zielgerichtet weiter zu einem Geschäft, über dessen Eingang zwei große rote Buchstaben hingen. Der Laden war dunkel, das Publikum größtenteils in ihrem Alter, und Ioana stürzte sich, ohne zu zögern, in das Gewühl. Die Kleidung hing nach Farben und Stoffen sortiert an endlosen Stangen. Lila blieb neben Radu stehen, der breit grinste.

»Willst du dir nichts aussuchen? Wir können euch doch in dem Aufzug schlecht unserer Chefin vorstellen.«

Lila dachte an die Mädchen aus dem anderen Zimmer in der Wohnung. Sie waren schon länger da als Ioana und sie, und soweit sie es beurteilen konnte, hatten sie auch noch keine neue Kleidung bekommen. Natürlich war das nur eine

Vermutung, da die drei Mädchen beharrlich schwiegen, auch wenn man sie direkt ansprach. Sie wusste nicht, ob sie aus einem anderen Land kamen und sie nicht verstanden oder ob sie einfach nicht reden wollten. Lila erinnerte sich nur an ihre Augen, die ängstlich unter ihren Bettdecken hervorlugten, wenn sie nachts auf dem Weg zur Toilette an ihnen vorbeilief.

»Komm schon, Lila, die Klamotten sind der Wahnsinn!«, rief Ioana und eilte mit einem Berg Jeans unter dem Arm in Richtung Umkleidekabine. Lila begriff nicht, warum sich Ioana so viel einfacher in ihrer neuen Situation zurechtfand. Vermutlich war sie zu kritisch, sie stand sich wieder einmal selbst im Weg.

Als sie den Laden verließen, gingen Ioana und Lila mit durchgedrücktem Rücken und langen Schritten. Lila stolperte und fiel Ioana lachend in die Arme. Kein Wunder, sie stolzierte auf den höchsten Absätzen, die sie jemals getragen hatte. Dabei hatte sie selber die niedrigsten gewählt, die der Laden zu bieten hatte.

»Ihr solltet vielleicht noch ein wenig üben, bis wir das meiner Chefin zeigen«, lachte Radu. »Aber ihr seht beide phänomenal aus!«

Ioana fuhr mit den Händen an ihrer Hüfte entlang und deutete einen Kussmund an: »Mach ein Foto, Radu!«

Radu zog sein Handy aus der Tasche. Ioana lehnte sich in ihrem neuen blauen Kleid mit dem Reißverschluss auf der Brust an das Geländer der Galerie. Sie warf die Haare zurück.

»Ja, so macht man das, Cousinchen«, sagte Radu und drückte auf den Auslöser.

Ioana warf ein Bein in die Luft, wie sie es in einem der

Magazine gesehen hatte, und blickte in die Kamera. Lila fand, dass es sehr professionell aussah. Vielleicht hatte sie Radu unterschätzt, dachte sie, als Ioana sie aufforderte, auch für ein paar Bilder zu posieren. Lila ging vorsichtig auf die Kamera zu. Ihre neue Lederjacke knarzte bei jedem Schritt. Sie kam sich lächerlich vor in der kurzen Hose und mit den Stöckelschuhen.

»Versucht, etwas lockerer auszusehen«, sagte Radu und drückte den Auslöser. »Denk einfach an etwas Schönes. Die Wiese hinter eurem Haus zum Beispiel.«

»Oder an Bence«, flüsterte Ioana ihr ins Ohr. Ihre Freundin legte den Arm um sie, und sie lächelten Radu zu. Und die Kamera in seinem Handy fotografierte zwei Mädchen aus Moldawien im Glitzerparadies. Sie hatten es geschafft, und sie fühlten sich wie begehrte Stars.

KAPITEL 38

München, Deutschland
Montag, 8. Juli 2013, 21.12 Uhr (zwei Tage später)

Paul Regen saß an der Bar seines Stammlokals in der Holzstraße. Er und seine Begleitung waren die einzigen Gäste, die es vorzogen, bei bestem Münchner Sommerwetter drinnen zu sitzen, was mehrere Gründe hatte. Der offensichtlichste war der schnellere Nachschub an kalten Getränken, der weniger offensichtliche die Tatsache, dass nicht unbedingt jeder Vorbeifahrende sehen musste, mit wem Paul Regen unterwegs war.

»Lisa, ich brauche deinen Rat«, sagte Paul Regen und schaute auf die Schaumkrone eines der schlechteren Münchner Biere. Dabei gnibbelte er mit einem Zahnstocher das Logo der Brauerei von seinem feuchten Bierdeckel.

»Immer, Paul. Das weißt du«, sagte Lisa Wochinger und nippte an ihrem Hugo, dessen Beliebtheit sich Paul Regen auch im zweiten Jahr seiner Existenz nicht erschloss. Mit ihren zweiundvierzig Jahren natürlicher Weiblichkeit und den langen Haaren und dem rot-schwarzen Sommerkleid machte sie ihn verrückt. Lisa Wochinger war nicht nur eine der schönsten, sondern auch eine der klügsten Frauen, die er jemals gekannt hatte. Der einzige Makel ihrer Cleverness war die Tatsache, dass sie den Kriminaldirektor ihm vorgezogen hatte, was sich Paul Regen noch viel weniger erklären konnte als den Hugo.

»Ich glaube, ich bin auf etwas Großes gestoßen«, sagte Paul Regen.

»Ein Verbrechen?«, fragte Lisa Wochinger.

Paul nickte. Ein weiterer Schluck Bier zu französischem Hip-Hop.

»Ich glaube, dass es einen Mann gibt, der quer durch Europa reist und Menschen umbringt, die er nicht einmal kennt. Anscheinend wahllos. Anscheinend ohne Sinn und Verstand.«

»Und wie kommst du darauf?«, fragte Lisa Wochinger, die bei einer Zeitung arbeitete und es gewohnt war, die richtigen Fragen zu stellen.

»Erstens: Es gibt mehrere Leichen – oder Teile davon –, die konserviert wurden, in unterschiedlichen Perfektionsgraden. Eine hier bei uns, zwei in Frankreich, eine in Italien und eine in Schweden.«

»Sonst irgendwelche Ähnlichkeiten?«

»Nein. Zwei Männer, drei Frauen, zwischen zwanzig und fünfzig Jahre alt, keine feststellbaren Gemeinsamkeiten – außer, dass zwei von ihnen Landwirte waren.«

Paul Regen dachte an das triumphierende Lächeln von Adelheid Auch, als sie ihm die Neuigkeit heute Nachmittag überbracht hatte. Sie hatten den Arm tatsächlich einem Schweinebauern zuordnen können, der 2004 als vermisst gemeldet worden war. Ein Abgleich der DNA übers Wochenende hatte Gewissheit gebracht. Sein Arm hatte definitiv etwas mit dem Kopf in Schweden zu tun. Oder nicht? Seine letzten Zweifel waren der Grund dafür, dass er Lisa angerufen hatte.

»Hm«, sagte Lisa.

»Magst noch ein Bier, Paul?«, fragte der Barkeeper und faltete den Bierdeckel mitsamt den kleinen Kügelchen zusammen, die Paul so mühsam mit dem Zahnstocher zusammengerollt hatte. Er nickte.

»Es war doch nur eine Frage der Zeit, bis einer von den ganz Kranken, aber nicht vollkommen Verrückten darauf kommt, einfach ein paar Grenzen zwischen sich und seine Morde zu ziehen, oder nicht? Hast du eine Ahnung, wie kompliziert das ist, mehrere Kollegen aus unterschiedlichen Ländern dazu zu bewegen, miteinander zu reden, geschweige denn miteinander an einem Fall zu arbeiten?«

»Ich stelle mir das nicht sonderlich schwierig vor«, sagte Lisa Wochinger. »Wie wäre es mit der Europol?«

»Zweihundert Leute, hauptsächlich Computerexperten, die mit dem Arsch auf ihren Analysen kleben. Und die Fälle sind uralt, Lisa. Mit meiner Theorie karre ich nur einen Haufen Arbeit für die Kollegen ran und kippe ihn auf deren

Schreibtisch. Niemand will das«, sagte Paul Regen. Frag mal deinen Mann, dachte er.

»Hm«, sagte Lisa Wochinger zum zweiten Mal an diesem Abend.

»Aber du bist dir sicher?«, fragte sie.

Der wunde Punkt.

»Sicher bin ich mir, dass dem Braumeister dieser Plörre der Arsch versohlt gehört«, sagte Paul Regen und trank einen großen Schluck.

»Aber dein Bauch sagt dir, dass du etwas Großem auf der Spur bist.«

»Ja«, sagte Paul Regen.

»Vertrau dir, Paul.«

»Nicht leicht«, sagte Paul Regen, »nach acht Jahren auf dem Abstellgleis.«

»Ich vertraue dir, Paul«, sagte Lisa Wochinger und legte ihre schlanke Hand auf seinen Arm.

»Ich weiß«, sagte Paul Regen. Im Gegensatz zu deinem Mann.

»Wenn ich diesen Fall will, muss ich aufs Ganze gehen.«

Lisa Wochinger winkte nach einem zweiten Hugo.

»Klaus müsste eine formelle Abordnung an die Münchner Kollegen beantragen, und dann müssten die mir den Fall auch noch geben.«

»Würden die sich denn um so eine europäische Ermittlung reißen?«, fragte Lisa Wochinger.

Paul Regen schüttelte den Kopf: »Vermutlich nicht«, gab er zu.

»Also ein Problem weniger.«

»Aber um Klaus davon zu überzeugen, müsste ich ihm etwas bieten.«

»An was hattest du gedacht?«, fragte Lisa Wochinger.

»An eine Wette«, sagte Paul Regen.

»Klaus hat noch nie eine Wette abschlagen können«, sagte Lisa. »Es könnte also funktionieren.«

»Ich weiß«, seufzte Paul Regen, als er in der Jacke das Vibrieren seines Telefons spürte.

»An welchen Einsatz hattest du denn gedacht?«, fragte Lisa.

Paul rutschte von dem Holzhocker und griff in die Jackentasche. Sein Handy klingelte niemals abends nach neunzehn Uhr. Wer hätte ihn auch anrufen sollen zur Familien- und Freundezeit? Niemand außer Lisa Wochinger, und die saß neben ihm.

»Entschuldige mich kurz«, sagte Paul Regen und nahm das Gespräch an.

»Comisario Regen?«, fragte eine Stimme, die ganz eindeutig spanisch klang.

»Can we talk english?«, fragte Paul Regen. Sie konnten.

»Ich habe Ihre Eingabe gesehen«, sagte Comisario Jaime Zubiri aus Saragossa, Spanien. »Wegen der Leichenteile und des Formalins.«

»Sagen Sie nicht, Sie haben auch einen Arm«, sagte Paul Regen und setzte sich auf einen der Poller auf dem Gehsteig. Ein Fahrradfahrer fuhr klingelnd vorbei und bremste quietschend vor dem Zebrastreifen.

»Nein, Herr Regen. Ich habe einen Mordfall, auf den Ihre Beschreibung zutrifft.«

»Sie meinen, einen aktuellen Fall?«, fragte Paul. Nichts, was Jahre zurücklag? Das könnte der Durchbruch sein, auf den er gewartet hatte. Wenn es wirklich stimmte, dass er bisher nur Übungsstücke seines Mörders zu Gesicht bekommen hatte, wie würde dann erst eine aktuelle Leiche aussehen?

»Si, Comisario. Eine junge Frau aus Nigeria. Sie verschwand am 6. Dezember letzten Jahres, und gefunden haben wir sie vor drei Monaten. Wir tappen völlig im Dunklen, uns wäre jede Hilfe willkommen, Comisario Regen.«

Drei Monate. Eine unglaublich kleine Zeitspanne im Vergleich zu seinen bisherigen Körperteilen. Paul Regen dachte an seine Abordnung, an Klaus Wochinger und an seine Frau, die in diesem Moment in seiner Lieblingsbar saß. Mit ihm. Wenn er die Wette verlor, würde er nie wieder mit Lisa Wochinger hier sitzen. Er würde selber nie wieder hier sitzen und schlechtes Bier trinken.

»Ich weiß nicht, ob ich Ihnen helfen kann, Comisario Zubiri, aber ich will es versuchen«, versprach Paul Regen. »Ich melde mich, sobald ich einen Flug gebucht habe.« Dann legte er auf.

Bevor er sich möglicherweise ein letztes Mal neben Lisa an diese Bar hockte, setzte er sich ein paar Minuten auf die Bank unter dem großen Baum gegenüber des Lokals, um nachzudenken. Habe ich mich verrannt?, fragte sich Paul Regen. Weil ich einfach nur hungrig nach einem echten Fall bin? Oder hat mich die Intuition, von der ich dachte, dass ich sie längst verloren hätte, auf den richtigen Weg geführt?

KAPITEL 39

Bukarest, Rumänien
Montag, 8. Juli 2013, 22.31 Uhr (zur gleichen Zeit)

Lila knickte um und hielt sich an Ioana fest, als es plötzlich an der Zimmertür klopfte.

»Einen Moment!«, rief Lila und schüttelte das Bein, um die Schuhe loszuwerden, mit denen sie gerade noch zusammen geübt hatten. Sie griff nach der neuen Hose, die auf ihrem Bett lag, und dem weißen T-Shirt mit dem Aufdruck der amerikanischen Flagge. Auch Ioana zog sich so schnell wie möglich an. Es hatte noch niemals jemand an ihre Tür geklopft um diese Uhrzeit. Normalerweise gehörten die Stunden nach acht Lila und Ioana und ihren Träumen. Sie hörten die dunkle Stimme von Malo vor der Tür. Er nuschelte etwas Unverständliches, und er stand direkt vor ihrer Tür.

»Jetzt macht schon auf!«, rief er ungehalten.

Lila und Ioana sahen sich an. Es war ein Blick, der nichts Gutes verhieß. Sie standen auf. Es klopfte noch einmal energischer.

»Herein!«, sagte Lila.

Die Tür wurde aufgestoßen, und sie sahen Malo, der sich am Türrahmen festhielt, in Begleitung eines zweiten Mannes. Er hatte den dunklen Teint der Türken aus dem Süden von Moldawien, und er trug teuren Goldschmuck an beiden Handgelenken. Und die größte Uhr, die Lila je gesehen hatte. Er lächelte. Sein Lächeln war kälter als die Regenwassertonne hinter ihrem Haus im tiefsten Winter. Er betrat ihr Zimmer, als gehöre ihm die ganze Wohnung. Er musterte

Ioana mit zusammengekniffenen Augen. Sie wanderten wie die des Bestatters beim Mittsommerfest vom Gesicht über ihren Körper. Lila sah, dass Ioanas Beine zitterten, während der Dunkelhäutige sie bemaß. Er legte seine Hand unter ihr Kinn und drückte ihren Kopf nach oben. Seine goldene Uhr rutschte an seinem Arm herunter bis zur Manschette seines Hemds. Dann war Lila an der Reihe. Er musterte ihre dünnen Beine, ihre Brust, ihren Hals, ihr Kinn, ihren Mund, ihre Augen, die sie niederschlug. Er fuhr ihr mit der Hand durchs Haar und lächelte. Einige Sekunden, die Lila vorkamen wie Minuten, stand er einfach nur da. Dann fragte er sie etwas in einer Sprache, die Lila nicht verstand. Seine Stimme klang ruhig und freundlich.

»Er fragt, ob ihr Freundinnen seid«, übersetzte Malo.

Lila und Ioana nickten, ohne seinem Blick auszuweichen.

Wieder die fremde Sprache.

»Er fragt, ob ihr euch von früher kennt.«

Wieder nickten Lila und Ioana.

»Ihr wollt Models werden?«, übersetzte Malo noch einmal.

Ioana warf sich in eine der Posen, die sie geübt hatten.

Der Fremde lächelte.

»Er sagt, ihr seid gut«, sagte Malo. »Und dass euch Adam morgen früh abholen kommt, um euch zu eurem ersten Job zu fahren.«

Als Ioana und Lila ihn strahlend anlächelten, schlug der Mann die Augen nieder und verließ mit gesenktem Kopf den Raum.

»Danke!«, rief ihm Ioana hinterher, aber da hörten sie schon das Klopfen an der Tür zum Zimmer der anderen Mädchen.

KAPITEL 40

Bukarest, Rumänien
Dienstag, 9. Juli 2013, 23.19 Uhr (am nächsten Abend)

Solveigh Lang saß neben Ugo Bonardi im Kommandofahrzeug der Bukarester SPIR, einem umgebauten Mercedes-Van. Der Einsatzleiter hatte seine schwarze Maske auf die Stirn geschoben und starrte auf den Monitor mit dem Wärmebild. Ein Mann mit einer schwarzen Maske in einem Van. Genau wie die Männer, deren Maschinengewehrfeuer ihre Kollegen zerfetzt hatte. Solveigh verscheuchte den unsinnigen Gedanken und blickte ihm über die Schulter. Sie konnte etwa zwanzig gelb-rote Umrisse auf dem Infrarotbild ausmachen. Ihr Zielobjekt war eine ehemalige Beschlägefabrik, an deren roter Klinkerfassade heute ein neongelber Schriftzug prangte: Pacific Club. Vierzehn Personen hielten sich im unteren Stockwerk auf, sechs im ersten Geschoss des Hauses, das, wie sie vermuteten, die Zimmer beherbergte. Bei zwei der Personen im Erdgeschoss war sogar auf dem schlecht auflösenden Wärmebild zu erkennen, dass sie an Stangen tanzten. Die hinteren Räume konnte die Kamera nicht erfassen, aber die Zugänge wären das Erste, was das Special Operations Team der Bukarester Polizei besetzen würde. Obwohl Solveigh eine Ausbildung für taktische Einsätze nachweisen konnte, verzichtete sie diesmal darauf, denn es gab keinen Grund, das eingespielte Team mit einem Fremdkörper zu belasten. Sie erwarteten nicht, auf viel Widerstand zu stoßen. Ein Bordell zu stürmen war nicht gerade das Aufregendste, was sich die bestens ausgebildeten Spezialisten vorstellen konnten, und ihre Mitwirkung war nur der eindringlichen Warnung von Procuratore Ugo Bonardi zu verdanken. Und der Tatsache, dass ihr Zielobjekt dem organisierten Verbrechen zugeordnet wurde. Sobald der Einsatzleiter den Befehl gab, würden sie alles live auf den Bildschirmen an der Seitenwand des Vans mitverfolgen können. Die Helme der Teamleiter waren mit Kameras ausgerüstet. Ugo Bonardi tippte ihr auf den Unterarm, um ihre Aufmerksamkeit auf die Monitore zu lenken. Es ging los.

»Go!«, befahl der Einsatzleiter, und gleichzeitig setzten sich die vier um das Gebäude postierten Teams in Bewegung. Als Team 1 den Haupteingang stürmte, brachen Team 2 und 3 durch die Notausgänge im hinteren Bereich des Gebäudes. Team 1 rannte durch den Hauptraum und befahl den Gästen und Tänzerinnen mit gezogenen Sturmgewehren, sich hinzuknien. Als der Raum gesichert war, rannte Team 4 die Treppe hoch in den ersten Stock. Team 2 und 3 hatten in der Küche und im Büroraum leichtes Spiel mit den Angestellten. Es war ein Einsatz nach dem Lehrbuch, und die Kollegen aus Rumänien standen ihren Pendants aus westlichen Ländern in nichts nach. Binnen neunzig Sekunden war der Einsatz vorüber. Keine Verletzten, es war kein einziger Schuss abgefeuert worden.

Solveigh und Ugo öffneten die Schiebetür des Vans und liefen die fünfzig Meter zu der Fabrik durch den warmen Nieselregen. Das Neonschild flackerte leicht, als sie das Bordell betraten. Im Inneren war von einem Pacific Club nicht viel zu erkennen: Der Boden bestand aus billigem schwarzem PVC, rings um eine große freie Fläche in der Mitte standen schwarze Plastiksofas, im hinteren warteten billige Hocker mit roten Sitzflächen an einer Bar auf Kundschaft. Die beiden Mädchen, die an den Stangen getanzt hatten, standen in Unterwäsche mit Kabelbindern an den Handgelenken gefesselt neben ihren Arbeitsgeräten. Eine Polizistin legte einer der beiden Frauen eine Decke über die Schultern. Die Freier von der Bar sowie das Personal und drei weitere Prostituierte standen wie Zinnsoldaten vor den Barhockern. Solveigh hatte den Eindruck, dass der Pacific Club wie ein Filmset sehr schnell auf- und wieder abgebaut werden konnte. Schon morgen könnten die Taccolas es drei Straßenecken weiter wieder aufmachen. Mit demselben hässlichen PVC-Boden, den Chromstangen und den Barhockern.

Solveigh steig die Treppe zum ersten Stock hinauf. Auch hier war der schwarze PVC-Boden verlegt. Sie betrat eines der Zimmer. Ein breites Bett stand auf dem nackten Boden, eine Lampe sollte wohl für eine angenehme Atmosphäre sorgen, und in einer Schale auf dem Fensterbrett lagen Kondome und Kaugummis. Eine Dusche gab es in den Zimmern nicht, die Mädchen und ihre Freier teilten sich eine am Ende des Flurs. Solveigh betrachtete das Mädchen, das der Polizist, der vor dem Fenster die Personalien des Mannes aufnahm, auf dem Bett hatte sitzen lassen. Ihr blondes Haar hing in verschwitzten Strähnen über ein zartes Gesicht. Sie starrte auf die weiße Wand, an dem Polizisten und ihrem Freier vorbei. Ihr Blick war leer und stumpf.

Hinter ihr betrat Ugo Bonardi das Zimmer und stellte sich neben Solveigh, ihre Dolmetscherin im Schlepptau.

»Die meisten der Mädchen stammen aus Moldawien, aber es sind auch einige Rumäninnen dabei.«

»Sind sie legal eingereist?«, fragte Solveigh.

»Das wissen wir noch nicht, auf den ersten Blick sehen die Papiere in Ordnung aus.«

»Aber die hier«, sagte Solveigh und nickte möglichst unauffällig in Richtung Bett, »die ist doch nie im Leben volljährig.«

»Laut ihrem Pass schon«, sagte Ugo Bonardi. »Aber das heißt nichts. Wir kennen die Tricks: ein bestochener Beamter hier, eine Gefälligkeit da. Wir finden heraus, ob hier wirklich alles mit rechten Dingen zugeht.«

»Ich will mit ihr reden«, sagte Solveigh und hockte sich neben die Bettkante.

»Wie heißt du?«, fragte Solveigh.

Die Dolmetscherin setzte sich neben das Mädchen und übersetzte. Aber sie bekamen keine Antwort.

»Ich bin Solveigh«, sagte sie. »Ich arbeite für eine europäische Organisation, und ich möchte dir helfen.«

Das Mädchen starrte weiter auf die dreckige Wand.

»Wo kommst du her?«, fragte Solveigh.

Ohne den Blick oder ihre Körperhaltung zu verändern, flüsterte das Mädchen eine Antwort.

»Sie kommt aus Moldawien«, sagte die Dolmetscherin.

»Wie alt bist du?«, frage Solveigh.

»Ich bin achtzehn«, sagte das Mädchen. Solveigh hatte zu viele Verhöre durchgeführt, um die Lüge eines Anfängers nicht zu erkennen.

»Bist du freiwillig hier?«, fragte Solveigh.

Das Mädchen nickte.

»Und hast du freiwillig mit ihm geschlafen?«

Solveigh senkte den Kopf in Richtung des Mannes, der immer noch mit gefesselten Händen am Fensterbrett lehnte. Wenn sich Solveigh vorstellte, wie der dickliche, Fünfzigjährige auf dem Mädchen lag, wurde ihr schlecht.

Das Mädchen fing an zu weinen. Leise erst, aber schließlich bebten ihre Schultern. Solveigh strich ihr über die Oberarme.

»Jetzt wird alles gut«, sagte sie. »Es kommt alles wieder in Ordnung, mach dir keine Sorgen. Es ist vorbei.«

»Gibt es bei der Polizei jemand, der sich um sie kümmert?«, fragte Solveigh die Dolmetscherin.

Die junge Frau nickte: »Natürlich kümmern wir uns um sie«, sagte sie. »Die Kolleginnen warten unten.«

»Okay«, sagte Solveigh und wandte sich wieder dem Mädchen zu.

»Sie kommen aus dem Westen, oder?«, fragte das Mädchen plötzlich.

»Ja«, sagte Solveigh. »Aus Amsterdam. Das liegt in Holland. Aber ursprünglich komme ich aus Deutschland.«

»Da wollten wir immer hin«, stotterte die junge Moldawierin.

Solveigh strich ihr eine Strähne hinters Ohr und gab der Dolmetscherin ein Zeichen, dass sie das Mädchen nach unten bringen konnte, als sie noch einmal nach Solveighs Arm griff.

»Ich heiße Anastasia«, flüsterte sie. »Mein Name ist Anastasia Iovu.«

KAPITEL 41

Hermannstadt, Rumänien
Dienstag, 9. Juli 2013, 22.59 Uhr (zur gleichen Zeit)

»Radu hat gesagt, wir haben das große Los gezogen«, erklärte Ioana den beiden anderen Mädchen, die mit ihnen in dem Bus saßen. »Er hat gesagt, dass es noch viel besser ist, wenn wir nach Deutschland kommen. Die haben dort viel mehr Aufträge als die Agentur in Bukarest, und die Chance, zur Vogue zu kommen, ist natürlich in Berlin viel größer, weil dort mehr renommierte Fotografen arbeiten.« Sie hatten sich auf Anhieb gut mit Mascha und Zalina verstanden. Die beiden waren aus Bicaz, einer Stadt an der Moldau im Norden Rumäniens, und auch sie waren angehende Models. Lila und Ioana waren erleichtert, denn es bestätigte alles, was Radu ihnen erzählt hatte: Sie waren jetzt auf dem Weg nach Deutschland, einem der reichsten Länder der Welt. Sie würden für Magazine arbeiten und, wenn sie großes Glück hatten, auf die Titelseite kommen.

»Hattet ihr eigentlich schon ein Fotoshooting?«, fragte Lila und trank einen Schluck Cola. Jede von ihnen hatte von Adam, ihrem Fahrer, eine an der Tankstelle geschenkt bekommen, wo Mascha und Zalina zugestiegen waren. »Als Willkommensgeschenk im Westen«, hatte Adam gesagt. Er war ein freundlicher Mann, der ihre Taschen in den Laderaum des Busses gehoben und ihnen Proviant mitgebracht hatte.

»Nein, bisher nicht. Aber sie haben uns gesagt, wir sollen nicht zu ungeduldig sein, das käme schon alles früh genug«, antwortete Mascha.

KAPITEL 42

München, Deutschland
Mittwoch, 10. Juli 2013, 9.38 Uhr (am nächsten Morgen)

Paul Regen sah zu den Autos hinunter, die sich wie putzige Modelle durch eine Baustelle auf der Marsstraße fädelten. Dazu ruckte der Schaufel eines Baggers beim Aufbrechen des Asphalts, und zwei Arbeiter standen mit Spitzhacken in der Hitze daneben.

»Paul«, sagte Kriminaldirektor Klaus Wochinger, der zehn Minuten zu spät erschien, »wie schön zu sehen, dass es mit dem Erkennungsdienst Digital endlich vorangeht.« Er setzte sich vor seinen Computer, ohne Paul Regen eines direkten Blickes zu würdigen.

Paul Regen hätte gerne davon erzählt, wie glücklich sich Klaus Wochinger schätzen könne, dass es noch Mitarbeiter gebe, die sich für die Sache interessieren statt für Politik. Oder von dem Fall, der sich aus dem unspektakulären Fund eines alten Arms in den Isarauen entwickelt hatte und der nicht über Bayern, sondern sogar über Deutschland hinausgewachsen war. All das hätte aber bedeutet, dass Paul Regen den Fall abgeben müsste. Entweder an die Kollegen aus München oder ans Bundeskriminalamt. Beides wollte Paul Regen unbedingt verhindern. Niemand würde ihm seinen Arm streitig machen. Zumindest nicht, bis er nachgewiesen hatte, dass er sich nicht irrte.

»Ich möchte dir eine Wette anbieten, Klaus«, sagte Paul Regen stattdessen.

Klaus Wochinger schob die Maus zur Seite. Immerhin

genoss er jetzt Regens ungeteilte Aufmerksamkeit. Seine Augen verengten sich zu listigen Schlitzen.

»Was für eine Wette?«, fragte er vor dem kitschigen Bild der Seine, das Paul Regen an das Gespräch auf der Kriminologenkonferenz erinnert und damit die Sache mit dem Arm erst ins Rollen gebracht hatte.

»Du erinnerst dich an den Arm, den die Kollegen in den Isarauen gefunden haben?«

»Über den euer grandioser Erkennungsdienst Digital so fulminante Erkenntnisse zusammengetragen hat?«

Paul Regen seufzte.

»Der Herr Regen und sein Arm sind eines der beliebtesten Kantinengespräche der letzten zwei Wochen.«

Zumindest unter den Herrschaften der oberen Etagen, aber das ließ Wochinger natürlich aus. Paul Regen ging wie die meisten anderen Kommissare niemals in die Kantine, außer, wenn es Schnitzel gab.

»Ich glaube, dass der Arm zum Opfer einer Mordserie gehört.«

Kriminaldirektor Wochinger lachte das Kriminaldirektorenlachen, das belegt klang und in einer Rückschau vor Gericht jederzeit als Husten durchging.

»Ein Serienmörder?«, fragte Klaus Wochinger.

»Das weiß ich noch nicht«, sagte Paul Regen. »Es könnten auch mehrere sein.«

»Eine Bande?«, fragte Wochinger. Sein Gesicht sprach Bände über seine Gemütsverfassung, die zwischen Ungläubigkeit und Belustigung schwankte.

Paul Regen verkniff sich eine Bemerkung über einarmige Banditen und schwieg. Wenn seine Taktik aufgehen sollte, war es wichtig, dass die Ungläubigkeit siegte.

»Ich weiß es nicht«, sagte Paul Regen zum zweiten Mal. Der kleine Bagger auf der Marsstraße ruckelte mittlerweile groben Aushub zu einem Container.

»Es gibt Fälle in Frankreich und Italien, bei denen ebenfalls konservierte Körperteile gefunden wurden. Ich würde gerne versuchen, einen Zusammenhang herzustellen.«

»Aber für so etwas wäre umgehend das BKA zu informieren«, erinnerte Klaus Wochinger.

Paul Regen sagte nicht, dass er das natürlich wisse, und verkniff sich ein »Tatsächlich?«. Paul Regen schwieg.

»Und was willst du von mir?«, fragte Klaus Wochinger.

»Du denkst dir einen guten Grund aus, warum ich die Spuren nach Frankreich, Italien und Spanien offiziell verfolgen darf. Irgendwas mit dem Erkennungsdienst, weitere Identifikationspotenziale digitaler Systeme im Polizeialltag – ich bin sicher, da fällt dir was ein. Meinethalben schreib mir eine Abordnung für die Münchner Kollegen, wenn es sich nicht vermeiden lässt.«

»Und dann?«, fragte Wochinger.

Paul starrte aus dem Fenster.

»Wie gesagt: Ich biete dir eine Wette an.«

Der Baggerfahrer hatte seine Maschine abgestellt und stand anscheinend ratlos mit seinen Kollegen vor dem Loch, das sie eben noch so eifrig gebuddelt hatten.

»Ich wette, dass hinter dem Arm der größte Serienmordfall steckt, den Bayern je gesehen hat. Ich gehe sogar so weit, zu behaupten, dass er weit über unsere Landesgrenzen hinaus Wellen schlagen wird.«

Es konnte nicht schaden, seine Heimatverbundenheit zusammen mit seiner Geltungssucht zu kitzeln. Wenn das nicht half, kannten weder Paul Regen noch seine eigene Ehefrau den Polizeidirektor. Klaus Wochinger thronte auf seinem Stuhl wie König Ludwig in der Grotte von Neuschwanstein.

»Wenn ich mich aber irre«, fuhr Paul Regen fort, »und sich das Ganze als Zeitverschwendung herausstellt, dann gehe ich. Dann hast du gewonnen.«

Er saß an einem Roulettetisch und hatte gerade seine gesamten Ersparnisse auf die 0 geschoben.

»Du meinst, du lässt dich endlich versetzen?«, fragte Klaus Wochinger ungläubig.

Paul Regen nickte. Es war ihm ernst, auch wenn es sich anfühlte, als verspielte er sein Lebensglück mit der unsinnigsten Wette, die er jemals eingegangen war. Warum hatte er bei diesem Arm so ein mieses Gefühl? Und was, wenn sich herausstellte, dass der Fall aus Saragossa rein gar nichts mit seinem Arm zu tun hatte? Wenn das Formalin nur ein Zufall war und sich in einem Monat die gesamte Maillingerstraße und die Löwengrube über ihn und seine Mordserie kaputtlachten?

»Die Wette gilt«, sagte Klaus Wochinger und griff nach seiner Maus.

Zu spät, dachte Paul. Er sah seine Münchener Wohnung, den Viktualienmarkt, die Spaziergänge an der Isar und die Biergärten in großen Chipstapeln auf Wochingers Schreibtisch stehen.

»Und die Frau Auch brauche ich auch«, sagte Paul.

»Die Frau Auch ist mir egal«, sagte Klaus Wochinger, in seinen Bildschirm vertieft.

Mit einem letzten Blick auf die Marsstraße verließ er das Büro des Kriminaldirektors. Die Bauarbeiter hatten das Problem mit ihrem Loch mittlerweile gelöst, und der kleine Bagger schaufelte eifrig. Wenn das kein gutes Zeichen ist, dachte Paul Regen.

KAPITEL 43

Bukarest, Rumänien
Mittwoch, 10. Juli 2013, 10.04 Uhr (zur gleichen Zeit)

Solveigh Lang schwitzte gemeinsam mit Ugo Bonardi in dem schwülen Überwachungskabuff, das kaum größer als ein Schuhkarton war. Auch in Bukarest lagen die Vernehmungsräume für die organisierte Kriminalität außerhalb der Büros, damit Verdächtige keine ungewollten Blicke auf Ermittlungsergebnisse erhaschen konnten. Solveigh nippte an dem warmen Energy-Drink, den ein rumänischer Kollege vorbeigebracht hatte. Er schmeckte so stark nach künstlichem Erdbeeraroma, dass Solveighs Nase laut protestierte, sich jedoch von der Erschöpfung geschlagen geben musste. Die Verhöre hatten die gesamte Nacht hindurch gedauert, und auch jetzt war noch kein Ende abzusehen. Einer nach dem anderen leierte seine auswendig gelernte Geschichte herunter. Solveigh und Ugo hielten sich an den Geschäftsführer, von dessen Aussage sie sich am meisten versprochen hatten. Aber auch nach acht Stunden wurde er nicht müde, die Unabhängigkeit seines Bordellbetriebs zu betonen. Allein der Schweißfilm auf seiner Stirn war Zeuge seiner Lügengeschichte, was jedoch keinen gerichtlich verwertbaren Tatbestand darstellte.

»Wir kriegen keinen Einzigen von denen, oder?«, fragte Solveigh, als die Dolmetscherin ihre Unterlagen zusammensuchte.

Der italienische Staatsanwalt zuckte mit den Schultern: »Keinen der Hintermänner zumindest.«

»Und der Italiener?«, fragte Solveigh.

Procuratore Bonardi erhob sich ächzend: »Kommt jetzt«, sagte er und kippte den Rest seines pappsüßen Wachmachers hinunter. »Viel Spaß bei der Show.«

Solveigh prostete ihm zu und beobachtete wenige Sekunden später, wie der Mann in den Verhörraum geführt wurde, der gestern bei Anastasia Iovu auf dem Zimmer gewesen war. Anastasia war siebzehn und gerade erst aus Moldawien verschleppt worden. Ein Mann hatte sie auf der Straße angesprochen und gefragt, ob sie Arbeit im Ausland suche. Und Anastasia war eingestiegen. Solveigh spürte eine tiefe Wut auf den Freier, der ihrer Meinung nach kein einfacher Gast war, sondern als stiller Teilhaber der Taccolas hinter dem Bordell steckte. Ein Italiener, der es sich offenbar nicht hatte nehmen lassen, Anastasias erster Kunde zu sein. Sein Gesicht war teigig, und er streckte seine Beine unter dem Tisch aus, die Füße kippten auf den Absätzen seiner Schuhe zur Seite. Ugo Bonardi betrat das Zimmer in Begleitung eines rumänischen Beamten. Der italienische Staatsanwalt setzte sich, klappte eine Mappe auseinander und ratterte die Personalien herunter. Solveigh konnte ihrem Gespräch zumindest grob folgen.

Nachdem der Italiener alle Formalien abgenickt hatte, kam Bonardi zur Sache: »Woher kennen Sie den Pacific Club, Herr Marzorati?«

»Ich kenne ihn nicht«, antwortete er und spielte an der Schließe seiner Uhr herum. An seinem rechten Handgelenk schlackerte eine geschmacklose Breitling und am linken Arm eine billige Goldkette. Der Chronograf war ein teures Stück sinnloser Protz, dachte Solveigh. Wer braucht heutzutage noch eine Uhr?

»Aber Sie waren vor Ort«, bemerkte Ugo Bonardi scharf. »Und das sah für mich nicht gerade so aus, als wären Sie zufällig auf die hübsche Neonreklame aufmerksam geworden. Noch dazu so weit ab vom Schuss. Verkaufen Sie mich nicht für dumm, Marzorati!«

»Ich meine damit, ich kenne ihn nicht gut. Ich war erst ein paarmal in dem Schuppen.«

Natürlich, dachte Solveigh. Wir räumen einen Klub der kalabrischen Mafia aus, und der einzige Italiener, den wir finden, hat keine Ahnung.

»Sie meinen, über fünfmal in den letzten vierzehn Tagen«, sagte Ugo Bonardi nach einem Blick in die Akten. Die Bukarester Polizei hatte das Bordell zwei Wochen lang überwacht. Hätte er angegeben, gestern Abend zum ersten Mal dort gewesen zu sein, hätten sie einen Ansatz gehabt. Aber so?

»Wenn Sie das sagen.« Die Schließe der Breitling musste defekt sein.

»Wann haben Sie denn zum ersten Mal vom Pacific Club gehört?«, frage Bonardi.

»Keine Ahnung ...«, sagte der Italiener gelangweilt. »Vielleicht hat mich ein Taxifahrer hingefahren? Vielleicht war es ein Flyer ... Wirklich, ich weiß es nicht mehr.«

»Und dennoch kamen Sie so oft zurück?«

»Ich mag meine Frauen unverbraucht. Ich steh einfach nicht drauf, wenn die schon zu professionell sind.«

»Und Sie mögen Ihre Frauen jung, oder nicht, Herr Marzorati?«

»Ich mag junge Frauen. Ist das ein Verbrechen?«

»Wenn sie minderjährig sind, schon«, sagte Ugo Bonardi und legte einen Auszug aus dem moldawischen Melderegister vor Marzorati auf den Tisch.

»Ich schwöre, ich wusste nicht, dass sie siebzehn ist«, sagte er und schob das Blatt zurück zu Bonardi. »Ich meine, sie hat gesagt, dass sie achtzehn ist. Und sie hat mir ihren Ausweis gezeigt. Da habe ich sogar drauf bestanden …«

Solveigh zerknüllte die leere Dose mit der rechten Hand und biss sich auf die Lippe. Dann stand sie auf und lief über den Gang bis zu einer Tür, die sie nach draußen bringen würde.

Auf dem Parkplatz sah sie zwei der Kollegen von der SPIR an einem Aschenbecher stehen. Mit mehr Gesten als Worten fragte sie nach einer Zigarette. Solveigh rauchte wenig, maximal eine am Tag. Diese war notwendiger als viele andere. Sie inhalierte den schwarzen Tabak, der ihr in der Kehle kratzte, dann wählte sie die Nummer.

»Es wird nicht funktionieren, Eddy«, sagte sie ohne eine Begrüßung. »Wir kriegen nicht mal ihren Adlatus hier vor Gericht geschweige denn irgendjemand von den Taccolas. Nur ein paar Bulgaren, und das war's dann. Die machen das Geschäft in einer Woche am anderen Ende der Stadt wieder auf, als wenn nichts gewesen wäre.«

»Wie fängt man eine Krähe, die über den Wipfeln kreist?«, fragte Eddy.

»Vielleicht müssen wir beim Nest ansetzen statt bei der Beute«, sagte Solveigh und blies den letzten Rest schwarzen Rauch in den blau-weißen Himmel.

TEIL 2

Zweifel, der Crash und ein hoher Einsatz.

KAPITEL 44

Veiros, Portugal
Mittwoch, 10. Juli 2013, 18.03 Uhr (am selben Tag)

Das moderne Vorhängeschloss wirkte wie ein Fremdkörper an den wettergegerbten Latten seines Scheunentors. Er beeilte sich, den großen Türflügel wieder hinter sich zuzuziehen und von innen zu verschließen. Der vertraute Geruch von geschnittenem Holz, Lasur und der anderen Chemikalien stieg ihm in die Nase. Die Scheune war seine Zuflucht, sein Zuhause, sein Werk. Die unzähligen Tage und Monate, die er hier verbracht hatte, summierten sich zu einem halben Leben. Und schon bald würde diese einfache Scheune ein Ort der Andacht und der Bewunderung werden. Aus aller Welt würden sie anreisen, um es zu sehen. Er griff nach einer Wasserflasche und machte sich auf den Weg in den Keller, den er selbst ausgehoben hatte. Er wuchtete die Werkbank von der Luke und stieg hinab. Hier war die Erde feucht, es roch modrig nach Würmern und Getier, obwohl er die Wände mit Holz verkleidet und den Boden mit Stroh ausgelegt hatte. Die Reiterin saß in der Ecke zusammengekauert und hielt die Decke, die er ihr gegeben hatte, wie ein Kind vor das Gesicht. Obwohl er ihr kein Chloroform mehr gab, weil er Angst hatte, dass sie sterben könnte, hatte sie ihre Stimme noch nicht wiedergefunden. Sie blieb stumm bis auf ein leises Weinen, wenn er durch den niedrigen Gang zurückkroch. Er streckte eine Hand aus, vorsichtig, um sie nicht zu erschrecken. Die weißen Augäpfel starrten matt aus der Dunkelheit. Ängstlich.

»Du musst keine Angst haben«, sagte der Mann und hoffte, dass sie die Bedeutung der Worte am Klang seiner Stimme erkannte.

»Komm mit«, sagte er und griff nach ihrem Arm unter der Decke.

»Ich zeige dir, wo du stehen wirst«, sagte er und zog sie am Handgelenk. »Außerdem müssen wir noch ein paar Skizzen anfertigen. Würde es dir gefallen, wenn ich dich male?« Allen hatte es letztlich gefallen, wenn sie erst erkannt hatten, was es für sie bedeuten würde, Teil von etwas Größerem zu sein, Teil von etwas, das bleiben würde, wenn wir alle längst zu Kohlenstaub zerfallen wären.

»Komm mit«, sagte er. »Oben gibt es einen Apfel.«

KAPITEL 45

Dortmund, Deutschland
Freitag, 12. Juli 2013, 1.04 Uhr (zwei Tage später)

Lila erwachte, als Adam den Bus in einer dunklen Seitenstraße auf den Bordstein lenkte und den Motor abstellte. Sie rieb sich die Augen, ihr Rücken schmerzte, und ihr rechter Arm war eingeschlafen. Lila schüttelte ihn und weckte damit Ioana, die neben ihr lag.

»Wir sind da«, sagte Adam.

»Wo sind wir?«, fragte Lila und gähnte. Auf der zweiten Rückbank rekelte sich Mascha neben Zalina, mit denen sie sich nach wie vor prächtig verstanden. Sie hatten über zwei Tage Zeit gehabt, sich gegenseitig ihre Träume in den buntesten Farben zu schildern und sich auszumalen, welche Abenteuer wohl im Westen auf sie warteten.

»In Deutschland«, sagte Adam, auf einmal deutlich mürrischer als während ihrer Pausen auf den Parkplätzen von Rasthöfen. Adam hatte sich stets wie der perfekte Fahrer verhalten und sogar diskret Wache gestanden, wenn eine von ihnen auf eine der dunklen Rastplatztoiletten gegangen war. Er hatte sie niemals bedrängt, auch wenn Lila seine Blicke auf Ioanas Brüste nicht entgangen waren.

»Steigt aus!«, sagte Adam und schwang sich vom Sitz. Die Mädchen krochen von den Bänken und holten ihre Taschen aus dem Kofferraum. Lila betrachtete die Häuser, die so unglaublich modern und ordentlich aussahen im elektrischen Licht der Straßenlaternen. Hinter den meisten Fenstern hingen Vorhänge, und selbst die Keller hatten kleine Fenster am Sockel der Häuser. Neben der sauber asphaltierten Straße war sogar ein Gehsteig gepflastert. Die anderen Mädchen reckten ebenso die Köpfe nach oben, als Adam sie die Straße hinunter zu einem dunkelgrauen Haus geleitete. Er drückte einen von vielleicht zehn oder zwölf Knöpfen am Eingang, aber Lila hatte nicht erkennen können, welcher Name auf dem Schild stand. Die Klingelkästen waren hier aus schönem weißen Plastik und die Haustür aus kunstvoll geschliffenem Glas angefertigt. Ein Summen ertönte, und Adam drückte die Tür nach innen.

An der Wohnungstür im zweiten Stock wartete eine ältere Frau auf sie. Ihre Haare waren nicht besonders gepflegt, und Lila vermutete, dass sie getrunken hatte, denn sie stützte sich im Türrahmen ab, als sie die vier Mädchen eintreten ließ. Adam blieb draußen. Er flüsterte auf Rumänisch mit der Frau, die er Valentina nannte. Vermutlich eine Art Bericht, wie sie sich benommen hatten. Lila wüsste nicht, was er bei ihnen hätte monieren können. Nach fünf Minuten war Adam weg, die Haustür abgeschlossen, und sie warteten immer noch in dem Flur, der aussah wie ein Museum: vollgestopft mit zimmerhohen Vitrinen, in denen alle möglichen Tassen und Teller standen, die ziemlich teuer wirkten. Valentina brachte sie ins Wohnzimmer, bot ihnen einen Platz auf dem grünen Sofa an und schenkte sich einen dreifachen Wodka ein. Lila und Ioana tauschten vorsichtige Blicke.

»Es gibt fünf Regeln in diesem Haus«, sagte Valentina, die sich ihnen noch nicht einmal vorgestellt hatte. Sie trank einen Schluck aus dem dicken geschliffenen Glas.

»Erstens: Ihr verlasst das Haus nicht ohne meine Erlaubnis.«

Valentina kratzte sich am Hals und dann durch das fleckige T-Shirt unter der Brust.

»Zweitens: Wenn ihr nicht esst oder auf der Toilette seid, bleibt ihr auf euren Zimmern.«

Lila starrte auf ihre Knie. Ihre Stimme klang vordergründig freundlich, aber es schwang eine Bedrohung mit, die ihr sagte, dass es besser sei, sich an die Regeln zu halten.

»Drittens: Es ist meine Aufgabe, euch auf euren Job vorzubereiten, aber darüber hinaus bin ich weder eure Mutter noch eure Freundin.«

Valentina mochte einmal eine gut aussehende Frau gewesen sein, aber das Leben hatte ihr zugesetzt. Man sah es an den stumpfen Haaren und der Art, wie sie das Glas hielt.

»Viertens: Haltet euch niemals für etwas Besseres, denn dann sorge ich dafür, dass ihr dorthin zurückgeschickt werdet, wo ihr hergekommen seid. Und auf der Rückfahrt wird Adam nicht mehr so nett zu euch sein.«

Spätestens jetzt, da die Drohung offen ausgesprochen im Raum stand, war jede Nettigkeit aus ihrer Stimme gewichen. Lila war verängstigt und erleichtert zugleich, immerhin wusste jetzt jeder, worauf es ihr ankam.

»Fünftens: Ich habe immer das letzte Wort«, sagte Valentina. Sie nahm das Glas mit dem Wodka in die linke Hand und reckte ihren Zeigefinger Richtung Mascha: »Du, eins.« Dann zu Zalina: »Du, zwei.« Zu Ioana: »Du, drei.« Und schließlich auf Lila: »Du, vier.«

»Eins und zwei ziehen ins linke Zimmer, drei und vier ins rechte. Ihr habt fünfzehn Minuten zum Auspacken, danach gibt es Suppe. Ihr müsst hungrig sein.«

»Was hältst du von ihr?«, fragte Lila flüsternd, als sie in ihrem neuen Zuhause alleine waren. Im Gegensatz zu den Matratzen in ihrem Bukarester Apartment gab es hier echte Betten aus Holz. Ioana testete die Federung, indem sie darauf wippte.

»Die Betten sind weich«, sagte sie schließlich.

»Sie ist betrunken«, sagte Lila.

»Und wenn schon«, sagte Ioana achselzuckend, »meine Mutter ist auch ständig betrunken, wenn sie zu Hause ist.«

»Aber die Nummern«, sagte Lila. »Ich finde das seltsam.«

»Hauptsache, sie bringt uns bei zu modeln. Mir ist es egal, ob sie meinen Namen kennt. So sympathisch ist sie nun auch wieder nicht.«

Lila lächelte. Bei allem Zweifel an Valentina hatte Ioana den Nagel auf den Kopf getroffen.

»Drei und vier!«, rief Valentina laut aus der Küche. Lila zog eine Augenbraue hoch. Sie hatten gerade einmal die Reißverschlüsse ihrer Taschen aufgezogen.

»Drei und vier!«, rief Valentina noch einmal. Sie schrie jetzt beinahe, der Alkohol hatte ihre Sensibilität für Lautstärke aufgelöst. Lila und Ioana trabten in die Küche. Valentina lehnte am Herd, eine Hand als Stütze auf der Arbeitsfläche, darin ihr Wodkaglas. In der Spüle standen zwei Dosen mit bunten Etiketten.

»Tisch decken!«, sagte Valentina und deutete mit einem Kopfnicken auf einen der Schränke.

Lila öffnete die braune Holztür. Darin fand sie jede Menge Schalen und Teller. Sie warf einen Blick in den Topf und erkannte eine Nudelsuppe. Also Suppenteller. Sie zählte fünf ab und reichte sie Ioana.

»Für mich nicht«, sagte Valentina. »Ich hab schon gegessen.« Dazu reckte sie den Wodka in die Luft.

Ioana trug das Geschirr zu dem kleinen Tisch, der in der Mitte des Raums stand. Valentina deutete mit dem Glas auf eine Schublade links von den Kochplatten. Die Suppe roch verführerisch, stellte Lila fest und griff in den Besteckkasten. Deutschland schien ein Land zu sein, in dem alles im Überfluss vorhanden ist. Es gab mindestens zehn Gabeln und noch mehr Messer, obwohl am Esstisch niemals mehr als fünf Leute Platz gefunden hätten. Lila legte die blank polierten Löffel neben die Teller und setzte sich.

»Eins und zwei!«, rief Valentina und stellte den Suppentopf auf den nackten Tisch. »Essen!«

Mascha und Zalina setzten sich wortlos neben sie, während Valentina stehen blieb und sich eine Zigarette anzündete. Sie warf das Feuerzeug zurück auf die Fensterbank. »Esst!«, sagte sie. »Die Postkarten schreiben wir morgen.«

Sie würden Postkarten nach Hause schicken dürfen? Lila dachte an ihre Bunică. Und an ihr Lächeln, wenn sie eine Postkarte von Lila aus Deutschland bekäme. Sie tauchte den Löffel in die Suppe und führte ihn langsam zum Mund. Es sah wie eine einfache Hühnersuppe aus, aber darin befanden sich auch Fleischstücke und Nudeln. Beim Umrühren entdeckte sie Gemüse und Zwiebeln. Es war eine unglaubliche Verschwendung. Und es schmeckte köstlich. Es war vermutlich die beste Suppe, die Lila jemals gegessen hatte. Außer vielleicht die eine auf der Hochzeit von Jiri, aber die war etwas ganz Besonderes gewesen – und Lila erst acht Jahre alt. Trotzdem hatte sie den Geschmack dieser Suppe nie vergessen. Wie reich musste ein Land sein, das seinen Besuchern als Willkommensgeschenk nachts um zwei diese Köstlichkeit anbot? Vielleicht hatte das Leben der betrunkenen Valentina übel mitgespielt, und ein schlimmes Schicksal hatte sie so verhärmt werden lassen. Denn immerhin servierte sie ihnen diese Suppe. Und wer solch eine Suppe kochen kann, kann kein schlechter Mensch sein.

KAPITEL 46

München, Deutschland
Freitag, 12. Juli 2013, 18.34 Uhr
(am Abend desselben Tages)

Paul Regen passierte die Sicherheitsschleuse am Flughafen eine Stunde vor Abflug. Unter dem Glasdach des Terminals 2 hatte sich die Hitze des Tages angestaut, und er schwitzte, obwohl er statt mit einem großen Koffer nur mit seinem Weekender reiste. Paul Regen schätzte leichtes Gepäck, im Leben wie beim Reisen. Und natürlich verbrachte er das Wochenende vor seinem Termin mit Comisario Jaime Zubiri in der Sonne. Sosehr er sein München liebte, war nichts dagegen einzuwenden, sein Bier ausnahmsweise in einer anderen Stadt zu trinken, die zudem eine der liebenswertesten war, die er je besucht hatte. Flug LH 1816 brachte ihn nach Dienstschluss in Deutschland bis einundzwanzig Uhr dreißig nach Spanien, und um spätestens dreiundzwanzig Uhr würde er vor einer Auswahl Tapas und einem Bier an einer Bar sitzen. Er stellte die Ledertasche auf einen Stuhl vor Gate G 11 und holte sich am Ständer neben dem Kaffeeautomaten eine Süddeutsche. Wie immer las er zuerst das Streiflicht, das heute mit Walter von der Vogelweide um das Schmunzeln der Leser warb.

Beim Boarding stellte Paul Regen fest, dass er einen Sitz mit extra viel Beinfreiheit ergattert hatte, und musste lächeln. Adelheid Auch war nicht nur eine brillante Rechercheurin, was ihre Fälle anging, sie wusste sogar, welche Plätze in einem Flugzeug die begehrtesten sind. Und das in der Holzklasse. Paul Regen beschloss, sie bei Gelegenheit nach ihrem Zaubertrick zu fragen. Der München-Teil der Süddeutschen lugte ungelesen hinter der Seite drei hervor, aber Paul dachte an die Unterlagen, die ihm Adelheid Auch zusammengestellt hatte und die noch in seiner Tasche schlummerten. Er seufzte und stellte fest, dass er wohl nicht umhinkam, den Flug und einen Teil seines Wochenendes mit Recherche zu verbringen. Paul Regen hatte lange bei der Sitte gearbeitet, teils als verdeckter Ermittler, aber er war nicht gerade ein ausgewiesener Experte, was Serienmörder anging. Falls sie es tatsächlich mit einem zu tun bekamen, würde er mehr aufbieten müssen als die paar Brocken von den Fortbildungen. Nicht, dass er erwartete, zum Profiler zu werden. Paul Regen würde den Fall so weit untersuchen, bis die Mordserie nachgewiesen war, und danach alles an kompetentere Kollegen übergeben. »Die Holmes-Typologie in der kriminologischen Praxis«, las Paul auf dem ersten Deckblatt. Es versprach, kein spannender Flug zu werden. Er sollte sich täuschen.

Was Paul Regen bereits wusste: Der komplexeste Schritt zur Identifikation eines Serienmörders ist das Aufdecken der Mordserie an sich. Wie bei seinem Arm verlieren sich die meisten als Einzeltaten auf den Stapeln ungelöster Fälle der Polizeipräsidien. In Deutschland werden jährlich etwa 800 erfolgreiche Verbrechen gegen Leib und Leben im Jahr verübt. Das FBI schätzt, dass etwa ein Prozent aller Morde von Serienmördern begangen werden, was etwa acht in zwölf Monaten entspräche. Bei vielen Serienmördern liegen Jahre zwischen ihren einzelnen Taten, sodass davon auszugehen war, dass zu jeder Zeit etwa zehn von ihnen aktiv waren.

Alleine in der Bundesrepublik. Für jedes weitere Land der EU galten ähnliche Quoten. Die Aufklärungsrate war relativ schlecht, da die Täter in aller Regel keine enge Beziehung zu ihren Opfern hatten, sie meist nicht einmal kannten. Die Polizei durfte sich nicht wie sonst üblich auf die Suche nach einem Motiv konzentrieren, da dieser Teil der Ermittlungen kaum Erfolg versprechend war. Und das, obwohl jeder Kriminalkommissar nichts mehr liebte als eine schlüssige Begründung. Letztlich stellte sich die Kriminalpolizei mit ihren Ermittlungsmethoden selbst ein Bein. Kein Motiv, kein Täter. Glücklicherweise war der Großteil der Serienmörder nicht eben hochbegabt, recht häufig lag ihr Intelligenzquotient sogar weit unter dem Durchschnitt. Sie mordeten, weil eine Frau, die sie im Bus trafen, einen rot gepunkteten Rock trug, aus welchem Grund auch immer sie das störte. Die Dummen wurden gewissermaßen trotzdem gefasst.

Was Paul Regen nicht wusste: Bei Weitem nicht alle Serienmörder sind weiß, männlich und sexuell motiviert. Vor allem hinsichtlich ihrer Motive scheint es keine Einschränkungen zu geben: Macht, Sex, Habgier, eine Psychose, der Drang, die Welt von Homosexuellen zu befreien – es hatte in der Geschichte anscheinend jede nur denkbare Erklärung für ihre Gräueltaten gegeben.

Als die Becher eingesammelt wurden, klappte Paul Regen die Akten zu. Zumindest fühlte er sich einigermaßen vorbereitet. Einiges, was er gelesen hatte, stützte seine Theorie: die identischen Flüssigkeiten, die sauber abgetrennten Gliedmaßen, der offensichtliche Lerneffekt des Täters von seinem Arm bis zu dem Kopf in Schweden. Allerdings gab es nach wie vor einen gewichtigen Aspekt, der gegen seine fixe

Idee sprach: die Unterschiede zwischen den Opfern. Männer, Frauen, ihr unterschiedliches Alter, unterschiedliche Berufe, verschiedene Länder, es schien einfach keine Gemeinsamkeiten zu geben. Und das würde bedeuten, dass eine sexuelle Motivation beim Täter nahezu ausgeschlossen war. Serienmörder waren entgegen ihrer medialen Präsenz in skandinavischen und amerikanischen Krimis ein sehr seltenes Phänomen. Täter ohne sexuelle Motivation waren noch viel seltener. Eines jedoch ließ Paul Regen glauben, dass er die Wette mit Kriminaldirektor Wochinger doch noch gewinnen könnte: Ein Serienmörder, der systematisch über europäische Grenzen hinweg mordete, war seines Wissens nach erst einmal gefasst worden – was einem äußerst unwahrscheinlichen Zufall zu verdanken war. Das Schengener Abkommen war 1995 in Kraft getreten. Im Laufe der Jahre waren immer mehr Schlagbäume zwischen europäischen Staaten abmontiert worden. Und damit entfiel jegliche Kontrolle bei Grenzübertritten. Bei diesem langen Zeitraum und der hohen Dunkelziffer ergab sich fast schon eine statistische Wahrscheinlichkeit für Paul Regens Vermutung. Sein Bauchgefühl einmal außer Acht gelassen.

Als das Flugzeug zur Landung ansetzte, nahm die Stewardess, die ihm sein Tonic Water mit einem überaus charmanten Lächeln gereicht hatte, gegenüber seinem Sitz Platz. Er konnte kaum anders, als sie anzuschauen, und er stellte fest, dass es schon sehr lange her war, dass er diese Art von Gedanken für eine Frau gehegt hatte, die er nicht einmal kannte. War es sein erster echter Fall seit Jahren, der seinen Instinkt aus dem Sumpf an Perspektivlosigkeit gezogen hatte? Paul Regen wusste es nicht, aber er fand sie zweifellos attraktiv. Sie mochte vielleicht Ende dreißig sein, trug aber ihre Haare zu einem dicken, jugendlichen Zopf geflochten. Und sie färbte die paar grauen Strähnchen nicht, was Paul Regen ausnehmend gut gefiel. Sie steckte natürlich in dem obligatorischen Lufthansa-Kostüm, was irgendwie immer noch nach großer, weiter Welt aussah, obwohl der Glamour des Fliegens längst vergangen war und die meisten von ihnen über die Bezeichnung Saftschubse herzlich lachen würden. Diese bestimmt, vermutete Paul Regen.

»Vielen Dank für diesen überaus angenehmen Flug, Vera«, sagte Paul Regen und zwinkerte.

»Bitte, gerne«, sagte Vera Teichfischer. Namensschilder können verdammt praktisch sein, entschied Paul Regen.

Der Airbus A321 ruckelte durch die Wolkendecke über Barcelona. Paul Regen schaute über den freien Platz neben sich auf die Lichter der Stadt. Vielleicht schaute er in seine Zukunft. Er dachte an Lisa Wochinger und die Wette. Wie würde er leben, wenn er seine Pension verlor? Er würde sich nicht nach Würzburg oder Ingolstadt versetzen lassen, so viel stand fest. Lieber quittierte er den Dienst. So weit sind wir noch nicht, beruhigte sich Paul Regen. Heute ist heute, Paul. Und zum ersten Mal seit über zehn Jahren fragte er eine wildfremde Frau, ob sie mit ihm ausgehen würde. Vera würde, obwohl sie es nicht durfte. Das waren die besten Voraussetzungen für alles, sagte Paul Regen später beim Abendessen. Und er sollte recht behalten.

KAPITEL 47

Den Haag, Niederlande
Sonntag, 14. Juli 2013, 14.24 Uhr (zwei Tage später)

Solveigh hielt mit dem Rennrad vor den beiden funkelnden Glasbauten im Binckhorst, einem Industriegebiet in Den Haag. Die gut 65 Kilometer von ihrer Wohnung in Amsterdam waren ein gutes Pensum für einen Sonntag, dessen Rest sie vermutlich in einem Konferenzraum verbringen würde. Sie warf einen Blick auf das Firmenschild: »nederlandse zuivel organisatie«, die Vereinigung der holländischen Milchbauern. Tatsächlich sahen die kleinen Türme aus Glas aus wie zwei ineinandergeschobene Tetrapaks. Ein Scherz des Architekten, den der kollektive Schwachsinn eines Bürokratengremiums abgesegnet hatte. Sie mochten vielleicht acht Stockwerke haben. Was hätte eine Milchbauernvereinigung auch viel zu organisieren?, fragte sich Solveigh. Was hatte sie überhaupt zu organisieren außer der Werbung für die Kategorie Milch, was ungefähr darauf hinauslief, Anzeigen fürs Trinken an sich zu schalten. Solveigh schloss ihr Rad an eine Säule vor dem Haupteingang und betrat die Halle.

In einem Brunnen plätscherte Wasser über braune Steine, dahinter wuchs eine undefinierbare Blätterpflanze in die Höhe. Vor dem Aufzug, der sich in dem Zusammenschluss der beiden Türme befand, entdeckte Solveigh ein vertrautes Gesicht: Michael. Der Kollege von der Sicherheitsschleuse im Krankenhaus. Offenbar hatte Will Thater sein Schutzpersonal trotz des beinah erfolgreichen Anschlags nicht ausgewechselt. Die Begrüßung fiel kaum weniger frostig aus als damals. Was war nur mit der ECSB los?, fragte sich Solveigh, als Michael ihre Jericho kassierte und sie durch den Metalldetektor treten ließ.

»Codewort?«, fragte ihr Kollege, nachdem der Alarm ausgeblieben war.

»ELMSFEUER«, seufzte Solveigh.

»Hast du die Software schon aufgespielt?«

»Welche Software? Ich war bis vorgestern in Bukarest bei einem Fall und …«

»Steck dein Handy hier dran«, forderte Michael und tippte einen Befehl in seinen Computer.

»Soll das etwa unser neues Hauptquartier werden?«, fragte Solveigh und nahm das Handy mit der neuen Software in Empfang.

Michael zuckte mit den Schultern: »Ohne die App kommst du in Zukunft hier nicht mehr rein«, sagte er.

Solveigh schüttelte den Kopf ob der Wortkargheit ihres Kollegen.

»Du musst sie aktivieren«, sagte er.

»Willkommen, Agent Lang«, sagte die Stimme aus dem Telefon. »Ihr Termin wurde bestätigt. Bitte betreten Sie den Fahrstuhl.«

»Was soll das, Michael?«, fragte Solveigh.

»Du wirst schon sehen«, sagte er zum ersten Mal mit dem Anflug eines Grinsens.

Die Fahrstuhlkabine war hell und wies keinerlei Steuertafel auf. Während sich Solveigh noch wunderte, setzte sich der Aufzug in Bewegung. Sie warf einen Blick auf das Display ihres Handys. Die App zeigte, dass sie sich im Fahrstuhl befand, aber nicht in welchem Stockwerk.

Als die Kabine hielt, öffneten sich alle vier Seiten gleichzeitig. In jeder Himmelsrichtung lag ein identischer achteckiger Raum, mit grauem Teppichboden, weißen Wänden und drei Türen.

»Bitte folgen Sie dem Pfeil«, sagte die App, und der Bildschirm zeigte einen roten Pfeil, der grün wurde, sobald sie sich in die richtige Richtung drehte. Solveigh öffnete die angegebene Tür und betrat einen kurzen Gang, zu dessen anderer Seite wiederum ein achteckiger Raum lag. Sie bog in einem 45-Grad-Winkel nach links ab. Das Gebäude ist aus Oktaedern aufgebaut, sinnierte sie, während sie die immergleichen etwa fünf Meter langen Wände betrachtete, von denen jede zweite jeweils eine Tür in der Mitte hatte. Ein Labyrinth, in dem man binnen Minuten die Orientierung verlor. Keine Wand war von der anderen zu unterscheiden, eine Beschriftung war nicht zu entdecken. Sie ahnte, was Will Thater damit bezweckte. In diesem Gebäude wäre es unmöglich, sich ohne die App zurechtzufinden. Und demnach wäre es ebenso unmöglich, hier einen gezielten Anschlag auf ein einzelnes Büro zu verüben. Nach etwa neun Gängen – Solveigh hätte nicht sagen können, ob sie mittlerweile wieder in einem Raum neben dem Fahrstuhlschacht angekommen war oder sich schon in dem anderen der beiden Türme befand – meldete die App, dass sie ihr Ziel erreicht hatte. Sie warf einen Blick auf die Uhr. Sie war zu früh. Das Türschloss summte, ohne dass Solveigh die Klinke berührt hatte.

»Solveigh«, sagte Will Thater. »Willkommen!«

Die Augenringe waren verschwunden. Er stand hinter einem großen schwarzen Tisch, der ebenso achteckig war wie die Räume. Es war keine besonders schöne Form, aber Solveigh erkannte den Pragmatismus dahinter.

»Der Verband der Milchbauern? Soll das etwa unser neues Büro werden?«, fragte Solveigh und setzte sich neben Eddy, ihre rechte Hand. Eddy lächelte ihr zu. Eine formelle Begrüßung war überflüssig, sie hatten vor drei Stunden miteinander telefoniert, um sich auf das Meeting vorzubereiten.

Will Thater grinste: »Es ist denkbar«, sagte er. »Wobei erst eines der Stockwerke fertig ist und in dem Fall auch eher die Fassade. Dieser Raum ist der einzige, der tatsächlich funktioniert.«

Eddy tippte auf seinem Computer herum: »Ich find es prima«, sagte er. »Vor allem ist es behindertengerecht. Sogar aufs Dach kommt man mit dem Rollstuhl.«

Das Dach war schon in ihrem alten Büro Eddys Lieblingsplatz gewesen, aber dort hatten sie extra eine Rampe für ihn installieren müssen.

»Innerhalb eines Monats?«, fragte Solveigh. »Respekt!«

»Nicht ganz«, gab Will Thater zu. »Ohne ins Detail gehen zu wollen: Die Pläne gab es schon länger.«

Solveigh tauschte einen Blick mit Eddy, der immer noch mit seinem Laptop beschäftigt war.

»Warte, bis du das siehst«, sagte er und drückte einige Tasten. Die Beleuchtung verdunkelte sich, und auf den vier Wänden ohne Türen erschienen Bilder und Computeranimationen. Eines zeigte ein Video von einem kleinen nachtaktiven Lemuren, der eine Banane verspeist.

»Cool, was?«, fragte Eddy.

»Hochauflösende LCDs«, murmelte Solveigh. Nicht gerade eine Weltsensation, aber für einen Nerd wie Eddy war jeder Pixel mehr Anlass zu einem Freudentanz.

»Eddy!«, mahnte Will Thater.

»Okay, okay«, sagte Eddy und stellte die Animationen wieder ab.

»Anstatt einem Affenbaby beim Essen zuzusehen, würde ich lieber besprechen, wie wir den Taccolas das Handwerk legen«, sagte Will Thater.

»Sie sind bestens organisiert, Will. Wirklich. Wir haben jeden Stein umgedreht, den wir ihnen zuordnen konnten, und keine Stelle gefunden, an der wir einen Hebel ansetzen könnten«, sagte Solveigh und wusste, dass Frust in ihrer Stimme mitschwang.

»Ich habe ein Dossier über die Familie, das ist so lang wie sämtliche Verordnungen der EU in einem Buch«, fügte Eddy hinzu. »Aber alle, die mit Nachnamen Taccola heißen, haben auf dem Papier blütenreine Westen.«

»Wir können Jahre damit zubringen, die kleinen Fische zu fangen, und immer, wenn uns einer ins Netz geht, setzen die Taccolas zwei neue aus …«

Will Thater klopfte mit dem Stift auf den Tisch: »Und wenn ihr mit der dämlichen Vorrede fertig seid, dann sagt ihr mir euren Vorschlag, oder wie darf ich das verstehen?«

Eddy grinste. Er hatte vermutet, dass die Taktik, es erst als unmöglich hinzustellen, nicht aufgehen würde. Solveigh hatte darauf bestanden, weil sie befürchtete, dass Will Thater ihrem Plan andernfalls nicht zustimmen würde.

»Hast du nicht gesagt, wir sollen nach den alten Grundsätzen arbeiten? Kreativität, Improvisation und Täuschung?«

Will Thater nickte im Takt zum Klopfen des Kugelschreibers: »Raus mit der Sprache, wenn ich bitten darf.«

Solveigh warf einen Seitenblick zu Eddy, der daraufhin seinen Computer beackerte. Auf den in die Wand eingelassenen Bildschirmen erschienen Bilder und Grafiken, die Solveighs Vorschlag untermauern sollten.

Das Bild der Taccola-Villa in San Luca, auf der zweiten Wand ein Organigramm ihrer wichtigsten Firmenbeteiligungen.

»Die Taccolas sind im Kern ein Wirtschaftsunternehmen«, referierte Solveigh. »Das Problem ist, dass es unmöglich ist, die Verflechtungen komplett aufzudecken, weil sie nicht einmal an allen Firmen, die sie kontrollieren, auch unmittelbar beteiligt sind.«

Einige Teile des Organigramms lösten sich in Luft auf.

»Ihre Aktivitäten ziehen sich wie ein Netz von ihrem Stammhaus in San Luca über ganz Europa bis in den Nahen Osten. Es gibt alleine sechshundert direkte Firmenbeteiligungen, die Eddy schon recherchiert hat, die wahre Anzahl dürfte in die Tausende gehen.«

An den Wänden des Konferenzraums erschienen Bilder von Firmengebäuden: teure Restaurants, Import-Export-Betriebe, Lastwagen von Speditionen, kleine Pizzerien und Nachtklubs.

»Ein großer Teil davon geht rein legalen Geschäften nach oder wäscht Geld für die illegalen Aktivitäten, was jedoch kaum nachzuweisen sein wird.«

An der Wand verschwanden über drei Viertel der Fotografien.

»Unser Vorschlag ist, sie auf der Ebene zu schlagen, auf der sie unbesiegbar erscheinen. Und wir müssen direkt im Herzen ihrer Organisation damit anfangen. Im Nest der Krähen.«

Es erschienen wieder das Bild der Taccola-Villa in San Luca mit dem roten Ziegeldach, die unschuldig an einem

Berghang klebte, und das eines Mannes, den ihr Ugo Bonardi als Buchhalter der Familie vorgestellt hatte: Sergio Taccola.

»Wir greifen sie bei ihren Finanzen an«, sagte Solveigh. »Wir attackieren ihre Geldflüsse, lassen Quellen versiegen, mit denen sie ihre Mittelsmänner bezahlen. Und damit legen wir auch ihm das Handwerk.«

Die Villa verschwand und wurde durch das Bild eines zweiten Mannes ersetzt: Matteo Taccola, der Chef der illegalen Aktivitäten und derjenige, der sich mit Vanderlist vor dem Attentat auf ihre Zentrale am Bahnhof von Neapel getroffen hatte.

»Matteo Taccola ist der Kopf hinter dem Menschenhandel, den Drogen und den Waffen. Er ist derjenige, der den Anschlag auf uns organisiert hat und der den Befehl gab, unsere Leute abzuschlachten. Wenn wir seine Organisation trockenlegen, zerstören wir das Geschäft der Taccolas.«

Solveigh verschränkte die Arme. Der Stift von Will Thater klopfte zumindest nicht mehr auf die Tischplatte. Die Bilder verschwanden.

»Und der Chef der Bande?«, fragte Will.

»Der ist alt. Der hat keine Zeit mehr, eine neue Organisation aufzubauen. Er wird mit ihr untergehen. Kein Geld, keine illegalen Aktivitäten. So einfach ist das, wenn die organisierte Kriminalität einmal diese Größenordnung erreicht hat.«

»Du willst sie pleite gehen lassen?«, fragte Will. »Und das soll so einfach sein?«

»Nun ja«, gab Solveigh zu, »ein wenig Chuzpe brauchen wir schon, wenn wir das wirklich durchziehen wollen …«

Will Thater stand auf und begann, um den Tisch herumzulaufen.

»Zeig mir noch einmal die drei Familienoberhäupter«, bat er Eddy.

Sein Computer warf die drei an die Wand: Den dreiundfünfzigjährigen Sergio Taccola, der aussah wie ein Steuerberater mit einem ergrauten, kurz geschorenen Haarkranz. In der Mitte das Oberhaupt: Adriano Taccola, den Siebzigjährigen mit dem langen grauen Kraushaar, aufgenommen auf dem Rücksitz seiner Limousine. Und schließlich den jüngeren, smarten Matteo, der sich braun gebrannt auf der Terrasse der Familienvilla in einem Stuhl rekelte.

»Erzählt mir, wie ihr es anstellen wollt«, sagte Will Thater.

»Wir müssen jemanden gehörig unter Druck setzen«, sagte Solveigh.

»Du meinst erpressen«, warf Will ein.

»Wenn es gar nicht anders geht«, sagte Solveigh. »Wir müssen herausfinden, wer in der italienischen Politik, am besten sogar noch in Brüssel auf der Gehaltsliste der Taccolas steht.«

»Und ihr glaubt, da gibt es jemanden?«, fragte Will.

»Es gibt sogar drei mögliche Kandidaten«, antwortete Eddy. »Diese Datensammelkrake der NSA ist wirklich erstaunlich …«

»Es sei denn, du gerätst selbst hinein«, ätzte Solveigh, die sich vorgenommen hatte, die Information ein zweites Mal zu besorgen, um Prism nicht anzapfen zu müssen. Selbst ihr als Staatsbedienstete wurde die NSA langsam unheimlich.

Will seufzte: »Heben wir uns die moralische Diskussion bitte auf, bis wir den Fall gelöst haben. Also: Wer sind die Informanten der Taccolas?«

»Wir haben eine Liste von möglichen Kandidaten, sind

uns aber bei keinem von ihnen sicher. Einer arbeitet bei der Europäischen Zentralbank in Frankfurt, einer ist EU-Parlamentarier in Brüssel, und der Dritte ist Direktor im italienischen Finanzministerium«, sagte Eddy.

Thater starrte Solveigh an: »Das ist nicht euer Ernst!«

»Ich befürchte doch«, sagte Solveigh und grinste. »Und zufällig nehmen zwei von ihnen am Mittwoch an derselben Konferenz teil. Ich nenne das eine gute Gelegenheit.«

»Und was sollen diese Leute, die mit absoluter Sicherheit in Brüssel bestens verdrahtet sind und die ihr erpressen wollt, für uns tun?«, fragte Thater nicht ohne einen gewissen Sarkasmus.

»Wir wollen sie nicht erpressen, Will«, sagte Eddy. »Wir wollen Sie überreden, uns zu helfen.«

»Und«, fügte Solveigh hinzu, »sie sollen nur ein Gerücht bei den Taccolas streuen. Ein klitzekleines Gerücht, mehr brauchen wir nicht.«

KAPITEL 48

Dortmund, Deutschland
Montag, 15. Juli 2013, 8.34 Uhr (am nächsten Morgen)

»Warum sollen wir Urlaubskarten schreiben, auf denen Paris abgebildet ist?«, fragte Lila.

»Sie hat doch gesagt, sie hat keine anderen«, sagte Ioana und schrieb eifrig ihre fünfte Postkarte an ihre Großeltern. »Jetzt mach schon, du weißt, um zehn kommt der Fotograf.«

Ja, der Fotograf, dachte Lila. Ihr erstes Fotoshooting. Valentina hatte es organisiert. Obwohl sie Lila, Ioana, Mascha und Zalina immer noch als Nummern bezeichnete und viel trank, konnten sie sich nicht beschweren. Sie wurden mit Essen versorgt, sie hatten ein richtiges Bett und jetzt sogar ihren ersten Modelauftrag. Aber obwohl es Lila ja tatsächlich bis nach Deutschland geschafft hatte, verließ sie sich immer noch am liebsten auf die Logik. Und die sagte ihr, dass etwas faul daran war, einen Stapel Postkarten mit Motiven aus anderen Städten zu beschriften, weil angeblich später keine Zeit mehr dafür war. Weil Models ständig unterwegs sind, aber ihre Eltern doch wissen müssten, dass es ihnen gut geht. Sie würden all diese Städte zu sehen bekommen, hatte sie ihnen versprochen. Valentina hatte gesagt, sie würde immer die Karten zur Post bringen, die ihren nächsten Aufenthaltsort zeigten. Sie sagte, ihr Vater habe ihr immer Karten aus dem Flugzeug geschickt, wenn er auf Reisen war, und weil der Flieger sie mit zurücknahm, waren sie schneller wieder da als er. Lila hielt das für eine merkwürdige Geschichte von einer Frau, die Rumänisch sprach und Mitte vierzig sein musste. Sie glaubte ihr kein Wort. Valentina behauptete, das Wichtigste sei doch, dass ihre Familien wüssten, dass es ihnen gut geht. Und sie fragte, was das Problem dabei wäre, eine Postkarte ein paar Wochen früher zu beschriften? Als ob das etwas ändern würde. Lila fand, das änderte eine ganze Menge.

»Jetzt schreib schon«, sagte Ioana. »Was ist denn schon dabei?«

Das hätte Lila auch gerne gewusst. Seufzend füllte sie ihre Postkarten mit nichtssagendem Text.

»Ich weiß nicht, Ioana«, sagte Lila, als sie fertig waren.

»Ach, komm schon. Heute fängt unsere Karriere an«, sagte sie und schlang ihren Arm um sie. Sie wuschelte ihr durchs Haar. »Du siehst toll aus«, sagte sie.

Eine Stunde später klingelte es an der Tür. Lila, Ioana, Mascha und Zalina warteten im Wohnzimmer, wie Valentina es von ihnen verlangt hatte. Der unbekannte Besucher und Valentina sprachen Deutsch miteinander. Sie lachte kehlig, als sie durch den Flur liefen. Der Mann war dick, er schwitzte stark. Er trug eine riesige Kamera um den Hals und eine große Reisetasche in der Hand.

»Das ist Mark«, sagte Valentina. Es folgten ein Satz auf Deutsch und wieder dieses Lachen, das Lila falsch vorkam.

»Unu, doi, trei und patru«, sagte Valentina und deutete auf die Mädchen.

»Unu, doi, trei und patru?«, wiederholte Mark. Sein Akzent machte klar, dass er noch niemals zuvor ihre Sprache gesprochen hatte. Valentina nickte und füllte ihr Glas mit Weinbrand. Sie bot Mark auch eines an, aber der deutete auf seine Armbanduhr und lehnte ab. Dann musterte er sie von Kopf bis Fuß. Im Gegensatz zu dem Mann mit der goldenen Uhr in Bukarest war es Lila unangenehm, wie er sie ansah. Sie glaubte, etwas in seinen Augen zu sehen, das nichts Gutes bedeuten konnte.

»Patru!«, sagte er in dem Rumänisch, das keins war. Dazu winkte er mit der Hand in seine Richtung. Lila zitterten die Knie, als sie vortrat. Er winkte weiter, bis sie direkt vor ihm stand. Sein Atem roch nach rohem Fleisch und Zwiebeln und seine Hände nach verschwitzten Münzen. Er fuhr ihr mit der Hand über die Rippen, dann über die Hüfte. Er nuschelte etwas, das klang, als ob ihm gefiel, was er betatschte.

Er beugte sich zu der Tasche, die auf dem Boden neben ihm stand. Er zog ein schwarzes Kleid heraus und ein Paar Strümpfe mit Spitze, dazu ein paar schwarze Schuhe. Er drückte es Lila in die Hand, die ängstlich zu Valentina und Ioana blickte.

Valentina sagte: »Na, zieh es an!« Und deutete in Richtung von Lilas Zimmer.

Lila nahm das Kleid unter den Arm und die Schuhe in die Hand. Vor ihrem Bett betrachtete sie noch einmal den Stapel mit Postkarten und griff zu dem Stift, um eine Kleinigkeit hinzuzufügen. Dann zog sie sich aus.

Als Ioana ins Zimmer kam, hatte sie gerade die Strümpfe angezogen, die sich sehr dünn und sehr teuer anfühlten. Sie stand halb nackt in der Mitte des Raums und sah ihre Freundin an.

»Zeig mal deins«, sagte Lila.

Ioana hielt ein silberfarbenes Paillettenkleid in die Luft.

»Deins ist viel schöner«, sagte Lila.

»Unfug«, sagte Ioana und hob das schwarze Kleid vom Boden auf. »Jetzt mach schon!«, sagte sie und zog sich aus. »Wir brauchen die Fotos!«

Lila zog das Kleid über den Kopf. Der Stoff fühlte sich kühl an auf der Haut. Sie schlüpfte in die Schuhe.

»Wahnsinn«, sagte Ioana.

»Du meinst, wir kriegen das hin?«, fragte Lila.

»Na klar«, sagte Ioana, während sie mit den Trägern des Paillettenkleids kämpfte. »Sie zu, dass du rüberkommst, sie warten schon auf dich.«

»Du kommst auch gleich, oder?«, fragte Lila.

»Klar. Und jetzt los!«

Mark hatte eine der Wohnzimmerlampen in die Mitte des Raums gerückt. Als Lila das Wohnzimmer betrat, sagte er etwas zu Valentina, die dazu nickte und einen Schluck Weinbrand trank. Er winkte sie in die Mitte neben die Lampe.

»Du sollst dich von deiner besten Seite zeigen, sagt er«, übersetzte Valentina.

Lila probierte einige der Posen, die sie mit Ioana einstudiert hatte. Der Spiegel seiner Kamera klickte.

Eine Hand auf den Haaren, den Blick nach oben gerichtet. Klick. Eine Hand in der Hüfte, das Bein ausgestellt. Klick. Klick. Klick. Sie fühlte sich etwas wackelig in den leicht zu großen Schuhen, aber nach einer Weile klappte es besser. Als Ioana, Mascha und Zalina zurück waren, stellte sie sich vor, dass sie sich nur für Ioana zeigte. Wie in den Zeitschriften, die sie wieder und wieder angeschaut hatten, um sich auf die Modeljobs vorzubereiten.

Sie lachte, als sie daran dachte, wie Bence schauen würde, wenn er sie hier sehen könnte. Klick. Klick.

Sie fasste sich an den Mund, Erstaunen. Klick.

Sie lief vom anderen Ende des Raums auf Mark zu. Klick, klick, klick, klick.

»Du bist ein Naturtalent, sagt er«, übersetzte Valentina und klang dabei so teilnahmslos, wie jemand klingt, der morgens zwei Gläser Weinbrand trinkt, um wach zu werden.

Lila blieb stehen. Die Scham stieg ihr ins Gesicht. Und die heimliche Freude, dass ein berühmter Fotograf aus Deutschland so etwas über sie gesagt hatte. Klick, klick, klick.

KAPITEL 49

Saragossa, Spanien
Montag, 15. Juli 2013, 9.28 Uhr (zur gleichen Zeit)

Comisario Jaime Zubiri war ein viel beschäftigter Mann. Als Paul Regen sein Büro betrat, telefonierte er auf zwei Apparaten gleichzeitig. Der Aktenstapel auf seinem Tisch hätte Adelheid Auch die Tränen ins Gesicht getrieben und bei Paul Regen Schweißausbrüche verursacht. Paul Regen stellte seine Füße unter den Tisch des Comisarios und wartete.

Eine Viertelstunde später hatte Jaime Zubiri aufgelegt, und Paul gab ihm die Hand. Jaime Zubiri hatte tatsächlich mehr Fälle auf dem Schreibtisch, als jeder deutsche Beamte in einem Jahr hätte bewältigen geschweige denn aufklären können. Trotzdem war er bereit, dem Kollegen aus Deutschland zu helfen. Und die Verständigung auf Englisch war deutlich einfacher, wenn man das Gesicht seines Gegenübers beobachten konnte.

»Kommen Sie mit«, sagte Paul Zubiri, nachdem das Telefon auf seinem Schreibtisch zum vierten Mal innerhalb weniger Minuten geklingelt hatte. »Hier hat das keinen Zweck.«

Sie fuhren in seinem alten Seat, bei dem man die Fensterscheiben noch per Hand herunterkurbeln musste und der natürlich keine Klimaanlage besaß, bis zu einem Industriegebiet am Rande der Stadt. Die vierspurige Straße schnitt durch Tankstellen, Autohäuser und kleine Industriebetriebe in flachen Betonbunkern mit großen Leuchtreklamen auf den Dächern. An einer Waschstraße lenkte Jaime den Ibiza auf einen großen Parkplatz und ließ den Wagen vor einem Baumaschinenverleih ausrollen.

»Das boomt hier, was?«, fragte Paul Regen.

»Es hat geboomt«, sagte Jaime Zubiri und riss die Handbremse bis zum Anschlag. Als er den Zündschlüssel herauszog, stellte auch die Lüftung ihren Betrieb ein. Es war heiß, zu heiß für Paul Regen.

»Sie haben gebaut und gebaut und gebaut, bis kein Geld mehr da war«, sagte der Comisario und stieg aus.

»Die Finanzkrise, ich weiß schon«, sagte Paul Regen.

»Nicht nur das«, sagte Paul Zubiri. »Bei einem Wolkenkratzer, der das höchste Gebäude Spaniens werden sollte, haben sie einfach den Aufzug vergessen. Kann man das glauben?«

Das konnte Paul Regen tatsächlich nicht glauben. Welcher Architekt könnte so bescheuert sein und bei einem Hochhaus den Aufzug vergessen? Nicht einmal der bürokratischste aller Oberbürokraten würde bei einer Inspektion zwanzig Stockwerke nach oben laufen, ohne sich zu wundern.

»Und hier hat er sie abgelegt?«, fragte Paul Regen.

Jaime Zubiri deutete auf den Bürgersteig vor dem Baumaschinenverleih.

»Hier stand alles voller Container zu der Zeit. Und ich würde eher sagen, hier hat er Ene Akiode weggeworfen.«

Paul Regen wusste, dass der Ablageort eine der entscheidenden Informationen über einen Täter liefern konnte. Er lief den Bordstein entlang. Paul kannte die Bilder aus der Akte: die rostigen roten Container, die Baustellentoiletten. In einer davon hatte man sie gefunden. Eine geöffnete Tür, weißes Plastik. Darin die hellblaue Plastikverschalung. Ihre dunklen Haare an der Seitenwand, plattgedrückt von ihrem Gesicht. Starr und ausdruckslos traten die Augäpfel aus ihren Höhlen. Glücklicherweise konnte die Auflösung der Kamera die Fliegen nicht erfassen, und die Detailbilder hatte Paul Regen sich noch nicht angesehen. Es war nicht dasselbe. Sein Arm, die Beine aus Frankreich und die beiden Köpfe waren verpackt abgelegt worden. Zwar auf unterschiedliche Art und Weise, aber der Täter war mit den Körperteilen sorgsam umgegangen. Was Ene Akiode betraf, hatte Jaime Zubiri recht: Sie war weggeworfen worden wie Abfall. Und trotzdem war ihr Körper im Gegensatz zu den anderen weitestgehend intakt gefunden worden. Und: Sie war das einzige Opfer auf Pauls länger werdender Liste mit schwarzer Hautfarbe. Mehr Gemeinsamkeiten oder mehr Unterschiede? Paul Regen brummte der Schädel von den Ungereimtheiten und der Hitze.

»Sie kam aus Nigeria«, sagte Comisario Zubiri. »War illegal hier und hat auf dem Straßenstrich angeschafft. Nach dem, was ihre Kolleginnen erzählt haben, war sie etwa seit zwei Jahren hier und durchaus beliebt. Ich habe mit ihrer Mutter telefoniert. Sie hat geweint und mir erzählt, dass Ene in ihrem Dorf einen Schönheitswettbewerb gewonnen hat, bevor sie verschwunden ist. Es war der größte Tag ihres Lebens, und dann dieses Schicksal.«

»Und sie ist tatsächlich verblutet?«, fragte Paul.

Comisario Zubiri nickte: »Wie ein Schwein bei der Schlachtung. Er hat sie aufgehängt und dann mit einem sauberen Schnitt die Arterien an den Beinen aufgeschlitzt.«

»Aber nicht hier«, vermutete Paul Regen, der sich nur an sehr wenig Blut auf den Fotos erinnern konnte.

»Nein, nicht hier«, sagte Zubiri.

Ene Akiode, du warst eine sehr hübsche Frau, dachte Paul Regen. Und es tut mir leid für dein Leben. Und dass wir so über dich reden müssen. Aber ich hoffe, du verstehst, dass wir ihn finden müssen, von wo auch immer du uns jetzt zuschaust.

»Und danach hat er ihr das Formalin gespritzt?«

»Nein, währenddessen. Durch die Halsschlagadern.«

Paul schüttelte den Kopf. Es war kaum vorstellbar, dass ein Mensch so etwas tun konnte. Sie musste noch gelebt haben.

»Vermutlich hat er sie mit Chloroform betäubt. Aber sicher ist sich unser Rechtsmediziner nicht …«

Als hätte Jaime Zubiri seine Gedanken gelesen.

»Apropos Rechtsmedizin«, sagte Paul Regen. »Können wir denen auch noch einen Besuch abstatten?«

Comisario Zubiri zuckte mit den Schultern: »Ich kann Sie bei ihm absetzen«, sagte er und warf einen Blick auf die Uhr. »Aber ich müsste dann langsam mal zurück ins Büro.«

»Natürlich«, sagte Paul Regen, verständnisvoller, als er eigentlich im Moment war. Er würde versuchen, Jaime zu einem Abendessen einzuladen. Jaime hatte ihm schon eine Kopie von Ene Akiodes Akte angefertigt, nachdem Paul aus Deutschland das von Wochinger unterzeichnete korrekte Formular mitgebracht hatte. Mehr konnte er kaum erwarten. Aber ihn interessierte etwas anderes als die Formalien.

»Comisario«, sagte er, als sie wieder in dem stickigen Seat saßen und Paul versuchte, die Lamellen des überforderten Gebläses auf seine Stirn auszurichten. »Nach allem, was ich Ihnen gezeigt habe: Glauben Sie, ich habe einen Fall?«

Jaime Zubiri fädelte sich in den Verkehr Richtung Innenstadt ein. Er hupte, als ihn ein Lastwagen schneiden wollte, und gab fluchend Gas.

»Ich würde nicht meine Pension drauf verwetten«, sagte Jaime Zubiri.

Sehr witzig, dachte Paul, hütete sich aber, etwas dazu zu sagen.

Jaime Zubiri schien nachzudenken: »Sechs so unterschiedliche Fälle? Alle in verschiedenen Ländern? Wenn ja, war es sicher ein Fernfahrer. Zumindest jemand, der berufsbedingt viel unterwegs ist und für den alle diese Orte eine gewisse Komfortzone bedeuten.«

Damit hatte der Comisario den Nagel auf den Kopf getroffen. Es hatte einmal einen solchen Fall gegeben, vor einigen Jahren. Da hatte ein Brummifahrer aus Hof Prostituierte ermordet. Über zehn Jahre lang. Und er war nur gefasst worden, weil er eine der Leichen direkt vor der Überwachungskamera einer Tankstelle entsorgt hatte. Einen solchen Fehler würde sein Phantom nicht begehen. Und Zubiri schien es zumindest nicht für ausgeschlossen zu halten, was für Paul eine Verdopplung seiner persönlichen Überzeugungsquote bedeutete – wenn er Adelheid Auch einmal außen vor ließ.

»Wir sind bei Ene immer von einem Freier hier aus der Gegend ausgegangen. Irgendeinem Perversling, der sie erst gevögelt und dann entsorgt hat, als ihm der Sex allein nicht mehr reichte oder sie sich wehrte. Sie wurde drei Wochen von ihren Freundinnen vermisst, bevor man ihre Leiche fand. Wenn es wirklich ihr Fernfahrer war, dann müsste Saragossa zweimal innerhalb von drei Wochen auf seiner Route liegen.«

»Wäre das kein Ansatz für Sie?«, fragte Paul und schöpfte Hoffnung.

»Hier gibt es eine Menge Lastwagen«, sagte Jaime Zubiri.

Paul seufzte.

»Aber ich werde dem nachgehen«, versprach der Comisario. Während Paul versuchte, den Fahrtwind mit der Hand zu fangen, dachte er an die Theorie mit dem Fernfahrer. Er würde Zubiri nicht davon abhalten, diese Spur weiterzuverfolgen. Es war besser als nichts. Aber die Opferwahl sprach gegen die Theorie von einem Sexualverbrecher. Was natürlich nicht zwangsläufig gegen den Fernfahrer sprach, aber wenn mehr dahintersteckte, könnte er auch gezielt nach seinen Opfern suchen. Wenn Paul nur dahinterkäme, was das gemeinsame Merkmal war. Und es musste ein solches Merkmal geben, das war zwangsläufig, denn es entsprach dem Grund für ihren Tod. Ohne gemeinsames Merkmal kein Grund. Und grundlos, so vielfältig auch die Motive für eine Mordserie sein mögen, grundlos waren sie niemals.

»Und Sie wollen sich das wirklich antun?«, fragte Comisario Zubiri, als er vor einem zweistöckigen Glaskasten in der Innenstadt hielt.

»Habe ich eine Wahl?«, fragte Paul Regen.

»Ich meine ja nur, weil der Kollege kein Wort Englisch spricht«, sagte Zubiri.

Paul Regen hatte gehofft, dass der Comisario ihm anbieten würde zu übersetzen. Hatte er aber nicht. Und er würde seine Gründe dafür haben. Aber Regen musste herausfinden, ob es möglich war, dass das verwendete Formalin identisch mit dem war, das der Mörder schon früher verwendet hatte, auch wenn es in Ene Akiodes Fall stark mit ihrem Blut vermischt war. Der Mörder musste beim Haltbarmachen ihrer Leiche gestört worden sein, was vermutlich auch der Grund dafür war, dass er sie als Erste komplett entsorgt hatte.

»Ich komme schon zurecht«, sagte Paul Regen und stieg aus dem Wagen.

Jaime Zubiri kurbelte die Scheibe herunter: »Es tut mir wirklich leid, Comisario Regen, aber ich habe ein Meeting. Sie verstehen das doch, oder nicht?«

Paul Regen verstand das nur zu gut und lächelte: »Haben Sie heute Abend Zeit? Vielleicht zum Abendessen?«

»Ich rufe Sie an«, versprach der Comisario und brauste davon.

Der Rechtsmediziner sprach tatsächlich kein Wort Englisch, und Paul Regen hatte Mühe, ihn davon zu überzeugen, dass er in legitimer Absicht und mit einem offiziellen Amtshilfeersuchen aus Deutschland kam. Er starrte in seinen Computer, und der Schein des Monitors spiegelte sich auf seiner Glatze, als Paul ihm die Dokumente auf den Tresen legte: »Ich muss den Leichnam von Ene Akiode sehen, bitte. Ene Akiode!« Die Frage, ob das Formalin identisch mit dem seines Arms sein könnte, hatte er längst ad acta gelegt. Die Übersetzung seines Gutachtens in Deutschland würde reichen müssen. Paul Regen formulierte eine innere Notiz, Adelheid Auch die Seiten zu faxen, als die Glatze loslegte. Er sprach derart schnell, dass einem schwindelig werden konnte. Paul Regen hatte einmal ein Spiel vom FC Barcelona in einer spanischen Kneipe gesehen, die Glatze hätte jederzeit mit dem Kommentator tauschen können. Natürlich verstand Paul Regen kein Wort. Er zog seinen Dienstausweis vom Bayerischen Landeskriminalamt aus der Tasche, was in einem weiteren einseitig geführten Wortgefecht mündete.

»Signore«, versuchte es Paul Regen, so ruhig er konnte. »Io.« Er deutete auf seine Brust. »Must see.« Er zeigte mit einem V aus Mittel- und Zeigefinger auf seine Augen. »Ene Akiode.«

Zum ersten Mal blickte die Glatze von ihrem Computer auf. Paul Regen wiederholte den einen Satz noch zweimal und schob die Papiere auf dem Tresen in seine Richtung. Die Glatze griff mürrisch danach, aber es war ihm anzusehen, was er von Deutschen hielt, die sich in seine Arbeitsabläufe einmischten. Er konnte es ihm nicht einmal verdenken.

Zehn Minuten und die erniedrigende Prozedur später, einen Schutzanzug anlegen zu müssen, was vermutlich von keinem seiner spanischen Kollegen verlangt worden wäre, zog die Glatze Ene Akiodes Leiche aus dem Kühlfach mit der Nummer 31.

Ene Akiode war eine bildschöne Frau von vierundzwanzig Jahren gewesen, ihr gleichmäßiger Teint wirkte wie warmes Ebenholz auf dem kalten Edelstahl der Schublade. Ihr Haar fiel in dunklen Wellen über ihre Schultern, und selbst im Tod strahlte sie Stolz und etwas Würdevolles aus. Die Glatze hatte sie gut behandelt, der T-Schnitt über ihrer Brust war fein zugenäht, etwas feiner, als es vermutlich notwendig gewesen wäre. Paul Regen schätzte das, denn gelegentlich vergaßen Ermittler, dass das Unnötigste im Leben der Tod eines jungen Menschen ist. Enes Körper trug die Zeichen einer Existenz am Rand der Gesellschaft: Paul zählte über zehn alte Einstichstellen, die mit Sicherheit von Drogen stammten, auf ihrem linken Unterschenkel fand sich ein selbst gestochenes Tattoo. Knasttechnik, mit einer einfachen Stecknadel und regulärer Tinte. Höllisch ungesund und höllisch hässlich, dachte Paul Regen. Hatte eines der anderen Opfer ein Tattoo gehabt? Er konnte sich an keines erinnern. Adelheid Auch würde das für ihn herausfinden. Paul blieb noch eine halbe Minute neben dem Leichnam stehen und nahm Abschied von ihrer Seele, bevor er der Glatze bedeutete, dass er die Schublade wieder schließen könne. Paul Regen glaubte an Karma. Und er war nicht überzeugt, dass mit dem Tod alles zu Ende ist. Sein Beruf war leichter zu ertragen dadurch. Und Paul Regen stellte stets sicher, dass seine Karmabilanz positiv ausfiel. Selbst wenn oder vielleicht gerade weil er dem Wochinger zu ihrem Jahrestag einen Fisch schickte.

KAPITEL 50

Brüssel, Belgien
Mittwoch, 17. Juli 2013, 21.24 Uhr (zwei Tage später)

Solveigh fuhr die in blauem Licht erstrahlende Rolltreppe des Sofitel Le Louise nach oben. Sie lief quer durch die Empfangshalle, ihre Absätze klackerten auf dem Holzboden. Sie ging gerade so schnell, um nicht von eilfertigen Angestellten nach ihrem Ziel gefragt zu werden, und langsam genug, um zu wirken, als habe sie einen harten Arbeitstag hinter sich. Sie wusste, wo sie ihre Zielobjekte finden würde.

An der Hotelbar, einem weißen Lichtblock, wie ihn der Plastikarchitekt Starck modern gemacht hatte, glitt sie auf einen der furchtbar unbequemen Barhocker. Die meisten Teilnehmer der Konferenz saßen in kleinen Gruppen auf den

Lederinseln, zwischen denen junge Kellnerinnen umherhuschten und starke Drinks servierten. Die Konferenz zur Absicherung des Euroraums gegenüber Währungsspekulationen dauerte seit heute Morgen um acht. Die Teilnehmer, die zweite Reihe europäischer Geldpolitik, waren müde. Es waren die Staatssekretäre und Abteilungsleiter aus den Finanzministerien, einige Mitarbeiter der Wirtschaftsminister, einige Assistenten. Es war kein hochoffizielles Treffen, sondern ein Arbeitsgespräch. Es ging um die Verträge hinter den Pressemeldungen, um das Geschacher innerhalb der paragrafierten Grenzen. Die meisten hatten ihren Krawattenknoten gelöst, und Solveigh wusste, dass sie nicht mehr nach dem teuren Duschbad riechen würden, das sie heute Morgen um fünf, kurz vor dem Flieger, reichhaltig aufgetragen hatten. Solveigh zog die Kampferpaste aus ihrer Hosentasche, die sie immer bei sich trug, und schmierte eine dünne Schicht auf ihre Oberlippe. Es half, wenn man freundlich zu diesen Gerüchen sein musste. Und wenn es schlecht lief, würde sie heute mehr als nur Nettigkeiten austauschen müssen. Je nachdem. Sie musterte die Tische und stellte zufrieden fest, dass beide Italiener an einem saßen. Das machte ihre Aufgabe zumindest ein wenig leichter. Sie schob den Rock ihres Kostüms, mit dem sie als subalterne Mitarbeiterin eines Ministeriums durchgegangen wäre, ein wenig zu weit nach oben. Sie würden sie für eine Aktenträgerin halten, was nicht weiter von Bedeutung war. Männer hielten Frauen immer für Aktenträgerinnen, Sekretärinnen oder Praktikantinnen, selbst wenn sie achtunddreißig Jahre alt waren. Und zwar so lange, bis man ihnen eine Visitenkarte oder eine geladene Pistole unter die Nase hielt. Für Solveigh spielte es heute keine Rolle. Es war nicht entscheidend, ob sie wirkte, als wäre sie leicht zu haben. Es war entscheidend, dass die beiden Italiener dachten, sie könnten sie haben. Sie lächelte, als sie einen Gin Tonic mit sehr, sehr wenig Tanquerey bestellte, und orientierte sich auf ihrem Barhocker in Richtung des Italienertisches. Solveigh wartete zwanzig Minuten, bis der Banker aus Deutschland fragte, ob sie sich zu ihnen setzen wolle. Es war keines ihrer Zielobjekte. Solveigh lehnte ab.

Als sich die meisten der Gruppen bereits aufgelöst hatten, startete der Deutsche einen zweiten Versuch, diesmal hatte er den Rest der Männer, die mit ihm am Tisch gesessen hatten, im Schlepptau. Solveigh vermutete, dass seinem Mut ein Spruch darüber, dass man die an der Bar doch wohl kaum alleine nach Hause gehen lassen könne, vorausgegangen war. Der Deutsche sah aus wie eine schlechte Kopie von Johnny Weissmüller plus Augenringe minus Muskeln. An seinem blauen Jackett prangten goldene Knöpfe, was Solveigh das letzte Mal vor zwanzig Jahren am Grab ihres Großvaters gesehen hatte. Solveigh ließ sich von Weissmüller einen Drink spendieren und versuchte, mit den beiden Italienern in seinem Schlepptau ins Gespräch zu kommen. Als sie den Namen Taccola beiläufig und außerhalb jedes Zusammenhangs zu der Mafiafamilie erwähnte, traf sie ihre Entscheidung. Wiedererkennung und Täuschung in den Augen logen niemals. Es gab Menschen, die einen Lügendetektor täuschen konnten und eine ganze Reihe von Verbrechern, die vor Gericht das Gegenteil der Wahrheit aussagen konnten, ohne dass sie ihre Gesichtsmuskeln verrieten. Aber wenn man Menschen traf, ohne dass ihr Schutzschild aktiviert war, konnten sie nicht anders, den Alkohol, den die beiden getrunken hatten, nicht einmal eingerechnet.

Um Viertel vor zwölf betrat Solveigh mit Fabio Lonzi, einem Direktor des Dipartimento delle Finanze, dessen Hotelzimmer. Sie stolperte über den Teppich im Flur und hielt sich an seinem Arm fest. Dabei stellte sie fest, dass sie die Kampferpaste bei Fabio Lonzi nicht brauchte. Nur etwa einen von gefühlt tausend Männern konnte Solveigh riechen. Es war ihre Nase, die ihre privaten Entscheidungen traf. Nicht, dass sie in den letzten Jahren tausend Männer kennengelernt hatte. Nur einen, der nach einer grünen Sommerwiese gerochen hatte und nach Flugbenzin und Leder. Marcel. Sie verbot sich jeden weiteren Gedanken über ihren Exfreund, von dem sie in diesem Moment nicht einmal wusste, ob er überhaupt ihr Exfreund war. Oder auch über das, was mit Fabio Lonzi passieren könnte, wenn sie nicht aufpasste. Sie lachte lauter, als es bei der minimalen Alkoholmenge ihrer Drinks notwendig gewesen wäre, und verfluchte, dass sie ihre Dienstwaffe nicht dabei hatte. Zwar hatten die Abteilungsleiter keinen Personenschutz, aber in Brüsseler Hotels konnte man nie wissen, wer einem über den Weg lief und wessen überaufmerksamem Bodyguard die Delle unter dem Jackett verdächtig vorkam. Fabio Lonzi war gut zehn Jahre älter als sie. Deutlich älter als Marcel. Sind ältere Männer die besseren Liebhaber? Bisher hatte sie immer ihre eigene Altersklasse bevorzugt. Aber wer konnte bei ihrer Prädisposition schon wählerisch sein? In seinem Zimmer fiel sie lachend auf sein Bett. Sie hörte, wie Fabio, wie sie ihn mittlerweile nannte, die Minibar öffnete, und dann den knackenden Verschluss von Hochprozentigem. Danach das zischende Geräusch einer Limonade und ein Gluckern. Fabio machte ihr einen Drink. Oder für sich selbst, was unhöflicher und aus seiner Sicht auch unvernünftiger gewesen wäre. Beides spielte keine Rolle. Nichts spielte eine Rolle außer ihrer Mission.

»Direttore Lonzi?« Solveigh setzte sich auf. Das Lachen war aus ihrem Gesicht gewichen ebenso wie der Anflug von Trunkenheit.

Fabio Lonzi stand mit halb offenem Hemd vor der Minibar und starrte sie an. Solveigh stand auf, zog den Rock nach unten und lehnte sich an die Schrankwand.

»Können wir reden?«, fragte sie.

»Worüber sollten wir reden?«, fragte er verdutzt. Und mit einem Schlag der Erkenntnis: »Was wollen Sie von mir?«

»Lassen Sie uns über die Taccolas reden«, sagte Solveigh.

»Die Taccolas? Wer soll das sein?«, fragte der Direktor.

»Glauben Sie wirklich, Direttore Lonzi, dass es eine gute Taktik ist, den Unschuldigen zu spielen?«, fragte Solveigh.

»Glauben Sie, dass ich nicht längst weiß, dass Sie ihnen Informationen zuspielen? Und glauben Sie, dass wir diesen ganzen Aufwand veranstalten, wenn wir Sie dafür hinhängen wollten?«

Fabio Lonzi zog die Krawatte hinter dem Hemdkragen hervor: »Wer ist ›wir‹? Und wovon in Gottes Namen reden Sie überhaupt?«

»Ich habe Ihnen einen Deal anzubieten, Direttore Lonzi. Und wenn Sie mitspielen, können Sie zumindest vor Ihren Kollegen morgen behaupten, dass sie die scharfe Alte von gestern Abend auf dem Hotelzimmer so richtig durchgenagelt haben. Aber all das geht nur unter einer Bedingung.«

Fabio Lonzi ging ins Bad und wusch sein Gesicht mit eiskaltem Wasser. Solveigh war nicht überzeugt, dass die Situation nüchterner einfacher für ihn werden würde.

KAPITEL 51

München, Deutschland
Donnerstag, 18. Juli 2013, 8.33 Uhr
(am nächsten Morgen)

»Ich muss Ihnen leider sagen, lieber Herr Regen, dass Ihre assoziative Investigation mir mehr auf den Zeiger geht als Sie und der Polizeidirektor Wochinger zusammen«, begrüßte ihn Adelheid Auch an diesem Morgen.

Paul Regen seufzte. Sein Rückflug aus Spanien hatte mit einem großartigen Einfall am Ende der ebenerdigen Rolltreppe vor Gate 72 geendet. Dort hatte eine Werbung in einem Leuchtkasten gehangen, auf der ein Rockabillyverschnitt mit elvismäßiger Tolle seine Faust in den Betrachter gerammt hatte. Auf seiner Faust hatte »FREE« gestanden. Es gab etwas umsonst. Eintätowiert in das jeweils erste Fingerglied. Paul Regens Assoziation war eine Botschaft per Tätowierung gewesen. »Wollte uns der Täter mit Ene Akiodes Tattoo eine Nachricht senden?«, hatte er Adelheid Auch aufgeregt am nächsten Morgen gefragt.

»Möglich«, hatte sie gesagt. »Aber nicht sehr wahrscheinlich.«

»Nicht nur möglich«, hatte Paul Regen gesagt, »sondern eine echte Theorie. Vielleicht wollte er, dass wir sie finden. Vielleicht will er sogar selbst gefunden werden.« Paul Regen hatte gelesen, dass so etwas häufiger vorkam. Adelheid Auch hatte Himmel und Hölle in Bewegung gesetzt, um seine Theorie zu beweisen. Jetzt standen sie vor den Trümmerhaufen einer guten Idee.

»Es ist einfach nur ein Anker«, sagte Adelheid Auch.

»Und das ist sicher?«, fragte Paul Regen. »Immerhin gibt es eine Menge Deutungsmöglichkeiten für einen Anker, oder nicht?«

»Sicher«, sagte Adelheid Auch. »Aber ich habe mit vierzehn Tattookünstlern und dem Experten im BKA gesprochen, es ist wirklich einfach nur ein Anker. Ohne jede weitere Bedeutung. Und bevor Sie fragen: Keines unserer anderen Körperteile hatte ein Tattoo.«

Paul Regen spielte mit den zwei Stoffwürfeln an ihrer Schreibtischlampe.

»Okay«, sagte er schließlich.

»So viel zu Ihren Spaziergängen«, sagte Adelheid Auch und widmete sich wieder ihrer geliebten Tastatur.

»So dürfen Sie das nicht sehen«, sagte Paul Regen. »Immerhin haben Sie uns mehr als einmal geholfen in der Vergangenheit.«

Das musste selbst Adelheid Auch zugeben.

»Und es gehört nun einmal dazu, dass nicht alles funktioniert, was man assoziiert«, fuhr Paul fort, sich zu rechtfertigen.

»Und nun?«, fragte die Kriminalhauptmeisterin.

»Nun brauchen wir immer noch eine Theorie, warum Ene Akiode als Einzige in einem Stück entsorgt wurde.

»Was halten Sie eigentlich davon, wenn wir mal jemand fragen, der sich damit auskennt?«, fragte Adelheid Auch und warf ihm einen ernsten Blick über den Rand ihrer Lesebrille zu.

»Sie meinen, ich soll bei den Kollegen vom …?«

Adelheid Auch nickte streng und schob die Brille in ihre Haare. Das sichere Zeichen, dass sie es ernst meinte.

»Mit dem Gleis?«, fragte Paul Regen.

Wieder nickte Adelheid Auch.

Paul Regen schnappte nach den Stoffwürfeln und verschwand in seinem Büro, bevor Adelheid Auch es verhindern konnte. Er musste einen Termin vereinbaren.

KAPITEL 52

Veiros, Portugal
Donnerstag, 18. Juli 2013, 8.58 Uhr (am selben Tag)

Die junge Frau kniete neben ihm am Rand des hölzernen Podestes mit den Figuren. Sie heulte und hielt die Hände über ihr Gesicht, aber er wusste, dass sie fasziniert von diesem Anblick war. Es störte ihn nicht, dass sie weinte, alle reagierten beim ersten Mal so. Sie würde es irgendwann verstehen und schließlich ihren Platz einnehmen. Sie war eine Randfigur, aber gerade bei den vermeintlich unwichtigen Details zeigte sich die wahre Größe eines Werks. Das Lächeln der Frau auf Courbets Begräbnis, der Schein des Feuers auf dem nackten Oberkörper bei Menzels Eisenhütte. Das im Schatten Liegende, das Verborgene, das Unsichtbare.

Sie verkörperte den verzweifelten Glauben an einen Triumph, obwohl der Krieg längst verloren war. Die stolze Reiterin, die sich auf den entscheidenden Schlag vorbereitet und in letzter Sekunde erkennt, dass sie in den Geschichtsbüchern keine Rolle spielen wird. Die junge Frau würde eine gute Reiterin abgeben. Er musste sich beeilen und die Skizzen finalisieren. Ihm blieb nicht mehr viel Zeit, bis die Dunkelheit und die Angst und die Einsamkeit ihre Schönheit angreifen würden. Es war die Seele, auf die es ankam. Sie zu erhalten war die wahre Kunst. Er konnte sie konservieren, wenn sie jedoch zu Lebzeiten verdarb, wäre sie auf immer verloren. Er schob eine Hand unter ihr Kinn und drückte es nach oben. Sie wich seinem Blick aus. Er lächelte. Endlich hatte sie erkannt, was sein Werk bereit war zu geben, wenn man sich darauf einließ. Vielleicht suchte sie nach ihrem Platz. Es rührte ihn, dass sie so empfand.

»Komm mit«, sagte er und legte das Skizzenbuch neben den Schemel. »Ich zeige dir, wo du stehen wirst.«

Und dann führte er sie zum ersten Mal auf die Bühne. Der Holzboden knarzte nicht, es hatte Jahre gedauert, ihn fertigzustellen. Stunde um Stunde hatte er die Intarsien zusammengefügt, die Mooreiche poliert, sodass die kunstvollen Schnitzereien nur bei genauem Hinschauen ins Auge fielen. Er war so stolz, sie zu ihrem Platz zu führen, so stolz, dass er sie gefunden hatte.

Als sie das Feld erreicht hatten, schürzte er die Lippen und fasste sie von hinten an der Schulter, damit nichts ihren Blick störte. Sie zitterte vor Erregung. Ihre vom Lehm des Kellers verkrusteten Haare fielen über das bleiche Ohr.

»Gefällt es dir?«, flüsterte er.

KAPITEL 53

Dortmund, Deutschland
Donnerstag, 18. Juli 2013, 15.12 Uhr (am selben Tag)

»Zeig mal her«, sagte Lila und schnappte Ioana die Fotos aus der Hand.

»Hey!«, sagte ihre Freundin und riss sie im letzten Moment zur Seite. Lila fiel aufs Bett.

»Jetzt zeig schon!«, forderte Lila sie auf und rutschte neben Ioana auf die Bettkante. Vor zwanzig Minuten hatte der schmierige Mark die Bilder ihres ersten Shootings vorbeigebracht. Die Fototasche fühlte sich noch ganz warm an, als Lila endlich einen der beiden Stapel zu fassen bekommen hatte. Sie zog die Fotos aus dem Umschlag und sah sich eines nach dem anderen an. Nach etwa zwanzig Aufnahmen hielt sie inne.

»Fällt dir was auf?«, fragte Lila, die sich durch ihren eigenen Stapel arbeitete.

»Keine Ahnung«, sagte Ioana. »Sie sehen irgendwie …«

»Merkwürdig aus?«, vervollständige Lila ihren Satz. Sie langte einmal quer über ihr Bett zum Nachttisch und griff nach einer der Zeitschriften. Sie erwischte die ›InStyle‹, ein Blatt mit besonders vielen Modefotos. Lila schlug eine beliebige Seite auf und landete bei der Anzeige eines bekannten Taschenlabels. Lila legte das Magazin aufs Bett und ihre Fotos daneben.

»Findest du, dass unsere Bilder aussehen, als könnten sie da drinnen erscheinen?«, fragte Lila.

»Na ja, das sind ja wir.«

»So meine ich es nicht. Schau dir die Frau doch mal an«, sagte Lila. »Das ganze Licht, wie es auf die Tasche fällt und auf ihr Bein, wie das glänzt. Und jetzt schau hier hin.«

Lila griff nach Ioanas Fotos und zog eines aus der Mitte. Sie legte es neben ihres. Beiden waren von vorne aufgenommen, im Hintergrund war die Schrankwand des Wohnzimmers zu sehen.

»Es sieht irgendwie … unprofessioneller aus«, stimmte Ioana zu.

Lila blätterte durch die ›InStyle‹ und begann, Seiten herauszureißen. Sie legte sie auf den Fußboden zwischen ihre Betten und jeweils ein Foto von Mark daneben.

»Hier«, sagte sie.

»Und hier.«

»Einfach nur unprofessioneller?«

»Oder dies«, sagte sie.

»Oder das hier. Fällt dir sonst nichts auf?«

Ioana kniete sich neben sie und starrte abwechselnd auf die Zeitschriftenseiten und die Fotos.

»Klar kann man das nicht vergleichen, aber …«

»Wir sind nicht geschminkt, Ioana. Es gibt kein besonderes Licht, sondern nur die Wohnzimmerlampe, und in der ›InStyle‹ gibt es kein einziges von einer ungeschminkten Frau. Nicht eins!«

»Du hast recht«, sagte Ioana und griff nach einem ihrer Bilder. Sie betrachtete es nachdenklich.

Lila war noch nicht fertig. Sie zeigte auf die Fotos aus der Zeitschrift: »Hier: ein Felsen, hier: ein Strand, hier: ein Sessel.«

»Was willst du damit sagen?«, fragte Ioana.

»Und bei uns? Ein Wohnzimmer!«, sagte Lila. »Ich

schätze, dass die aus der ›InStyle‹ sich sehr genau überlegt haben, was da zu sehen sein soll. Mark hat uns einfach da fotografiert, wo wir sowieso schon waren.«

»Aber wo hätte er uns denn sonst fotografieren sollen?«, fragte Ioana.

Lila seufzte: »So schlecht warst du doch in Mathe nun auch wieder nicht. Zähl doch mal eins und eins zusammen.«

Ioana griff nach ihrem Pullover.

»Erstens«, fasste Lila ihre Erkenntnisse zusammen. »In unseren Pässen steht das falsche Alter, das heißt, sie sind vermutlich gefälscht. Zweitens: In jeder neuen Stadt durften wir weniger als in der letzten. Drittens: Der Fotograf, den sie uns geschickt haben, ist gar kein Fotograf. Was, glaubst du, heißt das?«

Ioana drückte den Pullover gegen ihre Brust, obwohl es in ihrem Zimmer mindestens zwanzig Grad warm war: »Du glaubst, das ist alles ein Schwindel?«

Lila nickte: »Ein abgekartetes Spiel. Mittlerweile dürfen wir nicht einmal mehr die Wohnung verlassen, und selbst wenn, wir hätten kein Geld, keinen Pass und keine Ahnung von Deutschland.«

»Aber was ist mit Radu?«, fragte Ioana. Lila spürte, dass der Zweifel an ihrer Freundin nagte. Sie selbst hatte aufgehört, sich Illusionen hinzugeben, seit Radu sie in Bukarest abgeliefert hatte. Hatte sie überhaupt jemals daran geglaubt? Sie hatte die Risiken verdrängt angesichts der Chance für Ioana und sie. Der Chance auf ein faires Leben nach ihren Möglichkeiten.

»Vielleicht weiß Radu gar nichts darüber.« Ioana war noch nicht so weit, loszulassen, ihren gemeinsamen Traum zu beerdigen. »Vielleicht denkt er, dass wir tatsächlich Models werden, wenn wir erst einmal in Deutschland sind.«

»Ioana!« Lila hätte sie schütteln können. »Die Postkarten ohne Datum, aus einer fremden Stadt, die Fotos, das Wohnzimmer, die abgeschlossene Tür! Wach auf, Ioana!«

»Nicht so laut!«, mahnte Ioana.

»Da hast du ausnahmsweise mal recht«, flüsterte Lila. »Sie dürfen auf keinen Fall mitkriegen, dass wir sie durchschaut haben. Sag mal, weiß Radu, dass wir in der Schule Englisch hatten?«

»Ich glaube nicht, wieso?«

»Wir sollten das besser für uns behalten«, meinte Lila.

»Vielleicht hast du recht«, sagte Ioana. »Und wie geht es jetzt weiter?«

»Wir brauchen einen Plan«, antwortete Lila. »Und zwar einen verdammt guten.«

KAPITEL 54

München, Deutschland
Freitag, 19. Juli 2013, 9.04 Uhr (am nächsten Morgen)

Am Anfang der Sendlinger Straße kaufte Paul Regen bei Ringlers die beste Ochsensemmel der Stadt für den Fall, dass er sich bald eine Alternative zum Polizeidienst suchen musste. Er hatte nämlich für diesen Notfall einen Alternativplan in der Tasche, und der sah die Eröffnung eines Kebapladens in unmittelbarer Nachbarschaft vor. Es konnte nie schaden, die Konkurrenz im Auge zu behalten, und das

Ringlers hatte es trotz seines jungen Alters zur Sandwichinstitution auf Pauls Liste gebracht.

Kauend lief er die Sendlinger hinunter, die gerade erst erwachte. Eine erstaunliche Anzahl Anzugträger strebte auf das neue Geschäftshaus in den ehemaligen Räumen der Süddeutschen Zeitung zu. Was sollte er den Profiler fragen? Thilo Gleis kam extra seinetwegen in die Löwengrube, wie das Polizeipräsidium unter Kollegen genannt wurde. Eigentlich war er längst pensioniert. Paul hatte eine Liste in der Tasche, aber es kam ihm vor, als ob eine entscheidende Frage fehlte. War es möglich, dass ein Serienmörder derart unterschiedliche Opfertypen wählen konnte? Wenn nein, käme ein Täterzyklus in Betracht? Könnten es mehrere gewesen sein, die ihre Methode teilten? Sich möglicherweise über das Internet verabredeten? Diesbezüglich hatte Paul die tollsten Geschichten gelesen. Reine Spekulation. Fragen würde er ihn trotzdem danach. Auch Anzugträger oder zumindest Büroangestellte waren unter den Opfern. Zwei Landwirte, eine Prostituierte aus Nigeria. Anzugträger wie die Hausbesetzer der SZ? Oder solche aus einem seelenlosen Hochhaus vor der Stadt? Paul verwarf den Gedanken. Er schlenderte hinter der Kaufingertor-Passage vorbei, durch die Versorgungsader der Fußgängerzone, hier wurden nachts die Waren für die großen Kaufhäuser angeliefert. Auch jetzt verkeilten sich noch Lastwagen zwischen den geparkten Autos und verstopften die Gehsteige. An einem großen Elektronikmarkt luden zwei Männer Kisten in einen Van. Paul Regen blieb stehen. Alle Lieferanten hatten ihre Waren in die Geschäfte hineingetragen. Kein einziger hinaus. Nur diese beiden. Auf einigen der Kartons waren Aufkleber angebracht: Retoure. Es handelte sich also um Sachen, die der

Markt an die Unternehmen zurückschickte, vermutlich, weil sie defekt waren. Das alles waren Retouren? So viele? Paul lehnte sich an einen Betonpfeiler und biss in sein Sandwich. Pass auf, dass du dich nicht wieder verassoziierst, Paul. Eine zweite Standpauke von Adelheid Auch stand nicht auf seinem Dienstplan. Er hatte sich vorgenommen, die Ergebnisse seiner Spaziergänge nur noch dann mit ihr zu besprechen, wenn er sich wirklich sicher war.

Einer der beiden Männer lief mit zwei Kisten in den Armen an ihm vorbei, von denen die obere bedrohlich schwankte. Paul Regen steckte sich die Ochsensemmel in den Mund und stabilisierte die rutschende Kaffeemaschine.

»Danke«, sagte der Fahrer.

Paul nahm das Sandwich aus dem Mund und wischte sich die Senfsauce vom Kinn: »Kein Problem«, sagte er und wollte gerade Richtung Löwengrube weitergehen, als der Mann auf dem Rückweg seinen Weg kreuzte und Paul beinah mit ihm zusammengestoßen wäre.

»Entschuldigung«, murmelte Paul Regen im Ausweichen. Der Fahrer nickte ihm zu. Auf seinem Poloshirt war der Name der Firma aufgedruckt, für die er arbeitete: PMA Wertstoff GmbH. Paul warf die Serviette in einen Mülleimer. Von wegen Retouren, dachte Paul. Die werfen das weg. Weil sich das gar nicht mehr lohnt heutzutage, eine Kaffeemaschine zu reparieren, wenn der Kunde behauptet, dass sie nicht heiß genug brüht. Und weil das Umherfahren gar nichts kostet im Vergleich zu den Lohnkosten. Die werfen alles beim kleinsten Fehler weg, dachte Paul, als er die Kaufingerstraße überquerte. Schon von Weitem strahlte ihm die grüne Fassade der Löwengrube entgegen. Es war ihm seit jeher ein Rätsel, warum auch ein Gebäude der Polizei grün gewandet sein musste. Paul hoffte, dass die Denkmalpflege eingeweiht gewesen war. Oder musste eine Löwengrube grün sein? Noch einmal schlich sich das Ärgernis über die deutsche Wegwerfmentalität in seine Gedanken. Die Leute werfen gute Sachen bei dem kleinsten Makel weg. Sie werfen es weg, wie sie Ene Akiode weggeworfen haben. Und auf einmal wusste Paul Regen, was er den Profiler noch fragen musste: War es denkbar, dass ein stümperhaftes Tattoo für einen Serienmörder einen solchen Makel bedeuten könnte, dass er sein Ritual abbrach und das Opfer entsorgte? Weil sie nicht mehr das war, was er gesucht hatte? Weil sie mit diesem Tattoo nicht mehr seinem Beuteschema entsprach? In dem Moment, als er die Löwengrube über einen Seiteneingang am hinteren Parkplatz betreten wollte, klingelte sein Handy. Die Nummer war ihm unbekannt. Normalerweise riefen auf seinem Handy keine Unbekannten an, und Paul Regen schätzte das Unbekannte nicht besonders, noch weniger telefonisch. Für derlei war schließlich das Auswärtige Amt zuständig. Er warf einen Blick auf die Uhr. Er hatte noch ein paar Minuten. Seufzend ging er ans Telefon.

»Regen!«, meldete er sich so barsch wie möglich.

»Hier spricht Polizeihauptmeister Tauscheck, Herr Kriminalhauptkommissar Regen.«

»Wenn sie das jedes Mal wiederholen wollen, wenn Sie mich anrufen, bringe ich mir was zu lesen mit«, sagte Paul, möglicherweise etwas rüder, als er es beabsichtigt hatte.

Ein Polizeihauptmeister? Er hatte den Namen noch nie gehört.

»Jedenfalls hat der Tauscheck etwas für Sie.«

»Das wäre ja auch noch schöner, wenn Sie mich einfach so anrufen würden«, sagte Paul Regen und biss sich auf die

Lippe. Er kannte diesen Tauscheck ja gar nicht. Und dieser Tauscheck kannte ihn ebenso wenig, kam es Paul in den Sinn. Und wenn man ihre Dienstgrade berücksichtigt, könnte man vermuten, Paul Regen wollte ihn zusammenstauchen. Der Tauscheck konnte ja nicht ahnen, dass er mit jedem so redete, auch mit dem Polizeipräsidenten, wenn es sich nicht vermeiden ließ.

»Entschuldigen Sie, Herr Tauscheck. Ich bin ganz Ohr.«

»Also«, setzte Polizeihauptmeister Tauscheck an, er schien Regens barschen Ton gar nicht bemerkt zu haben, »Sie hatten ja eine Anfrage gestellt über das BKA bezüglich Spuren von Formalin, Aceton, Epoxid und so weiter bei Leichen oder Leichenteilen, nicht wahr?«

Das hatte Paul in der Tat, und zwar schon vor einiger Zeit.

»Sagen Sie nicht, Sie haben eine frische Leiche dazu?«, fragte Paul und befürchtete, dass es ein wenig hoffnungsfroh geklungen hatte.

»Na ja, als frisch würde ich die Hand nicht gerade bezeichnen«, sagte der Polizeihauptmeister.

Jetzt auch noch eine Hand, ächzte Paul innerlich.

»Aber sie sieht fast wie neu aus«, sagte Tauscheck. Paul warf einen zweiten Blick auf die Vorwahl. 07131, irgendwo im Schwäbischen oder in Franken. Möglicherweise lag es in der Zuständigkeit des Bayerischen Landeskriminalamts, möglicherweise auch nicht, eigentlich auch egal.

»Sie meinen, sie wurde konserviert?«, vermutete Paul.

»Mindestens«, sagte der Polizeihauptmeister. »Sie sieht aus wie aus Plastik. Aber sie ist definitiv menschlich, sagt das Labor. Wurde bei einem Aushub von einem Bagger ausgebuddelt.«

»Und natürlich wissen Sie nicht, wem die Hand gehört«, sagte Paul.

»Doch«, sagte der Tauscheck. »Warten sie mal kurz.«

Paul hörte, wie der Polizeihauptmeister Papier umblätterte. »Sie gehörte einem gewissen Altheimer, Enoch.«

Paul lief im Kreis über den Parkplatz hinter der Löwengrube.

»Der Mann war aber nicht zufällig Landwirt, oder?«, fragte Paul Regen. Möglicherweise ... Er traute sich kaum, den Wunsch nach einem Muster laut zu denken.

»Nein«, sagte Tauscheck. »Er war Pfarrer. In der Nähe von Stuttgart.«

»Ich flippe aus«, sagte Paul Regen und kickte einen Kieselstein gegen einen Container der Dombaustelle.

»Sie tun was?«

»Nichts. Ich tue nichts«, sagte Paul Regen. Er dachte an seinen Termin mit dem Profiler und daran, wie lang eine Zugfahrt ins Schwäbische dauerte.

»Kann ich mir die Hand ansehen?«, fragte Paul.

»Ich schätze schon«, sagte Polizeihauptmeister Tauscheck. »Wenn Sie zuständig sind ...«

»Das lassen Sie mal meine Sorge sein«, sagte Paul Regen. »Frau Auch wird sich bei Ihnen melden wegen eines Termins.«

Ein erneuter Blick auf die Uhr sagte ihm, dass es fünf nach zwölf war. So ein echter Fall brachte eine ganze Menge Termine mit sich, dachte Paul Regen. Langsam wusste er nicht mehr, wie er das alles mit seinem regulären Job unter einen Hut bringen sollte. Es wäre möglich, dass Adelheid Auch bald Mordgedanken gegen ihn hegte.

»Können Sie den Namen buchstabieren?«, fragte Tauscheck, dessen Vornamen er immer noch nicht kannte. Bei der bayerischen Polizei duzte sich jeder, außer ihm und Frau Auch, aber das hatte andere Gründe. Vermutlich waren die Schwaben einfach höflicher.

»Auch wie ebenso«, sagte Paul Regen, bedankte sich für seine Mühe und legte auf. Jetzt also auch noch ein Priester. Ihm blieb wirklich nichts erspart.

KAPITEL 55

San Luca, Kalabrien
Sonntag, 21. Juli 2013, 17.24 Uhr (zwei Tage später)

Commissario Ugo Bonardi setzte sie etwa fünf Kilometer von der Villa entfernt am Fuß eines Bergmassivs ab. Im Staub des davonbrausenden Fiats schulterte Solveigh den Rucksack und verschwand in den Büschen. Sie trug eine olivgrüne Hose und ein passendes Tanktop, den Kompromiss zwischen der Tarnung als Touristin und der Camouflage, die im Laufe ihrer Mission lebensnotwendig werden würde. Sie stieg abseits der Wege die von Erdbeben verworfenen Hänge hinauf, einen Tritt vor den anderen setzend. Selbst die milde Abendsonne trieb ihr den Schweiß aus den Poren, und sie musste alle zehn Minuten pausieren, um Wasser zu trinken und ihre Position auf dem GPS-Gerät zu überprüfen. Die 'Ndrangheta hatte ihr Rückzugsgebiet weise ausgewählt, keine Armee der Welt hätte sich eine bessere Basis wünschen können. Die Gegend um San Luca war verlassen genug, um jeden Fremden, jedes unbekannte Auto wie eine Fliege auf der Sahnetorte hervorstechen zu lassen. Es gab wenige Straßen, und alle Anwohner waren Teil des Systems und damit ein Frühwarnsystem für ungebetene Gäste. Fedeltà. Treue bis in den Tod. Solveigh war auf sich selbst gestellt. Und sie war sich darüber im Klaren, dass sie mit ihrer Jericho, die zudem in diesem Moment noch samt Schulterholster im Rucksack verstaut war, gegen eine schwer bewaffnete Söldnertruppe der Mafia nichts würde ausrichten können.

Solveigh erreichte den Fuß des Plateaus, auf dem die Villa der Taccolas thronte, um 19.46 Uhr. Sie hatte einen Umweg in Kauf nehmen müssen, um einer Familie auszuweichen, die auf ihrer geplanten Route campierte. Aber ihr blieb noch genug Zeit. Unter ihr schlängelte sich die Zufahrt zum Anwesen den Berg entlang. Solveigh suchte sich eine möglichst bequeme Nische in dem Fels und begann, Zweige von den umstehenden Sträuchern in ihren Rucksack und ihre Kleidung zu stecken. Eine einfache, aber effektive Methode, um Umrisse unkenntlich zu machen, zumal schon bald die Dämmerung einsetzen würde. Schließlich verkroch sie sich in die Felsspalte und holte ihren Laptop, die drei Akkupacks und die leistungsverstärkte Mobilfunkantenne heraus. Eddy hatte ihr erklärt, wie sie funktioniert, und sie war nicht einmal besonders kompliziert. Zumindest nicht halb so kompliziert, wie hier heraufzukommen, dachte Solveigh. Sie war überzeugt davon, dass die Taccolas keine fremden Handys in ihrem Haus dulden würden oder überall Störsender installiert hatten. Deshalb war der einzige Weg, mit Fabio Lonzi Kontakt zu halten, eine Relaisstation ganz in der Nähe der Villa zu beziehen. Sie hatte ihn mit einer exakten Replik seiner eigenen Brille ausgestattet, die jedoch wie Solveighs Modell mit einer Videokamera und einem Knöchelschall-lautsprecher versehen war. Sollten sie ihn auf Wanzen überprüfen, konnte Solveigh die Sendefunktion vorübergehend deaktivieren. Wenn die Brille keine Daten funkte, war sie von einer regulären Sehhilfe nicht zu unterscheiden. Und die vom Militär entlehnte Technik hatte sich bestimmt noch nicht bis in die kalabrischen Berge herumgesprochen. Die 'Ndrangheta lebte eine eigentümliche Symbiose aus Mittelalter und Neuzeit: In der Globalisierung ihrer Unternehmen ganz im 21. Jahrhundert angekommen, bedienten sie sich technologisch größtenteils im vorigen Jahrtausend, und ihre Führungsmethoden würde man eher bei den alten Römern ansiedeln.

Solveigh schaltete den Laptop ein und rutschte auf dem sandigen Boden in eine möglichst bequeme Position. Es könnte sein, dass sie länger hier ausharren musste, als ihr lieb war.

Das erste Signal von Direttore Fabio Lonzis Brille erhielt Solveigh, als er die Straße unterhalb ihres Verstecks in einem dunkelblauen Lancia passierte. Er saß selbst am Steuer, was laut den Informationen, die Eddy über ihn ausgegraben hatte, höchst selten vorkam. Fabio Lonzi war ein Mann, der seine Stellung im Ministerium und das mit ihr verbundene Prestige sehr zu schätzen wusste. Es musste doppelt kompliziert für ihn sein, sich damit abzufinden, dass er von einer Frau erst verführt worden war und schließlich von ihr ausgenutzt wurde. So ist die Welt nun einmal, Fabio, dachte Solveigh, als ihr Laptop das Signal der Brille wieder verlor. Aber immerhin hielt er sich bisher an ihre Anweisungen.

Als der Wagen die Auffahrt der Villa erreichte, empfing Solveighs Laptop das Signal wieder deutlicher.

»Denken Sie daran, ich bin bei Ihnen«, sagte Solveigh in das Mikrofon ihres Headsets. Sie sah, was er sah, sie hörte, was er hörte. Sie hatten keine Zeit gehabt, Fabio Lonzi auf seine Rolle vorzubereiten, was ein Grund für ihre Kletterpartie gewesen war. Der zweite, ungleich bedeutsamere, war die Tatsache, dass sie sicherstellen mussten, dass Fabio Lonzi das Gebot der Fedeltà heute nicht beachtete. Er durfte ihnen keine noch so kleine Botschaft zukommen lassen. Es war Solveighs Aufgabe, dafür zu sorgen, dass die Daten der Brille nach Den Haag übermittelt wurden, zu Eddy und von dort aus weiter zu einem ihrer Mimikexperten aus London. Und zu einer Simultanübersetzerin. Sie hatte Lonzi versprochen, dass sie herausfinden würden, wenn er sie verriet. Und es war keine leere Drohung gewesen, dass er seine Stellung verlieren und seine Familie nur noch alle paar Monate sehen würde. Er könnte dann seine Loyalität den Taccolas gegenüber aus einer Gefängniszelle unter Beweis stellen. Mit Eddys Akte über seine Telefonverbindungen konnten sie ihn jederzeit als Informanten der Mafia enttarnen. Für Procuratore Bonardi wäre er ein gefundenes Fressen, denn die Mafiagesetze Italiens galten als die härtesten der Welt – auch wenn sie sehr selten Anwendung fanden.

Solveigh beobachtete, wie Fabio Lonzi aus dem Auto stieg. Ein Mann in einem weißen Anzug erschien und tastete ihn nach Waffen ab. Er sah nicht aus wie ein Bodyguard, aber Solveigh kannte ihn bisher nicht aus den Unterlagen. Es dürfte kein wichtiges Familienmitglied sein.

Solveigh pfiff durch die Zähne: »Ganz im Gegensatz zu dir, mein Freund«, sagte sie, ohne den Sprechfunk aktiviert zu haben. Matteo Taccola, der braun gebrannte Sonnyboy der Familie, zuständig für das dreckige Geschäft, lief auf Lonzi zu. Und die Begrüßung war alles andere als familiär.

»Was willst du hier?«, herrschte ihn Matteo an. Seine Gestik war feindselig, beinah aggressiv. Ob Matteo den Direktor des Finanzministeriums nicht kannte?

»Sagen Sie ihm, dass Sie wichtige Informationen haben«, sagte Solveigh. Bevor Lonzi Matteo antworten konnte, trat Matteos Onkel Sergio auf den Plan. Der Buchhalter der Familie.

»Direttore Lonzi«, sagte er deutlich freundlicher. »Entschuldigen Sie Matteos Auftritt, er weiß nicht, wie wichtig Sie für uns sind, Direttore. Machen Sie sich nichts daraus, er ist eben ein Hitzkopf. Wollen wir reingehen?«

»Ich habe äußerst wichtige Informationen«, wiederholte Fabio Lonzi, wie Solveigh ihm aufgetragen hatte, natürlich genau zum falschen Zeitpunkt. Er wirkte nervös. Dennoch war es möglicherweise besser, sich vorerst nicht einzumischen, dachte sie.

»Selbstverständlich«, sagte Sergio Taccola und legte den Arm um Lonzis Schultern. Er drückte ihn an sich. Es wirkte wenig freundschaftlich, eher wie der Druck eines Schraubstocks.

»Ruhig bleiben, Fabio. Stellen Sie sich einfach vor, er wäre ihr Bruder«, flüsterte Solveigh.

Sergio Taccola führte Lonzi auf die Terrasse des Anwesens, die Solveigh schon von den Fotos kannte. Die Aussicht war selbst mit der Auflösung der Minikamera beeindruckend. Die Konversation begann im Stehen und mit belanglosem Small Talk. Sie redeten über Politik, den großen

Berlusconi und die wirtschaftliche Lage. Solveigh war erleichtert, dass sie nicht noch einmal eingegriffen hatte, denn der Direttore machte seine Sache gut. Er war zurückhaltend, sachlich und ignorierte alle aufdringlichen Vereinnahmungsversuche seitens der beiden Taccolas. Selbst Matteo, dessen Gesten stets aggressiv und einschüchternd wirkten, begegnete er mit einer professionellen Distanz, ohne sich ihm anzubiedern.

»Also, Fabio. Was führt Sie her?«, fragte Sergio Taccola, nachdem er Lonzi einen Drink angeboten hatte.

»Ich habe Informationen aus Brüssel«, sagte Fabio Lonzi nach einem Schluck Sanbitter.

»Brüssel?«, fragte Matteo. »Was haben wir mit Brüssel zu schaffen?«

»Halt die Klappe, Matteo!«, sagte sein Onkel. »Brüssel hat heutzutage auf alles Einfluss!«

Der Direktor des Finanzministeriums nickte zustimmend: »Zu unser aller Leidwesen.«

»Wir hätten vor zwei Jahren abwerten müssen«, sagte Sergio Taccola. »Es wäre schlecht für die Taccolas gewesen, aber gut für Italien. Und unser Land liegt uns mehr am Herzen als kurzfristiger Profit.«

»Deswegen bin ich hier«, sagte Lonzi.

Solveigh bemerkte, dass seine Hand zitterte.

»Sie machen das gut«, sagte sie. »Bleiben Sie einfach ruhig, es kann nichts passieren.«

Eine glatte Lüge. Was hätte sie tun können, wenn das Treffen aus dem Ruder lief? Mit ihrer Jericho in ein Haus mit einem bewaffnetem Mob stürmen? Sie hatten nicht riskieren können, eine Spezialeinheit zur Absicherung mitzunehmen. Nicht umsonst wurde nach vielen Mafiabossen in den

Bergen von Kalabrien jahrelang gesucht. Für Fremde gab es hier nichts zu verstecken.

»Sie haben Informationen für uns, Fabio?«, fragte Sergio.

»Ja, aber die gibt es nicht umsonst«, sagte Lonzi.

Das war nicht abgesprochen. Solveigh verscheuchte eine Mücke von ihrem Handrücken.

»Was machen Sie da?«, fragte Solveigh gepresst.

»Tatsächlich?« Matteo beugte sich nach vorne. Solveigh konnte die Waffe unter seinem Jackett deutlich erkennen.

»Tatsächlich«, sagte Fabio Lonzi ruhiger, als Solveigh es von ihm erwartet hätte. Er war der geborene Pokerspieler. Möglicherweise hatte Solveigh ihn unterschätzt.

»Und was glauben Sie, was Ihre Information wert ist?«, fragte Sergio Taccola süffisant.

»Ich weiß, dass meine Information für Ihre Organisation mindestens eine Milliarde Euro wert ist.«

»Sie sind nicht bei Trost!«, sagte der Mafiosi.

»Ehrlich gesagt, macht mich Ihr Kollege hier etwas nervös. Ich kenne ihn nicht. Und ich gehe ein beträchtliches Risiko ein, indem ich überhaupt hierhergekommen bin.«

Druck, Gegendruck. Solveigh war tatsächlich beeindruckt.

In diesem Moment blickten beide Taccolas auf etwas, das außerhalb von Solveighs Blickfeld lag. In Richtung der Villa. Ihre Haltung wurde schlagartig defensiver. Das konnte nur eines bedeuten. Der Don. Adriano Taccola. Der Kopf der Krähen.

»Eine Milliarde Euro? Ich muss zugeben, das klingt lächerlich, Direttore Lonzi.«

Der alte Herr stakste, auf einen Stock mit silbernem Knauf

gestützt, ins Bild und setzte sich zwischen seine Familie. Matteo und Sergio, zwei der mächtigsten Gangsterbosse Europas, senkten ihre Köpfe wie Schuljungen.

»Es klingt lächerlich, Signore Taccola«, sagte Fabio Lonzi. »Aber das ist es nicht.«

Solveigh beschloss, dass ihr nichts anderes übrig blieb, als Fabio zu vertrauen. Er kannte die Gepflogenheiten der 'Ndrangheta besser als sie, und sie hatte nicht das Gefühl, dass er sie hinterging. Auch von ihren Experten in London war ihr nichts Gegenteiliges ins Ohr geflüstert worden.

»Bitte erklären Sie das«, sagte der Don.

»Wenn ich es erkläre, kann ich nicht mehr die Hand aufhalten«, sagte Fabio. Er ging auf volles Risiko.

Solveighs Mauszeiger bewegte sich nicht mehr, so feucht waren ihren Fingerkuppen vom Schweiß.

Adriano Taccola kniff die Augen zusammen. Vermutlich kam es nicht oft vor, dass sich ihm jemand in den Weg stellte. Die Sekunden verstrichen in Zeitlupe.

»Wie viel wollen Sie?«, fragte der Don schließlich.

»Fünf Millionen«, sagte Fabio Lonzi.

»Sie haben nicht alle Tassen im Schrank, Lonzi«, sagte Solveigh ins Mikrofon. »Das klappt niemals. Sag ihm, dass es nur ein Scherz war.«

Der Direttore nippte an seinem Drink. Seine Hände zitterten nicht mehr, er schwenkte das Glas, sodass die Eiswürfel schnelle Kreise zogen.

Der Don warf einen Blick zu Sergio, seinem Finanzminister. Selbst für die Taccolas war fünf Millionen eine große Summe. Nicht unbezahlbar, aber keineswegs ein Betrag, den sie leichtfertig riskieren würden.

»Wenn ich erst preisgebe, was ich weiß, wäre das doch,

wie wenn ich an der Ampel Ihre Scheibe putze und danach um etwas Kleingeld bitte. Sie werden sagen: Ich habe ihn ja nicht darum gebeten.«

Der Don lächelte, und Matteo Taccola starrte auf seine Füße. Solveigh war sicher, dass er am liebsten seine Waffe gezogen hätte.

»Also gut«, entschied Adriano Taccola schließlich. »Ich denke, dass ich nicht dazusagen muss, was passiert, wenn sich Ihr Tipp als heiße Luft entpuppt?«

Eine rhetorische Frage. Die Eiswürfel in Fabio Lonzis Glas klirrten gegeneinander.

»Ich rate Ihnen dringend, alle Konten in Italien aufzulösen und das Geld ins Ausland zu transferieren. Deutschland, Frankreich, in die Schweiz, nach England. Diversifizieren Sie möglichst umfassend, vor allem bei den Währungen.«

Sergio Taccola blieb der Mund offen stehen. Er stand auf und lief auf der Terrasse im Kreis.

»Das kann nur eines bedeuten«, sagte er schließlich.

Fabio Lonzi nickte.

»Italien tritt wirklich aus?«, fragte er.

»Nicht freiwillig«, antwortete Fabio Lonzi.

»Natürlich nicht«, sagte Sergio.

»Nach dem Scheitern der letzten Regierung ist Brüssel überzeugt, dass Italien sich nur selbst retten kann. Irgendwann innerhalb der nächsten vier Wochen werden sie es bekanntgeben.«

»Was bedeutet das für uns?«, fragte der Don. Die Frage war nicht an seinen eigenen Finanzminister, sondern an Fabio Lonzi gerichtet.

»Alles Geld, was Sie auf italienischen Banken haben, wird eingefroren und zwangsweise in die neue italienische Währung konvertiert«, sagte der Direktor aus dem Finanzministerium.

»Und am Tag danach massiv abgewertet«, fügte Sergio Taccola hinzu. »Wir könnten bis zur Hälfte des Geldwerts verlieren. Das wäre eine Katastrophe!«

»Deswegen bin ich hier«, sagte Fabio Lonzi und betrachtete die Eiswürfel in seinem Glas.

»Sie sind ein cleverer Hund, Lonzi«, sagte Solveigh über den Sprechfunk. Und sie glaubte, Fabio Lonzis Lächeln in den Eiswürfeln zu sehen.

KAPITEL 56

Dortmund, Deutschland
Sonntag, 21. Juli 2013, 22.38 Uhr (zur gleichen Zeit)

Lila starrte aus dem Fenster auf die schmale Straße vor dem Haus. Seit diesem Abend wehte eine kühle Brise die stickige Luft aus ihrem kleinen Zimmer, und der Asphalt dampfte vom Regen. Etwa einmal in der Stunde lief ein vom Regen Überraschter mit Kapuze oder einem Hemd als Schutz über dem Kopf vorbei, alle zwanzig Minuten suchten zwei Autoscheinwerfer Lücken an den dicht beparkten Straßenrändern. Sie überlegte, wie es mit Ioana und ihr weitergehen sollte. Wie könnte ihnen in einem fremden Land die Flucht gelingen? Ohne Geld, ohne Dach über dem Kopf und ohne Deutschkenntnisse im Gepäck? Wie weit brachten einen hier drei Jahre Englischunterricht auf einer moldawischen Schule? Während sie einen Regentropfen betrachtete, der sich todesmutig vom Fensterbrett löste und über die Regenrinne absetzte, bemerkte sie ein weiteres Scheinwerferpaar, das direkt vor ihrem Haus fündig geworden war. Es war ein schwerer, schwarzer Wagen, dessen Kennzeichen mit einem B begann. Der Buchstabe B war ihr schon öfter aufgefallen, obwohl er offensichtlich nicht für Dortmund stand. Von den Briefen in der Küche hatte sie herausgefunden, dass das die Stadt war, in der die Wohnung lag. Ein Name, der ihr nichts sagte. Wofür könnte das B auf dem Auto stehen? Die einzige Stadt mit B, die Lila in Deutschland kannte, war Berlin. Sie hoffte, dass das Auto aus Berlin kam, dann hätte sie wenigstens etwas in dieser fremden Welt verstanden. Es wäre ein Anfang. Es klingelte an der Haustür. Der Mann, der das Auto geparkt hatte, wollte zu ihnen. Auf ihrem Bett schreckte Ioana hoch, die sich in Tagträume flüchtete, wenn Lila zum Nachdenken am Fenster saß. Sie war keine große Hilfe, obwohl sie ein Jahr älter war als Lila. Lila wusste mittlerweile, dass sie in ihrer Konstellation die große Schwester spielen musste, auch wenn ihr das noch mehr Angst einflößte. Lila schloss das Fenster. Immer, wenn es an der Wohnungstür klingelte, bedeutete es eine Chance. Wenn nicht zur Flucht aus der Wohnung, dann zur Flucht vor der Langeweile. Man konnte nie wissen. Lila und Ioana hatten ihre Taschen gepackt für den Fall, dass sich eine Gelegenheit ergab, auch wenn Lila nicht recht daran glauben wollte. Das Glück wurde einem nicht auf dem Silbertablett serviert, hatte Lila festgestellt. Nicht einmal in Deutschland, dem Land mit der besten Suppe der Welt.

Lila stand an der Tür und lauschte, wie sich Valentina mit einem Mann unterhielt. Sie sprachen Deutsch, aber Lila hörte, dass es nicht seine Muttersprache war. Seine Stimme klang melodischer, als wäre er es gewohnt, dass sich seine Worte schneller aneinanderreihten. Dann hörte sie Schritte auf dem Flur. Sie kommen zu uns, dachte Lila und schlich auf den Ballen ihrer nackten Füße zu ihrem Bett. Sie griff nach einem der Magazine, als es klopfte.

»Nummer drei und vier!«, bellte Valentinas betrunkene Stimme. »Ihr habt Besuch!«

Ohne eine Antwort abzuwarten, wurde die Klinke heruntergedrückt, und Valentina torkelte in ihr Zimmer. Sie hielt sich ungelenk an der Türzarge fest. Der Mann stand im Dunkeln des Flurs und starrte sie an. Genauer gesagt starrte er Ioana an, die sich ihre Decke an die Brust presste. Sie konnte ihre Angst seit Tagen nicht mehr verbergen, obwohl ihr Lila immer wieder eingebläut hatte, wie wichtig es war, sich nichts anmerken zu lassen. Der Mann löste sich aus dem Schatten des engen Flurs und trat ein. Er humpelte beim Gehen wie Ioanas Großvater, der einmal von einer Leiter gefallen war. Er erinnerte Lila an den Mann aus Bukarest. Den, der entschieden hatte, dass sie nach Deutschland fuhren. Statt der goldenen Uhr trug dieser einen teuren Anzug, und seine Haare sahen feucht aus und lagen eng an seinen Kopf geklatscht. Er wandte sich an Valentina.

»Er fragt, ob er sich setzen darf«, sagte sie. Ihre Stimme klang eher nach fünf als nach einem doppelten Schnaps.

Lila nickte.

Der Mann warf Ioanas Kleid vom Stuhl auf den kleinen Tisch und zog ihn in die Mitte zwischen ihre Betten. Er schwieg lange, betrachtete Ioana auf ihrem Bett mit der Decke vor der Brust. Dann sprach er leise und sanft, wie ein Verführer.

»Ich habe gehört, dass du eine echte Königin bist«, übersetzte Valentina. Lila hatte Ioanas Namen zwischen seinen Worten gehört, Valentina hatte ihn absichtlich weggelassen.

Ioana nickte vorsichtig.

»Bei einem Schönheitswettbewerb in deiner Stadt?«, lallte Valentina von der Tür. Sie hatte ihr Glas wiedergefunden.

Ioana nickte erneut.

Der Mann in dem dunklen Anzug lächelte.

»Sie hat nicht gewonnen«, sagte Lila, die ein komisches Gefühl hatte, was das mit der Königin anging. Es war Zeit, der Realität ins Auge zu sehen. Sie wollte nicht erleben, wie einer dieser ständig wechselnden Männer Ioana wieder eine Saat Hoffnung einpflanzte. Sie mussten hier weg. Und zwar so schnell wie möglich. »Sie ist nur zweite geworden.«

Der Mann drehte sich zu ihr um. Seine Stimme klang immer noch freundlich und sanft, aber die Kälte in seinen Augen strafte seinen Tonfall Lügen. Er starrte Lila an, während er weiter zu Valentina sprach.

»Er sagt, eine Vizekönigin ist doch auch eine Königin.«

Lila schlug die Augen nieder.

»Er sagt, dass das sehr gut ist, dass du eine Königin bist«, sagte Valentina. »Und er sagt, dass er einen Job für dich hat, den nur eine Königin erledigen kann.«

Lila blickte zu Ioana und sah sie lächeln. Und Lila wusste, dass der Mann, der in der fremden Sprache säuselte, ein Menschenfänger war. Und dass Ioana Gefahr drohte.

»Ich bin auch eine Königin«, sagte Lila. »Und ich kann es beweisen.«

Sie dachte an die Prophezeiung und das Kleid, das sie von der alten Hexe gekauft hatte. Natürlich hatte sie es mitgenommen, es hing noch im Schrank, damit es in der gepackten Tasche nicht knitterte. Lila sprang auf und zog es am Bügel heraus. Der Mann lächelte.

»Er sagt, er ist sicher, du siehst fabelhaft darin aus«, übersetze Valentina.

Der Mann zog ein Foto aus der Innentasche seines Jacketts. Er stand auf und hielt es Lila hin. Sie roch seinen Atem und das, was seine Haare nass aussehen ließ: Pfefferminz und billige Seife. Das Bild zeigte Ioana in Lilas Kleid am Abend des Mittsommerfests. Radu musste es ihm gegeben haben. Hatte sie Ioana damit auch die Prophezeiung geliehen? Lila starrte auf das Kleid in ihrer Hand und dann auf das Foto. Und sie wusste, dass es nichts Gutes bedeutete, für diesen Mann eine Königin zu sein.

»Er sagt, er braucht keine zwei Königinnen.« Das Wort »Königinnen« konnte Valentina kaum noch aussprechen. »Bloß eine.«

Der Mann lächelte Ioana zu.

»Er sagt, du wirst eine echte Königin sein«, sagte Valentina. Wieder verschluckte sie ihren Vornamen, obwohl der Mann ihn ausgesprochen hatte. Ioana lächelte zurück. Lila erschauderte. Genau wie es die alte Frau versprochen hatte, als sie ihnen das Kleid verkauft hatte. Nur dass sich das Kleid zur Erfüllung seiner Prophezeiung offenbar Ioana ausgesucht hatte. Oder war das alles Lilas Schuld?

KAPITEL 57

Heilbronn, Deutschland
Montag, 22. Juli 2013, 12.28 Uhr (am nächsten Tag)

Als Paul Regen vom Taxifahrer vor dem Heilbronner Polizeipräsidium abgesetzt wurde, ahnte er schon, dass es ein rabenschwarzer Tag werden würde. Es war bereits nach zwei, und er hatte immer noch nichts gegessen, weil die Bäckerei am Heilbronner Hauptbahnhof eine endlose Liste an Zusatzstoffen in ihre Brötchen buk. Paul Regen war gegen Zusatzstoffe und überhaupt gegen Unnötiges im Essen, weshalb er lieber verzichtet hatte. Er nahm die Stufen zu dem denkbar hässlichsten Siebziger-Jahre-Bau seit dem Münchner Olympia-Einkaufszentrum trotzdem im Laufschritt. In dem labyrinthartigen Treppenhaus warf er einen Blick auf die Notiz des Auswärtigen Amts: Polizeihauptmeister Bernd Tauscheck, Zimmer 2405. Zweiter Stock. Paul Regen nahm den Aufzug.

Er klopfte an die Zimmertür von Bernd Tauschecks Büro und wartete. Keine Sekunde später wurde er hereingerufen.

»Das kann nur der Kollege Regen sein«, sagte Bernd Tauscheck. Das Erste, was Paul Regen bemerkte, waren zwei Käsebrötchen auf seinem Tisch.

»Freut mich«, sagte Paul Regen. Er nahm auf einem Stuhl gegenüber von Tauschecks Schreibtisch Platz und beobachtete die Brötchen.

»Bin sehr froh, dass der Tauscheck helfen kann.«

Paul löste sich von den Verlockungen auf der Serviette.

Bernd Tauscheck trug die Haare lang und einen dicken Indianerring am Finger. Er sah aus wie Pierre Brice in Uniform.

»Wo haben Sie Ihr Pferd gelassen?«, fragte Paul.

Bernd Tauscheck starrte ihn verständnislos an. Paul nickte in Richtung des Rings.

»Ach so, das. Nein, ich reite nicht. Bloß eine alte Moto Guzzi«, sagte der Polizeihauptmeister und griff nach dem angebissenen der beiden Käsebrötchen. »Mögen Sie ein Weckle?«

»Bin ich so leicht zu durchschauen?«, fragte Paul und griff nach der Semmel. Er beschloss, nicht nach den Zusatzstoffen zu fragen.

Bernd Tauscheck fegte die Krümel in schnellen Bewegungen von der Tischplatte in seinen Mülleimer, als der Rest des »Weckles« in seinem Mund verschwand.

»Altheimer, Enoch, wollen wir doch mal sehen«, sagte er und griff nach der obersten Akte auf dem Stapel neben seinem Telefon. Er hatte sich alles für den Termin zurechtgelegt. Wenn jetzt auch noch das Brötchen von Anfang an für Paul Regen gedacht gewesen war, wäre ihm der Tauscheck fast sympathisch.

»Also: Altheimer Enoch, geboren 5. 5. 1957 in Pforzheim, war, wie ich Ihnen schon am Telefon gesagt hatte, Pfarrer in Stuttgart-Sillenbuch. Dort tätig seit 1. 5. 1992, zuletzt gesehen am 16. 12. 2008, bei der Seniorenteezeit.«

Paul Regen rechnete. Bei seinem Verschwinden dürfte er etwa neunundvierzig Jahre alt gewesen sein.

»Woher wissen Sie denn eigentlich, dass es die Hand von Enoch Altheimer ist, die Sie gefunden haben? Sie haben doch nur die …?«

Bernd Tauscheck warf ihm einen Blick zu, der wohl sagen sollte, dass es besser wäre, er hätte noch eine weitere Semmel eingekauft, damit endlich Ruhe herrschte. Paul hob abwehrend die Hände.

»Vor zwei Wochen wurde sie beim Aushub für ein Neubaugebiet ausgegraben und durch puren Zufall von einem der Fahrer entdeckt, weil der nichts Besseres zu tun hatte, als in den Rückspiegel zu glotzen.«

»Was soll er auch sonst machen, wenn er warten muss?«, fragte Paul Regen, was ihm einen weiteren Blick von Tauscheck einbrachte.

»Jedenfalls ist der Rest der Geschichte wirklich kurios«, sagte der Polizeihauptmeister.

»Da bin ich gespannt«, sagte Paul Regen. Vielleicht versteckte Tauscheck in seiner Schublade noch ein Käsebrötchen, und er konnte es mit möglichst vielen Zwischenfragen auf den Tisch kitzeln.

»Die Hand ist irgendwie ausgehärtet worden. Das Labor sagt, dass es eine ziemlich professionelle Arbeit ist, wenn auch eine besonders makabre.«

»Wie diese Ausstellung? Diese Leichenschau von diesem verrückten Professor mit dem Hut?«

»Es ist komisch, dass Sie das sagen, weil genau das haben die vom Labor auch gesagt. Plastinieren haben sie es genannt. Weil das Gewebe mit Plastik regelrecht ausgespritzt wird.«

»Eine professionelle Arbeit, sagen Sie?«, fragte Paul Regen, um ein wenig Zeit zu gewinnen. Der Pfarrer war 2008 entführt worden, bis auf die Frau aus Spanien bei Weitem das neueste Opfer. Es passte alles zu seiner Theorie: Wenn der Täter die junge Frau verworfen hatte, weil ihm das Tattoo nicht passte, dann könnte es sein, dass ihm die anderen lediglich dazu gedient hatten, seine Methode zu perfektionieren. Vermutlich waren auch deshalb immer nur Teile der Leichen gefunden worden. Paul hatte sich über die Methoden zur Plastination bereits informiert. Es war sehr aufwendig, einen kompletten menschlichen Körper zu präparieren, es wäre nur logisch, wenn er mit einzelnen Körperteilen angefangen hätte.

»Kann ich mir die Hand ansehen?«, fragte Paul Regen.

»Da hat der Tauscheck schon mal etwas vorbereitet«, sagte der Polizeihauptmeister und lief zu einem der Schränke an der Wand. An der Tür, die er aufschloss, klebte ein vergilbtes Werbeplakat des Polizeisports.

»Sie haben sie hier?«, fragte Paul entgeistert.

»Ich weiß, das ist nicht ganz nach den Regeln, aber …«

»Die Regeln sind mir egal«, sagte Paul und kalkulierte, dass es ihm zwei Stunden sparen würde, die er früher nach München zurückkam, »aber ohne Kühlung?«

»Wie gesagt, es ist eine professionelle Arbeit«, sagte Bernd Tauscheck und stellte eine Metallkiste auf den Tisch. Die Verschlüsse schnappten auf, und der Polizeihauptmeister zog einen etikettierten Plastikschlauch heraus. Er reichte ihn Paul, der ihn von allen Seiten begutachtete. Die Hand war tatsächlich komplett ausgehärtet und sah für seinen Geschmack ziemlich lebendig aus.

»Und …«

»Die DNA vom Altheimer, Enoch«, unterbrach ihn Tauscheck, der offenbar wusste, was Paul fragen wollte, »die war gespeichert.«

»Lassen Sie mich raten?«, fragte Paul.

»Nein, nicht wegen eines Kindesmissbrauchs«, sagte Bernd Tauscheck und nahm ihm die Hand aus der Hand.

»Im Grunde schrecklich, dass man das sofort vermutet«, murmelte Paul mehr zu sich selbst.

»Wegen eines ungeklärten Todesfalls in der Gemeinde. Man führte ihn nach wie vor als Verdächtigen bei einer Beihilfe zur Selbsttötung von 2007. Der Fall war noch nicht abgeschlossen. Und nachdem der Altheimer verschwunden war …«

Paul Regen stand auf und griff noch einmal in die Kiste auf Tauschecks Schreibtisch. Dabei wog er das Für und Wider gegeneinander ab. Er versuchte, den Indianerring an Tauschecks Finger zu ergründen und seine seltsame Art, von sich in der dritten Person zu reden. Er war ein komischer Kauz, der Tauscheck. Aber er hatte auch die Hand mit in sein Büro genommen. Paul Regen hatte den Eindruck, dass man in Bayern über Tauscheck sagen könnte: Er scheißt sich gar nichts. Es gab wenig, das Paul Regen so gut gefiel wie eine unkonventionelle Geisteshaltung.

»Haben Sie Zeit für eine verrückte Geschichte, Herr Kollege?«, fragte Paul Regen schließlich, als er die Hand zurück auf das Schaumstoffpolster gelegt hatte.

»Verrückte Geschichten sind mein Hobby«, sagte Polizeihauptmeister Bernd Tauscheck.

»Das dachte ich mir«, sagte Paul Regen und begann mit dem Arm in der Isar und seinem Verdacht.

KAPITEL 58

Autobahn A3, Kalabrien
Montag, 22. Juli 2013, 12.44 Uhr (zur gleichen Zeit)

Solveigh Lang startete den Alfa Giulietta auf dem Parkplatz einer Tankstelle in der Nähe von Pizzo. Die ATR-42 MP Surveyor meldete ihr Ziel fünf Kilometer hinter ihr auf der A3, der einzigen schnellen Verbindung nach Norden.

Ugo Bonardi war bereits vor einer halben Stunde losgefahren. Jeder von ihnen hatte einen der beiden Taccolas im Visier: Bonardi Sergio, den Finanzminister, und Solveigh Matteo, den Mann, der für die internationalen Filialen zuständig war. Solveigh beschleunigte den Alfa auf der rechten Spur bis auf hundertzwanzig Stundenkilometer. Es war wichtig, dass er sie überholte, bevor sie sich ihm an die Fersen heftete. Sie wählte Eddys Nummer in ihrem neuen Büro in Den Haag.

»Es geht los«, sagte sie nüchtern.

»Wir sind online«, sagte Eddy. »Wir haben alle großen Institute auf dem Schirm, außer den Schweizern. Wir finden ihr Geld.«

»Versprich dir nicht zu viel«, sagte Solveigh und beobachtete den Rückspiegel. Von hinten näherte sich eine Mercedes-S-Klasse mit deutlich überhöhter Geschwindigkeit. Ihr Quadrifoglio hatte zwar nicht annähernd dessen Leistung, würde aber dank der Hälfte des Gewichts auf der Autobahn locker mithalten können. Für den Notfall konnte sie die ATR noch einmal anfordern, aber sie glaubte nicht, dass es nötig sein würde. Nachdem Sergio Taccola in Richtung Rom unterwegs war, würde Matteo in eines der Länder fliegen, in denen ihre Organisation bald einen unverhofften Geldsegen erwartete. Eine stabile Wirtschaft innerhalb der Eurozone, in der die Taccolas gleichzeitig über Unternehmen verfügten, die groß genug war, eine solche Geldmenge zu verkraften. Dabei ging es vor allem um Steuern, denn es galt, die plötzlichen Gewinne zu verstecken oder zumindest zu verschleiern.

Als sie der Mercedes überholte, überzeugte sich Solveigh im Seitenspiegel, dass tatsächlich Matteo Taccola am Steuer saß. Trotz der Sonnenbrille waren sein markantes Kinn und die harten Gesichtszüge unverkennbar. Es waren die Gesichtszüge eines eiskalten Massenmörders. Oder zumindest eines Mannes, der keine Skrupel kannte, wenn es seinen Interessen diente. Solveigh ließ ihm fünfhundert Meter Vorsprung und gab Gas. Glücklicherweise war die Autobahn an einem Montagmorgen dicht befahren, sodass sie jederzeit hinter einem Lastwagen in Deckung gehen konnte. Eine halbe Stunde später wusste sie, dass sie sich nicht getäuscht hatte, was sein Ziel anging.

»Eddy, ich brauche alle Abflüge in den nächsten drei Stunden von Lamezia Terme.«

Während sie den Alfa durch die kurvige Autobahnausfahrt steuerte, hörte sie ihren Kollegen tippen.

»Pisa, Mailand, Turin, Rom.«

»Nichts Internationales?«, fragte Solveigh. Sie hätte auf einen Direktflug ins Ausland getippt.

»Warte«, sagte Eddy. »FR 6425 ist noch nicht gestartet. Die geht nach Weeze.«

»Nie gehört«, sagte Solveigh. Sie lenkte den Alfa hinter einem Lieferwagen in Richtung des Parkdecks.

»In der Nähe der holländischen Grenze, einer von diesen Provinzflughäfen, die die Billigairlines benutzen, in diesem Fall Ryan-Air. Sozusagen Düsseldorf-West«, sagte Eddy.

»Steht er auf der Passagierliste?«, fragte Solveigh und parkte mit quietschenden Reifen in einer der Parkbuchten. Sie reiste ohne Gepäck, darum konnte sie sich später kümmern, nur ihre Laptoptasche fischte sie aus dem Fußraum hinter dem Fahrersitz.

»Ja. Seit fünf Minuten. Und das Flugzeug hat technische Probleme, jede Wette, dass er selbst dahintersteckt.«

»Verstanden«, sagte Solveigh.

»Leider ist selbst der Jumpseat auf der Maschine besetzt«, sagte Eddy. Das bedeutete, selbst der Notsitz bei den Stewardessen war an einen Mitarbeiter der Airline vergeben. »Außerdem wurde der Check-in direkt nach unserem Signore Taccola dichtgemacht. Die verstehen ihr Handwerk, die Burschen. Und offenbar steht halb Süditalien auf ihrer Gehaltsliste.«

»Verdammt, Eddy, ich muss in dieses Flugzeug«, sagte Solveigh.

»Sag mir nichts, was ich nicht selbst schon weiß. Ich arbeite dran.«

Solveigh hetzte durch die Mittagshitze zum Eingang des Flughafengebäudes. Matteo Taccola, der näher am Terminal geparkt hatte, stand in der Schlange der Flughafensicherheit. Solveigh stoppte hinter einer Säule in der großen Halle.

»Jetzt wäre ein guter Zeitpunkt für eine Erfolgsmeldung«, raunte sie.

Die Schlange vor dem Röntgenapparat für das Handgepäck bewegte sich langsam, aber stetig.

»Ich habe eine Hawker 800 von NetJets auf dem Weg nach Lissabon, die wäre frei.«

»Und?«, fragte Solveigh.

»Das Ding ist langsamer als die Ryanair-Boeing. Und sie kriegen sie frühestens in einer Stunde wieder in die Luft. Immerhin. Lamezia lag nicht auf ihrem Flugplan.«

»Aber sie bringt uns hin?«, fragte Solveigh.

»Ja, ich schätze, du landest zwanzig Minuten nach Taccola. Noch hat auch ihre Maschine keine Freigabe.«

»Dann buch sie, um den Rest kümmern wir uns unterwegs.«

Während Eddy ihr Spesenkonto mit einem kleinen Vermögen für NetJets belastete, ein Unternehmen, das Privatflugzeuge zur Teilnutzung anbot und bei dem die ECSB über die britische Regierung ein Konto besaß, kalkulierte Solveigh ihre Optionen. Als sie beobachtete, wie Matteo Taccola seine Tasche und sein Jackett hinter der Sicherheitsschleuse einsammelte, verließ sie ihren Posten hinter der Säule. NetJets-Kunden durften einen anderen Terminal benutzen, ein kleines Gebäude am Rand des Rollfelds. Keine Frage, mit einem Privatjet zu fliegen war exklusiv und sehr bequem. Nur leider nicht besonders schnell, dachte Solveigh, als sie den Alfa auf dem kleinen Kundenparkplatz des VIP-Terminals abstellte. Ihres war mit weitem Abstand das kleinste Auto in der gesamten Reihe.

Solveighs Jet landete dreißig Minuten nach der Boeing auf dem kleinen Flughafen in der Nähe der belgischen Grenze. Sie ließ sich von einer Limousine zum zentralen Terminal fahren, was dem Chauffeur eine hochgezogene Augenbraue abnötigte.

»Shoppen«, ließ sie ihn wissen, während sie Eddys Nummer wählte.

»Ich bin gleich da«, sagte sie. »Hast du einen Wagen vor der Tür?«

Sie konnte Matteo Taccolas miese Laune schon von Weitem erkennen, als er den Sicherheitsbereich verließ. Eine Überprüfung seitens der Bundespolizei war niemals eine angenehme Erfahrung, dachte Solveigh lächelnd. Glücklicherweise hatte Matteo Taccola keine größere Menge Bargeld mit sich geführt, was allerdings auf einem Flug eine derart dämliche Idee gewesen wäre, dass sie es ihm nicht zugetraut hatte. Sie hatte dieses Risiko eingehen müssen, auch wenn ihr klar gewesen war, dass die Bundespolizei es kaum hätte ignorieren können. Als er auf der Vorfahrt telefonierend ein Taxi heranwinkte, stellte sie fest, dass sich seine Laune bereits gebessert hatte. Natürlich hatte Matteo Taccola weder verräterische Akten noch andere Beweise für seine Zugehörigkeit zum organisierten Verbrechen dabei. Er stand viel zu hoch in der Organisation, um sich selbst die Hände schmutzig zu machen. Das erledigten die Leute für ihn, mit denen er telefonierte.

Hinter den Taxis, zwischen den Kurzparkern, stand ein Mann mit einem Schild in der Hand, auf dem mit Filzstift »S. Lang« geschrieben stand. Ihr Wagen. Solveigh bedankte sich für die Schlüssel.

»Eddy«, bat sie ihren Kollegen, als sie hinters Steuer glitt. »Krieg raus, mit wem er redet.« Solveigh startete den Motor und fädelte sich zwei Wagen hinter dem Taxi in den Verkehr auf die Autobahn ein.

Der Taxifahrer hatte Grund zur Freude: Erst nach

über einer Stunde erreichten sie Matteo Taccolas Ziel, ein schmuckloses Warenlager an der Dortmunder Stadtgrenze, direkt hinter einer Burger-King-Filiale. Solveigh parkte den Wagen auf dem Parkplatz des Schnellrestaurants und wartete. Eddy hatte nicht herausfinden können, mit wem Taccola vom Flughafen aus telefoniert hatte. Er hatte das Telefon ausgetauscht, was in heutigen Zeiten eine durchaus sinnvolle Maßnahme war. Keine fünf Minuten später rollte ein Mercedes mit Dortmunder Kennzeichen und vier Männern vom Hof, Matteo Taccola inklusive.

Sie parkten in einem Parkhaus am Hansaplatz. Matteo Taccola lief vorneweg, die anderen drei bildeten einen Pulk hinter ihm. Alle trugen teure Anzüge. Einer von ihnen, ein Südländer mit dunkler Haut und zurückgegelten Haaren, humpelte wie von einer Sportverletzung. Solveigh setzte ihre Brille auf, um ein Bild von ihnen zu schießen, aber auf dem Weg durch die Fußgängerzone blickte keiner von ihnen zurück. Auch hier war es nicht schwer, ihnen zu folgen. Solveigh dämmerte, dass sich Matteo Taccola so sicher fühlte, dass er nicht einmal annahm, dass jemand auf ihn angesetzt sein könnte. Selbst die Überprüfung durch die Bundespolizei hatte ihn nicht beunruhigen können. Matteo Taccola machte keine illegalen Geschäfte, er hatte nichts zu befürchten. Er war einfach nur ein italienischer Geschäftsmann auf dem Weg zu einem Termin. Dieses Selbstverständnis war die beste Tarnung, wusste Solveigh.

Als die drei ein schmuckloses Haus betraten, dessen Erdgeschoss eine Kaffeerösterei beherbergte, die jede Woche eine neue Welt versprach, blieb Solveigh stehen. Sie betrachtete die Stockwerke darüber und konnte nur Büros ausmachen. War dies das zweite Unternehmen der Taccolas in

Deutschland nach der Import-Export-Firma, auf die das Lagerhaus eingetragen war? Solveigh löste sich vom Jeansständer einer Bekleidungskette und lief zum Hauseingang. Es gab nur einen weiteren Mieter neben der Kaffeekette und der Hausverwaltung. Und es war kein Unternehmen der Taccolas.

»Eddy, es funktioniert«, sagte Solveigh, als sie ihren Kollegen erreicht hatte. Auf dem Schild an dem Haus stand »Bettmann Bank«. Eine der exklusivsten Adressen in Deutschland für Leute mit dem entsprechenden Kontostand. Und ein guter Hafen im Euroraum für die finanziellen Rücklagen der Taccola-Familie.

Zwei Stunden später saß Solveigh mit ihrem Laptop auf dem Schoß in einem schmucklosen Hotel am Rand der Innenstadt, gar nicht allzu weit von der Filiale der Bettmann-Bank entfernt. Neben ihr stand ein großes Glas Cola, daneben ein Sandwich mit Pute und Ei. Neben dem Fenster mit Eddys Konterfei sah sie Zahlenkolonnen über den Bildschirm rauschen.

»Es ist unglaublich«, sagte Eddy. »Sie ziehen ihr Geld schneller aus Italien ab, als die Amerikaner ihre Dollars drucken.«

»Hatten wir das nicht erwartet?«, fragte Solveigh spöttisch und warf einen sehnsüchtigen Blick auf das unbenutzte Bett. Sie musste schlafen, wenn Zeit dafür war, und im Moment zeigte der Sender, den sie am Mercedes der Mafiosi angebracht hatte, dass sie im nobelsten ihrer Dortmunder Restaurants ein spätes Abendessen genossen. Sie hatte mindestens drei Stunden für ein wenig Schlaf. Sie musste mit ihren Ressourcen haushalten, die nächsten Tage würden ein Höllenritt werden.

»Allein auf Konten der Bettmann-Bank sind schon über zwanzig Millionen geflossen, verteilt auf achtunddreißig Firmen.«

»Was für Firmen?«, fragte Solveigh und trank einen Schluck Cola. Das Koffein und der Zucker könnten helfen.

»Den Namen nach zu urteilen alles Mögliche. Und Dortmund scheint so etwas wie ihre Deutschlandzentrale zu sein. Oft gehen hohe Beträge an eine hiesige Mutterfirma und werden dann an Tochterunternehmen in ganz Deutschland weiterverteilt.«

»Klingt kompliziert«, sagte Solveigh und ließ sich rücklings aufs Bett fallen, ab einem gewissen Pegel war Koffein sogar kontraproduktiv. Sie würde das komplizierte Geflecht von Beteiligungen heute ohnehin nicht mehr durchschauen.

»Ich erklär's dir morgen, Slang«, sagte Eddy, der ihren Zustand erraten haben musste.

Solveigh seufzte: »Danke, Eddy. Und wenn etwas Dringendes ist, ruf mich an.«

»Natürlich«, sagte Eddy, und Solveigh wusste, dass er es nicht so meinte. Wie lange ich den Job wohl noch durchhalte?, fragte sich Solveigh nicht zum ersten Mal. Sie war in diesem Jahr achtunddreißig geworden. War es das, was sie den Rest ihres Lebens machen wollte? Wollte sie eine Beziehung nach der anderen dieser Arbeit opfern? Solveigh liebte ihren Job, er war für sie eine Berufung. Und sie war gut darin, vielleicht sogar sehr gut. Aber sie stellte fest, dass ihr Körper nicht mehr so viel verzieh wie früher. Nach zwei Nächten ohne Schlaf rebellierte nicht nur ihr Kopf mit den Schmerzattacken – die hatte sie im Griff –, sondern zunehmend auch der Rest ihres Körpers. Solveigh zog den Rock aus und streifte die Strumpfhose ab. Sie hängte beides neben die Bluse auf den roten Stuhl und stellte sich unter die heiße Dusche. Als das Wasser auf ihre verhärteten Schultern prasselte, entspannten sich ihre Muskeln und ihre Nerven. Und sie stellte fest, dass sie – wenn sie ehrlich war – nicht an ihr Alter, sondern an ihre Zukunft dachte. Und an Fabio Lonzi. Beim Gedanken an seine Chuzpe musste sie unwillkürlich lächeln. Vielleicht würde sie ihn anrufen, wenn das hier vorbei war. Doch wie immer in ihrem Leben kam vor der Kür immer erst die Pflicht. Und das war das ganze Problem an diesem Job, den sie mehr liebte als sich selbst.

KAPITEL 59

Veiros, Portugal
Dienstag, 23. Juli 2013, 10.09 Uhr (am nächsten Tag)

Sehr vorsichtig rollte er ihren Körper auf die Schlaufen, die an dem Flaschenzug befestigt waren. Ihre Haut und ihre Blutgefäße waren in diesem Stadium sehr empfindlich, und ein Fehler ließ sich später kaum noch oder nur mit sehr viel Mühe korrigieren. Er streichelte ihre kalte Wange mit seinen knöchrigen Fingern, bevor er anfing zu kurbeln. Der selbst gebaute Mechanismus aus Hanfzügen und Rollen quietschte, bis er sie auf die Höhe der Wanne gezogen hatte. Er wischte sich den Schweiß mit einem dunklen Tuch vom Hals. Als er sie langsam an der Hüfte über das Acetonbad schob, klingelte das Telefon – dessen Nummer nur eine Person kannte. Er kannte den Anrufer nicht persönlich, und für beide war diese Tatsache nicht nur angenehm, sondern ein überaus wichtiger Bestandteil ihrer geschäftlichen Vereinbarung. Natürlich würde er das Gespräch nicht annehmen, es handelte sich lediglich um ein Signal. Ein Signal, dass eine E-Mail eingetroffen war, auf die er schon sehr lange wartete. Vor allem nach dem Fehlschlag mit der letzten Lieferung. Seine Königin. Er spürte, dass seine Hand leicht zitterte, als er zum zweiten Mal versuchte, ihren Körper über der Wannenmitte zu stabilisieren. Wenn der Anrufer diesmal ein makelloses Exemplar besorgen konnte, würde es nicht mehr lange dauern. Die Königin war das Schwierigste von allen, weil man sie nicht auf der Straße fand. Aber das Einfache war niemals der Weg der Kunst. Dann schlang er die beiden Hanfseile um seine Hände und ließ sie herab. Als das Aceton ihren Körper vollständig verschluckt hatte, entfernte er die Schlaufen und betrachtete die Reiterin. Sah die Zeichnung in ihr, die Skizze. Und sah sie auf dem Brett stehen in all ihrer Pracht, mit ihren Zweifeln und ihren Hoffnungen, dass der Krieg ein gutes Ende nehmen würde, für ihren Herrn und Gebieter. Dann verließ er seine Scheune, um in die Stadt zu fahren und die E-Mail abzurufen.

KAPITEL 60

Dortmund, Deutschland
Mittwoch, 24. Juli 2013, 4.42 Uhr (in der Nacht darauf)

Lila erwachte erneut von der Türklingel. Sie drehte sich auf die Seite, um einen Blick auf die Uhr zu werfen, aber es war noch zu dunkel. Sie schlich zum Fenster und hielt die Armbanduhr mit der Mickey Mouse auf dem Zifferblatt ins Mondlicht. Viertel vor fünf. Es hatte noch niemals jemand um Viertel vor fünf geklingelt, seit sie in dieser Wohnung lebten. Es klingelte zum zweiten Mal. Oder war sie nicht vom ersten Klingeln aufgewacht? Lila lief zu Ioanas Bett und streichelte ihre Schulter durch die Bettdecke.

»Ioana«, flüsterte sie. »Ioana. Wach auf.«

Ihre Freundin rollte sich auf den Bauch.

»Hey, Ioana!«

Langsam kam Ioana zu sich und setzte sich auf. »Was ist los?«, fragte sie.

»Da ist jemand an der Tür!«, antwortete Lila.

Es klingelte zum dritten Mal.

»Macht Valentina nicht auf?«, fragte Ioana.

»Ich schätze, sie schläft ihren Rausch aus.«

Wieder die Klingel. Eindringlicher, länger.

»Was sollen wir machen?«, fragte Ioana, als Lila den Zeigefinger über ihre Lippen legte. Sie schlich zur Tür und kurz darauf zurück.

»Valentina ist aufgewacht«, sagte sie.

Sie hörten schlurfende Schritte auf dem Flur und unverständliches deutsches Gemurmel. Dann ein Fluch, als die

Klingel noch einmal ertönte, gefolgt vom Gerassel eines Schlüsselbunds und dem Drehen des Türschlosses.

»Warum kommen die mitten in der Nacht?«, fragte Ioana.

Lila sah sie an und schwieg.

Sie hörte Stimmen auf dem Gang. Das gesungene Deutsch. Der Mann von vorgestern war zurück. Lila würde seine Stimme jederzeit wiedererkennen, selbst in einer fremden Sprache. Und seine Augen. So kalt bei so viel Freundlichkeit.

»Was meinst du?«, fragte Ioana noch einmal.

Lila starrte auf ihre nackten Schultern. Sie hörte seinen humpelnden Schritt auf dem Holzboden. Vielleicht ging er zu den anderen beiden im Nebenzimmer? Valentina klopfte nicht, sie stand auf einmal in ihrem Zimmer in ihrem verwaschenen Schlafanzug mit einem Bademantel darüber. Ihre Augen waren feuerrot. Hinter ihr der Mann.

»Du«, sagte Valentina zu Ioana. »Nummer drei.«

Lila krallte ihre Finger unter der Bettdecke in Ioanas Oberschenkel.

»Zeit zu gehen!«

Lila spürte, wie eine Träne aus dem Augenwinkel über ihre Wange lief. Sie hatte es gewusst. Sie hatte es die ganze Zeit gewusst. Wenn sie nur einen Weg gefunden hätten zu fliehen. Wenn sie nur schneller gewesen wäre.

»Er sagt, du wirst eine Königin«, lallte Valentina und hustete. Oder lachte sie? Lila schloss Ioana in die Arme und dachte an die Prophezeiung. Und in diesem Moment wusste sie, dass die alte Frau das Kleid verflucht hatte. Und dass es nichts Gutes war, eine Königin zu werden.

»Ich finde dich, wo immer du bist«, flüsterte sie ihrer Freundin ins Ohr. Ioanas Rücken versteifte sich. Sie hatte Angst. Lila hatte auch Angst.

»Ich verspreche es«, sagte sie. Und dachte: Es ist alles meine Schuld. Ich habe dir das Kleid gegeben. Ich hätte abgeholt werden sollen. Alles hat seinen Preis, hat sie gesagt. Der Mann humpelte auf ihr Bett zu und streckte einen Arm aus.

»Er sagt: Komm, meine Königin«, übersetzte Valentina überflüssigerweise.

KAPITEL 61

München, Deutschland
Mittwoch, 24. Juli 2013, 16.14 Uhr (am selben Tag)

»Der Polizeidirektor Wochinger lässt fragen, ob Sie etwas Neues für ihn haben, Herr Regen.«

Paul Regen saß an seinem Schreibtisch und starrte seit zwei Stunden auf die Bilder der Opfer, die er nebeneinander auf seinem Schreibtisch ausgelegt hatte.

»Liebe Frau Auch«, sagte Paul Regen, »wenn ich etwas Neues hätte, glauben Sie mir, Sie wüssten als Erste davon.«

»Ich weiß«, sagte Adelheid Auch.

»Es geht langsam nicht mehr, oder?«, fragte Paul Regen.

Das Auswärtige Amt schüttelte den Kopf: »Nein, Herr Regen, es geht nicht mehr.«

»Sind wir am Ende?«

Adelheid Auch setzte sich auf die Kante seines Schreibtischs. Sie sah hinreißend aus mit ihrer Lesebrille und ihrem völlig aus der Mode gekommenen Bleistiftrock und der weißen Bluse.

»Sie arbeiten jetzt seit Wochen Doppelschichten. Und ich …«, sagte sie schließlich.

Paul Regen seufzte: »Haben Sie darüber nachgedacht, was ich Ihnen als Wochenendaufgabe mitgegeben hatte?«

Adelheid Auch schob ihre Lesebrille in die Haare und schaute sehr ernst: »Natürlich. Aber ich komme beim besten Willen nicht drauf, was eine attraktive junge Frau mit zwei Landwirten und ein Priester gemeinsam haben sollen.«

»Sehen Sie, Frau Auch, ich auch nicht.«

Niemand lachte über das Wortspiel, das hatten sie sich längst abgewöhnt. Sogar bevor sich Paul Regen abgewöhnt hatte, das doppelte »auch« weitestgehend zu vermeiden.

»Reicht denn nicht, was Sie schon herausgefunden haben? Was hat denn der Profiler dazu gesagt?«

Paul Regen starrte auf die Bilder vor seiner Nase. Er kam so nicht weiter, er brauchte einen Tapetenwechsel. Und wenn Adelheid Auch sagte, dass er im Begriff war, den Bogen zu überspannen, dann konnte er sich darauf verlassen, dass das stimmte.

»Gehen wir spazieren«, sagte Paul Regen.

»Jetzt?«, fragte Adelheid Auch. »Es ist nicht einmal halb fünf.«

»Ich gebe uns den Rest des Nachmittags frei«, versprach Paul Regen. »Nicht, dass es bei unseren Überstundenkonten eine Rolle spielen würde.«

Adelheid Auch steckte die Dienstwaffe in ihre rote Handtasche, die sie wie immer passend zu ihren Schuhen ausgewählt hatte.

»Passen Sie auf, dass niemand zu Schaden kommt, Frau Auch«, sagte Paul, als sie das Auswärtige Amt abschloss.

»Passen Sie lieber auf, dass Sie nicht erschossen werden,

Herr Regen. Tragen Sie Ihre immer noch nicht? Sie wissen, dass das gegen die Vorschrift ist, oder?«

Als ob Paul Regen Vorschriften jemals interessiert hätten. Er hatte noch nie im Dienst eine Waffe abgefeuert und hatte nicht vor, das zu ändern. Schließlich waren sie nicht mehr bei der Sitte, wo das Herumfuchteln mit einer geladenen Pistole einen Sinn ergeben konnte.

»Wohin wollen wir?«, fragte Paul Regen, als sie auf dem Hof vor der grünen Villa standen. Die Sonne spiegelte sich in den Fenstern des Hauptgebäudes und strahlte ihnen ins Gesicht.

»Sie wollten doch spazieren gehen«, sagte Adelheid Auch und holte ein Taschentuch aus ihrer Handtasche.

»Schon richtig«, sagte Paul Regen. »Aber so funktioniert das nicht. Es ist egal, wo wir hingehen. Entweder, die Assoziationskette kommt, oder sie kommt eben nicht. Sie kommt überall oder niemals, das Wo ist nicht wichtig.«

»Ich war lange nicht an der Isar«, sagte Adelheid Auch.

Als sie an der U-Bahn-Station Fraunhoferstraße mit der Rolltreppe zurück in die Sonne fuhren, stellte Adelheid Auch fest, dass die Fenster der Schoppenstube verrammelt waren. Offenbar war noch eine Münchner Institution der Geldgier der Immobilienhaie zum Opfer gefallen.

»Ein Skandal«, stimmte Paul Regen zu.

»Da rackert man vierzig Jahre hinter dem Tresen, ist Nacht für Nacht für alle da, ob Jung, ob Alt, ob Reich, ob Arm, und dann kommt ein Investor und macht Platz für eine amerikanische Kaffeehauskette oder ein Modegeschäft«, echauffierte sich Frau Auch.

»Die Welt ist nicht gerecht, Frau Auch«, sagte Paul Regen. Und mein Viertel wird nie mehr das sein, was es einmal war, dachte er.

»Was hat er denn nun gesagt, der Profiler?«, fragte Adelheid Auch, als sie am Isarufer Richtung Norden liefen.

Paul Regen warf einem laut klingelnden Fahrradfahrer einen bösen Blick zu. »Er hat zugegeben, dass es gut möglich ist, dass den Täter das Tattoo gestört hat und dass er Ene Akiode deshalb in der Baustellentoilette abgelegt hat.«

»Das ist doch schon mal eine gute Nachricht«, sagte Adelheid Auch.

»Finden Sie?«, fragte Paul Regen. »Außerdem hat er gesagt, dass das Formaldehyd und das gehärtete Plastik schon ein Hinweis darauf ist, dass es derselbe Täter sein könnte. Aber dass es ebenso gut sein kann, dass es sich um einen Zufall handelt.«

»Bei sechs Fällen?«

Paul Regen kickte einen Stein ins Gras. »Die beteiligten Länder haben immerhin über zweihundertfünfzig Millionen Einwohner. Und die Tatsache allein, dass Leichen von Tätern konserviert werden, kommt wohl häufiger vor, als man annehmen möchte.«

»Die werden also tatsächlich nicht ermitteln?«, fragte Adelheid Auch.

»Doch«, gab Paul Regen zu. »Sie geben das ans BKA, hat er gesagt.«

»Aber das ist doch prima«, sagte sie.

»Sie wissen doch, wie das läuft, Frau Auch: Die schieben den Schwarzen Peter von einem Land zum nächsten, und möglicherweise haben wir in fünf Jahren eine ordentliche Ermittlung.«

»Und das ist unser Problem?«, fragte sie.

Paul wusste nicht, wie er ihr das erklären sollte.

»Das Problem ist, dass ich mit dem Wochinger gewettet habe ...«, sagte Paul Regen, als sie an der Fußgängerampel vor dem Deutschen Museum auf Grün warteten, was ihm alleine niemals eingefallen wäre.

»Gewettet?«, fragte Adelheid Auch. »Worum gewettet?«

»Um meine Versetzung«, sagte Paul.

Adelheid Auch wurde still, als die Ampel auf Grün sprang. Paul Regen lief los, aber sie machte keine Anstalten, ihm zu folgen. Er wartete auf der anderen Seite, bis er glaubte, eine Träne auf ihrer faltigen Wange zu bemerken. Es war wieder rot, als er zurücklief.

»Sie sind ein Arschloch, Paul Regen«, sagte sie. Von der vermeintlichen Träne war keine Spur mehr zu sehen.

»Der Profiler sagt, der Schlüssel ist eine logische Verbindung zwischen den Opfern. Formal, sagt er, würde es dann für eine Sonderermittlung reichen.«

Adelheid Auch holte aus und versetzte ihm einen schmerzhaften Schlag gegen den Oberarm. Paul Regen lief ihr hinterher.

»Sie bleiben!«, sagte Adelheid Auch. »Sie lassen mich nicht für meine letzten fünf Dienstjahre alleine! Nicht nach all den Jahren!«

»Dann brauchen wir die Verbindung«, sagte Paul Regen.

»Und was machen wir dann hier?«, fragte sie.

»Wir denken nach«, sagte er. »Ich zeig es Ihnen.«

Adelheid Auch blieb wieder stehen und blinzelte in die Sonne.

»Da bin ich gespannt«, sagte sie.

»Nehmen wir das Deutsche Museum«, schlug Paul Regen

vor. »Und jetzt versuchen wir, unseren Fall damit in Verbindung zu bringen.«

»Aha«, sagte Adelheid Auch.

»Probieren wir es mal. Das Ding ist vollgestopft mit alter Technik. Flugzeuge, ein Faradaykäfig. Wie nennt man die Ausstellungsstücke noch?«

»Exponate«, sagte Adelheid Auch.

»Exponate heißen auch präparierte Leichenteile, womit wir schon ziemlich nahe bei unserem Fall wären. Könnte es sein, dass jemand Leichenteile sammelt und konserviert, um sie in einem Museum auszustellen?«

»Sie spinnen«, sagte Adelheid Auch.

»Das ist der Punkt bei dieser Übung«, sagte Paul Regen. »Es geht darum, durch wilde Spekulation einen Treffer zu landen. Die Kunst ist, zu erkennen, wenn eine Kugel ins Schwarze getroffen hat.«

»Und so etwas gibt es wirklich?«, fragte Adelheid Auch.

»Der Profiler sagt, ein sexuelles Motiv sei auszuschließen, eben weil sie so unterschiedlich sind.«

»Als ob wir das nicht längst gewusst hätten«, mäkelte sie.

»Egal. Er sagt, wenn es nichts Sexuelles ist, dann kommt zum Beispiel jemand infrage, der auf einer Mission ist. Zum Beispiel jemand, der glaubt, ein Museum mit Körperteilen füllen zu müssen. Oder weil ihm das Stimmen einflüstern.«

»Wir suchen einen Verrückten?«, fragte Adelheid Auch.

»Möglicherweise«, sagte Paul Regen.

»Was spricht denn dafür, dass es jemand ist, der ein Museum füllen will?«

»Nichts«, gab Paul zu. »Außer der Tatsache, dass es Exponate sein könnten und dass er lange geübt hat.«

»Aber ist nicht jemand, der ein Museum füllen will, jemand, der psychologisch gesehen ein Sammler ist?«, fragte Adelheid Auch. Paul Regen wusste, warum er sie mitgenommen hatte. Hinter der mittlerweile faltigen Stirn saß immer noch ein äußerst wacher Verstand.

»Sie haben recht, dazu passt nicht, dass er seine Übungsstücke einfach weggeworfen hat.«

Paul Regen und Adelheid Auch umkurvten die Löwenstatue an der Ludwigbrücke und überquerten die Isar. Adelheid Auchs Interesse an seiner Assoziationskette war geweckt, und sie spekulierten über eine Organbank, die der Täter anlegen wollte (passte nicht zum Konservieren), und die Frage, ob jeweils nur ein Körperteil der Opfer für den Täter eine Rolle spielte und er sich eine Art Frankenstein zusammenbastelte (es erschien ihnen dann doch etwas zu ausgefallen, einem Landwirt mit über einem Meter neunzig das Bein einer Vierundzwanzigjährigen anzunähen).

Als sie durch die Frühlingsanlagen liefen, versuchte Paul Regen, ihre Diskussion wieder auf die Verbindung zwischen den Opfern zu steuern: »Mal andersherum gedacht: Warum eigentlich zwei Landwirte? Warum überhaupt Landwirte? Und warum ein Priester?«

Sie liefen an einigen Kindern vorbei, die einem Ball hinterherrannten, auf dem Basketballfeld wurden Körbe zu amerikanischem Westküsten-Rap geworfen.

»Vielleicht spielt er ein Spiel?«, vermutete Adelheid Auch.

Paul folgte der Flugbahn des Balls, aber der Wurf landete an der Außenseite des Korbs. Ein Spiel? Was sollte das für ein Spiel sein? Langsam gingen sie die leichte Anhöhe zur Reichenbachbrücke hinauf. Zu ihrer Linken standen die Alten um ein großes Schachbrett, rauchten Zigarillos und tranken Bier. Ein Mann mit einer Baskenmütze zog mit einem Bauern. Paul blieb stehen. Zwei Landwirte. Zwei Bauern. Und eine junge Frau, die einmal einen Schönheitswettbewerb gewonnen hatte. Eine Schönheitskönigin. Die Dame des Königs. Königin, Bauer, Springer, Turm, Läufer. Wenn es stimmte, musste es unter den Opfern Springer und Läufer geben. Paul Regens Erinnerung zufolge war das nicht der Fall. Aber was, wenn etwas nicht ganz so Augenfälliges dahintersteckte? Konnte das noch ein Zufall sein? Natürlich konnte es das. Bis sie nicht alle Körperteile in ein Muster eingeordnet hatten, war ihre Theorie nichts wert. Der Mann mit der Baskenmütze rief etwas quer über das Brett in einer Sprache, die Paul nicht verstand. Dann trank er einen Schluck Bier aus einer Flasche, und von einer Bank gegenüber prostete ihm jemand zu. Eine fremde Sprache? Ein anderer Kulturkreis? Paul Regen kramte im hintersten Winkel seines Gedächtnisses und glaubte, sich zu erinnern, dass der Läufer auf Englisch »Bishop« hieß. Bischof. Ein Priester. Und der Springer? Konnte es sein, dass einige der Opfer geritten waren? War es möglich? Nein, das war es ganz sicher nicht. Oder? Paul Regen spürte ein Kribbeln in den Händen.

»Was ist los?«, fragte Adelheid Auch.

»Ich muss noch mal ins Büro«, sagte Paul Regen.

»Was ist passiert?«

»Das erkläre ich Ihnen unterwegs«, sagte Paul Regen und zog Adelheid Auch am Arm.

KAPITEL 62

Zollfahndungsamt Essen, Deutschland
Donnerstag, 25. Juli 2013, 22.14 Uhr (am nächsten Tag)

Die Gemeinsame Finanzermittlungsgruppe hatte sich in der Weiglestraße verabredet. Das Zollfahndungsamt Essen lag mitten im Ruhrgebiet, dem Zentrum der Aktivitäten der Taccola-Familie in Deutschland. Über einhundert Beamte füllten den größten Raum des Hauses, die Kantine, die nach dem Mittagessen geschlossen worden war. Solveigh stand ganz hinten an der Wand und beobachtete die Dienstbeflissenheit und Akribie, für die Deutschland in ganz Europa ebenso belächelt wie bewundert wurde. Will Thater hatte darauf gedrängt, dass der deutsche Zoll den Einsatz koordinierte, an dem neun europäische Staaten beteiligt waren. Es war die größte konzertierte Polizeiaktion, die es in der EU jemals gegeben hatte, und was die Steuern anging, galt Deutschland selbst in Brüssel als vorbildlich. Ausgerechnet die Steuerfahndung war der zweite und entscheidende Teil in Solveighs und Eddys Plan zur Zerschlagung des Taccola-Imperiums. Die Finanzströme der letzten Tage, die hektisch ausgeführten Überweisungen auf Konten vermeintlich stabiler Staaten, hatten geschafft, wofür Ermittler Jahre gebraucht hätten: Sie kannten jetzt die Firmenstruktur ihres Gegners. Sie wussten, wo das Schwarzgeld gewaschen wurde und über welche Kanäle es in den regulären Wirtschaftskreislauf zurückfloss. Hinter den Steuerbeamten und den Experten bei BKA und Zoll lagen vier lange Tage und noch längere Nächte. Morgen früh würden sie gleichzeitig in so vielen Betrieben wie möglich zuschlagen. Und Solveigh würde zusehen, wie der Drahtzieher des Attentats auf die ECSB verhaftet wurde. Sie würde es genießen, dachte sie, als der Leiter der Finanzermittlungsgruppe den beteiligten Beamten das Vorgehen erklärte. Die Zollfahnder hatten für die Firmen und die anderen Mietobjekte der Taccolas drei Prioritäten vergeben, die sich auf der Karte rund um die Stadt Dortmund sprenkelten. Rot markierte Betriebe, die dicken Fische und die Privatwohnungen der Bosse, würden um 7.00 Uhr am nächsten Morgen per Durchsuchungsbefehl abgeriegelt und sämtliche Unterlagen beschlagnahmt. Grüne würden zunächst von der Polizei gesichert, dabei handelte es sich meistens um Restaurants und kleinere Handelsunternehmen. Die blau markierten Ziele waren Immobilien, die den Taccolas zwar gehörten oder die sie gemietet hatten, denen aber keine Funktion innerhalb des ausgeklügelten Finanzsystems zugewiesen werden konnte. Die Zollfahndung würde sie erst einige Stunden nach der ersten Razziawelle aufsuchen können. Solveigh war zufrieden. Wenn alles glatt lief, würde ihre Aktion die Infrastruktur der Taccolas um Jahre zurückwerfen, wenn nicht gar gänzlich zerstören. Eine kriminelle Organisation unterschied sich dabei nicht von einem regulären Unternehmen: Es dauerte Jahre, in Märkten Fuß zu fassen und Profite anzusammeln. Nahm man ihnen die Firmen, nahm man ihnen ihre Lebensgrundlage. Das war die einfache Logik, der die ECSB mit ihrem Konzept folgte. Allein Solveighs Instinkt wollte nicht zur Ruhe kommen. Sie wusste nicht, was sie an ihrem Plan störte, aber ihr Bauchgefühl sagte ihr, dass es nicht hinhauen würde. Nicht so, wie sie es sich vorgestellt hatten.

Nach zwei unruhigen Stunden auf dem Bett ihres Hotelzimmers roch Solveigh um Viertel vor fünf am nächsten Morgen an ihrer weißen Bluse vom Vortag. Sie warf sie in ihren kleinen Rollkoffer und zog eine frische blaue heraus. Dann schnallte sie ihr Schulterholster an und griff nach ihrem Jackett. Sie konnte die innere Stimme, die sie geweckt hatte, nicht länger ignorieren.

Bei einem Kaffee in der Lobby fuhr sie ihren Computer hoch. Um fünf Minuten nach fünf hatte sie in der ECSB-Akte die Information gefunden, die sie gesucht hatte.

Die von Tausenden Füßen zusammengetretenen Fasern des Teppichs schluckten ihre Schritte nur unzureichend, und der Aufzug hatte ihre Ankunft im vierten Stock des Steigenbergers für ihren Geschmack viel zu laut angekündigt. Vor seiner Zimmertür lauschte Solveigh. Die Klimaanlage säuselte leise, aber ansonsten war von drinnen nichts zu hören. Gar nichts. Sie warf einen Blick auf das Schloss, ein digitales für eine Magnetkarte. Die entsprechende Ausrüstung gehörte nicht zu ihrem Standardrepertoire.

»Housekeeping!«, rief Solveigh und klopfte. Sie würden ihn ohnehin in ein paar Stunden vorläufig festnehmen.

»Housekeeping«, rief Solveigh noch einmal und wartete. Im Inneren des Zimmers rührte sich nichts.

Über den Webbrowser ihres Telefons suchte sie eine Nummer heraus.

»Das Grandhotel Steigenberger in Dortmund, was kann ich für sie tun?«, flötete ein junger Mann vier Stockwerke unter ihr.

»Ich habe eine dringende Nachricht für Matteo Taccola«, sagte Solveigh.

»Es tut mir leid, aber es ist in unserem Hause grundsätzlich nicht erwünscht, die Gäste vor sieben Uhr morgens zu belästigen. Kann ich eine Nachricht für Herrn Taccola notieren?«

Solveigh zog einen Zettel aus ihrem Jackett: »Ich sage Ihnen, dass mein Boss sehr ungehalten wird, wenn er diese Nachricht nicht bekommt. Ich bin seine Sekretärin, und Sie können sich nicht vorstellen, was er mit mir anstellt, wenn Sie mich nicht durchstellen. Es ist wirklich sehr wichtig«, sagte Solveigh.

Der junge Mann an der Rezeption zögerte etwas zu lange: »Es tut ...«

»Es geht um die Börse in Tokio«, unterbrach ihn Solveigh. Börse klang immer nach viel Geld. Oder hohen Verlusten. »Und es ist wirklich sehr, sehr wichtig«, fügte sie hinzu.

»Warten Sie einen Moment«, sagte der Mann am Empfang, und Solveigh hörte, wie hinter der Tür das Telefon klingelte. Nach drei Klingeltönen gab der Mann auf, das war viel zu kurz, wenn Taccola gestern Abend Wein getrunken hatte, was er fast jeden Abend tat.

»Hören Sie?«, fragte der junge Mann. »Ich sehe gerade, dass Herr Taccola sich bereits um fünf Uhr sein Auto holen ließ.«

Also hatte sich Taccola mittlerweile einen fahrbaren Untersatz besorgt. Und die Krähe war ausgeflogen. Solveigh trat gegen die Tür und fluchte. Sie hatte es geahnt. Bei über zweihundert involvierten Beamten gab es immer jemand, der den Jungs einen Tipp gab. Es gefährdete möglicherweise nicht ihre Operation, was die Konten der Taccolas anging. Aber es gefährdete Solveighs persönliche Mission, den Mörder ihrer Kollegen hinter Gitter zu bringen. Sie wollte ihn nicht nur mittellos und auf der Flucht wissen. Solveigh wollte, dass Matteo Taccola bezahlte für das, was er getan hatte. Sie warf einen Blick auf die Uhr. In weniger als einer Stunde begann die erste Razzia. Und sie hatte eine Verabredung mit den Kollegen. Matteo Taccola würde warten müssen.

KAPITEL 63

Dortmund, Deutschland
Freitag, 26. Juli 2013, 8.19 Uhr (wenige Stunden später)

Lila hörte Schreie aus der Küche. Gehetzte Worte und das Geklapper von Schubladen, die hastig auf- und zugeschmissen wurden. Auf Zehenspitzen schlich sie zur Tür und öffnete sie einen Spalt. Zum ersten Mal, seit sie hier eingezogen waren, stand die Haustür offen. Ein Mann in einem blauen Overall trug eine Kiste hinaus und vergaß, die Tür hinter sich zuzuziehen. Lila rannte zum Schrank und kramte ihre Tasche heraus. Vielleicht war jetzt die einzige Gelegenheit. Die Chance, auf die sie seit Tagen wartete. Sie hatte beschlossen, sie sich nicht entgehen zu lassen. Sie musste Ioana wiederfinden. Und alles, was sie hatte, waren die Autonummer des Mannes, der sie abgeholt hatte, und sein Bild, das sich ihr ins Gedächtnis gebrannt hatte: sein Humpeln, seine angelegten Haare und der Geruch. Lila zog ihre alten Turnschuhe an, die sie noch aus Moldawien mitgebracht hatte. Gegenüber den neuen Schuhen, die ihnen Radu in Bukarest geschenkt hatte, sahen sie zwar elendig aus, aber wenigstens waren sie leise. An der Tür lauschte sie nach Valentina. Sie hörte sie in der Küche telefonieren. Sie sprach Deutsch, aber es war nicht zu überhören, dass sie aufgebracht war. Irgendetwas musste passiert sein. Lila schlich über den Flur und warf im Vorbeigehen einen Blick in das Zimmer von Mascha und Zalina. Beide lagen in ihren Betten und hatten die Decken über ihre Köpfe gezogen. Lila zischte in ihre Richtung. Keine Reaktion. Sie lief bis zum Türrahmen und flüsterte: »Mascha! Zalina!« Beide senkten die Decken und starrten sie an. Lila deutete mit dem Zeige- und Mittelfinger eine Laufbewegung an. Die beiden schüttelten den Kopf. Plötzlich hörte sie ein lautes Fluchen aus der Küche. Valentina. Lila hechtete ins Zimmer und versteckte sich hinter der Tür. Valentina stolperte auf dem Flur an ihr vorbei. Ein letzter Blick zu Mascha und Zalina. Sie taten ihr leid, aber sie durfte sich nicht aufhalten lassen. Vielleicht brachte das, was passiert war, etwas Gutes für die beiden. Lila konnte das Risiko nicht eingehen. Sie spähte um die Ecke zur Tür. Die Luft war rein. Dann lief sie zur Eingangstür, raste das Treppenhaus hinunter, bis sie die Freiheit riechen konnte. An der Haustür hielt sie ein weiteres Mal inne und vergewisserte sich, dass der Mann mit der Kiste nicht zurückkam. Er stand ein Stückchen die Straße hinunter auf dem gegenüberliegenden Gehsteig vor einem Transporter und rauchte mit einem anderen Mann. Sie blickten nicht einmal in Lilas Richtung, als sie um die Ecke verschwand.

Lila war keine zehn Meter weit gekommen, als plötzlich dunkle Limousinen an ihr vorbeirasten. Ihr Tempo schien Lila halsbrecherisch, und instinktiv duckte sie sich hinter ein parkendes Auto. Reifen quietschten direkt vor dem Haus, das sie vor wenigen Sekunden verlassen hatte. Lila schlich zurück zur Ecke und riskierte einen Blick. Vermummte Gestalten mit automatischen Waffen stiegen stumm aus den vier Wagen, ihre Gewehre klackten beim Durchladen im Akkord. Lilas Herz pochte gegen die Backsteine der Hausmauer. Zwei von ihnen liefen geradewegs zu dem Lastwagen mit den beiden Blaumännern, acht stürmten ins Haus, und zwei weitere blieben unten am Eingang stehen. Auf ihren Rücken stand Polizei, was Lila selbst ohne den gleichen Wortstamm im Rumänischen begriffen hätte. Die Polizisten agierten erstaunlich leise. Keine Befehle wurden gebellt, kein einziger Schuss wurde abgegeben. Sie fielen ein wie ein Schwarm stummer Raben. Lila hörte Sirenen, die sich von der Hauptstraße näherten. Erneut suchte sie hinter einem der parkenden Autos Schutz, bis die Kolonne an ihr vorbeigefahren war. Drei weitere Limousinen mit Blaulicht auf den Dächern bremsten im letzten Moment und blockierten die Straße. Als Erste stieg eine Frau in einem Männeranzug aus einem der Wagen. Hellblaue Bluse und dunkle, leicht gewellte Haare. Sie blickte kurz in Lilas Richtung, ihre Augen waren ungewöhnlich hell, vor allem für ihre dunkle Haarfarbe. Sie nickte den zwei vermummten Polizisten vor dem Hauseingang zu, als sie hineinging. Offenbar hatte sie etwas zu sagen, was Lila erstaunlich fand, denn in Moldawien hatte sie nicht eine einzige weibliche Polizeiangestellte gekannt. Obwohl das natürlich auch ein statistisch irrelevanter Zufall sein konnte. Vielleicht kann ich auch Polizistin werden, schoss es Lila durch den Kopf, bevor sie sich daran erinnerte, wo sie herkam. Und dass sie keine Papiere besaß, die hatte Valentina konfisziert. Du musst dich konzentrieren, sagte sie sich. Immerhin blieben ihr das Ersparte und ihr Verstand. Sie hatte keine Ahnung, wo sie mit der Suche nach

Ioana anfangen sollte. Vielleicht wäre es das Beste, einfach zur Polizei zu gehen? Andererseits hatte sie Radu immer davor gewarnt und gesagt, im Westen seien alle Polizisten korrupt und würden für das organisierte Verbrechen arbeiten. Oder sie gleich abschieben, weil hier niemand arme Mädchen aus Moldawien haben wollte. Die Frau, die eben ins Haus gegangen war, sah nicht aus wie eine korrupte Polizistin, aber das taten sie nie. Lila beschloss, dass es das Beste war, sich erst einmal selbst einen Überblick zu verschaffen. Wenn sie jetzt zur Polizei ging, würde sie ihr Schicksal in fremde Hände legen. Und das von Ioana. Und das konnte sie nicht riskieren.

KAPITEL 64

München, Deutschland
Freitag, 26. Juli 2013, 11.18 Uhr (zwei Stunden später)

Paul Regen hatte das Auswärtige Amt in seine Kommandozentrale verwandelt. An allen Wänden hingen Fotos, Computerausdrucke und Landkarten, auf allen drei Tischen stapelten sich Aktenberge. Einzig Adelheid Auchs Schreibtisch glänzte als Trutzburg der Ordnung in Regens Chaos. Eine der erstaunlichsten Entwicklungen war, dass Paul Regen – wie früher – unentwegt telefonierte. Mal mit einem Übersetzungsbüro, bei dem das Bayerische Landeskriminalamt mittlerweile zu den Premiumkunden gehören musste, mal mit einem der Kollegen, die seine Fälle ursprünglich bearbeitet hatten.

»Ihre Fälle?«, fragte Adelheid Auch scharfzüngig, als er es wieder einmal am Telefon erwähnte und sie ihm eine Akte auf den Schreibtisch legte.

»Bitte gleiten Sie nicht in Spitzfindigkeiten ab, liebe Frau Auch, das steht Ihnen gar nicht!«, sagte Paul Regen. »Aber fürs Protokoll: unsere Fälle.«

»Das meinte ich nicht«, sagte Adelheid Auch und grinste.

»Und täglich grüßt der Wochinger«, behauptete Paul Regen. »Ich kann Ihnen gar nicht sagen, wie mir das stinkt!«

»Ich weiß«, sagte Adelheid Auch.

»Ich lasse uns den Fall nicht mehr wegnehmen«, sagte Paul Regen. »Das hier ist groß. Viel zu groß für Jungs aus der Löwengrube und viel zu groß für die Bürokraten vom BKA!«

»Vielleicht auch ein klein wenig zu groß für uns?«, fragte Adelheid Auch. »Nicht dass ich die Effektivität unseres zweiköpfigen Teams infrage stellen will …«

»Das sollten Sie auch nicht, liebe Frau Auch. Denn wenn wir das hier gewinnen, dann können wir uns unseren nächsten Job aussuchen.«

»Sie mit Ihrer dämlichen Wette! Ihnen ist klar, dass ich noch fünf Jahre habe, bis sie mich pensionieren?«

»Umso besser«, sagte Paul Regen, »dann haben Sie ja nichts mehr zu verlieren.«

»Haben Sie die Wette nicht eigentlich längst gewonnen?«, fragte Adelheid Auch hoffnungsvoll.

»Darum geht es jetzt nicht mehr«, sagte Paul Regen in dem Moment, in dem es an der Tür des Auswärtigen Amts klopfte. Er war froh über die Unterbrechung ihrer Diskussion, die leicht ins Unangenehme abdriften könnte, wenn er nicht aufpasste. Adelheid Auch trat den Rückzug an und schloss die Tür zu seinem Büro. Paul vertiefte sich in die

Akte der beiden Beine aus dem Fass in Frankreich, als er hörte, wie im Vorzimmer gelacht wurde. Adelheid Auch lachte nur aus einem einzigen Grund auf diese Art und Weise. Paul stürmte durch die Tür und stand vor einem Mann in voller Ledermontur, dessen lange graue Haare wie frisch gekämmt aussahen, obwohl er einen Helm unter dem Arm trug.

»Kriminalhauptkommissar Regen!«, sagte Bernd Tauscheck und schüttelte ihm die Hand.

»Wie sehen Sie denn aus?«, fragte Paul Regen und beobachtete Adelheid Auch aus dem Augenwinkel. Das Lachen hatte ihn nicht getäuscht. Die beiden kannten sich vom Telefon, und er gefiel ihr live und in Farbe offenbar noch besser. »Gehört das Teufelsding auf dem Parkplatz etwa Ihnen?«

Vor einer Viertelstunde hatte er von seinem Fenster aus beobachtet, wie eine knallrote alte Moto Guzzi mit Beiwagen auf den Hof gelärmt war.

»Sie brauchte mal wieder eine Ausfahrt«, sagte der Polizeiobermeister, »und da dachte sich der Tauscheck, mal sehen, wie es dem Regen mit seinem Arm und meiner Hand geht.«

Paul Regen grunzte.

»Ist mein freier Tag. Schlechte Idee?«, fragte Tauscheck.

Nein, aber Sie könnten sich abgewöhnen, von sich selbst in der dritten Person zu sprechen wie Kaiser Otto, dachte Paul Regen. Natürlich sprach er das nicht laut aus.

»Passt schon«, sagte er stattdessen und bedeutete ihm, sich zu setzen. Immerhin zeigte er Einsatz, was man von den meisten seiner Kollegen, die er um Hilfe gebeten hatte, nicht behaupten konnte. Auf das Gutachten des Profilers aus der Löwengrube zu seinem Mordmotiv wartete er immer noch.

Die Lederkluft knirschte, als sich Tauschek auf einen der freien Schreibtischstühle setzte.

»Sind Sie weitergekommen?«, fragte Bernd Tauscheck.

»Warten Sie mal einen kleinen Moment«, sagte Paul Regen. Er dachte daran, dass Adelheid Auch ihren Mann vor sechs Jahren verloren hatte. Und daran, wie hungrig der Fahrtwind auf einem Motorrad macht, auch wenn er noch niemals auf einem gesessen hatte. Und irgendwie war er ein wenig gerührt von Tauschecks Auftauchen. Da konnte er wenigstens etwas Anständiges zu essen besorgen. Er wählte eine Nummer, die er normalerweise nur anrief, wenn ihm der Sinn nach Gesellschaft stand, aber dies war gewissermaßen ein Notfall.

»Der Tauscheck hat keine Ahnung, wovon Sie überhaupt reden«, sagte Adelheid Auch und warf Paul Regen einen vielsagenden Blick zu. »Vielleicht möchten Sie noch einmal von vorne anfangen?«

»Gerne«, sagte Paul Regen und fragte sich, was an seinen Ausführungen so schwer zu verstehen sein konnte.

»2005 verschwindet eine junge Frau in Verona, Italien. Ein Jahr später wird ihr Kopf auf einer Autobahnraststätte gefunden, stark geschrumpft und verformt. Es wurden Reste von Aceton und Silikon festgestellt, vermutlich wurde versucht, ihn zu konservieren, wobei vermutlich das Gas zu schnell ausgepumpt wurde, daher die Verformung. Es handelte sich um eine Studentin der Betriebswirtschaft, die zudem eine passionierte Dressurreiterin war. So weit klar?«

Bernd Tauscheck und Adelheid Auch nickten.

»So genau müssen Sie es nun auch wieder nicht machen«, sagte Adelheid Auch. »Der Herr Tauscheck ist ja nicht auf den Kopf gefallen. Nur hört er das ja im Gegensatz zu uns zum allerersten Mal.«

Bernd Tauscheck lächelte, und Paul Regen fragte sich, was zwischen den beiden ablief, direkt vor seinen Augen.

»2006 verschwindet Ulrika Lindahl, eine Landwirtin aus der Nähe von Trelleborg, Schweden. Ihr Kopf wird ebenso mit Silikonresten gefunden, jedoch erst im vergangenen Jahr. Er lag im Permafrost und war deutlich weniger verformt als der Schädel der Italienerin, er hat also zwischen 2005 und 2006 seine Methode verbessert. Er hat dazugelernt.«

Ein Klopfen an der Tür unterbrach seinen Vortrag. Im Türrahmen stand ein Beamter vom Empfang, einen Mann mit zwei großen Tüten im Schlepptau.

»Er hat gesagt, er will zu Ihnen«, sagte der Beamte. »Und Sie würden ihn erwarten?«

»Natürlich«, sagte Paul Regen und winkte den Taxifahrer herein. Er nahm ihm die Tüten ab und drückte ihm einen Zwanzig-Euro-Schein in die Hand. Nur für die Fahrt, die Ware würde er später bei einem Freund bezahlen. Die meisten der Sachen kamen sowieso von seinem Stand auf dem Markt. Als der Beamte mit dem Taxifahrer wieder abgezogen war, stellte Paul Regen die Tüten auf den Tisch und warf einen kurzen Blick hinein: diverse Früchte, Costolato-Tomaten, Mozzarella, ein Fladenbrot.

»Jemand eine Aprikose?«, fragte Paul und warf den beiden jeweils eine Frucht zu, ohne eine Antwort abzuwarten.

»Er kriegt ja privat nicht viel auf die Reihe«, raunte Adelheid Auch zu Bernd Tauscheck, »aber ernähren kann sich unser Herr Regen.«

»Das habe ich gehört!«, sagte Paul Regen in gespielt vorwurfsvollem Ton.

»Er ist da fast manisch«, fügte Adelheid Auch überflüssigerweise hinzu. »Wegen der Vitamine und der Zusatzstoffe in den Sachen aus dem Supermarkt.«

»Sie sollten das ernst nehmen, Frau Auch. Selbst in Sahne mischen sie mittlerweile irgend so ein E-Zeugs rein.«

»Ich finde Tiefkühllasagne großartig«, sagte Bernd Tauscheck und zwinkerte Adelheid Auch zu. »Aber vielleicht wollen wir weitermachen?«

»Gute Idee«, sagte Paul Regen und biss in die Aprikose. »Ihr Priester«, sagte er kauend, »verschwand 2008, die Schönheitskönigin aus Afrika wurde von einem Straßenstrich in Spanien 2012 entführt.«

Paul Regen steckte die halbe Aprikose zwischen seine Zähne und griff zu einem Stift. Er lief zur Wand hinter Adelheid Auchs Schreibtisch, wo er das Schachbrett aufgehängt hatte. Ein Schachbrett mit den Fotos der Mordopfer. Er nahm die Aprikose aus dem Mund und kreiste mit dem Stift um die Bilder, während er Tauscheck seine Theorie erklärte.

»Hier eine Landwirtin, hier eine Königin, hier eine Dressurreiterin, hier ein Priester. Bauer, Königin, Pferd und Bischof!«, sagte Paul Regen triumphierend.

»Bischof?«, fragte Bernd Tauscheck. »Sie meinen den Läufer? Und Königin soll wohl die Dame sein?«

»Die Dame steht im Schach an der Seite des Königs, sie ist die mächtigste Figur. Traditionell wurde sie immer als die Königin gesehen«, erklärte Paul Regen. »Der Läufer hat unterschiedliche Bezeichnungen. Im arabischen Raum ist es ein Berater, bei uns der Läufer, und im Englischen heißt er Bischof. Da unser Täter ohnehin recht international aufgestellt ist, spricht auch nichts dagegen, dass er Engländer sein könnte, oder?«

»Im Gegenteil!«, pflichtete Adelheid Auch bei.

»Und: Auch mein Arm, der alles ins Rollen gebracht hat, gehörte einem Bauern«, verkündete Paul Regen, um die letzten Zweifel auszuräumen.

Der Polizeiobermeister lief die Wand mit den Fotos der Tatorte entlang und runzelte die Stirn. Bei dem Fall aus Frankreich blieb er stehen.

»Und die beiden hier?«, fragte er und legte damit seinen Finger genau auf Pauls wunden Punkt.

»Keine Ahnung«, gab Paul Regen zu. »Die passen noch nicht ins Bild.«

Bernd Tauscheck lief die Wand bis zum Ende entlang.

»Also, was denken Sie?«, fragte Paul und griff in die Tüte. Er erwischte eine Handvoll Trauben.

»Turm, Springer, Bischof, Königin und zweimal Bauer?«, fragte Tauscheck.

Paul nickte.

»Sie sind der Kommissar«, sagte der Polizeiobermeister, auf einmal mit Standesdünkel.

»So was interessiert mich eher weniger«, sagte Paul Regen.

»Sie sollten mal sehen, wie er mit dem Polizeidirektor Wochinger umspringt …«, begann Adelheid Auch, aber Paul Regen bedeutete ihr, dazu lieber nichts zu sagen.

»Klingt für den Tauscheck nach viel zu viel Zufall, um Zufall zu sein«, sagte Bernd Tauscheck schließlich. »Und da kommt ja das mit dem Formalin und dem Silikon sogar noch dazu.«

»Endlich jemand, der es versteht!«, sagte Paul Regen. »Er versteht es!«, sagte er zu Adelheid Auch. »Und er glaubt uns!«

»Er hatte in letzter Zeit etwas zu wenig Liebe«, sagte Adelheid Auch entschuldigend zu Bernd Tauscheck, der ohne zu fragen in die Tüte griff, um sich noch eine Aprikose herauszufischen. Er hätte den halben Viktualienmarkt von Paul Regen haben können.

»Sind Sie dabei?«, fragte Paul Regen schließlich.

»Wobei dabei?«, fragte der Polizeiobermeister in seiner Bikerkluft.

»Bei der Sonderkommission ›Schachspieler‹«, sagte Paul Regen.

»Die gibt es schon?«, fragte Bernd Tauscheck.

»Natürlich nicht«, sagte Adelheid Auch. »Und so wie ich den Hauptkommissar Regen kenne, hat er auch nicht vor, es an die große Glocke zu hängen.«

Bernd Tauscheck biss in die Aprikose und starrte auf die Wand mit den Landkarten. Fünf Fälle, vier Länder.

»Vielleicht fällt dem Tauscheck dazu noch etwas ein.«

Paul Regen blickte ihn fragend an.

»Vor einem Jahr stand auf einmal eine Frau in meinem Büro. Ich hab sie dabei erwischt, wie sie eine Fallakte auf meinem Schreibtisch durchsucht hat. Zwei Minuten später hatte ich eine E-Mail vom BKA in meinem Posteingang und wurde zu ihr abkommandiert.«

»Klingt ziemlich mysteriös«, kommentierte Adelheid Auch.

»Das ist sie«, sagte Bernd Tauscheck. »Aber ihre Referenzen waren ziemlich beeindruckend.«

KAPITEL 65

Den Haag, Niederlande
Samstag, 27. Juli 2013, 10.04 Uhr (am nächsten Tag)

Auf den Bildschirmen im Konferenzraum liefern die Nachrichten des Tages einen Wettstreit mit den Informationen der Steuerfahnder aus ganz Europa. Solveigh konnte live mitverfolgen, wie Procuratore Ugo Bonardi das Oberhaupt der Taccolas zu einem Streifenwagen geleitete. Adriano Taccola hatte sein Jackett über den Kopf gezogen, als Ugo Bonardi seine Schultern herunterdrückte, um ihn auf den Rücksitz zu verfrachten.

»Mit einer konzertierten Aktion ist es den europäischen Strafverfolgungsbehörden heute gelungen, der kalabrischen Mafia einen schweren Schlag zu versetzen. Die als 'Ndrangheta bekannte Organisation gilt als eines der einflussreichsten Verbrechersyndikate in ganz Europa, und zwei ihrer ranghöchsten Mitglieder wurden heute von der italienischen Staatsanwaltschaft in San Luca verhaftet.«

Der Fernsehsender zeigte ein Archivbild von Adriano Taccola, dasselbe, das Ugo Bonardi Solveigh in Neapel auf den Tisch der Pizzeria gelegt hatte. Adriano Taccola auf dem Rücksitz einer Limousine, das lange graue Haar hinter die Ohren gekämmt.

»Obwohl die Familie Taccola seit Jahren im Fadenkreuz der Staatsanwaltschaft stand, konnte ihnen bis heute keine Straftat nachgewiesen werden. Ihr Vermögen wird auf mehr als sieben Milliarden Euro geschätzt, und offenbar wurde ihr jetzt ebendieser Reichtum zum Verhängnis. Die Anklage soll auf Geldwäsche und Steuerhinterziehung beruhen. Adriano Taccola drohen damit bis zu fünfzehn Jahre …«

Solveighs Handy klingelte. Eine Nummer aus Italien.

»Ich will mein Geld!«, sagte eine männliche Stimme am anderen Ende. Solveigh grinste. Fabio Lonzi, der attraktive Staatsdiener, der versucht hatte, fünf Millionen Euro von den Taccolas zu erpressen, obwohl er sie mit seinem Tipp ans Messer lieferte.

»Glauben Sie, das liegt in meiner Macht, Fabio?«, fragte Solveigh.

»Ich hätte Ihnen niemals zugetraut, dass Sie so schnell sind«, sagte er.

»Sie sollten eine Frau nie unterschätzen, Fabio.«

»Das werde ich mir merken«, sagte der Italiener. »Also: Wie komme ich nun an mein Geld?«

Solveigh starrte auf die Kontobewegungen, die auf einem der Bildschirme an der Wand angezeigt wurden. Fabio Lonzi war ein Profi, er hatte längst durchschaut, wozu die ECSB die Information an die Taccolas verwenden wollte. Er hätte niemals …

»Wieso sagt mir mein Bauchgefühl, dass Sie es längst haben, Fabio?«, fragte Solveigh.

Fabio Lonzi lachte: »Auch wenn da natürlich nichts dran ist, würde ich Sie um Ihrer Verwegenheit willen gerne zum Essen ausführen.«

Solveigh verspürte ein Kribbeln in der Magengegend.

»Ich habe sehr viel zu tun im Moment«, sagte Solveigh ausweichend. Dieselbe Antwort, die sie ihren Partnern seit Jahren gab. Es war Zeit, damit aufzuhören.

»Aber nächste Woche könnte passen«, sagte Solveigh. »Ich melde mich bei Ihnen.« Sie fragte sich, ob Marcel sie wieder mit einer anderen betrog. Sie hatten seit ihrer halben Trennung nicht mehr miteinander gesprochen. War sie frei? Oder glaubte Marcel noch an sie beide?

»Versprochen?«, fragte Fabio Lonzi.

Es war Zeit, etwas zu ändern.

»Versprochen«, sagte Solveigh und legte auf.

Eddy rollte in den Konferenzraum und klappte seinen Laptop auf. »Irgendetwas Neues zur Fahndung nach Matteo Taccola?«, fragte er.

»Nichts«, sagte Solveigh. »Der internationale Haftbefehl ging gleichzeitig zur Razzia raus, aber bisher konnten wir weder ihn noch seinen Wagen finden.«

Eddy hackte auf der Tastatur herum, als könnte sie einen Hinweis herbeizaubern, was manchmal sogar gelang. Heute jedoch nicht.

»Es ist übrigens noch jemand verschwunden«, sagte Solveigh.

»Tatsächlich?«, fragte Eddy.

»Ja. Der Hinkefuß aus dem Parkhaus.«

Eddy tippte einen Befehl in den Computer, und das Bild des Mannes, das Solveigh im Parkhaus mit der Kamera ihrer Brille aufgenommen hatte, erschien an der Wand.

»Keine Treffer in der Datenbank. In überhaupt keiner …«, murmelte Eddy nach ein paar Sekunden.

»Ich weiß«, sagte Solveigh. »Und ich wette, die beiden sind zusammen abgehauen. Laut Zeugenaussagen wurde er Dienstag noch in einer Wohnung gesehen, in der sie ein paar Illegale versteckt hatten.«

»Frauen?«

»Fast noch Kinder«, sagte Solveigh. »Und angeblich hat er eine davon mitgenommen.«

Eddy tippte einige weitere Befehle in den Computer. An der Wand erschienen die Zeugen aus der Wohnung in der Dortmunder Innenstadt.

»Wissen wir, wer sie ist?«, fragte Eddy.

»Nein. Wir haben von allen Anwesenden Papiere sichergestellt, aber ihre fehlten. Laut zwei der anderen Mädchen, die in der Wohnung aufgegriffen wurden, hieß sie Ioana. Aber wer weiß schon, ob das ihr richtiger Name ist.«

Eddy seufzte: »Also können wir uns die Mühe sparen, sie zu suchen.«

Eddy hatte recht, ihr Schicksal war von diesem Moment an vorgezeichnet. Innerhalb weniger Tage würde sie in einem Bordell landen; wenn sie Glück hatte, traf sie auf einen Zuhälter, der nicht gewalttätig war. Er würde ihr eine Rechnung für ihr Zimmer präsentieren, das ihren Schuldenberg immer weiter wachsen lassen würde. Wenn sie älter war, würden sie sie auf den Straßenstrich schicken, auf die Elbestraße in Frankfurt oder die Oranienburger in Berlin. Die Bedingungen waren überall die gleichen, und sie führten dazu, dass die Seele zerbrach. Bei manchen früher, bei manchen später. Solveigh schluckte, sie fühlte mit ihnen. Sie wünschte, sie hätten irgendeine Spur.

»Etwas ist seltsam«, unterbrach Eddy ihre Gedanken.

Solveigh sah auf.

»In der Wohnung wurde ein weiterer Pass gefunden, dessen Besitzerin offenbar kurz vor unserem Zugriff getürmt ist.«

Solveigh setzte sich vor ihren Laptop und tippte einige Befehle in die Tastatur. Das Mindeste, was sie für die beiden Mädchen tun konnte, war, bei der Dortmunder Polizei dafür zu sorgen, dass sie in den nächsten Monaten besonders aufmerksam kontrollierten. Mehr gab ihr Mandat in diesem Fall nicht her. Sie verfasste eine E-Mail an den Polizeipräsidenten, der mit den Aufgaben der ECSB vertraut war, als ihr Handy zum zweiten Mal klingelte. Eine Nummer aus Deutschland. Sie nahm ab.

»Frau Lang, hier spricht der Tauscheck. Erinnern Sie sich?«

Solveigh kramte in den Tiefen ihres Gedächtnisses nach dem Namen. Sie hatte mit derart vielen Menschen zu tun, dass es ihr manchmal schwerfiel, sich an einzelne Namen zu erinnern. Nicht zum ersten Mal fragte sie sich, ob es mit dem Verapmil zusammenhängen könnte. Tauscheck? Sie erinnerte sich an einen Fall vom Anfang des Jahres. Der Polizist aus Heilbronn, der für sie den Freitod von Peter Bausch untersucht hatte.

»Natürlich erinnere ich mich. Polizeiobermeister Tauscheck, nicht wahr?«

»Genau der«, sagte der Mann. Sie erinnerte sich an einen grauen Pferdeschwanz und einen Indianerring am kleinen Finger. Ein komischer Kauz und trotz seines für sein Alter erstaunlich niedrigen Dienstgrads ein sehr fähiger Polizist. »Ich habe etwas, das Sie interessieren könnte«, sagte er.

»Ich bin Ihnen dankbar, dass Sie mich anrufen«, sagte Solveigh. »Aber wir stecken mitten in einer wichtigen Operation, und …«

»Hören Sie«, sagte der Polizeihauptmeister. »Ich brauche fünf Minuten Ihrer Zeit. Wenn Sie danach sagen, es geht Sie nichts an: fein.«

Solveigh überlegte. Sie wären noch mindestens eine Woche mit dem Taccola-Fall beschäftigt. Ganz zu schweigen davon, dass einer der Drahtzieher flüchtig war. Andererseits würde der Tauscheck, so, wie sie ihn kennengelernt hatte, nicht anrufen, wenn es nicht wirklich wichtig war.

»Also gut«, sagte Solveigh. »Sie haben fünf Minuten.«

TEIL 3

Die Flucht und die unsterbliche Partie.

KAPITEL 66

Autobahn 1, Frankreich
Samstag, 27. Juli 2013, 15.04 Uhr (am selben Tag)

Er drückte erfolglos auf dem fast leeren Seifenspender herum. Das kalte Wasser lief über seinen Handrücken in das kleine Waschbecken. Morgen war der Tag, auf den er so lange gewartet hatte. Er versuchte, etwas von dem verkrusteten Gel am Auslauf abzukratzen, und verrieb es zwischen seinen Händen. Nach der verdorbenen Ware beim ersten Mal hoffte er dieses Mal auf einen Treffer. Seine Königin. Die Krone seiner Schöpfung. Er riss ein paar grüne Blätter von der Rolle an der Wand und trocknete seine Finger. Die wichtigste Figur auf dem gesamten Brett. Die Schicksalhafte, die den Tod ihres Geliebten mit ansehen musste und erkannte, dass die einzige Rettung ihr eigenes Verderben gewesen wäre. Sie stand abseits und war doch das zentrale Element. Er rieb zwischen seinen Fingern, bis er sicher war, dass keine feuchte Stelle zurückgeblieben war, und drückte die Tür zum Waschraum der Tankstelle mit dem Fuß auf. Jeder, der die unsterbliche Partie betrachtete, musste das erkennen. Jeder, der seine Interpretation betrachtete, würde es erkennen. Sie war wichtiger. Viel wichtiger als die Türme und die Bauern, das Fußvolk. Er lief zu seinem Bus, neben ihm winkten zwei Holländerinnen aus einem Auto. Sie war sogar wichtiger als der König, der im Begriff war zu fallen. Die Theatralik, das Unausweichliche, das Offensichtliche, das war das Banale in der Kunst, das es zu vermeiden galt. Sie hingegen, die möglicherweise alles hätte verhindern können, wenn sie in der Vergangenheit anders gehandelt hätte. Er schloss die Fahrertür auf und glitt hinter das Steuer. In seiner unsterblichen Partie spielten die Figuren das Spiel, sie waren keine einfachen Marionetten, abhängig von der Entscheidung des Spielers. Sein Werk würde die Vielschichtigkeit der Partie auf eine ganz neue Art und Weise zelebrieren. Die Königin. Seine Hände zitterten, als er den Schlüssel umdrehte und der alte Motor stotternd zum Leben erwachte. Er griff mit den Fingern um das brüchige Lenkrad und atmete tief ein. Ein paar Hundert Kilometer noch. Dann ließ er die Kupplung kommen und rollte langsam vom Parkplatz, den winkenden Holländerinnen hinterher.

KAPITEL 67

Dortmund, Deutschland
Samstag, 27. Juli 2013, 15.47 Uhr (zur gleichen Zeit)

Lila irrte seit Stunden durch die Innenstadt. Immer wieder kam sie an denselben Geschäften vorbei. Eine Bäckerei, deren Auslage eine unglaubliche Vielfalt an Backwaren aufbot und die nach Kaffee duftete, wie sie ihn von zu Hause kannte. Eine Ecke weiter ein kleiner Wagen, der Fladenbrote verkaufte mit Fleisch und Salatfüllung. Schon vor Stunden, nach der Nacht im Park, hatte sie die hohen Absätze wieder gegen ihre zerschlissenen Turnschuhe getauscht, weil ihre Füße wehtaten. Und sie hatte Hunger. Obwohl ihr Dortmund im Gegensatz zu dem, was sie von Bukarest gesehen hatte, geradezu überschaubar erschien, hatte sie dennoch keine Ahnung, mit welchem ihrer Probleme sie anfangen sollte. Deshalb hatte sie eine Liste erstellt. Am wichtigsten war, an etwas zu essen und zu trinken zu kommen. Als Zweites benötigte sie ein rumänisch-deutsches Wörterbuch. Und dann musste sie Ioana finden. Lila betrachtete die Fassaden der Häuser, die ihr wie Paläste vorkamen. Es gab kleine, alte und schmale Gebäude neben großen Glaskästen mit funkelnden Lichtern hinter den Fenstern. Die Stadt war so sauber, so unglaublich schön und unglaublich voll. Es gab Straßen im Zentrum, auf denen keine Autos fuhren und dafür umso mehr Fußgänger unterwegs waren. Jeder Einzelne war derart in Eile, dass man meinen könnte, der Leibhaftige sei hinter ihnen her. Und sie sahen viel unzufriedener aus, als Lila das in solch einem reichen Land vermutet hätte. Hier schien sich alles nur um den Konsum zu drehen, insoweit hatten ihre Lehrer kein Zerrbild des Westens entworfen bei ihren Warnungen und der Verteidigung der moldawischen Kultur. Allerdings musste Lila zugeben, dass die Menschen hier wesentlich gesünder aussahen als in ihrem Heimatland. Hier schleppten die Alten keine Kisten, und Lila bemerkte viele Mütter, die Zeit für ihre Kinder hatten. Glückliche Familien, dachte Lila und biss sich auf die Lippe. Ihre anfängliche Sorge, dass sie sofort als Ausländerin erkannt und von der Polizei geschnappt werden würde, hatte sich als unbegründet herausgestellt. Im Gegenteil: Niemand interessierte sich für ein junges Mädchen mit staunenden Augen und abgetragenen Turnschuhen. Drei- oder viermal hatten ihr Männer hinterhergeschaut, was vermutlich an der kurzen Hose und der Lederjacke lag, in denen sie sich nicht wesentlich von den einheimischen Frauen unterschied. Lila roch von Weitem gebratenes Fleisch. Hinter der nächsten Ecke stand der Wagen mit den Fladenbroten. Wenn sie nicht bald etwas zu essen bekam, würde sie vor Hunger nicht mehr klar denken können. Sie musste es probieren. Von der Straßenecke aus beobachtete sie die Schlange, die sich an dem Stand gebildet hatte. Der Mann hinter der Theke sah freundlich aus, er trug einen dichten schwarz-grauen Bart und schien für jeden Kunden einen netten Spruch parat zu haben. Lila beschloss, ihr Glück zu riskieren. Sie stellte ihre Tasche auf den Boden und öffnete das Seitenfach. Bevor sie den Umschlag herauszog, blickte sie sich ängstlich um. Sie nahm einen 100-Lei-Schein von dem Bündel aus dem Brief und steckte den Rest zurück in die Tasche. Sie hatte keine Ahnung, wie der Kurs von Euro zu Leu stand, aber anhand der Brot- und Brötchenpreise glaubte sie ausrechnen zu können, dass es ausreichend sein müsste für eines der Brote. Sie reihte sich hinter zwei Jugendlichen mit Jeansjacken in die Schlange. Einer von ihnen flüsterte seinem Freund etwas ins Ohr, und der andere blickte sich zu ihr um. Sie hatten über sie gesprochen. Sie lachten. Lila fühlte sich mies. Als sie an der Reihe war, deutete sie auf den Fleischspieß und hielt einen Daumen nach oben. Der Verkäufer mit dem Schnauzbart lächelte ihr zu.

»Okay«, sagte er. »Einmal Döner. Mit allem?«

»Döner«, wiederholte Lila und hoffte, dass sie es richtig ausgesprochen hatte.

Der Mann zuckte mit den Schultern und schaufelte Fleisch, Salat und Sauce in den Teigfladen. Es roch phantastisch nach krossem Fett.

»Okay?«, fragte er.

»Okay«, sagte Lila und lächelte.

Er hielt ihr den Döner über die Theke seines Wagens, und Lila faltete den 100-Lei-Schein auseinander.

»Was soll das sein?«, fragte er.

Lila blickte ihn fragend an.

»Euro!«, sagte der Mann. Er hielt den Schein gegen das Licht.

»Lei?«, fragte er schließlich. »Wo kommst du denn her?«

Lila war wie erstarrt, als der Mann über die Theke griff, um ihr das Essen wieder abzunehmen. Lila zog ihre Hand zurück und biss in das Sandwich.

»Hey!«, sagte der Mann. Dann rannte Lila los.

Zwei Straßenecken weiter blieb sie stehen. Ihr Herz pumpte. Sie blickte zurück. Niemand folgte ihr. Alles war wie vorher. Niemand beachtete sie. Und doch fühlte sich nichts wie vorher an. Sie hatte zum ersten Mal in ihrem Leben etwas gestohlen. Lila sank mit dem Rücken an der Wand eines Hauses in die Knie und biss zum zweiten Mal in das, was der Mann Döner genannt hatte. Es schmeckte noch viel besser, als es gerochen hatte. Ob es 100 Lei wert war? Lila musste unbedingt den Wechselkurs herausfinden. Es konnte ebenso gut sein, dass der Mann das Geschäft seines Lebens gemacht hatte. Das machte aber zumindest den Tatbestand des Diebstahls wett, oder nicht? Wenn ein Döner 100 Lei kostete, dann würde sich Lila nicht viele Mahlzeiten leisten können. Sie besaß etwa neun Scheine wie den, den sie gerade für eine einzige Mahlzeit ausgegeben hatte. Das bedeutete neun Tage. Und da niemand hier ihr Geld zu akzeptieren schien, möglicherweise noch weniger.

Als sie den letzten Bissen Brot heruntergeschlungen hatte, wusste Lila eines ganz sicher: Das Wörterbuch brauchte sie nicht am allerdringendsten. Sie brauchte Geld. Viel Geld. Als das beißende Hungergefühl nachgelassen hatte, zählte

Lila ihre nutzlosen Scheine. Noch 950 Lei. Und keine Ahnung, wie es weitergehen würde. Sie fing an zu weinen. Nicht, weil sie traurig war, sondern aus Verzweiflung. Wie sollte sie Ioana in diesem Gomorrha jemals wiederfinden? Wo würde sie anfangen, selbst wenn sie es schaffte, zu Geld zu kommen? Sie wollte gerade den Umschlag zurück in ihre Tasche stecken, als ein Mann eine Münze hineinfallen ließ. Lila blickte auf, aber der Mann war schon weitergeeilt. Sie hörte die Absätze seiner Lederschuhe auf dem Marmor der Einkaufspassage hinter ihr. Lila betrachtete die Münze. Auf der Rückseite war eine Harfe abgebildet, und sie hatte einen äußeren Kranz aus Silber und eine Mitte aus Gold. Ein Fremder hatte ihr soeben zwei Euro geschenkt. Auf einmal erinnerte sich Lila, dass sie Bettler in den Straßen gesehen hatte, in denen keine Autos fuhren. Wenn es so einfach war, hier Geld zu verdienen, hatte sie vielleicht doch eine Chance. Sie wischte sich die Tränen aus den Augenwinkeln und steckte ihre Reserve in dem Umschlag zurück in die Tasche. Hatte nicht Betteln immer auch etwas mit Aufmerksamkeit zu tun? Sie musste auffallen, ihnen einen Grund dafür geben, ausgerechnet ihr etwas zuzustecken. Lila breitete ihrer Lederjacke auf dem Boden aus und setzte sich darauf. Dann begann sie zu singen. Es war das Lied, das Ioana bei dem Mittsommerfest gesungen hatte. Eine alte moldawische Volksweise. Ein Kinderlied. Aber es klang sehr schön. Und es erinnerte sie an zu Hause.

KAPITEL 68

München, Deutschland
Samstag, 27. Juli 2013, 22.09 Uhr (sechs Stunden später)

Normalerweise war am Samstag in seinem Stammlokal etwas weniger Betrieb als am Freitag, aber heute schien die ganze Stadt auf den Beinen zu sein. Paul Regen stand in der hintersten Ecke der Bar und betrachtete über sein Bierglas das bunte Treiben – und Lisa Wochinger, der er den einzigen freien Barhocker angeboten hatte. Sie hatte Ausgang, weil der Polizeidirektor sich auf einem Empfang des Innenministeriums die Beine in den Bauch stehen musste. Paul Regen sollte es recht sein. Es war lange her, dass er und Lisa an einem Wochenende ausgegangen waren. Einzig die Tatsache, dass er nicht wusste, wohin das führen sollte, bereitete ihm Bauchschmerzen. Vermutlich hatte er sie nur angerufen, weil er befürchtete, dass die Chipstapel auf dem Schreibtisch ihres Mannes gemeinsam mit Paul Regens Leben auf sein fettes Konto wandern würden.

»Wie läuft es eigentlich mit deinem Arm?«, fragte Lisa Wochinger, während sie versuchte, die Minzblätter ihres Hugos beim Trinken von ihren Augen fernzuhalten.

»Gute Frage«, sagte Paul Regen. Er wollte mit Lisa nicht über die Arbeit reden. Und vor allem nicht über Klaus Wochinger. »Wir haben eine Theorie, wie die Fälle zusammenhängen.«

»Das heißt, du hast gewonnen!«, sagte Lisa.

»Theoretisch …«, korrigierte Paul.

»Und was steckte nun dahinter?«

Am anderen Ende der Bar läutete jemand eine Glocke, was bedeutete, dass Schnaps aufs Haus getrunken werden sollte.

»Willst du einen Schnaps?«, fragte Paul.

»Brauche ich einen?«, fragte Lisa zurück.

»Kann schon sein«, sagte Paul, »es ist eine ziemlich abenteuerliche Geschichte.«

Ohne dass Paul Regen etwas hätte dagegen unternehmen können, standen zwei Schnapsgläser mit Kräuterlikör neben ihren Getränken. Die Hausmischung, die fürchterlich schmeckte und deren Einbürgerung in einer ansonsten anständigen Lokalität sich heute niemand mehr erklären konnte. Lisa Wochinger kippte ihn in einem Zug hinunter, und Paul Regen wollte nicht zimperlich erscheinen.

»Ich bin bereit«, sagte Lisa Wochinger. Sie würde es vor ihrem Mann erfahren, der jede Berechtigung dazu gehabt hätte. Dies alles war dermaßen abseits des Dienstwegs, dass es Paul Regen besonders gut gefiel.

»Jemand ermordet sich ein Schachspiel«, sagte Paul Regen und griff nach seinem Bier, um den Kräutergeschmack loszuwerden.

»Ein Schachspiel?«, fragte Lisa Wochinger.

Am anderen Ende der Bar stand eine Frau, die zu Paul herüberschaute. Nicht, dass es schon so weit mit ihm gekommen wäre, dass er sich darüber wundern würde, aber er hatte sie hier noch niemals gesehen. Einen derart direkten Blick auch noch nicht. Sie hatte hellgraue Augen, soweit Paul Regen das in dem schummrigen Licht ausmachen konnte. Möglicherweise hellblau. Dunkle Haare, Mitte dreißig. Auf eine harte Art recht attraktiv, wenn auch keine klassische Schönheit. Paul Regen sah Gespenster.

»Er sucht sich die Figuren zusammen, als ob er damit ein Brett füllen will«, sagte Paul.

»Klingt ziemlich verrückt«, sagte Lisa Wochinger.

»Das stimmt«, sagte Paul. »Deswegen ist es ja auch nur eine Theorie.«

Die Frau auf der anderen Seite der Bar lehnte jetzt mit einem farblosen Longdrink in der Hand an der Tür. Paul konnte sie zwischen den anderen Gästen kaum noch erkennen. Die Geister, die ich rief, dachte er.

»Und wie geht es jetzt weiter?«, fragte Lisa.

»Keine Ahnung«, sagte Paul. »Wenn ich damit zu Klaus gehe, nehmen sie mir den Fall weg.«

»Aber du hast doch gewonnen, oder nicht?«, fragte Lisa.

»Es geht schon längst nicht mehr um die dämliche Wette«, sagte Paul und stellte sein Bierglas auf den Tresen. »Ich habe den Fall entdeckt, und ich will ihn auch zu Ende bringen. Ich will die Leitung der SoKo, Lisa.«

»Und die wird er dir natürlich nicht geben«, sagte Lisa Wochinger.

»Natürlich nicht«, bestätigte Paul Regen. »Wenn ich ihm sage, dass er verloren hat, wird er mir nicht auch noch Zucker in den Arsch blasen.«

»Und dich damit möglicherweise auch noch zum Star machen«, seufzte Lisa und nippte an ihrem Hugo.

»Es geht auch nicht ums Prestige. Es geht jetzt um diesen Fall. Ich glaube, dieser kranke Bastard hat an den Leichen, die wir gefunden haben, nur geübt. Und er ist besser geworden. Wenn wir ihn jetzt nicht stoppen, haben wir vielleicht keine Gelegenheit mehr dazu.«

»Du meinst, weil er sein Brett voll hat?«

»Möglicherweise«, sagte Paul. »Oder weil er beim Konservieren so gut geworden ist, dass er keinen Ausschuss mehr produziert.«

»Scheiße«, sagte Lisa Wochinger.

»Das kannst du laut sagen«, bestätigte Paul. Die Frau stand jetzt an der Stirnseite der Bar. Sie rückte immer näher. Paul versuchte, Blickkontakt mit ihr aufzunehmen, aber sie schien sich jetzt mehr für das Geschehen hinter der Bar zu interessieren. Sie nippte alle paar Sekunden an ihrem Drink und starrte ins Leere.

Lisa Wochinger warf einen Blick auf die Uhr. »Ach, du Schande«, sagte sie, »schon halb elf. Der Empfang ist um halb zwölf zu Ende.«

»Irgendwann wette ich mit ihm um dich, Lisa Wochinger«, drohte Paul.

Lisa griff nach ihrer Strickjacke: »Versprich nichts, was du nicht halten kannst, Paul Regen.«

Sie verabschiedeten sich mit einem Kuss auf die Wange, der möglicherweise eine Viertelsekunde zu lange dauerte. Paul Regen griff nach seinem Bier. Er hielt nichts von Geistern und kämpfte sich hinter Lisa Wochinger durch das Gewühl Richtung Ausgang. Als er hinter dem Barhocker der geheimnisvollen Fremden angekommen war, stellte er sein Bier neben ihren Gin Tonic.

»Guten Abend«, sagte er.

»Guten Abend, Herr Regen«, sagte sie. »Ich wusste ja, dass Sie Ärger mit Ihrem Chef haben, aber von diesem überaus charmanten Grund stand nichts in der Akte.«

Paul Regen blieb der Mund offen stehen, was in den letzten fünfzehn Jahren genau zweimal vorgekommen war.

»Ich bin Solveigh Lang«, sagte die Frau und reichte ihm die Hand.

»Freut mich«, sagte Paul Regen. »Und jetzt verraten Sie mir erst mal etwas über sich. Weil so kommt hier nämlich keiner rein.«

Sie lächelte und schlug die Beine übereinander: »Ich habe nichts dagegen.« Sie hatte die Hände einer Frau, die mit Waffen umgehen kann, und die muskulösen Beine einer Sportlerin. In einer Bar, in der sich hauptsächlich Leute zwischen dreißig und vierzig nach Feierabend trafen, fiel sie auf, ohne aufzufallen. Paul Regen ahnte, dass dies dieselbe Frau war, die Bernd Tauscheck dabei erwischt hatte, als sie ihre Nase in eine seiner Akten gesteckt hatte. Sie sah aus wie eine Frau, die sich nahm, was sie wollte. Genau wie der Tauscheck sie beschrieben hatte. Nur weniger spröde, als sich Paul die Ermittlerin einer europäischen Behörde aus Brüssel vorgestellt hatte.

»Dann könnte das ja ein interessanter Abend werden«, sagte Paul Regen und stieß mit seinem Bierglas gegen ihren Drink.

KAPITEL 69

Autobahn 1, Frankreich
Sonntag, 28. Juli 2013, 4.34 Uhr (fünf Stunden später)

Seit Stunden starrte Ioana aus dem Fenster der Limousine und versuchte, herauszufinden, wo sie hinfuhren. Von einigen der Schilder am Straßenrand wusste sie, dass sie in Belgien waren, aber die meisten sagten ihr nichts. Vier Tage hatte sie in der sehr luxuriösen Wohnung des hinkenden

Mannes in Dortmund verbracht. Bis vorgestern Abend. Da war der Hinkefuß plötzlich nervös geworden, hatte eine Ledertasche gepackt und sie in seinen Wagen verfrachtet, der noch luxuriöser wirkte als seine Wohnung. Selbst hinten waren die Sitze mit feinstem Leder bezogen und überaus bequem. Am Anfang hatte sie sich noch gefragt, was all der Luxus zu bedeuten hatte. Bis ein zweiter Mann zugestiegen war. Sie hatten nur für Sekunden an einer roten Ampel gehalten, als er plötzlich die Beifahrertür aufgerissen hatte. Das Wortgefecht zwischen den beiden hatte Ioana nicht verstanden, aber es war nicht zu überhören, dass es um sie ging. Und dass der Mann, der zugestiegen war, der Boss des anderen war. Und dass er Ioanas Anwesenheit nicht besonders schätzte. Sie hatte sich auf dem Rücksitz so klein wie möglich gemacht, was hätte sie auch tun sollen? Schließlich hatte sich der Mann beruhigen lassen. Trotzdem glaubte Ioana seit diesem Zwischenfall nicht mehr an das Märchen von einem Fotoshooting. Irgendetwas musste passiert sein. Irgendetwas hatte den Plan der beiden durcheinandergebracht. Das große Problem an dieser Erkenntnis war nur, dass Ioana überzeugt war, dass sie selbst Teil des Problems war. Und die beiden Männer machten nicht den Eindruck, als sei es besonders vorteilhaft, zu ihren Problemen zu gehören. Ihre Tür war von innen nicht zu öffnen, und selbst wenn, hätte sie kaum rausspringen können. Auch die Nacht, die sie auf dem Parkplatz eines Schnellrestaurants verbracht hatten, hatte ihr nicht zur Flucht verholfen. Einer der beiden war stets wach geblieben, während der andere geschlafen hatte. Sie redeten nicht mit ihr, verständigten sich nur mit Handzeichen, denn die beiden sprachen kein Rumänisch. Ioana glaubte, dass sie Italiener waren. Wie sie es Lila versprochen hatte, ging sie auf die Versuche, Englisch mit ihr zu sprechen, nicht ein. Aber auch wenn sie kultiviert wirkten und durchaus höflich mit ihr umgingen, hieß das noch lange nicht, dass sie Gutes im Schilde führten. Als der Wagen auf der Autobahn in eine lange Senke tauchte, konnte Ioana ein weiteres Schild erkennen, dessen Bezeichnung ihr etwas sagte: France. Darunter ein Pfeil geradeaus. Sie waren auf dem Weg nach Frankreich.

—

Die kleine Uhr in der Mittelkonsole zeigte zehn vor fünf, als die Limousine eine Ausfahrt zu einem kleinen Parkplatz nahm. Ein paar Sträucher und ein Toilettenhäuschen säumten den schmalen Betonstreifen. Am anderen Ende stand ein kleiner Transporter. Ioana blinzelte, als der Mann mit dem steifen Bein ausstieg. Er schien eine schwache Blase zu haben, denn sie hatten erst vor einer guten Stunde angehalten, um etwas zu essen zu besorgen und auf die Toilette zu gehen. Doch er ging nicht zu dem kleinen Häuschen. Ioana schlug die Augen auf. Er lief geradewegs auf den Lieferwagen zu. Hatte das hier etwas mit ihr zu tun? Und wenn ja, warum hielten sie an einem so abgelegenen Ort? Der Mann auf dem Beifahrersitz schnaubte in ein Taschentuch. Aus dem Schatten des Lieferwagens löste sich eine Gestalt und kam auf sie zu. Die Scheinwerfer der Limousine strahlten auf ihre Beine. Die beiden unterhielten sich eine Weile, sie schienen zu streiten. Schließlich überreichte der Mann, der an dem Lieferwagen auf sie gewartet hatte, dem anderen einen Umschlag. Der Italiener winkte, und sein Boss betätigte einen Schalter. Das Schloss in der Tür neben ihr klackte.

Der Mann, der sie zuvor niemals direkt angesehen hatte, drehte sich zu ihr um. Er machte eine scheuchende Handbewegung und deutete auf die beiden Gestalten am Lieferwagen.

»Go, go, go!«, sagte er. Ioana verstand. Bevor sie die Tür öffnete, warf sie einen Blick nach draußen. Jenseits des Parkplatzes lag ein Weizenfeld. Wenn sie es bis dorthin schaffen könnte, hätte sie vielleicht eine Chance. Das Treffen auf dem Parkplatz hatte sie jeder Illusion beraubt. Von hier ab ging es nicht weiter bergauf, sondern steil nach unten. In dem Umschlag musste Geld gewesen sein. Die Italiener hatten sie an den Mann mit dem Lieferwagen verkauft, und Gott allein wusste, was er mit ihr vorhatte. Ioana öffnete die Tür mit spitzen Fingern.

»Go, go, go!«, sagte der Italiener auf dem Beifahrersitz. Er klang ungeduldig. Vermutlich hatte er das Geschäft nicht mehr abschließen wollen, sich aber von dem anderen überzeugen lassen. Die langen Halme des Weizenfelds würden ihr wenig Schutz bieten. Aber besser als gar keinen. Ioana rannte los. Ihre Beine waren müde vom langen Sitzen, und ihre Sehnen wehrten sich gegen die plötzlichen Kontraktionen.

»Ioana!«, rief der Mann mit dem kaputten Bein. Er würde ihr nicht folgen können. Sie rannte an dem Toilettenhäuschen vorbei und stolperte eine Böschung hinunter. Noch zehn Meter! Lauf, Ioana! Dann krachte ein Schuss durch die Nacht. Er war lauter als alles, was Ioana bisher gehört hatte. Was sollte sie tun? Was konnte sie tun? Was nützten ihr die einen Meter fünfzig hohen Weizenhalme, wenn sie auf sie schossen? Was könnte schlimmer sein, als hier zu sterben? In einem fremden Land? Nichts konnte schlimmer sein. Sie blieb stehen und hob die Hände. Ein Reflex. Als ob sie unter ihrem Kleid eine Waffe hätte verstecken können. Ioana starrte auf das Weizenfeld und bemerkte, dass sie zitterte. Sie vermisste Lila. Sie hätte gewusst, was zu tun ist. Und wenn Lila hier wäre, wäre sie wenigstens nicht allein. Sie roch etwas Metallisches, als sie spürte, wie jemand von hinten an sie herantrat. Es war keiner der beiden Italiener. In diesem Moment hörte sie, wie auf dem Parkplatz ein Motor gestartet wurde. Sie war alleine mit ihrem neuen Besitzer.

»Hallo, meine Königin«, sagte er. Auf Rumänisch. Es klang nicht so, als ob er die Sprache beherrschte. Mehr, als hätte er nur diesen Begriff in einem Wörterbuch nachgeschlagen. Was hatte das zu bedeuten? Meine Königin? Seine Hände zitterten noch stärker als Ioanas Knie, als er sie an den Schultern berührte. Dann spürte sie einen weichen Schwamm auf ihren Lippen, und ein süßlicher Geruch nach Lösungsmitteln stieg ihr in die Nase. Kurz darauf verlor sie das Bewusstsein.

KAPITEL 70

Hallbergmoos, Deutschland
Sonntag, 28. Juli 2013, 13.38 Uhr (neun Stunden später)

Solveigh Lang saß in der Vielfliegerlounge des Flughafens und wartete auf ihren Abflug nach Amsterdam-Schiphol. Auf ihrem Laptop scrollte sie durch die Personalakte von Kriminalhauptkommissar Paul Regen, als sie ein grünes Signal in dem internen Chatprogramm der ECSB bemerkte. Sie griff nach den Ohrstöpseln, die wie immer verknotet in ihrer Handtasche steckten.

»Eddy, was gibt's?«, fragte Solveigh und versuchte das Kabelgewirr zu entflechten.

»Ich sehe, du bist schon am Flughafen«, sagte er. »Das ist gut.«

»Warum?«, fragte Solveigh.

»Du denkst an die Feier heute Abend?«, erinnerte sie ihr Kollege. Die Ermahnung kam nicht von ungefähr. Solveigh war nicht nach Feiern zumute, solange sich Matteo Taccola weiterhin auf der Flucht befand. Zwar war es ihnen gelungen, über fünf Milliarden Euro der Taccolas einzufrieren, was darauf hinauslief, dass fast alle der von ihnen kontrollierten Firmen pleite gehen würden, aber Solveigh nahm es persönlich. Ja, Adriano Taccola, das Oberhaupt der Familie, war verhaftet worden, ebenso sein Finanzchef. Ja, sie hatten über vierhundert verschleppte Frauen aus der Obhut ihrer Entführer befreit, über fünfzig davon Minderjährige. Es war ein großer Erfolg für die ECSB. Ja, ja, ja. Aber sie hatten ebenden Mann entwischen lassen, der den Befehl gegeben hatte, ihre Kollegen zu töten. Solveigh hatte ihn entwischen lassen. Den Mann, der hinter den Attentaten steckte. Sie vermuteten, dass er sich längst in das Stammgebiet der 'Ndrangheta zurückgezogen hatte, die Berge von Kalabrien. Er wäre nicht der erste Mafiaboss, dem es gelang, in dem undurchdringlichen Geflecht aus persönlicher Loyalität der Bewohner, der rauen Landschaft mit den vielen alten Ruinen abzutauchen. Viele von ihnen lebten Jahrzehnte, ohne dass die Carabinieri ihnen jemals auf die Spur kamen. Auch das war ein Ergebnis ihrer Ermittlungen. Und ihres eigenen Fehlers.

»Mir ist wirklich nicht nach Feiern zumute«, sagte Solveigh. »Hast du die Akte von diesem Münchner Kommissar gelesen? Über die Leichen?«

»Ich habe gehört, du bekommst die Medaille«, sagte Eddy. »Für ELMSFEUER.«

»Ich pfeife auf eine Medaille, die danach im Safe verschwindet, weil keiner wissen darf, wofür sie verliehen wurde«, sagte Solveigh. »Hast du jetzt das Zeug von dem Regen gelesen oder nicht?«

Eddy seufzte: »Habe ich.«

»Und was hältst du davon?«

Sie hörte, wie Eddys Maus klickte. Er hatte es noch nicht gelesen und glaubte, dass er damit durchkam, wenn er das während des Telefonats nachholte.

»Keine Ahnung«, sagte Eddy. »Gib mir mal fünf Minuten, okay?« Ohne eine Antwort abzuwarten, beendete er die Verbindung.

Solveigh scrollte weiter durch Paul Regens Personalakte und versuchte, den Mann, den sie gestern Abend kennengelernt hatte, mit dem in Einklang zu bringen, was dort über ihn geschrieben stand. Sicher, er war kein konventioneller Polizist. Sein Auftreten grenzte an Arroganz, und das, obwohl er lebensmüde wirkte. Nicht wie jemand, der sich tatsächlich umbringen würde, sondern im eigentlichen Wortsinn. Solveigh fand ihn dennoch recht amüsant, und als er über die Toten sprach, hatte sie neben ehrlichem Bedauern auch einen Funken in seinen Augen entdeckt, über den nur die besten Ermittler verfügten. Ihre Einschätzung von Paul Regen deckte sich nicht mit der seiner Vorgesetzten.

Bis zum Sommer des Jahres 2005 war Paul Regens Leben vielversprechend verlaufen. Zu diesem Zeitpunkt arbeitete er als verdeckter Ermittler bei der Münchener Sitte. Er war mehrmals befördert worden, seine Karriere war auf einem guten Weg gewesen. Bis zu dem Tag im Juni, an dem alles aus dem Ruder gelaufen war. Das Ergebnis war ein erschossener Zuhälter, eine junge Frau, die angab, von einem Polizisten zu einer Aussage genötigt worden zu sein, und zwei verletzte Gäste eines Nachtklubs am Stahlgruberring. Sein damaliger Partner im Präsidium, ein Kriminalhauptkommissar Klaus Wochinger, hatte später zu Protokoll gegeben, dass er sich in jener Nacht nicht wohlgefühlt habe und früher nach Hause gefahren war. Paul Regen hatte angegeben, weder den Zuhälter erschossen noch die junge Frau zu einer Aussage genötigt zu haben, und ansonsten zu dem Vorfall geschwiegen. Offenbar waren weder Paul Regens noch Klaus Wochingers Dienstwaffe tatverdächtig in dem Zuhältermord, sodass die Ermittlungen ergebnislos eingestellt wurden. Und dennoch war Paul Regen seit diesem Tag nicht mehr befördert worden. Kriminalhauptkommissar Wochinger hingegen ging kurz darauf zu einer Fortbildung auf die Polizeiakademie in Münster, um die Qualifikation für den höheren Dienst zu erlangen. Er machte Karriere und war, wie Solveigh zu ihrer Bestürzung feststellen musste, heute sogar der Vorgesetzte von Kriminalhauptkommissar Paul Regen. Beide hatten später zum Bayerischen Landeskriminalamt gewechselt. Paul Regen vermutlich, um die Scharte des Vorfalls endlich loszuwerden, Klaus Wochinger möglicherweise aus Karrieregründen. Überhaupt schien die Episode am Kriminaldirektor Wochinger abgeperlt zu sein wie das Regenwasser an einer Lotosblüte.

Für Solveigh stank die Geschichte zum Himmel. Der eine sagt nichts, der andere verzieht sich zu einer Weiterbildung ausgerechnet nach einem solchen Vorfall. Warum hatte Paul Regen geschwiegen? Hatte er den Zuhälter erschossen? Oder hatte doch der Polizeidirektor seine Finger im Spiel? So oder so war überdeutlich, dass diese Juninacht Paul Regen seine Karriere gekostet hatte. Er hatte als einer der talentiertesten Ermittler gegolten, er hatte sich sogar – kurz vor dem Zwischenfall – beim Bundeskriminalamt beworben. Ihr Handy klingelte.

»Wieso nimmst du im Chat nicht ab?«, fragte Eddy.

»Entschuldige, ich war abgelenkt«, sagte Solveigh. »Hast du das vom Regen nun endlich gelesen?«

»Habe ich. Und ich glaube, da ist etwas dran.«

»Im Ernst?«, fragte Solveigh. »Was hast du herausgefunden?«

»Erst fand ich die Story merkwürdig und ziemlich zusammenkonstruiert, aber dann habe ich die Länderdatenbanken direkt abgefragt, was der Regen natürlich nicht kann.«

»Und?«, fragte Solveigh.

»Die konservierten Leichenteile, die der Regen entdeckt hat, sind nicht die einzigen«, sagte Eddy. »Ich würde sagen, du kannst der Airline ausrichten, sie sollen den Koffer wieder aus dem Flieger holen.«

KAPITEL 71

Dortmund, Deutschland
Montag, 29. Juli 2013, 9.14 Uhr (am nächsten Morgen)

Lila riss Papiertücher aus einer Box neben dem Waschbecken und hielt sie unter den Wasserhahn. Sie sammelte sie auf ihrer Tasche und packte, als sie genug befeuchtet hatte, noch einmal eine ähnliche Anzahl trockener dazu. Dann zwängte sie sich in die enge Toilettenkabine des Restaurants und schloss die Tür. Sie hängte ihre Klamotten an einen Haken an der Tür. Ein Kleidungsstück nach dem anderen. Dann wischte sie sich mit den feuchten Tüchern über ihr Gesicht und reinigte sich, so gut das mit feuchten Papiertüchern möglich war. Ihr T-Shirt und ihre Jeans hatte sie gestern in einem Waschsalon gewaschen, nachdem sie beobachtet hatte, wie eine alte Frau Münzen in den Automaten geworfen hatte. Es war leichter, als sie gedacht hatte, sich in der fremden Welt zurechtzufinden, wenn man erst einmal verstanden hatte, dass alles nur mit Geld funktionierte. Geld war die universelle Eintrittskarte für alles. Niemand nahm es einem übel, wenn man die Sprache nicht konnte, Hauptsache, man hielt die richtige Münze in der Hand. Das Betteln hatte ihr zumindest das Waschen ermöglicht und sorgte dafür, dass sie nicht verhungerte. Sauberes Wasser hingegen gab es an jeder Ecke. Lila trank einige Schlucke aus dem Hahn, als sie sich vor dem Spiegel schminkte. Es war eigentümlich, denn sie konnte sich von dem Geld, das ihr Menschen beim Vorbeigehen in ihre Tasche warfen, sogar einiges leisten. Manche Dinge erschienen ihr unfassbar teuer, andere wiederum unglaublich billig. Die günstigste Übernachtungsmöglichkeit kostete neun Euro, ein komplettes Essen jedoch nur einen, ein einzelnes Ei wiederum neunzehn Cent. Ein Ei für ein Fünftel eines ganzen Mittagessens! Luxusartikel wie Haarspangen im Fünferpack oder einen Lippenstift gab es in manchen Geschäften für einen Euro, für eine kleine Flasche Wasser hingegen verlangten manche Händler zwei. Lila hatte Mathematik immer gemocht, aber die Preisgestaltung schien ihr von Grund auf unlogisch. Sie hatte sich angewöhnt, alle Geschäfte, wo sie einkaufen wollte, einfach alles, vorher genauestens zu beobachten. Noch einmal würde sie keine 100 Lei für ein Sandwich ausgeben, wenn eine Straßenecke weiter das Essen beinah verschenkt wurde. Lila warf einen letzten Blick in den Spiegel, bevor sie die steile Treppe zum Restaurant hinaufstieg. Seit sie am Samstag beobachtet hatte, wie ein Mann, der ebenso wie sie am Straßenrand gebettelt hatte, hier einen Kaffee getrunken und ein Brot gegessen hatte, kam sie jeden Tag her. Sie zählte einen Euro von ihren Ersparnissen ab und legte die Münzen auf den Tresen neben die Kasse. Die Kellner trugen hier Uniformen wie Schaffner im Bus, und es ging sehr hektisch zu. Manchmal erntete Lila ein Lächeln von einer der jungen Frauen, die ihr die Cheeseburger in einer braunen Tüte aushändigten. Mittlerweile konnte sie ihn sogar korrekt bestellen, ohne dass sie mit der Münze gestikulieren musste. Lila biss in das weiche Brötchen und leckte sich die Tomatensauce vom Finger. Dann machte sie sich auf den Weg an den Rand der Altstadt.

Sie war schon mindestens vierzehn Mal an dem Schild vorbeigelaufen. Es hing an dem Durchgang zu einem großen Innenhof unter vielen anderen bunten Schildern. Die meisten konnte Lila nicht lesen, aber dieses eine, das war ihr ins

Auge gesprungen. Vielleicht hielt sie sich an einem Traum fest, den es niemals gegeben hatte, das war ihr wohl bewusst. Aber sie hatte mittlerweile auch erkannt, dass es das Einzige war, was ihr geblieben war. Und die einzige Verbindung zu Ioana. Wo hätte sie ansetzen sollen mit ihrer Suche? Was hätte sie tun sollen, in dieser fremden Stadt? Sie konnte versuchen, zurück nach Moldawien zu kommen, zurück zu ihrer Bunica und ihrem Großvater. Aber damit würde sie Ioana ein für allemal im Stich lassen. Das Einzige, was ihr sinnvoll erschien, war, das Ziel weiterzuverfolgen, mit dem sie in Iliciovca aufgebrochen waren. Lila lief an einer kleinen Schranke vorbei durch den Innenhof bis zu einer Tür am Rückgebäude. Sie atmete tief ein, bevor sie den Klingelknopf unter dem Schild drückte. »New Model Agency. Dortmund – Las Vegas – Nicosia.« Keine zwei Sekunden später ertönte ein Summen, und die schwere Eisentür ließ sich aufdrücken.

Das Treppenhaus war schmutzig und die alten Holztreppen in der Mitte ausgetreten. Lila hielt sich an dem blau gestrichenen Geländer fest, als sie hinaufstieg, weniger wegen der abgenutzten Stufen als wegen des Schwindelgefühls, das sie in dem Moment übermannt hatte, als ihr klar wurde, was sie hier tat. Die Tür im ersten Stock stand offen. Lila ging hinein und fand sich inmitten eines riesigen Fotostudios wieder. Überall hingen Stoffbahnen an Traversen von den Decken, und im hinteren Teil des Raumes blitzte es hell. Eine anscheinend von Kopf bis Fuß tätowierte junge Frau kam auf sie zu. Sie war klein und sah nicht besonders freundlich aus.

»Bist du die Marie?«, fragte sie.

Lila schüttelte den Kopf, weil sie den Sinn der Frage ahnte. »Liliana«, sagte sie.

»Ach so. Hast du 'nen Termin?«

Lila zuckte mit den Achseln.

»Dann kann ich dir auch nicht helfen«, sagte sie. Lila hatte keine Ahnung, was sie meinte. Sie verschwand mit ihrem Block hinter einem der Vorhänge. Vorsichtig setzte Lila einen Schritt in den großen Raum. An einer der Wände hingen kleine Kästen aus Plexiglas mit Bildern von Frauen und einigen Männern. Es mussten über hundert sein. Offenbar handelte es sich um eine große Modelagentur. Immerhin hatte sich Lila bei dem Schild nicht getäuscht. Zwei Frauen in Bademänteln liefen an ihr vorbei und verschwanden in Richtung der Blitzlichter zwischen dem Stoff. Ungefähr in der Mitte der Wand mit den Fotos stand ein großer Schreibtisch, hinter dem ein Mann große Bildbögen mit einer Lupe betrachtete. Lila beschloss, ein Risiko einzugehen, und lief zu ihm. Als er Lilas Schritte auf dem geschwärzten Betonboden hörte, sah er verärgert auf. Er musterte Lila von Kopf bis Fuß, dann lächelte er. Es tat gut, dass jemand lächelte, wenn er sie sah, dachte Lila.

»Hast du einen Termin?«, fragte er.

Lila erinnerte sich daran, dass es ähnlich klang wie etwas, das die junge Frau sie beim Reinkommen gefragt hatte. Diesmal nickte sie und sagte: »Liliana«, und gab ihm die Hand. Er hatte schöne Hände, groß, aber ohne Schwielen. Es waren Hände, die niemals hatten schwer arbeiten müssen.

»Setz dich, Liliana«, sagte er und deutete mit der Hand auf einen Stuhl. Er wühlte in einem Stapel Papier, das auf seinem Schreibtisch lag, und murmelte vor sich hin.

»Nic!«, rief er schließlich. »Nic, wo ist das Zeug von

Liliana?« Lila war klar, dass er ihre Papiere suchte. Aber sie hatte keine Papiere.

Die junge Frau tauchte hinter einem Vorhang auf, bewaffnet mit ihrem Klemmbrett.

»Was machst du denn noch hier?«, fragte sie und zog Liliana vom Stuhl. »Tschuldige, Derek. Wieder eine von denen, die es einfach versuchen.« Sie zog Lila hinter sich her.

»Bild dir bloß nicht ein, dass du hier so einfach reinlaufen kannst«, fauchte sie. »Es gibt genug von euch jungen Dingern, die in die Branche wollen.« Sie schob Lila bis vor die Tür ins Treppenhaus. Man musste kein Deutsch sprechen, um zu verstehen, dass Lila hier nicht erwünscht war, ohne einen Termin und ohne Papiere. Sie setzte sich auf die hölzerne Treppe mit den abgenutzten Stufen, ganz an den Rand, und vergrub ihr Gesicht in den Händen. Was sollte sie jetzt tun? Und auf einmal sah sie in der Dunkelheit zwischen ihren Fingern das Gesicht der alten Frau von dem Roma-Markt in Drochia. Die ihre Hände in eine Schale mit Wasser tauchte, nachdem sie ihnen das Kleid verkauft hatte. Und die versprach, dass diejenige, die das Kleid trug, eine Königin werden würde. Lila erschrak, obwohl sie wusste, dass sie sich die Alte nur eingebildet hatte. Warum sah sie die alte Frau gerade jetzt wieder? Versuchte Ioana, ihr eine Botschaft zu schicken? Alles hat seinen Preis, hatte die alte Frau prophezeit. Ioana, ich hoffe, es geht dir gut, sandte Lila ein Stoßgebet zum Himmel. Und ich gebe nicht auf, ich verspreche es.

KAPITEL 72

München, Deutschland
Montag, 29. Juli 2013, 9.28 Uhr (zur gleichen Zeit)

»Er wollte mich sprechen?«, fragte Paul Regen.

Klaus Wochingers Sekretärin deutete mit einem Filzmarker an die Decke: »Ja, schon. Aber oben.«

»Oben?«, fragte Paul Regen verwundert.

»Im Büro vom Präsidenten«, sagte sie zum Quietschen des Filzmarkers, als sie einen Namen auf dem Dienstplan durchstrich.

Paul Regen beeilte sich, die Tür hinter sich zuzuziehen. Beim obersten Chef persönlich? Wenn das der Rauswurf werden sollte, könnte er wenigstens so viel Anstand besitzen, es selbst zu machen. Paul Regen entschied sich für das dunkle Treppenhaus. Oder ahnte Klaus, dass er die Wette verloren hatte? Dann wäre es natürlich ein geschickter Schachzug, denn vor dem Präsidenten würde er sie natürlich nicht erwähnen können. Verdammt, Klaus war einfach schon immer der geborene Politiker gewesen.

Kurz bevor er das Vorzimmer erreichte, stopfte er sich noch das weiße Hemd in die Jeans. Er war angezogen wie immer, was heute bedeutete, deutlich zu schlecht. Der oberste Stock war Anzugland. Mindestens, bestenfalls mit Krawatte. Paul Regen hatte keine Wahl. Er klopfte.

»Herein«, flötete eine der drei Sekretärinnen, deren Namen sich Paul Regen partout nicht merken konnte. Wieder so ein politischer Fehler, den zu korrigieren er nicht imstande war. Paul Regen öffnete die Tür.

»Die Herren warten schon auf Sie, Herr Regen«, sagte die Namenlose mit perfekt sitzender Frisur und perfekt aufgeräumtem Schreibtisch. Na prima, dachte Paul und ging durch die offen stehende Tür in das größte Büro des gesamten Landeskriminalamts inklusive breiter Fensterfront über die Dächer der Stadt. Er blinzelte in die Sonne und hielt sich die Hand vor die Augen, um überhaupt etwas erkennen zu können.

»Guten Morgen«, sagte Paul Regen und setzte sich auf einen der freien Stühle.

»Guten Morgen, Paul«, sagte Klaus Wochinger gut gelaunt. Schönwetterlage war das schlechteste aller Vorzeichen.

»Schön, Sie wiederzusehen«, sagte Solveigh Lang, die Agentin von der Europapolizei, deren Namenskürzel er bis zum Samstagabend nicht einmal gekannt und heute schon wieder vergessen hatte.

»Wie auch immer«, sagte der Polizeipräsident. »Wollen wir weitermachen?«

Niemand hatte ihm diese Besprechung angekündigt, und niemand konnte erwarten, dass er nicht zu spät zu etwas kam, von dessen Existenz er nicht einmal etwas geahnt hatte. Oder doch?

Solveigh Lang blinzelte ihm zu. Zumindest bildete er sich das ein. Sie schob ihren Laptop in die Tischmitte.

»Dies sind die Fälle, bei denen Hauptkommissar Regen den ursprünglichen Zusammenhang hergestellt hat«, sagte Solveigh und deutete auf den Bildschirm. Obwohl ihn die Sonne noch immer blendete, konnte Paul erkennen, dass sich jemand die Mühe gemacht hatte, seine Leichenstücke grafisch auf einer Europakarte abzubilden. Sein Arm, die

Beine aus Frankreich, die Köpfe, Ene aus Spanien, alle waren da. Über der Folie stand »The Regen Cases«. Sein Name. Immerhin war diese Agentin nicht gekommen, um ihm die Butter vom Brot zu nehmen.

»Es ist eine bemerkenswerte Ermittlungsleistung«, fuhr Solveigh Lang fort, »wenn ich mir erlauben darf, das hinzuzufügen.«

Klaus Wochinger rutschte unruhig auf seinem Stuhl hin und her.

»Es kommt äußerst selten vor, dass Ermittler einen länderübergreifenden Fall aufdecken«, sagte Solveigh. »Sie alle kennen die Hürden, die immer noch damit verbunden sind …«

»Ist es denn sicher, dass wir einen solchen Fall haben?«, fragte Klaus Wochinger in einem letzten verzweifelten Versuch, den Wettverlust doch noch irgendwie abzuwenden.

Agent Lang rief ein zweites Chart auf, das weitere Punkte auf der Landkarte zeigte, die diesmal in Gelb markiert waren.

»Wir konnten den Zusammenhang noch nicht verifizieren, aber eine Abfrage der Datenbanken aller europäischen Staaten hat zumindest eine ungewöhnliche Häufung von Todesfällen im Zusammenhang mit Chemikalien zur Plastination ergeben.«

Sie erzählte ihnen von der Plastination und wie kompliziert das Verfahren sei. Und dass es doch sehr unwahrscheinlich sei, ausgerechnet Spuren dieser Chemikalien bei zusammenhanglosen Mordfällen zu finden. Sie machte Paul Regens Job ziemlich gut.

»Paul Regen war die ganze Zeit einem Serienmörder auf der Spur, der die offenen Grenzen Europas ausnutzt, um seine Taten zu verschleiern. Und Ihnen gebührt der Dank des Europäischen Rats, dass sie es ihm ermöglicht haben, daran zu arbeiten, obwohl es nicht in seinen originären Aufgabenbereich fällt.«

Sie schmiert ihm Honig um den Bart, um dann zuzustoßen, wenn er es am wenigsten erwartet. Paul Regen liebte diese Frau. Wenn auch nur im übertragenen Sinn. Sie schien das politische Gespür zu haben, das ihm fehlte.

»Das war doch selbstverständlich«, sagte Klaus Wochinger, und der Präsident nickte beifällig. Du verlogenes Dreckstück, dachte Paul Regen. Von wegen selbstverständlich. Die Nächte habe ich mir um die Ohren gehauen, damit du deinen Erkennungsdienst digital bekommst während ich an dem Fall ermittelt habe. Du konntest noch nie die Wahrheit sagen, wenn sie deinen Interessen zuwiderlief, dachte Paul Regen. Du verdammter Opportunist.

»Wie geht es denn jetzt weiter?«, fragte Paul Regen. Es war immer noch sein Ziel, diese Ermittlungen nicht abzugeben. Auch nicht an die Schnalle aus Brüssel.

»Wir werden Ihnen ein Team zur Unterstützung zur Seite stellen«, sagte Solveigh. »Ein Team, das sich mit grenzübergreifenden Ermittlungen auskennt.«

»Was bedeutet, uns zur Seite stellen?«, fragte der Polizeidirektor Wochinger.

»Im Klartext bedeutet es, dass Sie die Lorbeeren ernten werden, weil wir für Sie arbeiten werden.«

»Ich halte das auch im Sinne der konsequenten Ermittlungsgrundlage für eine sinnvolle Maßnahme«, sagte Klaus Wochinger.

Solveigh Lang lächelte ihn an wie einen Siebtklässler.

»Natürlich«, sagte sie.

»Dann ist das entschieden«, sagte der Präsident. »Das bayerische LKA wird die Koordinierung mit dem BKA und Europol übernehmen, wir richten die SoKo ein. Ich werde sofort den Innenminister um eine formelle Bitte zur zentralen Ermittlungsführung hier bei uns im Hause bitten.«

»Ehrlich gesagt«, sagte Agent Lang und klappte ihren Laptop zu, »haben wir bereits mit ihm telefoniert.«

»Sie haben mit dem Minister Milberger telefoniert?«, fragte der Präsident erstaunt.

»Nicht mit dem bayerischen Innenminister, Herr Präsident. Mit dem Innenminister der Bundesrepublik. Und nicht ich habe ihn angerufen, sondern der Chef der ECSB.«

ECSB, das war das Kürzel, das Paul Regen vergessen hatte.

Der Präsident und Wochinger tauschten ungläubige Blicke.

»Sie bekommen den formellen Antrag bis heute Mittag. Allerdings gibt es eine Bedingung.«

»Sie stellen Bedingungen?«, fragte der Präsident.

»Natürlich«, sagte Solveigh Lang. »Wenn wir überzeugt sind, dass sie zur Lösung des Falls unbedingt erforderlich sind …«

Paul Regen tanzte einen gedanklichen Limbo. Es war unglaublich, wie sie mit den beiden umsprang. Und dabei war sie so freundlich wie attraktiv. Irgendwo zwischen liebevollem Töchterchen und eiskalter Berechnung. Sie lief auf diesem schmalen Grat so traumwandlerisch sicher, dass Paul sie dafür bewundern musste.

»Und die wäre?«, fragte Klaus Wochinger. Paul Regen fing einen Blick von Solveigh Lang auf, der ihm sagte, was jetzt kommen würde. Ihr Blick sprach davon, dass sie seine Akte gelesen hatte und dass sie nicht glaubte, was dort schwarz auf weiß geschrieben stand. Sie wollte ihm sagen, dass sie sich entschieden hatte, ihm zu vertrauen.

»Paul Regen leitet das Team«, sagte sie schlicht. »Und zwar als Stabsstelle des Präsidialbüros.«

Klaus Wochinger schnappte nach Luft. »Das ist nicht möglich«, sagte er.

»Es ist notwendig«, antwortete Solveigh. Je größer der Konflikt, desto schlichter wurden ihre Sätze. Paul nahm sich vor, sich diese Taktik einzuprägen.

»Wir können keine ungeklärten Reibereien gebrauchen«, fügte sie hinzu. Paul sah ihr direkt in die Augen. Sie wusste alles. Vermutlich hatte sie sich die Akten besorgt. Und sie hatte die Wahrheit erkannt, obwohl sie nur die offizielle Version gelesen hatte. Paul Regen ahnte, dass diese Frau nicht nur clever war, sondern auch gefährlich werden konnte.

»Wenn es nicht anders geht«, entschied der Polizeipräsident und zuckte in Klaus Wochingers Richtung mit dem Schultern.

Paul Regen erhob sich. Klaus Wochinger starrte ihn an. Paul Regen fand, dass er keinen Grund dazu hatte. Er hatte seine Wette verloren, und wenn er jetzt gewissermaßen zum Begleichen seiner Wettschuld gezwungen wurde, war das nicht sein Problem. Vielleicht schickte ihm Wochinger ja mal zur Abwechslung einen Fisch? Das wäre zumindest einmal etwas Neues.

KAPITEL 73

Veiros, Portugal
Montag, 29. Juli 2013, 23.42 Uhr
(am Abend desselben Tages)

Der Wagen rumpelte über einen unebenen Feldweg, als Ioana aufwachte. Sie starrte in die Dunkelheit der Filzdecke, die über ihrem Gesicht und ihrem Körper lag, und sie roch das Chloroform in ihren Atemwegen. Sie hatte kein Gefühl dafür, wie viel Zeit vergangen war. Die lange Bewusstlosigkeit und das Liegen steckten in ihren Knochen. Beim ersten Aufwachen hatte sie geschrien, an ihren Fesseln gezerrt, bis die Hanfseile, mit denen ihre Arme und Beine an den Karabinerhaken festgezurrt waren, in ihr Fleisch schnitten. Beim zweiten Mal hatte sie es geschafft, mehrere Stunden durchzuhalten, bis sie die Schmerzen übermannt hatten. Dieses Mal würde sie es besser machen, damit er nicht wieder mit dem feuchten Lappen kam, dem Chloroform. Ioana durfte nicht einschlafen. Sie musste kämpfen. Andernfalls war sie verloren.

Im Dunkel unter der Decke dachte Ioana an Lila. Ob sie nach ihr suchte, wie sie es versprochen hatte? Aber wie sollte Lila sie finden, wo sie selbst nicht einmal wusste, wo sie war? Es gab keine Hoffnung. Es würde kein Retter kommen. Sie war alleine mit dem Mann, der sie gekauft hatte. Er nannte sie seine Königin, aber er fesselte sie auf die Ladefläche seines Lieferwagens. Er gab ihr zu essen und redete wirres Zeug, das sie nicht verstand, und er deutete zu den Sternen und sah sie dabei an, als hätte er ihr die Welt erklärt. Aber er betäubte sie, damit sie nicht weglaufen konnte. Er war nicht mehr jung, seine Haut an den Händen fleckig, das Gesicht faltig. Aber trotz seines Alters wirkte er kräftig, doch irgendetwas stimmte nicht mit ihm. Sein Geist schien besessen von einem fremden Dämon, der nichts Menschliches kannte. Vielleicht war das Ioanas einzige Chance. Seine einzige Schwäche. Sie musste mehr über ihn herausbekommen, über ihn und seinen Dämon. Wenn es ihr gelang, seinen Dämon zu verstehen, könnte sie ihn möglicherweise gegen ihn verwenden. Und dafür durfte sie auf keinen Fall mehr schreien oder weinen. Er durfte sie nicht mehr betäuben. Sie musste ihm gefallen, damit er sie an dem teilhaben ließ, was er mit ihr vorhatte. Bevor er es in die Tat umsetzte. Ioana spürte, wie der Wagen bremste. Der Motor erstarb. War es wieder nur ein Zwischenstopp wie die letzten vier Male? Würde er wieder neben ihr sitzen, ihr Käsebrocken in den Mund stopfen und vom Himmel faseln? Ioana sammelte alle ihre Kräfte und ignorierte die Schmerzen, als er die Seitentür des Busses öffnete.

»Wie geht es meiner Königin?«, hörte sie seine Fistelstimme. Er zog die Decke von ihrem Kopf, und Ioana starrte in seine rastlosen Augen, die ständig hin und her wanderten wie zwei unruhige Seelen. Ioana nahm allen Mut zusammen und versuchte zu lächeln. Trotz der Schmerzen an ihren Gelenken, trotz der Angst. Sie musste mit ihm reden, einen Draht zu ihm aufbauen. Und da er sie nicht verstand, blieb ihr nur die universellste aller Sprachen. In diesem Moment schien es ihr die schwerste von allen zu sein. Ioana spürte, wie sich in ihren Mundwinkeln kleine Fältchen bildeten, als sie ihren Wangenmuskeln befahl, sich zusammenzuziehen. Sie betete zum ersten Mal seit vielen Jahren. Es war ein kurzes Gebet in Richtung des Mondes, der über seinem Kopf am Firmament stand. Herr, gib, dass er mich versteht. Sie spürte, wie ihre Beine zu zittern begannen, spürte, wie ihre Kräfte nachließen. In diesem Moment sah sie seine Zähne. Sie waren verfault und hatten schwarze Ränder. Aber er lächelte. Dann löste er ihre Fesseln und stützte sie, als sie aus dem Wagen krabbelte. Es waren die ersten Schritte nach einer langen Zeit auf dem harten Boden des Busses. Sie setzte einen wackeligen Fuß vor den nächsten. Etwa zwanzig Meter entfernt stand eine baufällige Scheune unter einer großen Zypresse. Drumherum war nichts als Dunkelheit, nur die Grillen zirpten in der Nacht. Ioana hörte, wie er die Tür des Lieferwagens zuzog und hinter sie trat.

»Meine Königin!« Seine auswendig gelernten Worte in ihrer Sprache. Sie mussten eine tiefere Bedeutung für ihn haben, wenn er sich so viel Mühe gab. War dies das Schicksal, das die alte Frau auf dem Marktplatz in Drochia prophezeit hatte? War dies der Preis für das Kleid? Hatte Lila doch recht gehabt, dass die Hexe es verflucht hatte? Ioana stolperte auf das Scheunentor zu.

KAPITEL 74

München, Deutschland
Dienstag, 30. Juli 2013, 11.38 Uhr (am nächsten Tag)

»Mein Kollege aus Amsterdam landet um vier, der aus Warschau um Viertel vor fünf. Meinen Sie, wir können die abholen?«, fragte Solveigh, während hinter ihr jemand mit dem Dreibein eines Flipcharts hantierte. Sie stand im Vorzimmer von Paul Regens Büro. Seine Mitarbeiterin, eine ältere Kriminalhauptmeisterin namens Adelheid Auch, saß mit verschränkten Armen hinter ihrem Schreibtisch und beobachtete den Trubel mit einem skeptischen Blick über ihre Lesebrille.

»Was, mit dem Auto?«, fragte Paul Regen.

»Mit was denn sonst?«, fragte Solveigh.

»Ein Auto, liebe Frau Lang, ist in München ungefähr so sinnvoll wie eine Bullendroschke. Ich besitze keins.«

»Sie fahren kein Auto?«, fragte Solveigh ungläubig.

»Wenn ich meine Zeit damit zubringen wollte, Parkplätze zu suchen, hätte ich mich bei den Politessen eingeschrieben. Im Übrigen verursachen mir Gegenden, in denen es zu viele Parkplätze gibt, Bauchschmerzen.«

»Sie kriegen Bauchschmerzen von Parkplätzen?«

»Nicht direkt. Aber wenn ich in einer Gegend wohnen müsste, wo es beispielsweise freitagabends welche gibt, dann würde ich ja wissen, dass ich da wohne, wo keiner sein will.«

Solveigh fand seine Argumentation zwar eigensinnig, aber einen Logikfehler konnte sie beim besten Willen nicht entdecken.

»Aber Sie haben doch sicher einen Dienstwagen, den wir uns borgen können, oder nicht?«

»Schon, aber ich glaube, ich habe eine bessere Idee. Sagen Sie Ihren Kollegen einfach, sie sollen bis zum Hauptbahnhof die S-Bahn nehmen und dann in ein Taxi umsteigen. Ist schneller und billiger.«

»Einer sitzt im Rollstuhl«, gab Solveigh zu bedenken.

»Wir sind in München, nicht in New York, Frau Lang. Der letzte nicht behindertengerechte Bahnhof wurde 1981 abgerissen.«

Solveigh gab sich geschlagen und schickte Eddy und Dominique eine SMS.

»Mal abgesehen von Ihrer Autophobie: Wie soll es jetzt mit dem Fall weitergehen?«, fragte sie den frisch gebackenen Leiter der neu eingerichteten SoKo »Schachspieler«.

»Kommen Sie mal mit!«, forderte er sie auf und winkte sie in sein Büro. »Und Sie bitte auch, Frau Auch.«

Solveigh entging das unvermeidliche Wortspiel mit ihrem ungewöhnlichen Nachnamen nicht, ebenso wenig, dass die beiden sich siezten, obwohl sie seit über zehn Jahren zusammenarbeiteten.

Paul Regen lief hinter seinen Schreibtisch und deutete auf die Wand, an die er über die gesamte Breite Zettel geklebt hatte. Sie bildeten eine Art Tabelle, einen Ablaufplan für die Ermittlungen der SoKo. Paul Regen musste die letzte Nacht im Büro verbracht haben.

»Ich habe heute Morgen einige Kollegen angefordert, hauptsächlich vom naturwissenschaftlichen Dienst, die uns unterstützen sollen. Außerdem habe ich beim Hausmeister einige Tische und Stühle bestellt, damit wir alle in den beiden Büros unterbringen. Wobei Frau Auch ja an Schreibtischen schon in der Vergangenheit nicht gerade Mangel litt.«

Solveigh grinste und beobachtete die Reaktion von Adelheid Auch. Sie schien erstaunt zu sein. Ein Mann klopfte gegen den Türrahmen: »Ich hätte einen Schreibtisch für Sie?«, fragte er. Paul Regen winkte ihn herein: »Stellen Sie ihn hierhin, direkt mit der Stirnseite an meinen.«

Der Mann in dem karierten Hemd rief nach einem Kollegen und verkantete den Tisch in der Tür zu Paul Regens kleinem Büro.

»Das wird Ihrer, wenn's recht ist«, sagte Paul Regen.

»Meiner?«, fragte Solveigh.

»Ich dachte mir, wenn wir ein gemeinsames Team aus Ihren und meinen Leuten bilden, dann kann es doch nicht schaden, wenn wir die Wege kurz halten, oder nicht?«

Paul Regens Logik war auch in diesem Fall nicht zu widersprechen, auch wenn sich Solveigh darüber wunderte, dass ein deutscher Kriminalkommissar auf das Privileg eines Einzelbüros verzichtete. Unter allen deutschen Beamten, die sie bisher kennengelernt hatte, konnte sie diejenigen, die so etwas freiwillig taten, an einer Hand abzählen.

»Klar«, sagte Solveigh.

»Das Auswärtige Amt wird unsere Zentrale«, sagte er.

»Auswärtiges Amt?«, fragte Solveigh verwundert.

»Verzeihung, meine interne Bezeichnung für das Reich von Frau Auch. Weil sie für mich gewissermaßen die Vertretung gegenüber den verbündeten oder verfeindeten Staaten hier im LKA ist.«

Der Regen ist sympathisch, entschied Solveigh. Wobei sie natürlich wusste, wer mit verfeindeten Staaten gemeint war. Sie hielt ihm Wochinger vom Leib. Vermutlich war Adelheid auch die Einzige, die die wahre Geschichte kannte, die sich in jener Juninacht vor acht Jahren ereignet hatte. Sie würde sich vornehmen, Adelheid Auch bei Gelegenheit danach zu fragen, wenn das nicht ganz und gar aussichtslos wäre. So wie Solveigh sie einschätzte, wäre ein Verrat an Paul Regen das Allerletzte, was man von ihr erwarten durfte.

»Den Rest des Tages richten wir uns ein und bringen alle auf den neuesten Stand. Ich würde vorschlagen, damit warten wir, bis Ihre Kollegen eingetroffen sind. Wenn die etwas Spezielles benötigen, sollen sie bitte Frau Auch eine Mail schicken, die kümmert sich dann darum.«

Eddy würde mehr Monitore bestellen, als das LKA aufbieten konnte, wenn man ihn so freimütig nach seinen Wünschen fragte, aber Solveigh versprach, alles weiterzugeben.

»Und bis dahin?«, fragte Solveigh.

»Machen wir einen Spaziergang«, sagte Paul Regen.

»Sie wollen spazieren gehen?«, fragte Solveigh.

»Vertrauen Sie mir, Frau Lang. Ich möchte Ihnen etwas zeigen. Und ich glaube, dass es wichtig ist.«

Um halb eins, drei Stunden bevor Eddy Rames und Dominique Lagrand eintreffen würden, liefen Solveigh und Paul Regen über die Türkenstaße. Hier saßen Studenten auf viel zu kleinen Bänken vor den Cafés, und die Schaufenster der Einzelhändler waren farbenfroh dekoriert. In einem Imbiss kaufte Paul Regen zwei gerollte Teigfladen und hielt ihr einen davon hin.

»Was ist das?«, fragte Solveigh.

»Indisch. Linsenrolle mit Mangochutney.«

Solveigh beäugte es skeptisch und biss eine kleine Ecke ab.

»Sehr gesund«, behauptete Paul Regen. Und es schmeckt sogar, stellte Solveigh fest.

»Also«, sagte sie zwischen zwei Bissen. »Wohin gehen wir?«

»Ins Museum«, sagte Paul Regen.

»Warum denn das?«, fragte Solveigh.

»Ich frage mich, warum Sie meine Theorie mit dem Schachspiel beim Polizeipräsidenten mit keinem Wort erwähnt haben«, sagte Paul Regen mit vollem Mund.

»Darf ich ehrlich sein?«, fragte Solveigh.

»Ich bitte darum«, antwortete Paul Regen.

»Weil ich glaube, dass sie auf sehr dünnem Eis steht.«

»Tatsächlich?«, fragte Paul.

»Schauen Sie«, sagte Solveigh. »Auf den ersten Blick mag das ja alles sehr logisch aussehen. Aber wie Sie ja bereits richtig bemerkt haben, heißt der Läufer im Englischen Bishop.«

»Und?«, fragte Paul Regen.

»England ist nicht gerade das wahrscheinlichste Land für einen europaweit agierenden Mörder«, sagte Solveigh.

»Nein?«, fragte Paul Regen.

»England gehört zur EU, hat aber das Schengen-Abkommen nicht unterzeichnet. Sie gehen doch auch davon aus, dass unser Mörder seine Opfer sammelt, oder nicht?«

Paul Regen nickte.

»Und dass er dafür eine Operationsbasis braucht, können wir wohl auch als gesichert annehmen …«

Erneut nickte der Kriminalhauptkommissar.

»Dann kommt England so gut wie nicht infrage. Es ist ausgeschlossen, dass es jemand derart häufig mit einer Leiche oder einer Entführten im Kofferraum über die Grenze schafft, ohne kontrolliert zu werden.«

»England hat wirklich noch Grenzkontrollen?«, fragte Paul.

»Sagen Sie bloß, das wussten Sie nicht?«, fragte Solveigh.

»Das ist ein Problem«, sagte Paul.

»Weil Ihre Theorie nicht mehr greift? Wir haben das Mandat doch auch ohne sie bekommen, oder etwa nicht?«

»Ja«, gab Paul Regen zu. »Dank Ihrer Hilfe.«

Solveigh wusste, dass er damit andeuten wollte, dass ihm Wochinger jeden Stein in den Weg gelegt hätte, den er finden konnte. Und vermutlich traf seine Einschätzung zu. Sie bogen links ab und liefen auf ein buntes Gebäude zu.

»Die Sammlung Brandhorst?«, fragte Solveigh.

»Ich befürchte, das hat sich jetzt erübrigt«, sagte Paul Regen ein wenig zerknirscht.

Solveigh blieb stehen und überlegte.

»Zeigen Sie sie mir trotzdem«, entschied sie schließlich.

Paul Regen lief vorneweg und besorgte die Eintrittskarten.

»Es geht um die aktuelle Ausstellung«, sagte er, als sie die Tickets bei einem steinalten Museumswärter abreißen ließen. »Sie zeigt Skulpturen verschiedener Künstler. Und obwohl ich mir sicher bin, dass Sie recht haben, kommt es mir vor, als wollten die Figuren mir etwas sagen. Etwas, das mit unserem Fall zu tun hat. Versuchen Sie es mal. Die Technik heißt assoziative Investigation. Versuchen Sie, etwas hinter dem zu sehen, was Sie gerade betrachten.«

»Vielleicht ist er ein Künstler?«, fragte Solveigh auf der Treppe in den ersten Stock.

Paul Regen lachte: »Sie sollten damit warten, bis Sie etwas sehen, das Sie normalerweise nicht sehen, wie zum Beispiel die Skulpturen.«

Am obersten Absatz der Treppe blieb er stehen: »Aber möglicherweise haben Sie trotzdem recht. Oder er ist einfach ein Engländer, der im Ausland lebt.«

Solveigh betrachtete die erste Skulptur. Die Bronze eines Tänzers, stark stilisiert, aber mit einem wunderschönen Gleichgewicht. Und tatsächlich spürte sie, wie ihre Gedanken die unterste Ebene des aktuellen Falls verließen und versuchten, darüber zu schweben wie ein Ballon.

KAPITEL 75

Dortmund, Deutschland
Mittwoch, 31. Juli 2013, 6.21 Uhr (am nächsten Morgen)

Lila beugte sich in einer dunklen Ecke des Bahnhofs über ihre Tasche und zählte ihr Geld. Elf Euro und achtundfünfzig Cent. Plus neunhundertfünfzig Lei. Sie versteckte die Scheine in der Tiefe ihrer Hosentasche. War es richtig? Alles auf eine Karte zu setzen? Hatte sie eine Wahl? Sie löste sich aus der Nische zwischen einer Bäckerei und einem Blumenladen und irrte durch die Halle, zwischen den Menschenmassen hindurch, die zu ihren Zügen eilten. Lilas Ziel war ein kleines Fenster an der Stirnseite der Gleise mit einer blau-weiß-gelben Leuchtreklame über der Scheibe. »Cambio, Money Exchange, Best Rate«. An der Seite hing ein Schild mit dem Umrechnungskurs der wichtigsten Währungen. Der moldauische Leu war nicht aufgeführt. Ein Mann rammte ihr seine schwere Umhängetasche in den Rücken, als sie unvermittelt stehen blieb. Er murmelte eine Entschuldigung und hetzte weiter. Der Strom der Menschen teilte sich hinter Lila und floss vor ihr wieder zusammen wie ein Schwarm Heringe. Lila hatte zwei Tage nachgedacht, bevor sie sich zu diesem Schritt entschlossen hatte. Sie konnte nicht ewig so weitermachen, irgendwann würden die kurzen Schlafphasen auf den Bänken am Bahnhof oder im Park an ihren Kräften zehren. Es war die richtige Entscheidung, auch wenn sie das Risiko des Scheiterns mit sich brachte. Sollte Lilas Plan nicht aufgehen, führte der einzige Weg steil nach unten. Von der Bettlerin zur Flüchtigen. Wie tief konnte man fallen? Mit zitternden Knien trat sie vor das Fenster.

Hinter der Scheibe saß eine dicke Frau auf einem Drehstuhl und starrte in die Schalterhalle. Als sie Lila bemerkte, drückte sie einen roten Knopf neben einem Mikrofon, das in die Tischplatte eingelassen war. Lila fummelte die sorgfältig zusammengefalteten Scheine aus ihrer Hosentasche und legte sie auf einen Drehteller. Die Frau in der viel zu engen Weste konzentrierte sich weiterhin auf das Geschehen hinter Lila, als sie den Schalter umlegte und Lilas Geld verschwand.

»Vierzig Euro und dreißig Cent«, sagte sie und deutete auf ihre Kasse. Lila vermutete, dass es zu wenig war für ihre Neunhundertfünfzig Lei. Irgendjemand musste die dicke Frau davon bezahlen, und es war klar, dass es von Lilas Geld abgezogen wurde. Lila nickte. Sie schluckte, als die Frau vier Zehn-Euro-Scheine abzählte und drei Zehn-Cent-Stücke dazulegte. Zusammen mit ihrem Erbettelten war ihr Vermögen auf einundfünfzig Euro und achtundachtzig Cent angewachsen. Sie nahm die Scheine mit einem kleinen weißen Zettel von dem Drehteller. Die eine Hälfte steckte sie in die enge Hosentasche, die andere verschwand in dem Umschlag und wanderte zwischen ihre Klamotten. Es fehlte noch, dass sie heute jemand ausraubte. Dann drehte sie sich um und reihte sich in den Strom der Menschenmassen ein, die sich Richtung Ausgang schoben.

Den ersten Teil ihres Geldes gab sie in einem der Geschäfte aus, die an ihren Schaufenstern dafür warben, dass jeder Artikel für einen Euro zu haben war. Nach über einer halben Stunde in dem hell erleuchteten Laden stand sie mit ihrer Ausbeute an der Kasse: ein knallroter Lippenstift, ein weißer BH, Nagellack und Wimperntusche. Vier Euro weniger. Dann lief Lila auf die andere Seite des Bahnhofs, den sie mittlerweile gut kannte, und mietete in einem Hostel ein Zimmer für neun Euro die Nacht. Es war das billigste in der ganzen Gegend, und es war sauber. Sie hatte es ausgerechnet: Das Zimmer brachte ihr ein paar Stunden Schlaf, und es gab ein Bad und eine Waschmaschine. Der Waschsalon und die öffentliche Dusche hätten vier Euro weniger gekostet, minus die Ruhe. Wenn sie schon alles auf eine Karte setzte, dann würde sie es richtig machen. Sie stopfte das Restgeld in ihre Lederjacke und legte sie unter ihr Kopfkissen, obwohl sie das Sechsbettzimmer für sich alleine hatte. Niemand buchte ein Hostel, um den Tag auf dem Zimmer zu verbringen. Keine zwei Minuten nachdem sie die Decke bis zum Kinn hochgezogen hatte, war Lila eingeschlafen.

Gegen fünfzehn Uhr wurde sie von einem Geräusch auf dem Flur geweckt. Eine Schülergruppe zog vor ihrer Zimmertür vorbei, ein paar von ihnen traten gegen die dünne Wand. Lila gähnte, als sie ins Bad schlich und ihre Lederjacke mit dem Geld an einen Haken neben dem Waschbecken hängte. Die erste heiße Dusche seit über vier Tagen würde sie aufwecken. Als das Wasser auf ihren Kopf prasselte, kalkulierte Lila noch einmal ihre Chancen. Ihr war klar, dass es nur funktionierte, wenn sie so gut aussah, wie es möglich war. Vor dem Spiegel kämmte sie ihre frisch gewaschenen Haare und steckte sie zu einem Dutt. Sie schminkte ihre Augen, trug den knallroten Lippenstift auf, der ihren blassen Teint noch ein wenig blasser aussehen ließ. Sie betrachtete ihren Körper im Spiegel in der kurzen Jeans und dem T-Shirt mit der amerikanischen Flagge. Sie sah viel erwachsener aus, als sie sich fühlte. Dann zog sie die Lederjacke darüber und schlüpfte in die hochhackigen Schuhe. Mein größtes Kapital sind die Sachen von Radu, schoss es ihr durch den Kopf. Die Sachen aus dem Kaufhaus in Bukarest. Wäre Radu nicht gewesen, hätte ihr Plan keinerlei Aussicht auf Erfolg. Allerdings musste sie sich eingestehen, dass sie ohne Radu auch nicht in diese ausweglose Situation geraten wäre.

Lila verließ das Hostel mit ihrer Tasche unter dem Arm und achtunddreißig Euro und achtundachtzig Cent. Zeit, herauszufinden, ob sie klug investiert hatte.

Um siebzehn Uhr saß sie auf der Treppe im Innenhof der New Models Agency und wartete. Sie beobachtete die jungen Frauen, die ein und aus gingen, bis es dunkel wurde. Die Rothaarige mit den Tattoos lief an ihr vorbei, ohne sie zu beachten. Als das Licht im ersten Stock erlosch, stand Lila auf und wartete in dem dunklen Hauseingang.

Der Fotograf würdigte sie keines Blickes, als er mit dem klimpernden Schlüsselbund in der Hand sein Büro verließ.

Lila löste sich von der Wand. Sie hatte keine Wahl. Sie wusste, dass er ihre Absätze auf dem Pflaster klappern hören musste. Er wollte nicht mit ihr reden. Er lief durch den Torbogen, ohne seinen Schritt zu verlangsamen. Dann blieb er stehen.

»Was willst du?«, fragte er.

Lila schwieg. Sie stand einfach nur da und versuchte, sie selbst zu sein. Sie stellte ihre Tasche auf den Boden neben ihre Schuhe. Über sein Gesicht huschte der Hauch eines Lächelns.

»Liliana, nicht wahr?«

Sie nickte.

»Was ist los mit dir, Liliana? Hast du kein Zuhause?«

Sie kannte die Bedeutung der Worte nicht, aber sie wusste, dass sie ihm gefiel. Er sah sie an, wie Radu sie am Mittsommerfest angesehen hatte. Nur sehr viel direkter. In seinen Blicken lag etwas, das Lila nicht kannte. Sie versuchte, sehr erwachsen auszusehen. Seine Augen blieben an ihren roten Lippen hängen. Hatte sie das nicht gewollt? War es nicht das gewesen, auf das sie spekuliert hatte? Sie ließ seine Blicke über sich ergehen, weil es das Einzige war, was ihr einfiel.

»Komm, ich lade dich zu einem Drink ein«, sagte er schließlich.

Lila griff nach ihrer Tasche. Er nahm sie mit. Der erste Teil ihres Plans hatte funktioniert.

KAPITEL 76

München, Deutschland
Mittwoch, 31. Juli 2013, 16.01 Uhr (am selben Tag)

Das Auswärtige Amt glich einem Taubenschlag, und Paul Regen kam sich vor wie ein Scheunenfund. Wie ein alter, aber stolzer Sportwagen von 1967, der seit Jahren in einem Schuppen vor sich hin rostete und den ein Enkel des ehemaligen Besitzers jetzt mit zweihundert Sachen über die Autobahn trieb. Ein alter Porsche 912 zum Beispiel, mit chromglänzenden Stoßfängern, der würde ihm zumindest gefallen. Die Leute, die Solveigh Lang mit in sein Team gebracht hatte, waren allerdings eine willkommene Abwechslung. Der Mann, der im Rollstuhl saß, war etwa in Paul Regens Alter und war unverkennbar der Computerexperte der Gruppe. Der Junge, der aus Warschau gekommen war, hieß Dominique Lagrand und war ein blondes, schmächtiges Kerlchen. Solveigh behauptete, er hätte vor einem Jahr einen Fall fast alleine mithilfe mathematischer Formeln gelöst. Ausgefeilte Statistiken hatten ihm der Legende nach verraten, wer die Täter sein mussten und wo sie als Nächstes zuschlagen würden. Paul Regen hatte seine Zweifel an derartigen Wundermitteln, aber mit Kritik an fragwürdigen Ermittlungsmethoden kannte er sich aus. Einzig die Ergebnisse konnten Zweifler überzeugen. An seine Assoziationsketten hatte schließlich auch niemand geglaubt außer Frau Auch. Und auch die hatte oft genug geflucht, wenn Paul sie auf eine falsche Fährte gelockt hatte. Aber vielleicht hatte er bald Gelegenheit dazu, seine assoziative Investigation unter

Beweis zu stellen. Seit über einer Stunde tauschten sie ihre Theorien zu dem Fall aus. Und dieser Spanier Eddy Rames hatte mit seinem Zauberkasten Erstaunliches herausgefunden.

»… aber wie sollen wir das nachweisen?«, fragte Solveigh Lang. Sie saß auf dem Schreibtisch, auf dem der Spanier sein illustres Arsenal an Monitoren aufgebaut hatte.

»Wir haben sechs weitere Fälle von Leichenteilen, die mit Konservierungsstoffen in Berührung kamen«, erklärte Eddy. »Zu dreien von ihnen liegt bereits eine positive Laboranalyse vor: Alle haben dieselbe Zusammensetzung. Ich würde vorschlagen, dass wir bis auf Weiteres davon ausgehen, dass sie alle zu unserem Fall gehören, aussortieren können wir sie später immer noch, wenn es nötig sein sollte.«

»Dominique?«, fragte Solveigh.

Der junge Mann mit den blonden Haaren und den schmalen Schultern räusperte sich: »Also statistisch gesehen zeichnet sich noch kein Muster ab.« Er lief zu der Wand, an die Paul eine überdimensionale Europakarte gepinnt hatte. Dominique hatte dort alle Vermisstenfälle und Fundorte mit farbigen Stiften markiert. Die Punkte verteilten sich wie zufällige Farbsprenkel über die gesamte Karte.

»Das Einzige, was ich im Moment als gesichert annehmen würde«, fuhr er fort, »ist, dass die Ablage in Skandinavien eine Ausnahme war.« Er deutete auf den einzelnen Punkt in Kiruna. Tatsächlich waren deutlich mehr Fälle im Süden Europas verzeichnet.

»Ich denke, daraus können wir schließen, dass er im Süden wohnt, oder nicht?«, fragte Paul Regen.

»Das würde ich auch annehmen«, sagte Dominique Lagrand. »Das Zentrum seiner Komfortzone liegt in Süd- bis

Mitteleuropa. Dort wird sich auch sein Unterschlupf befinden, wo er die Entführten oder ihre Leichen hinbringt, um sie zu konservieren.«

»Ich würde gerne noch einmal auf das Motiv zu sprechen kommen«, sagte Paul Regen.

Solveigh rutschte auf dem Tisch hin und her: »Aber wenn die Südentheorie stimmt, Herr Regen, dann ist das, worauf Sie hinauswollen, doch doppelt unwahrscheinlich, oder nicht?«

»Das mag sein, aber ich möchte, dass innerhalb dieses Raumes keine Theorie unausgesprochen bleibt, und sei sie noch so abwegig«, sagte Paul Regen. »Und das gilt für alle.« Er warf einen Blick in die Runde.

»Ist klar, Boss«, sagte Solveigh. Es klang keinesfalls ironisch, wie sie es sagte.

»Adelheid Auch, wollen Sie? Ich glaube, ich habe mir damit schon den Mund fusselig geredet, und Sie kennen die Theorie genauso gut wie ich.«

Kriminalhauptmeisterin Adelheid Auch erhob sich. Ihre kratzige Stimme erinnerte Paul an die Chansons, die sie früher gesungen hatte, auch wenn der Text heute ein gänzlich anderer war.

»Wir glauben, dass unser Täter zu den missionsorientierten Soziopathen gehört«, sagte Adelheid Auch. Sie sagte, wir glauben. Und sie verpackte Pauls Theorie in die korrekte Kriminalistenterminologie. Beides freute Paul ungemein, zeigte es doch, dass sie auf dem richtigen Weg waren, zu alter Form zurückzufinden. »Alle sexuellen Motive scheiden entweder aufgrund der unterschiedlichen Opfertypen aus oder aufgrund der unversehrten Leichenteile, die gefunden wurden.«

»Aber gab es nicht schon Serienmörder, die unterschiedliche Opfertypen gewählt haben?«

»Doch, Frau Lang«, antwortete Paul Regen. »Donato Bilancia zum Beispiel. In seinem Fall kamen aber alle aus seinem unmittelbaren Umfeld, und die Männer wurden größtenteils getötet, weil sie ihn bei einem Mord gestört hatten.«

»Ein Beweis ist das nicht gerade«, warf Eddy Rames ein.

»Nein, aber es kommt hinzu, dass Donato Bilancia nicht besonders zielgerichtet vorgegangen ist. Und ich glaube, das können wir bei unserem Täter wohl definitiv ausschließen, oder nicht?«

Er erntete allgemeines Nicken. Paul Regen bedeutete Adelheid Auch fortzufahren.

»Kriminalhauptkommissar Regen und ich glauben«, sie machte eine kurze Pause, als erschiene ihr die Theorie auf einmal doch fragwürdig, »dass er ein Schachbrett füllen will.«

»Ein Schachbrett füllen?«, fragte Eddy Rames.

»Ein missionsorientierter Tätertyp hat eine Eingebung, ein Ziel, das ihm in seiner Phantasie meist eine höhere Instanz befohlen hat«, erklärte Paul Regen. »Ein Indonesier hat einmal geglaubt, dass er die Lebensenergie seiner Opfer in kosmische Macht umwandeln konnte, ein anderer hatte von Gott die Aufgabe gestellt bekommen, die Welt von Homosexuellen zu befreien.«

»Klingt ziemlich krank«, sagte Dominique Lagrand.

»Natürlich«, bestätigte Paul Regen. »Das Wichtigste ist aber, dass diese Form der Soziopathen zwar krank, aber meistens nicht dumm ist. Sie begehen ihre Morde nach einem exakten Plan, weil ihr einziges Lebensziel ist, die Mission zum Abschluss zu bringen.«

»Wie das Ausnutzen der europäischen Grenzen«, sagte Solveigh.

»Genau«, sagte Paul Regen.

»Ein Schachspiel hat zweiunddreißig Figuren«, sagte Eddy, der selbst ein leidenschaftlicher Spieler war und gegen den Solveigh mehr Partien verloren hatte als gegen irgendjemand sonst. »Da wäre noch eine Menge Luft nach oben.«

Paul Regen wollte sich nicht beirren lassen: »Wenn wir für den Moment annehmen wollen, dass die neuen Leichenteile zu unserem Täter gehören, dann haben wir doch einen Ansatz, die Theorie zu überprüfen, oder nicht?«

»Worauf wollen Sie hinaus?«, fragte Eddy Rames.

»Er meint, dass der Mörder ein Engländer sein könnte. Bauern gab es bisher zwei auf unserer Liste, dazu zwei Frauen, die in ihrer Freizeit geritten sind, ergo die Springer darstellen könnten. Und eben einen Priester für den ›Bishop‹, den englischen Läufer.«

»Und was ist mit den zwei Beinpaaren aus Frankreich?«, fragte Eddy und begann, wie wild auf seiner Tastatur herumzutippen.

Paul Regen seufzte. »Das ist ein Schwachpunkt der Theorie«, gab er zu.

Dominique Lagrand, der immer noch vor seiner Karte stand, warf ein: »England sieht statistisch nicht gerade wahrscheinlich aus. Außerdem gehört es nicht zum Schengenraum, und das würde bei unserer Opferzahl bedeuten, dass die statistische Wahrscheinlichkeit einer zufälligen Kontrolle auf über vierzig Pro…«

»Bauer, Pferd, Läufer, Turm«, murmelte Eddy in seinen Monitor.

»Sind Sie die Gebetsmühle von der Frau Lang oder was?«,

fragte Paul Regen den schmächtigen Franzosen, der allerdings, das musste er zugeben, einen sehr kompetenten Eindruck machte.

Eddys Finger flogen über die Tastatur.

»Deswegen wollte ich mich nicht auf die Theorie festlegen«, fiel ihm Solveigh Lang in den Rücken.

»Haben Sie eine bessere?«, ätzte Paul Regen. »Und wenn er einfach ein Engländer ist, der im Ausland lebt? Das hatte ich Ihnen gestern schon vorgeschlagen, und Sie sind mit keinem Wort darauf eingegangen.«

»Wenn Ihre Theorie mit dem Missionstypus stimmt, ist das statistisch noch viel unwahrscheinlicher, dass er seine Komfortzone verlegt. Ich bin sicher, er entführt seine Opfer in anderen Ländern, aber zum Töten fährt er nach Hause. Dorthin, wo er auch aufgewachsen ist. In das Epizentrum seiner Komfortzone.«

Für einen kurzen Moment versandete ihre Diskussion, nur Eddys chaotisches und Adelheid Auchs routiniertes Tippen waren zu hören.

»Also«, sagte Adelheid Auch schließlich. »Ich habe mir die Akten der neuen Fälle angesehen, die der Herr Rames herausgefunden hat.« Sie sprach Rames eher bayerisch als spanisch aus.

Paul Regen warf ihr trotzdem einen dankbaren Blick zu.

»Und ich hätte eine Baptistenpfarrerin und einen katholischen Priesteranwärter im Angebot«, sagte Adelheid Auch mit nur leicht triumphierendem Blick über ihre Lesebrille.

»Langsam wird es unheimlich«, sagte Dominique.

»Allerdings keine Bauern, lediglich einen Dachdecker und einen Tagelöhner, der auf einer Obstplantage gearbeitet hat.«

»Die gehen auch«, murmelte Eddy, ohne sein Tippen zu unterbrechen. »Im Englischen heißt der Bauer ›Peon‹, das heißt einfach nur Arbeiter. Kann ein Bauer sein, muss aber nicht.«

»Ich habe es gewusst!«, verkündete Paul Regen.

»Ganz so weit sind wir noch nicht«, mahnte Solveigh Lang zur Ruhe. »Ich gebe zu, dass es eine gute Theorie ist, aber leider auch eine unvollständige.«

»Inwiefern unvollständig?«, fragte Paul Regen.

»Darf ich auch mal etwas sagen?« Eddy hatte sein Tippen unterbrochen.

Vier Augenpaare wandten sich in seine Richtung.

»Danke«, sagte Eddy. »Ich zeige euch jetzt das Bürogebäude, in dem die beiden Beine gearbeitet haben.«

Er drehte einen der drei Monitore auf seinem Schreibtisch so, dass alle etwas sehen konnten. Er zeigte einen Bürokomplex mit einem hoch aufschießenden Turm in der Mitte.

Paul blieb der Mund offen stehen. »Wie haben Sie das herausgefunden?«, fragte er.

»In der Akte stand ihr Arbeitgeber«, sagte Eddy. »Da der nicht mehr existiert, habe ich über eines dieser Businessnetzwerke Kollegen von damals gesucht und schließlich eine Adresse gefunden. Den Rest hat Google-Maps erledigt.«

»Bingo«, sagte Solveigh Lang.

»Aber das Problem mit England bleibt bestehen«, insistierte Dominique von seinem Stehplatz vor der Karte. Er kreiste noch einmal um die Komfortzone des Täters, die viel weiter südlich lag.

»Spricht denn in diesem Saftladen keiner außer mir ein paar Sprachen?«, fragte Eddy.

»Fünf«, sagte Solveigh. »Aber was soll das nützen?«

»Vermutlich spielst du einfach zu selten, Slang. Du solltest es besser wissen.«

»Jetzt mach mal halblang und rück raus mit dem, was du hast«, sagte Solveigh.

Paul Regen ahnte, dass die beiden ein ähnlich gutes Team waren, wie er und Adelheid Auch es einmal gewesen waren. Wenn auch auf vollkommen andere Art und Weise.

»Auch im Portugiesischen heißt der Läufer Bischof. Bispo.«

»Portugal liegt genau am Rand der Komfortzone«, murmelte Dominique.

Paul Regen atmete tief ein und hielt die Luft an.

KAPITEL 77

Dortmund, Deutschland
Donnerstag, 1. August 2013, 10.14 Uhr
(am nächsten Morgen)

Lila erwachte am nächsten Morgen mit Herzrasen. Sie spürte es, bevor sie in diese Welt zurückkehrte, vielleicht war es die Folge eines Albtraums, vielleicht eine Folge der pochenden Kopfschmerzen. Sie schlug die Augen auf und lag in einem fremden Bett. In weichen, weißen Daunen. Ihr Kopf drohte zu zerspringen. Was war passiert? Wo war sie? Sie konnte sich nicht mehr daran erinnern. Sie war nackt, bis auf den Slip. Die Drinks in einer Bar, seine Fragen in perfektem Englisch, ihre gestammelten Antworten. Ihm gegenüber hatte sie die Fassade fallen lassen, dass sie kein Englisch sprach.

Ob es am Alkohol gelegen hatte? Lila erinnerte sich an noch mehr Drinks und an wenig danach. Eine Hand auf ihrer Schulter, auf ihrem Knie. Lila schob die Decke zur Seite, neben die andere. Es gab eine zweite Decke, das hieß … Lila wollte nicht daran denken, was das bedeutete. Mit zitternden Knien stand sie auf.

Das Zimmer war klein und hell, die Sonne schien durch eine anthrazitfarbene Jalousie. Lila bog zwei Lamellen auseinander und warf einen Blick aus dem Fenster. Sie sah auf einen Innenhof mit modernen Häusern, unten zog jemand Mülltonnen über die Pflastersteine. Hatte sie …? Hatte er …? Derek hatte er sich genannt. Hatte sie es provoziert? Lila fühlte sich elend und alleine. Was war das für ein Mensch, der ihre Situation ausnutzte? Auf einem Stuhl fand sie ihre Klamotten, achtlos auf die Lehne geworfen. Als sie in ihre Jeans schlüpfen wollte, wurde ihr schwindelig, und sie ließ sich zurück aufs Bett fallen. Eine Weile lag sie da und starrte an die Decke. Es war so ein unschuldiges weißes Zimmer, in dem es passiert war. Ein schönes Zimmer, das musste sie zugeben. Als der Schwindel nachgelassen hatte, startete sie einen zweiten Versuch. Sie war noch immer wackelig auf den Beinen, schaffte es aber, das Top über den Kopf zu ziehen und die Tür zu öffnen. Schon in dem kurzen Flur roch sie frischen Kaffee. Und hörte ihn. Derek.

»Good Morning«, sagte er, als sie die Küche betrat. Ihre nackten Füße fühlten sich kalt an auf dem Holzboden. Lila sagte nichts. Derek reichte ihr einen Becher, und sie rutschte auf einen Stuhl an einem schlichten Holztisch. Das war es also, sagte sich Lila, als sie den ersten Schluck trank und das Koffein sein Wunder vollbrachte. Plötzlich wurde ihr schlecht, und sie rannte auf die Toilette. Sie erbrach sich mehrmals in das kleine Waschbecken, bis sie sich fragte, woher sie wusste, wo die Toilette war. Es klopfte.

»Alles in Ordnung?«, fragte Derek.

Lila öffnete die Tür einen kleinen Spalt.

»Ja«, sagte sie und zog wieder zu. Sie drehte den Hahn auf und beseitigte die Spuren ihrer Drinks von letzter Nacht. Dann ließ sie eiskaltes Wasser in ihre Hände laufen, rieb sich über das Gesicht. Im Spiegel sah sie ihre roten Augen und die zerzauste Frisur. Der Lippenstift musste an den Cocktailgläsern hängen geblieben sein, oder … Immerhin hatte er sie hier übernachten lassen. Er hätte sie schließlich auch rausschmeißen können. Sie ging zurück in die Küche und setzte sich wortlos an den Tisch. Derek schlich sich heran. Sie roch sein Aftershave und spürte seine Hand auf ihrer Schulter.

»Hey«, sagte er. »Geht es dir besser?«

Lila nickte. Sie hätte es schlechter treffen können, er war nicht einmal unattraktiv, wenn auch etwa zwanzig Jahre älter als sie. Sie trank den heißen Kaffee in kleinen Schlucken, damit sich das Unglück nicht wiederholte. Er nahm die Hand von ihrer Schulter und setzte sich ihr gegenüber.

»Ich sollte ein Foto machen«, sagte er. »Du siehst toll aus.«

Da musste auch Lila grinsen.

»Ich erinnere mich an gar nichts«, gab Lila zu.

»Wirklich an gar nichts?«, fragte er.

»Nein. Nur an die Cocktails.«

»Auch nicht mehr, dass du mir erzählt hast, dass du keine Papiere hast und nicht weißt, wohin du gehen sollst? Und dass du aus Moldawien kommst? Dass sie dir einen Modeljob versprochen haben? Die Bande von diesem Cousin von deiner Freundin?«

Das hatte sie Derek alles erzählt? Offenbar hatte sie ihm noch viel mehr erzählt, als sie gedacht hatte. Und vermutlich nicht nur das … Lila schüttelte den Kopf.

»Wir brauchen einen Plan«, sagte er.

Lila blickte ihn fragend an. Er hatte einen Plan?

»Wie wir deinen Pass zurückkriegen ohne dass sie dich gleich in den Bus setzen«, sagte er. »Ich mache seit fünfzehn Jahren Erotikfotos, das läuft fast nur mit Models aus Osteuropa, glaub mir, ich kenne mich da aus.«

Lila biss sich auf die Lippen. Die Frage brannte ihr auf der Seele, aber sie traute sich nicht, sie zu stellen. Weil sie nicht wusste, ob sie die Antwort ertragen konnte. Sie schlang ihre Arme um sich.

»Und falls du dich fragst, ob wir miteinander geschlafen haben …«, sagte Derek.

Lila zuckte zusammen.

KAPITEL 78

München, Deutschland
Donnerstag, 1. August 2013, 10.19 Uhr
(zur gleichen Zeit)

Solveigh Lang saß an ihrem Schreibtisch in Paul Regens Büro und biss in eines der Sandwichs, die er vom Markt mitgebracht hatte. Nicht nur für sie, sondern für alle in ihrem Team. Offenbar war er der Ernährertyp, obwohl er selbst gar nicht so aussah. Immerhin hatten sie sich ihr Frühstück verdient, am Vortag war sie mit Eddy und Dominique um Viertel vor zwei ins Hotel zurückgefahren. Die Nächte wurden länger, weil sie kaum Erkenntnisse hinzugewannen. Die meisten Akten hatte Adelheid Auch ohnehin schon besorgt, und die neuen Körperteile, die Eddy gefunden hatte, brachten sie auch keinen Millimeter voran, alle Fälle lagen Jahre in der Vergangenheit. Es schien, als würde Paul Regen recht behalten: Jetzt, wo der Täter gelernt hatte, die Körper zu konservieren, warf er sie nicht mehr weg. Er sammelte sie. Es gab keine andere Erklärung, denn jetzt, da sie wussten, wonach sie suchen mussten, würde ihnen kein Fund mehr entgehen. Vor allem, seit Eddy ein Bulletin an sämtliche Innenministerien der Eurostaaten verschickt hatte, nach dem sie als Erste zu informieren wären. Solveigh trommelte mit den Fingern auf das schwarze Plastik neben dem Trackpad ihres Laptops. Es musste noch etwas geben. Irgendetwas übersah sie. Solveigh beschloss, es mit Paul Regens Methode zu versuchen, der assoziativen Investigation. Sie griff nach dem Sandwich und machte sich auf den Weg.

Wollen wir doch mal sehen, dachte Solveigh und wandte sich am Haupteingang nach rechts. Sie lief die Maillingerstraße hinunter und beobachtete ihre Umgebung. Wenn sie es richtig verstanden hatte, ging es darum, anhand neuer Eindrücke alte Denkmuster aufzubrechen, was immer das heißen sollte. Solveigh sah ein italienisches Restaurant auf der anderen Straßenseite und dachte an Procuratore Bonardi. Das Hotel in Neapel, die Bolzen in der Tür. Eine frittierte Pizza. Sie biss in das Sandwich. Was hatte Italien mit ihrem Fall zu tun? Ein Kopf war bei Verona an einer Autobahntankstelle gefunden worden. Das war alles, was Solveigh dazu einfiel. Es funktionierte nicht. Autos parkten zu beiden Seiten der Straße neben dem Gehsteig. Autos in allen erdenklichen Farben. Mercedes, Opel, BMW. Fuhr ihr Täter ein solches Auto? Eher nicht, weil er jemanden transportieren musste, den niemand zu Gesicht bekommen durfte. Er hatte vermutlich einen Lieferwagen oder einen Bus. Aber das war nichts Neues, diese Erkenntnis hatte schon Paul Regen in seinen Unterlagen notiert. Wirklich bahnbrechend, die assoziative Investigation, Herr Regen, dachte sie, als jemand ihren Namen rief.

»Frau Lang!«, rief Paul Regen.

Solveigh drehte sich um, als sie den Vibrationsalarm ihres Handys in der Jacketttasche spürte.

»Bleiben Sie doch einmal stehen!«, rief er.

Die SMS war von Fabio Lonzi, der sie daran erinnerte, dass es bereits Donnerstag war. Die Einladung zum Abendessen hatte sie ganz vergessen. Solveigh fluchte innerlich. Sie würde ihn vertrösten müssen. Wie immer.

Als Paul Regen sie erreichte, schnaufte er, als hätte er zehn Kilometer auf Zeit hinter sich. Dabei konnte Solveigh das Dach des LKA noch hinter den Baumwipfeln erkennen.

»Ich habe Sie gesucht«, sagte er.

»Nun haben Sie mich ja gefunden«, antwortete Solveigh.

»Ich habe uns einen Termin besorgt«, sagte Paul Regen.

»Aha«, sagte Solveigh.

»Mit jemandem von der Operativen Fallanalyse.«

»Wir haben schon einen Profiler«, gab Solveigh zu bedenken. »Von Scotland Yard. Die Videokonferenz ist um drei.«

»Warum in die Ferne schweifen, Frau Lang?«

»Sie sind die ECSB-Experten für solche Fälle«, sagte Solveigh. »Und normalerweise werden dafür die besten ausgewählt.«

»Das will ich ja gar nicht bezweifeln, Frau Lang. Und sie

können diese Leute ja immer noch fragen, aber ich würde gerne vorher mit Thilo Gleis reden. Er hat die Operative Fallanalyse fürs Münchner Polizeipräsidium aufgebaut und zwanzig Jahre geleitet. Und er kennt unseren Fall.«

»Klar, warum nicht«, sagte Solveigh, die grundsätzlich nichts gegen eine Meinung mehr einzuwenden hatte.

»Fahren wir gleich hin?«, fragte Paul Regen.

»Jetzt?«, fragte Solveigh.

»Sind nur zwei Stationen«, sagte er. »Was haben Sie eigentlich hier draußen gemacht?«

Solveigh warf die Serviette ihres Sandwichs in einen Papierkorb, von denen es in München mehr gab als in jeder anderen Stadt, die sie jemals besucht hatte.

»Ihre assoziative Investigation ist ein Reinfall«, sagte Solveigh, als sie Richtung U-Bahn-Station liefen.

»Tatsächlich?«, fragte Paul Regen. »Inwiefern, wenn ich fragen darf?«

»Es funktioniert bei mir einfach nicht«, gab sie zu. »Ich komme nur auf ganz offensichtliche Zusammenhänge, die uns längst bekannt sind.«

»Wollen wir es einmal zusammen probieren?«, lachte Paul Regen. »Sagen Sie einfach, was Sie sehen, okay? Sie dürfen es nicht hinterfragen.«

»Ich sehe ein Restaurant«, sagte Solveigh.

»Okay«, sagte er. »Und jetzt stellen Sie sich unseren Fall wie eine halb transparente Fläche darüber vor. Was bedeutet ein Restaurant für unseren Täter?«

»Wenn er quer durch Europa fährt, muss er irgendwo essen oder alles vorher eingekauft haben.«

»Gibt es Komplikationen beim Essen, wenn er eine entführte Person transportiert?«

»Möglicherweise«, sagte Solveigh. »Er müsste auch etwas für sie kaufen. Er kann nicht riskieren, dass sie verhungert.«

»Okay, das darf jetzt arbeiten. Suchen Sie das nächste Bild«, unterbrach sie Paul Regen.

Sie hatten die Treppe zur U-Bahn-Station erreicht. Solveigh lief neben Paul die Treppe hinunter und überholte eine Frau mit einer bunten Uhr am Handgelenk und einer komplizierten Brille auf der Nase.

»Ich sehe eine bunte Uhr«, sagte Solveigh.

»Okay«, sagte Paul Regen. »Wofür steht eine Uhr?«

»Für die Zeit.«

»Bilden Sie Begriffe rund um die Zeit. Und denken Sie an die halb transparente Fläche mit unserem Fall. Sie ist immer da, aber sie trübt das Bild nicht.«

»Zeit ist Geld, Zeit vergeht, die Zeiten ändern sich. Tempora mutantur.«

Solveigh blieb mitten auf der Treppe stehen. Tempora. Natürlich. Es war nicht unbedingt naheliegend, aber einen Versuch war es allemal wert. Tempora und Prism. Die Spähprogramme der NSA. Wenn er essen muss, muss er möglicherweise auch telefonieren. Sie musste Eddy anrufen.

»Was ist los, Frau Lang? Die U-Bahn kommt.«

»Ich komme«, sagte Solveigh und wählte Eddys Nummer.

Zwei Stationen weiter stiegen Solveigh und Paul Regen in Gern aus der U-Bahn-Linie 1. Kaum waren sie in eine der Seitenstraßen abgebogen, ersetzten kleine Villen und putzige Spitzdächer die mehrstöckigen Mietshäuser. Paul Regen klingelte an einem Gartentor, es summte beinah augenblicklich.

»Thilo«, sagte Paul und gab einem Mittsechziger die Hand, der mit einer Gartenschere bewaffnet auf sie zukam. »Das ist Solveigh Lang von der ECSB.«

»ECSB?«, fragte Thilo Gleis und legte die Stirn in Falten.

»European Council Special Branch«, erläuterte Paul Regen. »Sie ermittelt für den Europäischen Rat.«

»Nie gehört«, sagte Thilo Gleis und bat sie in das liebevoll dekorierte Häuschen.

»Wir sind sehr diskret«, sagte Solveigh.

»Eine Europapolizei? Das kann ich mir vorstellen«, lachte der ehemalige Profiler und bedeutete ihnen, in seiner Küche Platz zu nehmen. »Das hätten wir mal zu meiner Zeit haben sollen.«

»Es gibt uns seit über zehn Jahren«, sagte Solveigh. »Allerdings hat mein Chef damals mit vier Leuten angefangen.«

»Genug aus dem Nähkästchen«, sagte Paul Regen und griff dankbar nach einem Glas mit Eistee. »Wir sind nicht hier, um zu plaudern.«

Paul Regen erklärte Thilo Gleis ihre neuesten Erkenntnisse und warum sie gekommen waren. Es war offensichtlich, dass er schon früher mit dem Profiler über seinen Verdacht gesprochen hatte. Trotzdem dauerte es über eine Dreiviertelstunde, bis er anfing, ihnen Fragen zu stellen, und eine weitere halbe, bis sie alle beantwortet hatten. Seine Fragen waren präzise wie ein chirurgisches Instrument und schnitten tief in die schwarzen Flecken ihres Falls. Schließlich verriet ihnen Thilo Gleis sein Fazit: »Zeitlich gesehen gab es keine weiteren Funde nach der jungen Frau aus Nigeria, oder?«

Solveigh und Paul verneinten.

»Ich glaube«, schloss er, »dass ihr euch zu sehr auf die Vergangenheit konzentriert habt. Nehmen wir einmal an, er will wirklich eine Art Schachbrett erstellen. Sei es, um damit zu spielen, die Zukunft vorauszusagen oder weil er glaubt, der Welt etwas hinterlassen zu müssen, jedenfalls ist das seine Mission. Was ist dann das Wichtigste überhaupt? Was ist die wichtigste Figur auf einem Schachbrett?«

»Der König«, sagte Solveigh.

»Und welche ist die mächtigste?«, fragte er.

»Die Dame«, sagte Paul Regen.

»Sehr richtig, Paul. Sie ist die engste Verbündete des Königs. Seine Frau. Ich vermute, die Figur, die ihn am meisten umtreibt, wird der König sein, wenn er homosexuell ist, aber die Königin, wenn er auf Frauen steht. Selbst bei einem Missionar sind die Triebe nicht gänzlich zu unterdrücken.«

»Die Dame«, flüsterte Paul. »Ene Akiode hatte in Nigeria einen Schönheitswettbewerb gewonnen. Sie war eine der beiden Königinnen für sein Schachbrett. Und er hat sie weggeworfen, weil ihm das Tattoo nicht gepasst hat.«

»Entscheidend ist«, sagte Thilo Gleis, »dass er schon einmal eine Königin für ungenügend befunden hat. Und dass sie ihm jetzt nicht mehr zur Verfügung steht.«

»Also glauben Sie an die Theorie mit dem Schachbrett?«, fragte Solveigh.

»Natürlich«, sagte der ehemalige Profiler und trank einen Schluck Tee. Die Eiswürfel in seinem Glas schlugen an den Rand, als er es mit zittriger Hand wieder auf den Tisch stellte. Er war nicht nervös, wusste Solveigh. Es waren die Nervenbahnen in seiner Hand, die nicht mehr so wollten wie sein Geist. Denn der war hellwach.

»Es wäre ganz typisch für einen Missionar, sich so etwas zu suchen. In unseren Köpfen klingt es absurd, aber sein Geist tickt nun einmal nicht innerhalb der Norm. Vermutlich hat er in seiner Jugend viel Schach gespielt, oder sein Vater hat ihn dazu gezwungen. Vielleicht hat ihm auch das Schachspiel die einzigen Siege im Leben geboten und ist dann zu einer Obsession geworden. Und jetzt, da er seine Königin schon fast gefunden hatte, wird er kaum ruhen, bis er die Richtige auf sein Brett stellen kann. Ich würde mich darauf konzentrieren. Und ich bin überzeugt, dass auch Ihr Täter sich in diesem Moment auf nichts anderes konzentriert. Finden Sie seine Königin, dann finden Sie auch ihn. Und beten Sie, dass es noch nicht zu spät ist.«

KAPITEL 79

Veiros, Portugal
Donnerstag, 1. August 2013, 21.39 Uhr
(am selben Abend)

Ioana hatte kein Gefühl mehr für die Zeit. Sie lag in der Dunkelheit auf einer Decke, um sie herum nichts als Erde. Sie hörte die Insekten im Erdreich und die Käfer, die ihr über die nackten Beine krabbelten. Auf der Decke lagen ein Stück Brot und etwas Käse, in der Ecke standen ein Krug mit Wasser und ein Topf für ihre Notdurft. Und trotz der Käfer und der Würmer fühlte sie sich hier sicher. Viel sicherer als oben, denn wenn sie hier unten alleine war, beschützte sie die Erde um sie herum. Lag sie seit Tagen hier oder seit Wochen? Der Schlaf wurde unregelmäßig ohne den Rhythmus von Tag und Nacht, die innere Uhr spielt einem einen Streich nach dem anderen. Anfangs hatte sie mit dem Fingernagel Striche in die Wand geritzt, wenn er ihr Essen brachte und die Toilette entleerte. Aber bald schon hatte sie die Kerben an der Wand nicht mehr finden können. Sie verlor die Orientierung und den Verstand.

Sie hörte ein Kratzen, wie immer, wenn er sie besuchte. Dann wurde die Luke geöffnet, und ein frischer Luftzug wehte ein wenig von dem Erdgeruch und den Würmern aus ihrer Höhle. Es war ein hoher Preis, den sie für den Luftzug zahlen musste.

»Meine Königin«, flüsterte er, wie jedes Mal. Aber diesmal brachte er ihr kein Wasser und keinen Käse. Sondern er löste ihre Fesseln und zog sie über den groben Erdboden zur Luke. Ioana wollte schreien, aber ihre Stimme versagte. Sie machte sich so schwer wie möglich, aber sein Ziehen war unerbittlich. Dann war sie an der Luke, und er griff nach ihren Händen. Sie wollte zurück in ihre Höhle. Sie wollte nicht sehen, was dort oben auf sie wartete. Sie wusste, dass es nichts Gutes war. Nichts an diesem Mann war gut. Er war das Böse, das schiere, pure Böse. Sie sah es an seinem Blick, an den Augäpfeln, die niemals still standen. Und dann stieß er sie vor sich her, quer durch einen kleinen Raum bis zu einer Tür. Er flüsterte etwas neben ihrem Ohr, aber sie verstand ihn nicht. Stattdessen hörte sie durch das dünne Holz der Scheunenwände die Grillen zirpen. Seine Stimme klang ehrfürchtig, wie in einer Kirche, als er die Tür aufstieß und sie in den großen Raum schob. Und dann erkannte sie, was das Böse in ihm war.

Zuerst sah sie nur Schatten, dunkle Gestalten auf einem Boden, der wie ein Schachbrett gemustert war. Dann hörte sie ein lautes Klacken, und Scheinwerfer flammten auf. Sie waren rot und gelb, nicht weiß. Sie warfen Licht und Schatten zwischen die Gestalten. Ioana blickte in gefrorenen Gesichter, die doch lebendig waren. Da stand ein Ritter mit einem Schwert vor einem Mann in einer Kutte. Die Klinge steckte bis zum Schaft in seinem Hals, und der Getötete röchelte im Schock. Ioana sah eine Frau auf einer Wiese, die sich bückte, mit einer kleinen Blume in der Hand. Sie war friedlich, unbeteiligt, unbehelligt von der Schlacht um sie herum. Und Ioana erkannte, dass es keine Puppen waren, die sie sah. Sie stolperte rückwärts gegen die Wand. Das Holz krachte unter ihrem Gewicht. Es waren Menschen. Leblos, gefangen in der einen Sekunde ihres Todes. Es waren Leichen.

»Die unsterbliche Partie«, flüsterte er ihr ins Ohr. »Und du wirst ihre Königin.«

Ioana wurde schwarz vor Augen.

KAPITEL 80

München, Deutschland
Freitag, 2. August 2013, 5.54 Uhr
(am nächsten Morgen)

Das Telefon klingelte in einem Moment, in dem es nicht klingeln sollte. Lisa?, fragte sich Paul. War Lisa etwas passiert? Er wühlte sich durch sein Bettlaken und griff nach dem Handy auf seinem Nachttisch. Unbekannter Anrufer. Er hatte gestern Abend definitiv ein Bier zu viel getrunken für diese Uhrzeit.

»Ja!«, bellte er.

»Herr Regen, hier spricht Eddy Rames. Bitte kommen Sie ins Büro.«

»Was ist los?«, fragte er und setzte sich auf. Zwei Bier zu viel.

»Die NSA-Anfrage hat einen Treffer geliefert«, sagte er.

Potz Blitz, waren die schnell, dachte Paul Regen und hätte sich nicht einmal geärgert, wenn sie eine Stunde langsamer gewesen wären. Eine Dusche würde ihm diese leichtfertigen Gedanken schon austreiben, dachte er.

»Ich bin unterwegs«, sagte er und stolperte über den Gürtel seines Bademantels, als er vom Schlafzimmer in den Flur hetzte.

Er erreichte das Büro in der grünen Villa als Letzter. Selbst Adelheid Auch war schneller gewesen, und alle standen hinter dem Computer von Eddy Rames und starrten in den Bildschirm.

»Was ist los?«, fragte Paul.

»Waren Sie noch auf dem Markt frühstücken?«, fragte Solveigh.

»Sehr witzig«, sagte Paul Regen. »Als ob der jetzt schon offen hätte. Also, was gibt es?«

»Hören Sie einfach zu«, sagte Solveigh Lang.

Eddy drückte eine Taste auf seinem Computer, und kurze Zeit später ertönte der Mitschnitt eines Telefonats.

»Pronto«, sagte eine dunkle Stimme.

»Sono io«, sagte der Anrufer.

»Das ist ja Italienisch!«, protestierte Paul.

Solveigh winkte ihn zu sich heran: »Auf dem Monitor gibt es Untertitel.«

Paul Regen folgte dem leuchtenden Schriftzug. »Ich hätte jemand für die kleine Dunkelhaarige aus der vierundvierzig«, fuhr der Anrufer fort.

»Wie viel?«

»Fünfundzwanzigtausend.«

Paul nutzte die kurze Gesprächspause, um auf Eddys zweitem Monitor nachzulesen, wer das Telefonat geführt hatte. Offenbar hatte eine der beiden Nummern auf der Beobachtungsliste der NSA gestanden, weswegen das Gespräch mitgeschnitten wurde.

»Zu wenig!«, sagte er. »Nimm die Blonde. Die ist eh zu dürr.«

»Geht nicht. Er besteht darauf, dass die Kleine irgendwann einmal eine Königin gewesen sein muss. Bei irgendeinem Scheißschönheitswettbewerb oder so was in der Art.«

»Und das war die Dunkle?«

»Ja, den zweiten Platz bei einem Dorffest irgendwo da, wo die herkommen. Hat mir jedenfalls der Bulgare gesagt. Ist ja auch scheißegal.«

»Eben. Ist doch scheißegal. Nimm die Blonde.«

»Hey, der hat letztes Mal schon so einen riesigen Aufstand gemacht, ich glaube, der Typ hat irgendwie 'ne Meise. Lass uns das durchziehen, okay?«

Sein Gesprächspartner schien darüber nachdenken zu müssen. Paul Regen ging es nicht anders.

»Okay.«

»Okay. Danke. Bis dann.«

»Wie sind Sie da rangekommen?«, fragte Paul.

»Wir haben nichts weiter gemacht als die NSA-Datenbestände nach Schachbegriffen abzusuchen«, gab Solveigh zu. »Und das hier haben sie uns zurückgeschickt.«

»Wegen der Königin?«, fragte Paul Regen. »Ist das alles?«

»Ist das nichts?«, fragte Eddy zurück. »Ich bekomme noch eine Liste der regelmäßigen Kontakte von beiden Nummern, vielleicht verrät uns das etwas mehr. Wobei eine Königin nur in dem einen Telefonat erwähnt wurde.«

»Das System grenzt an Wahnsinn«, sagte Paul Regen. »Demnächst werden Krimischreiber nichts mehr zu schreiben haben. Eine Telefonnummer, bumm, zack, bitte schön.«

»So einfach ist es nicht«, sagte Eddy. »Außerdem gilt das nur für Terrorismus und die ganz dicken Fische.«

Paul fragte sich, was die SoKo »Schachspieler« mit Terroristen und dicken Fischen zu tun hat, biss sich aber auf die Zunge.

»Was ist denn nun mit dieser Nummer, Eddy?«, fragte Solveigh.

»Worüber sollen die denn dann Ihrer Meinung nach demnächst schreiben?«, echauffierte sich Paul Regen weiter. »Steuerhinterziehung vielleicht? Stelle ich mir sehr spannend vor.«

Eddy tippte. »Noch einen Moment.«

»Ein Menschenleben für fünfundzwanzigtausend Euro«, murmelte Dominique Lagrand.

»Wenn das Telefonat zu unserem Fall gehört«, sagte Paul Regen, »dann würde das doch bedeuten, dass er seine Opfer kauft, statt sie zu entführen, oder nicht?«

»Möglicherweise betrifft das nur die Königin«, sagte Solveigh. »Der Anrufer hat gesagt, der Käufer hätte darauf bestanden, dass sie eine Schönheitskönigin war.«

»Und das ist kaum herauszufinden, wenn man seine Opfer quasi am Wegesrand aufgabelt«, stimmte Paul zu.

»Eben. Vielleicht musste er für die Königin eine Ausnahme machen.«

»Sie meinen, dass man hier bei uns ein Mordopfer bestellen kann? Vielleicht übers Internet? Wie eine Waschmaschine?«, fragte Adelheid Auch sichtlich schockiert.

»Glauben Sie im Ernst, dass das nicht möglich ist?«, fragte Solveigh. »Dann sind Sie naiver, als ich dachte.«

Adelheid Auch funkelte sie über den Rand ihrer Brille hinweg an, erwiderte aber nichts.

»Das glaubst du nicht, Slang«, sagte Eddy schließlich.

Paul Regen starrte auf seinen Monitor, aber für ihn waren die leuchtenden Buchstaben nichts als Hieroglyphen.

»Die Telefonnummer stand auf der Liste der NSA, weil wir sie da raufgesetzt haben.«

»Nicht wahr«, sagte Solveigh. »Wann?«

»Vor nicht einmal acht Wochen«, sagte Eddy. »Sie gehörte zum Verbindungskreis der Taccolas.«

»Wer sind die Taccolas?«, fragte Paul Regen.

»Deshalb wurde sie mitgeschnitten?« Solveigh setzte sich auf einen der Stühle.

Eddy nickte. »Die Taccolas sind eine Mafiafamilie. Waren, um genau zu sein.«

»Was für ein Zufall!«, sagte Solveigh.

»Eher nicht«, erklärte Dominique nach einem Blick auf seinen omnipräsenten Notizblock. »Die Taccolas führten einen der größten Menschenhändlerringe Europas. Wenn er seine Königin tatsächlich gekauft hat, liegt die Wahrscheinlichkeit ziemlich genau bei einunddreißig Komma fünf Prozent, dass der Deal über die Taccola-Familie lief.«

»Aha«, sagte Paul Regen. »Und hilft uns das weiter?«

»Die vierundvierzig, auf die er sich in dem Telefonat bezieht«, sagte Eddy, den Blick starr auf seinen Monitor gerichtet. »Ist es möglich, dass es sich dabei um eine Adresse handelt?«

»Das Mietshaus in Dortmund«, raunte Solveigh. »Ich war selbst dort an dem Morgen der Razzien. Wir haben zwei Mädchen befreit, die dort illegal festgehalten wurden.«

»Laut deren Aussage wurde ein weiteres Mädchen zwei Tage vor unserem Zugriff abgeholt. Und ihre Freundin ist verschwunden. Du erinnerst dich, Slang? Wir haben sie damals zur Fahndung ausschreiben lassen.«

Solveigh stand wieder auf und lief im Kreis: »Wurde sie mittlerweile gefunden?«

»Und verrät uns Ihr Zauberkasten auch, ob eine der beiden mal an einem Schönheitswettbewerb teilgenommen hat?«, fragte Paul Regen.

»Nein und nein«, gab Eddy zu. »Wir haben nur den, übrigens gefälschten, Pass der Flüchtigen und einen Vornamen der anderen.«

»Wir müssen sie finden«, sagte Solveigh. »Wie heißen sie?«

»Habt ihr auch so ein Gefühl?«, fragte Paul Regen in die Runde.

»Die Flüchtige heißt Liliana Olaru, das verschwundene Mädchen hieß mit Vornamen Ioana, Nachname unbekannt.«

»Mein Gefühl sagt mir, dass er es ist«, bekannte Paul Regen. »Und es läuft mir eiskalt den Rücken runter, wenn ich daran denke, dass er sie vermutlich längst in seiner Gewalt hat.«

»Und ich habe noch einen Grund, warum wir Liliana so schnell wie möglich finden sollten.« Eddy deutete auf seinen Monitor. »Offenbar hat sie auf Vorrat Postkarten geschrieben, die im Zimmer der Aufpasserin gefunden wurden.«

»Ein alter Trick von Menschenhändlern«, erklärte Solveigh. »Sie schicken die in unregelmäßigen Abständen an die Familien, damit alle glauben, es gehe ihnen im Westen bestens. In Wahrheit stehen sie längst auf dem Straßenstrich.«

»Oder sind an ihren Mörder verkauft worden«, warf Paul ein. »Aber was ist so besonders an den Karten?«

»Diese kleinen Buchstaben hier, ganz am Rand«, sagte Eddy. »Es scheint eine Art Code zu sein.«

Paul las drei rumänische Worte und eine Nummer, die ihm nichts sagten.

»Ich glaube, es sind Autokennzeichen«, sagte Eddy. »DO-HI 569, B-X 5523.«

Paul Regen staunte. Der Spanier hat recht!, dachte er.

Solveigh blickte starr zu Eddy, der etwas im Computer nachschaute.

»Bingo«, sagte er schließlich. »Die beiden Autos stehen auf dem Hof des Hauptzollamts in Essen. Sie wurden bei den Razzien sichergestellt und gehörten zum Fuhrpark der Taccolas.«

»Und wären damit aus dem Rennen«, seufzte Solveigh. »Wenigstens haben wir jetzt einen Nachnamen von dieser Ioana, auch wenn ich nicht weiß, wie uns der weiterhelfen soll. «

Paul Regen fragte sich, ob sie ihre Familie benachrichtigen sollten. Was sollte er ihnen sagen?, sinnierte er, als Dominique Lagrand noch einmal das Wort ergriff: »Wenn uns die Kennzeichen nicht weiterbringen, dann aber vielleicht das Mädchen. Sie verwendet Codes, das spricht doch dafür, dass sie gut mit Zahlen umgehen kann. Vielleicht hat sie auch noch das Kennzeichen von dem Auto im Kopf, das Ioana abgeholt hat.«

»Finden wir dieses Mädchen.« Paul Regen klatschte in die Hände. Endlich kam Bewegung in ihre Ermittlungen. »Und jetzt an die Arbeit, wir haben nicht mehr viel Zeit.«

KAPITEL 81

Veiros, Portugal
Freitag, 2. August 2013, 7.04 Uhr (zur gleichen Zeit)

Ioana war kaum eingeschlafen, da kratzte es schon wieder an der Luke zu ihrem Versteck. Sie schlug die Decke um ihre Schultern und zitterte. Sie wollte nicht mehr da rauf. Sie wollte das nicht mehr sehen. Sie würde sterben. Das wusste sie. Und es gab keine Hoffnung. Der Mann schleifte sie über den Boden und schrie sie an. Sie spürte die Tropfen seiner Spucke auf ihrem Gesicht. Er war aufgebracht. Und Ioana wollte nicht, dass er sich aufregte. Sie musste ihm gefallen, dann würde er sie vielleicht nicht töten. Unsinn, sagte ihr Verstand. Du wirst enden wie die anderen. Als eine Plastik in seinem Gruselkabinett. Hoffnung ist besser als nichts, sagte ihr Gefühl. Sie stemmte sich durch die Luke, damit er nicht an ihren Haaren zog. Sie musste ihm helfen, um sich selbst zu helfen. Als er die Tür zu dem Raum mit dem

Schachbrett aufstieß, umfing sie ein süßlicher Geruch. Chemikalien und Leichen, wusste Ioana. Sie würgte, aber der Mann schubste sie weiter vorwärts, hinein in den Raum. Er warf ihr ein Kleid zu. Es war schwarz, lang und sah aus wie aus einer anderen Zeit.

»Zieh das an!«, schrie er.

Ioana zögerte.

Mit zwei schnellen Schritten stand er hinter ihr und legte ihr seine Hände um die Kehle. Sie spürte die Schwielen an seinen Fingern und rang nach Luft. Luft.

»Ich fick dich, wenn du es nicht sofort anziehst.«

Ioana verstand. Zitternd zog sie das weiße Leinenhemd aus, das in dem Erdloch für sie gelegen hatte. Sie spürte den Wind, der durch die Bretter der Scheune zog, auf ihrer Haut. Dann hob sie das Kleid auf. Das Mieder war mit wunderschönen Blumen und Perlen bestickt. Ioana zog das Kleid über die Hüfte und über die Brust. Er atmete schnell, als er die Schnüre um ihre Taille zurrte. Sie hörte sein Keuchen viel lauter, als es sein konnte. Er zog die Schnüre fester und fester, bis Ioana kaum noch Luft bekam.

Als er fertig war, stieß sie der Mann auf ein schwarzes Feld ganz am Rand des riesigen Felds. Zum ersten Mal bemerkte sie, dass der Boden aus kunstvoll geschnitzten Intarsien bestand. Es waren keine einfachen Bretter aus Holz, jedes Feld bestand aus Hunderten kleiner Ranken, die zusammengefügt seine Fläche bildeten. Es musste Jahre, wenn nicht Jahrzehnte gedauert haben, das Schachbrett zusammenzufügen.

Der Mann riss ihren Arm nach hinten und drückte ihn in den Rücken. Er gab ihr einen Spiegel in die andere Hand, einen antiken Handspiegel mit trübem Glas. Dann griff er zu einem Block und fing an zu zeichnen. Und Ioana begriff, dass dies ihr Platz war. Dies war ihre Rolle. Dies war die Königin, die sie werden würde. Eine tote Königin, die sich selbst erkennen musste im Spiegel. Und ihren Fehler.

KAPITEL 82

Dortmund, Deutschland
Samstag, 3. August 2013, 15.44 Uhr (am nächsten Tag)

Es war Paul Regens Idee gewesen, dem Indianerpolizisten aus Heilbronn die Leitung der Suchaktion nach Liliana Olaru zu übertragen, und Solveigh hatte keine Einwände gehabt. Während ein junger Kollege vom Polizeipräsidium Dortmund den zivilen Wagen mit Blaulicht über die Autobahn jagte, dachte Solveigh an ihren gemeinsamen Fall im letzten Jahr. Schon damals hatte Tauscheck bewiesen, dass er nicht nur zuverlässiger war, als er aussah, sondern auch unkonventionelle Pfade beschritt. Trotzdem hatte Solveigh darauf bestanden, selbst hinzufahren. Es war ihre bisher beste Spur, während Dominique versuchte, ein geografisches Profil des Täters und seiner Fahrtrouten zu erstellen, das ihnen möglicherweise Aufschluss über seinen Aufenthaltsort geben würde. Zudem hatte Solveigh eine Schwäche für junge Frauen in schwierigen Situationen. Sie hatte selbst einmal dringend Hilfe gebraucht, zu ihrer Zeit in Hamburg. Und sie konnte sich vorstellen, dass ein junges Mädchen aus Moldawien, alleine auf der Flucht in einer ihr fremden Stadt, ohne Geld und ohne Sprachkenntnisse, schnell unter die Räder geriet. Sie musste verängstigt sein, einsam. Wo mochte sie schlafen, wenn sie die Polizei bis heute nicht aufgegriffen hatte? Sie war vor einer Woche aus der Wohnung geflohen, vermutlich nur Minuten, bevor Solveigh dort eingetroffen war. Sie war so nah bei ihr gewesen. Und doch hatte sie natürlich nicht wissen können, in welcher Gefahr die Mädchen geschwebt hatten. Hatte Solveigh genug getan? Der Taccola-Fall hatte sie damals in Beschlag genommen, die Wohnung war nur eine von Dutzenden gewesen, die sie an diesem Morgen gestürmt hatten, alleine in Deutschland. Und doch nagte es an Solveighs Gewissen. Es war immer zu wenig Zeit für alles. Sie dachte an Marcel. Und im nächsten Moment an Fabio Lonzi. Sie wischte den Gedanken an die beiden Männer in ihrem Leben beiseite. Es gab Wichtigeres im Moment.

Der Wagen raste an dem roten Klinkerbau mit dem grünen Dach vorbei, das als Wachhäuschen diente. Der Polizeikommissaranwärter grinste, als er vor dem Hintereingang bremste und Solveigh sich für die ruhige Fahrt bedankte. Auf dem Weg in den zweiten Stock nahm sie zwei Stufen auf einmal. Schon von Weitem erkannte sie den Raum, in dem sich Polizeiobermeister Tauscheck verschanzt hatte, weil es der meistfrequentierte auf dem ganzen Flur zu sein schien. Alleine während der kurzen Zeit, die Solveigh benötigte, um ihn zu erreichen, kamen zwei uniformierte Kollegen heraus und eilten ihr entgegen. Auf Tauscheck war wirklich Verlass, dachte Solveigh, als sie im Türrahmen stand und beobachtete, wie der Mann mit dem langen grauen Haar wild gestikulierend telefonierte.

»Kannst du nicht noch ein paar mehr Leute auftreiben?«, fragte er ins Telefon und winkte Solveigh zu sich heran. »Ich danke dir«, sagte er, »ich melde mich«, und legte auf.

»Hallo, Agent Lang«, sagte er. »Willkommen im Zentrum der Blogosphäre!«

Solveigh hatte keine Ahnung, wovon der Mann redete, aber sie gab ihm die Hand.

»Sie wollen sicher wissen, was der Tauscheck bisher angeleiert hat«, sagte er.

Solveigh nickte.

»Ich sage nur: der Schwarm!«

Solveigh starrte ihn an und beobachtete, wie er den Indianerring an seinem kleinen Finger drehte.

»Der Schwarm?«, fragte Solveigh.

»Der Tauscheck kam hier an, und die hatten schon Zettel an alle Kollegen verteilt. Hatten sie aber vor Wochen schon. Und gebracht hat es nichts. Die Kleine ist und bleibt verschwunden. Und da dachte ich mir, das muss man doch besser organisieren können. Und wenn die Polizei die Kleine nicht finden kann, dann kann das ja vielleicht der Schwarm.«

»Tauscheck!«, mahnte Solveigh.

»Ist ja in Ordnung. Jedenfalls hat der Tauscheck sich mal im Netz umgeschaut und die Blogger aus der Gegend angeschrieben. Die mit dem lokalen Zeug. Häsch NRW, Häsch BVB und so. Außerdem ist ja bald Bundestagswahl, und da gibt es ja auch noch die ganzen Parteifuzzies, die in den Fußgängerzonen Würstchen verteilen, wegen der Zweitstimme und so.«

»Wenn Sie nicht bald anfangen, sich klar auszudrücken, muss ich Waffengewalt anwenden«, sagte Solveigh und deutete auf ihre Jericho.

»Klar«, sagte Tauscheck. »Jedenfalls sind die Piraten, was das angeht, am besten. Die laden zwar alles einfach runter, ohne einen Cent zu zahlen, und rauben dir damit die Taschen aus, völlig ohne schlechtes Gewissen, aber das Häschzeug, das können die. Also suchen jetzt alle im Netz nach der Kleinen. Und Leute, die Plakate kleben, habe ich auch übers Internet gekriegt. Das Gesicht von der Kleinen hängt an jeder Ecke. Das nennt man dann Schwarm.«

»Mit anderen Worten, Sie wollen Liliana übers Internet finden?«, fragte Solveigh.

»Klar«, antwortete Tauscheck. »Wir haben schon viertausend Follower auf unserer Seite, und es werden jede Stunde mehr. Oder haben Sie eine bessere Idee?«

Die, das musste Solveigh zugeben, hatte sie tatsächlich nicht.

»Dann können wir nur hoffen, dass der Schwarm nicht nur groß, sondern auch intelligent ist«, zog sie ein Fazit.

»Quod sit demonstrandum«, sagte Tauscheck. Was zu beweisen wäre. Sie vermutete, da hatte er recht.

KAPITEL 83

München, Deutschland
Sonntag, 4. August 2013, 14.28 Uhr (am nächsten Tag)

Paul Regen saß auf der Treppe vor der grünen Villa und betrachtete die Baumwipfel des bestbewachten Spielplatzes in ganz München. Er lag direkt hinter dem Zaun des LKAs und wurde von mehr Kameras beobachtet, als Kinder auf den Geräten turnten. Noch einmal faltete er den Brief auseinander und konnte kaum glauben, was er lesen musste. »Feststellungsverfahren zur Diensttauglichkeit« war als Betreff angegeben. Er kam vom psychologischen Dienst des Landeskriminalamts und enthielt eine Aufforderung, sich binnen Zweiwochenfrist einer Untersuchung unterziehen zu lassen. Betreffend Kriminalhauptkommissar Paul Regens »Weigerung zum Führen einer Dienstwaffe«. Natürlich steckte niemand anderes als Kriminaldirektor Wochinger dahinter. Der sah seine Felle die Isar hinuntertreiben. Trotzdem war es mehr als ein Ärgernis, denn Paul Regen vermutete, dass eine psychologische Untersuchung noch viel mehr zutage fördern würde als den Grund für seine Waffenphobie, die alleine genommen für einen Kriminalisten womöglich als untragbar erachtet werden würde. Vielleicht machten die Bluttests und fanden heraus, dass er Gicht hatte oder zu viel Bier trank. Was vermutlich auf jeden zweiten ordentlichen Münchner Bürger zutraf, aber die mussten ja nun einmal nicht zu einer psychologischen Untersuchung beim Landeskriminalamt. Paul Regen traute weder Psychologen noch dem Labor mit ihren Wunderanalysen, die an der DNA erkennen konnten, welche Haarfarbe man hat. Die Baumwipfel wiegen harmonisch im Wind, als der junge Franzose, Dominique Lagrand die Treppe heruntergerannt kam.

»Hauptkommissar Regen!«, rief er, kaum dass er ihn sah.

Paul blickte auf und beeilte sich, den Brief zurück in den grauen Umschlag zu stecken.

»Wir haben etwas, das müssen Sie sich ansehen«, sagte Lagrand. Na, wenigstens gibt es an einer Front gute Neuigkeiten, dachte Paul, als sie die Treppe hinaufstiegen.

»Was ist denn los?«, fragte Paul, als sie das Auswärtige Amt erreicht hatten. Eddy Rames hatte dafür gesorgt, dass die Vorhänge stets zugezogen blieben. Vor allem tagsüber, weil er behauptete, es ermüde die Augen am Bildschirm schneller, wenn es hell ist. Adelheid Auch hatte sich zähneknirschend gefügt. Paul Regen fand, dass es sich wie auf der Kommandobrücke eines Flugzeugträgers anfühlt. Nicht dass er wüsste, wie es dort aussah.

»Es gibt doch ein Muster«, sagte Dominique und lief zu der Europakarte an der Wand, die er seit Tagen mit immer neuen Statistiken und Wahrscheinlichkeitsberechnungen füllte. »Geografisches Profiling« wurde das von der Fallanalyse genannt. Und es war einer der wichtigsten Bausteine eines Täterprofils.

»Wir haben die Entführungsorte der Opfer mit allem abgeglichen, was Eddy an Daten aus dem Netz ziehen konnte. Nicht nur topografische Merkmale oder Ortsnamen, sondern einfach alles. Mittelalterliche Handelsrouten, Bezüge zum Schach wie etwa Meisterschaften. Wo immer Eddy Rohdaten finden konnte, haben wir versucht, Bezüge herzustellen.«

»Zum Beispiel die Sternkonstellation zum Zeitpunkt der Entführungen?«, fragte Paul Regen spöttisch.

»Zum Beispiel«, sagte Dominique Lagrand.

Da sagte Paul Regen nichts mehr.

»Und dabei sind wir auf einen seltsamen Zufall gestoßen«, sagte Eddy. »In der Nähe eines jeden Entführungsorts fand gleichzeitig eine Kleinkunstmesse statt.«

»Kleinkunst?«, fragte Paul Regen.

»Na, Sie wissen schon«, sagte Dominique Lagrand. »Diese Straßenmärkte, auf denen die Leute allerlei Trödel kaufen können, der es niemals in die Auslage eines normalen Geschäfts schaffen würde. Gehäkelte Tischdecken, Figuren aus Schrauben, Felltaschen … So ein Zeugs.«

»Aha«, sagte Paul Regen.

»Meine statistische Berechnung zeigt, dass es mit einer Wahrscheinlichkeit von über zweiundneunzig Prozent einen Zusammenhang zwischen den Märkten und unseren Leichenteilen gibt.«

»Einen portugiesischen Händler, der auf allen diesen Veranstaltungen seine Fellwesten verkauft hat?«, fragte Paul Regen hoffnungsvoll.

»Leider nein«, sagte Dominique. »Die Märkte erheben die Standgebühren fast immer vor Ort und in bar. Unterlagen sammeln die nicht.«

»Aber wir könnten uns bei Besuchern der Märkte umhören, ob jemand Schachfiguren verkauft hat«, sagte Eddy.

»Auch nicht die Deutschen?«, fragte Paul Regen. »Die Deutschen legen für alles eine Kartei an.« Das wusste er genau. Sogar für die Blutwerte von Kriminalkommissaren.

»Die beiden deutschen Märkte gibt es nicht mehr«, sagte Eddy. »Die Organisatoren haben das vor Jahren wegen der schlechten Umsätze aufgegeben.«

Klar, dachte Paul. Das Problem mit der Zeit, die seit den Entführungen vergangen war. Es machte die Ermittlungen nicht gerade leichter.

»Aber wir glauben, dass er einen Stand auf solchen Märkten betreibt? Und dass er aus Portugal kommt?«, fragte Paul Regen.

Dominique und Eddy nickten unisono.

Paul Regen dachte nach. Über das Schachspiel und die Kleinkunst. Und einen Mörder, der seine Leichen plastiniert. Er sprang auf. Die »Auer Dult« – der traditionsreiche Münchner Jahrmarkt. Eine einmalige Gelegenheit.

»Wo wollen Sie hin?«, fragte Eddy.

»Ich gehe spazieren«, sagte Paul Regen und erntete zwei verdutzte Gesichter.

—

Die Massen, die sich über die Reichenbachbrücke schoben, waren kaum auszuhalten, und die Radfahrer kamen erschwerend hinzu. Die Auer Dult war ein Jahrmarkt, hatte aber auch einen großen Kleinkunstbereich zu bieten, dessentwegen Paul Regen gekommen war. Über den Isarauen kündigte sich ein abkühlender Schauer an, den das Volksfest weniger, die Natur dafür umso besser gebrauchen konnte. Paul Regen hoffte aus einem anderen Grund auf den Regen, den er so gar nicht mochte: Er würde für eine sofortige Halbierung der Menschenmassen sorgen. Er umlief den gedrängtesten Teil des Marktes, den mit den Karussells und den Schaubuden, und bog direkt in eine der Gassen mit den fahrenden Händlern ein. Sie verkauften Bürsten mit besonders haarfreundlichen Borsten, ein Reinigungsmittel, das besser reinigte als alles andere, nein, wirklich alles, und den legendären V-Hobel, den es natürlich nicht im Handel zu kaufen gab. Eine Buchhändlerin bot in einem Regal antiquarische Werke an, aber leider hatte sie keine Erstausgabe der »Unendlichen Geschichte« in ihrem Sortiment, an der Paul Regen nicht hätte vorbeigehen können, um sie seiner Nichte zu schenken. Während ihm Hausmänner mit Besen und Eimern, Familienväter mit bunten Hüten und Kinder mit riesigen Zuckerwattebäuschen an den fröhlichen Lippen entgegenkamen, lief er an einem Stand vorbei, der große Gefäße zum Abbrennen von Feuerholz im heimischen Garten feilbot. Paul Regen dachte an die Plastinate und das Schachbrett. Was könnte beides mit einem solchen Markt zu tun haben? Er betrachtete den Mann, der die Brennpfannen herstellte. Er sah aus wie ein gealterter Hippie mit grauem Haar und ins Haar geflochtenen kleinen Bändern. Ein freundlicher Mann, ein Lebenskünstler vermutlich. Wahrscheinlich gehörte eine Portion Idealismus zu diesem Beruf, wie auch zu seinem, dachte Paul Regen. Vermutlich verdiente man ausreichend, wenn die Sonne schien, und fuhr einen satten Verlust ein, wenn es regnete. Aber den Adressen auf ihren Prospekten zufolge, mussten die Künstler auch keine Münchner Mieten finanzieren, sondern wohnten auf dem Land, für ihren Beruf brachte die Großstadt keine Vorteile. Genau wie für einen Serienmörder, der ungestört an seinen Plastinaten arbeiten will, dachte Paul Regen. Gab es noch weitere Gemeinsamkeiten? Zwei Stände weiter entdeckte er die obligatorischen Metallfiguren aus zusammengeschweißten Schrauben und Muttern. Da es sie auf jedem dieser Märkte gab, musste es sich um echte Verkaufsschlager handeln, auch wenn sich ihm nicht erschloss, warum. Was konnte jemanden dazu veranlassen, solche Figuren herzustellen? Vermutlich war es nicht besonders aufwendig, ein paar Altmetallteile zusammenzulöten. Und der Wareneinstand dürfte gegen null tendieren. Einfach nur ein cleverer Geschäftsmann? Oder steckte vielleicht etwas anderes dahinter? Könnte es sein, dass er einfach nicht in der Lage war, feuerfeste Schalen für den Garten oder gehäkelte Deckchen zu produzieren? Nein, sicher nicht. Aber wenn ein Kunsthandwerker Jahre damit zubringt, das Präparieren von Leichen zu lernen? Verkaufte er die Leichenteile? Nein, das wäre ganz sicher aufgefallen. Aber wenn er so viel Arbeit darauf verwendete, musste es Teil seiner Mission sein. War es möglich, dass er sich als verkannter Künstler fühlte? Als jemand, der gezwungen war, auf diesen Märkten den Trödel zu verkaufen, aber in Wahrheit an etwas ganz anderem, viel Größerem arbeitete? Paul Regen blieb stehen. Es war eine Möglichkeit. Nein, es war mehr als das. Es war eine Theorie. Er betrachtete die Menschen hinter ihren Ständen und blickte in ihre gelangweilten Gesichter, wenn sich kein Kunde für ihre Waren interessierte. Und er sah seinen Mörder hinter einem der Stände. Und der Mörder träumte von seinem Schachbrett. Seine Waren mussten gar nichts mit Schach zu tun haben, wie Dominique Lagrand vermutete. Es war für ihn egal, was er verkaufte. Es war der Teil seines Lebens, der ihm die Reisen ermöglichte. Und damit seine Morde. Es war Mittel zum Zweck. Sie suchten einen Künstler. Einen Künstler, der auf dem Land lebte, möglicherweise weit ab vom nächsten Dorf, denn er brauchte ja den Platz für sein Schachbrett. Und der aus Portugal kam. Da müssten der Statistikjunkie und der Spanier mit seiner Zauberkiste doch etwas draus machen können, oder nicht? Paul Regen spürte die ersten Tropfen des Regenschauers auf seiner Nase. Zeit, wieder ins Büro zu fahren. Zeit, dem Kerl das Handwerk zu legen. Wenn nur Solveigh mit dem flüchtigen Mädchen endlich vorankäme. Dann hätten sie vielleicht noch eine Chance, die Königin zu retten.

KAPITEL 84

Dortmund, Deutschland
Sonntag, 4. August 2013, 15.08 Uhr (zur gleichen Zeit)

»Sie machen einen Riesenaufstand wegen dir«, sagte Derek und stellte zwei gelbe Tüten auf den Esstisch, die exotisch dufteten. Er ließ Lila bei sich wohnen. Und er hatte während der letzten zwei Tage keinerlei Anstalten gemacht, sie anzufassen. Lila war sich ziemlich sicher, dass sie nicht mit ihm geschlafen hatte. Wenn sie ehrlich war, war Derek der einzige Lichtblick ihres Lebens.

»Was sind das für Bilder?«, fragte er.

Lila klaubte die Fotos von Ioana zusammen und steckte sie in die Seitentasche ihrer Lederjacke.

»Jedenfalls hängen überall Plakate von der Polizei. In der ganzen Stadt. So etwas habe ich überhaupt noch nie erlebt. Und im Internet soll auch eine Suchaktion laufen, sagen sie. Was bist du, eine Terroristin?«

Lila musste so verängstigt gewirkt haben, dass Derek lächeln musste.

»War doch nur ein Scherz«, sagte er und startete seinen Computer. Er loggte sich bei facebook ein und deutete auf den Bildschirm.

»Schau mal, Liliana. Alles voll von dir.«

Lila warf einen Blick auf den Bildschirm. Und tatsächlich schrieben dort offenbar wildfremde Menschen, dass sie gesucht würde und dass sie sich bitte bei einer Polizeidienststelle melden sollte. Und auch ein Bild von Ioana war dort zu sehen. Ging es um sie? Hatte die Polizei sie gefasst? Sie musste Derek fragen. Lila zog die Bilder wieder aus der Jackentasche.

»Das ist meine Freundin«, sagte Lila und deutete auf den Bildschirm. Auf ihren Passbildern sahen sie ganz anders aus als auf den Aufnahmen, die Mark in Valentinas Wohnzimmer von ihr gemacht hatte. Aber die Ähnlichkeit war nicht zu übersehen.

»Was steht da über Ioana?«, fragte Lila mit zitternder Stimme.

»Da steht, dass sie auch deine Freundin suchen und dass sie mit dir reden wollen, weil du ihnen dabei möglicherweise helfen kannst.«

»Dann müssen wir das machen!«, rief Lila und schnappte sich ihre Jacke.

»Moment«, sagte Derek und drückte sie zurück auf ihren Stuhl. »Nicht so schnell, Liliana. Die stecken dich in einen Flieger zurück nach Moldawien, bevor du überhaupt Hallo gesagt hast.«

Lila sank auf den Stuhl. »Aber wenn es um Ioana geht, dann müssen wir doch helfen!«, sagte sie.

»Ich sage ja auch nicht, dass wir nicht mit denen reden. Aber ich glaube, es wäre besser, wenn ich da erst einmal vorfühle. Vielleicht kann ich was raushandeln«, sagte Derek.

»Das würdest du machen?«, fragte Lila vorsichtig. Sie wusste immer noch nicht, was sie von der Hilfsbereitschaft des Fotografen halten sollte.

»Liliana«, sagte er. »Ich hatte eine Tochter, ungefähr in deinem Alter. Wenn sie in einem fremden Land wäre, dann würde ich mir auch wünschen, dass ihr jemand hilft.«

Er streichelte ihr über die Wange: »Mach dir keine Sorgen wegen mir.«

»Wo ist deine Tochter?«, fragte Lila und bereute es im nächsten Moment.

Dereks Blick verfinsterte sich, und er starrte auf die beiden gelben Tüten, als er sagte: »Sie ist nicht mehr bei uns. Und ihre Mutter auch nicht.«

Lila sah die Traurigkeit in seinem Blick und wusste, dass es ein Unfall gewesen sein musste. Dass ihm ein dummer Zufall seine Tochter und seine Frau geraubt hatte. Sie hätte niemals so einfach fragen dürfen.

»Was ist mit ihnen passiert?«, fragte Lila.

Derek sprang auf: »Kümmern wir uns doch erst einmal um dich!«, schlug er vor.

KAPITEL 85

Veiros, Portugal
Montag, 5. August 2013, 1.08 Uhr
(zehn Stunden später)

Seit Stunden stand Ioana auf dem schwarzen Feld am Rand des Bretts. Ihr Arm schmerzte, weil sie einen Fächer vor ihr Gesicht halten musste, auf halber Höhe zwischen ihrem Mund und ihrer Nase, ein wenig nach links eingedreht. Er hatte ihr den Fächer statt des Spiegels in die Hand gedrückt, lief immer wieder ein Stückchen weg, kam dann wieder heran mit seinem metallischen Atem und den unruhigen Augäpfeln. Drehte den Fächer um wenige Millimeter, zupfte an ihrem langen Kleid mit dem Brokatbesatz, oder er griff nach ihrem Bein, weil er mit der Stellung ihrer Füße nicht zufrieden war. Dann setzte er sich auf einen kleinen Hocker und begann zu zeichnen. Ioana hörte das Kratzen des Stifts auf dem groben Papier und das Schraffieren der Flächen. Sie blickte starr nach vorne, über den Rand des Fächers, und sah den Rücken des Mannes vor ihr. Er war ein Hüne in einer einfachen Kutte, und er hielt eine Pike in der Hand. Ioana wusste, wie er aussah. Der Mann hatte ihr das gesamte Brett gezeigt. Jetzt wurde ihr nicht mehr schlecht von den Chemikalien und dem kaum wahrnehmbaren Geruch von Tod und Verwesung. Ioana kannte ihr Schicksal. Sie wusste, was kommen würde. Sie hatte die Badewanne mit dem Seilzug darüber gesehen. Dort standen Fässer mit seltsamen Symbolen, und es roch nach Blut. Das war der Ort, wo er sie töten würde. Wo er all die anderen getötet hatte. Und dann versteinert, wie eine Skulptur.

Der Mann warf den Stift auf den Boden und zerriss das Papier mit seiner letzten Skizze. Er sprang auf und rannte hinaus, die Holztür krachte mit dem Riegel auf das Vorhängeschloss. Ioana spürte, dass er wütend wurde. Irgendetwas passte nicht. Irgendetwas machte ihn zornig. Wieder und wieder verwarf er seine Zeichnungen. Sie hörte das Knarzen der Tür. Der Mann murmelte etwas zu sich selbst, als er hinter ihrem Rücken entlanglief. Sie traute sich nicht, sich zu rühren. Er hatte sich beruhigt. Vielleicht war es besser, wenn der Mann wütend war. Vermutlich würde er sie nicht töten, solange er nicht wusste, wie er sie malen sollte. Er trat von hinten an sie heran und schob ihre Hüfte nach vorne. Dann riss er ihr den Fächer aus der Hand und legte einen zarten Schal um ihren Hals. Sie roch seinen Atem, als er ihn zurechtzupfte. Als er wieder auf seinem Hocker Platz nahm und zum Stift griff, lächelte er. Ioana war nicht sicher, ob das ein gutes Zeichen war. Angst vor dem Tod spürte sie längst nicht mehr, nur noch vor der Wanne und dem Blut. Sie spürte, wie sich eine Träne im Inneren ihres Auges formte, aber sie wusste, dass sie es nicht bis auf ihre Wange schaffen würde. Seit Tagen hatte sie nicht mehr geweint. Seit sie akzeptiert hatte, dass es keine Hoffnung mehr gab.

KAPITEL 86

Dortmund, Deutschland
Montag, 5. August 2013, 8.11 Uhr
(am nächsten Morgen)

Die Buchstaben auf dem Bildschirm verschwammen vor Solveighs Augen. Seit Stunden beobachtete sie den Twitter-Account, den sie eingerichtet hatte. Unter den entsprechenden Stichworten kamen Hunderte Nachrichten an. Die meisten betrafen die Organisation der Suche oder Plätze, an denen Lila nicht gesehen wurde. Aber was die digitale Unterstützerschaft anging, war Solveigh tatsächlich beeindruckt. Viele Tausend Menschen hatten sich an der Suche nach Liliana beteiligt, und halb Dortmund schien auf den Beinen zu sein, um Plakate zu kleben oder andere Menschen darauf anzusprechen, die noch nicht von der Aktion gehört hatten.

Peter Kraus: @FindetLiliana Im #Hoeschpark ist #Liliana nicht
Unimog: @FindetLiliana 50 Plakate an der #UniDortmund
NMA_Do @FindetLiliana Wer sagt mir, dass Liliana nicht ausgewiesen wird?
AnnaHellwein: RT@Unimog Gogogo #UniDortmund

Warum erkundigte sich jemand danach, was mit Liliana geschah? Solveigh scrollte zurück. War das ehrliche Sorge? Oder war das einer von der »All-Cops-are-Bastards-Fraktion«? Solveigh warf einen Blick über ihre Schulter, aber konnte Tauscheck nirgendwo entdecken. Sie selbst nutzte Twitter nicht und hatte keine Ahnung, was sie tat. Andererseits konnte das ja nicht so schwer sein, oder? Das System sah zumindest recht selbsterklärend aus. Und wenn es nur ein Spinner war, vergeudete sie wenigstens nur ihre eigene Zeit.

FindetLiliana: @NMA_Do Warum sollte sie ausgewiesen werden?

Die Antwort folgte keine zwei Sekunden später.

NMA_Do: @FindetLiliana Weil ihr Pass gefälscht wurde?

Solveighs Finger hielten über der Tastatur inne. Das hatte der Tauscheck doch nicht veröffentlicht, oder? Sie wussten mittlerweile durch einen Abgleich mit dem moldawischen Melderegister, dass der Pass zwar von der Behörde ausgestellt worden war, aber dass jemand das Geburtsdatum nachträglich geändert hatte. Wer war dieser NMA_Do? Ein Klick auf sein Profil gab keinen Aufschluss. Solveigh tippte eine Antwort, woraufhin sich ein Gespräch zwischen ihr und dem Unbekannten entwickelte:

FindetLiliana: @NMA_Do Zunächst einmal müssen wir sie finden, dann sehen wir weiter.
NMA_DO: @FindetLiliana Das finde ich nicht akzeptabel.

FindetLiliana: @NMA_Do Sind Sie denn in einer Position, das zu bewerten?
NMA_DO: @FindetLiliana Ja.
FindetLiliana: @NMA_Do Inwiefern? Wissen Sie, wo sich Liliana aufhält?
NMA_DO: @FindetLiliana Wenn ihr Asylantrag inklusive Arbeitserlaubnis bewilligt wurde.
FindetLiliana: @NMA_Do Sie sind ja nicht bei Trost!
NMA_DO: @FindetLiliana Tatsächlich? Sind Sie möglicherweise nicht befugt?
FindetLiliana: @NMA_Do Hören Sie, wir suchen ein zweites Mädchen, und Liliana kann uns möglicherweise helfen.
NMA_DO: @FindetLiliana Ich weiß.
FindetLiliana: @NMA_Do Und?
NMA_DO: @FindetLiliana Die Anträge?

»Tauscheck!«, rief Solveigh.

Polizeiobermeister Bernd Tauscheck kam ins Büro gerannt.

»Was ist los?«, fragte er.

»Machen Sie mit diesem Twitter-Ding hier weiter, bitte. Halten Sie den hin. Können wir das mitnehmen?«

Bernd Tauscheck streckte sein Handy in die Luft: »Was ist los, Frau Lang?«

»Ich weiß nicht. Da ist ein NMA_DO, der behauptet zu wissen, wo sich Liliana aufhält. Und mein Bauchgefühl sagt mir, dass der Typ nicht lügt.«

»Aber das ist doch super, oder nicht?«

»Er will einen bewilligten Asylantrag für Liliana inklusive Arbeitserlaubnis, bevor er überhaupt mit uns redet.«

»Aber er redet doch schon mit uns«, sagte Bernd Tauscheck.

»Reden? Lesen Sie das unterwegs«, sagte Solveigh und griff nach ihrem Handy.

»Eddy, du müsstest mal wieder eine Anfrage bei den Amerikanern stellen … Ja, Terrorverdacht. Und zwar schnell. Tauscheck mailt dir gleich den Twitter-Account. Und die sollen mal zur Abwechslung in Echtzeit liefern, die Kollegen.«

»Den Burschen kauf ich mir«, sagte sie, als sie die Treppe des Polizeipräsidiums hinunterstürmte, Tauscheck im Schlepptau.

KAPITEL 87

München, Deutschland
Montag, 5. August 2013, 8.39 Uhr (zur gleichen Zeit)

»Was soll das bedeuten, es reicht nicht?«, fragte Paul Regen.

Dominique Lagrand seufzte: »Nicht auf dieser Basis, Herr Regen. Schauen Sie, wir haben das Profil: ein Mann aus Portugal, Mitte vierzig bis Mitte fünfzig, alleinstehend, lebt als freischaffender Künstler in einer ländlichen Gegend mit einem freistehenden Haus, besitzt einen Lieferwagen, er könnte sich selbst vernachlässigen oder auch nicht, er könnte verhaltensauffällig sein oder auch nicht.«

Paul Regen lief im Kreis durch das Auswärtige Amt. Er fand, dass das einiges war und dass der Franzose mit seinen Berechnungen auch einmal etwas Dampf machen könnte.

»Schauen Sie sich mal die Karte an«, sagte er und deutete auf seinen Monitor. Paul Regen stellte sich mit verschränkten Armen hinter Lagrands Schreibtischstuhl.

»Das sind Portugal und der Teil von Spanien, wo Portugiesisch respektive Galicisch gesprochen wird.«

Paul Regen betrachtete die rot eingefärbte Landkarte mit einer gewissen Skepsis.

»Nur, damit Ihnen die Dimensionen klar werden: Das Gebiet ist größer als Bayern, Baden-Württemberg und Hessen zusammen.«

Paul Regen ahnte, worauf das hinauslaufen sollte.

»Könnt ihr mal etwas leiser sein?«, fragte Eddy, der telefonierte und wie wild auf seine Tastatur einhackte.

»All unsere Theorien zusammengenommen ergeben immer noch diese Fläche.« Dominique hatte seine Stimme gesenkt und drückte ein paar Tasten. Einige Rotfärbungen verschwanden, aber die verbleibende Fläche war immer noch riesig.

»Sie können an der Intensität des Rottons erkennen, wie hoch der Computer die Wahrscheinlichkeit für die einzelnen Abschnitte berechnet hat«, erklärte der Statistiker.

Paul Regen ging näher heran und sah kleine Ringe um bestimmte Ortschaften.

»Schon verstanden«, sagte Paul. »Besonders rot ist besonders schlecht.«

»Portugal ist bis auf die Großstädte und die Algarve insgesamt sehr ländlich geprägt«, sagte Dominique wie zur Entschuldigung.

Paul Regen war durchaus klar, dass er seine Statistiken nicht absichtlich schlechtrechnete. So war es nun einmal.

»Nichts zu machen?«, fragte Paul Regen.

Dominique Lagrand schüttelte den Kopf.

»Wir brauchen das Mädchen aus Dortmund«, sagte Eddy, der offenbar aufgelegt hatte, aber immer noch die unendliche Geschichte mitstenografierte. Säße der Mann in Paul Regens Büro, würde er binnen zwei Wochen nachts vom Geklapper einer Tastatur träumen.

»Ihr Zauberkasten ist also wirklich am Ende?«, fragte Paul und hoffte, dass es nicht schadenfroh klang, denn so war es ganz und gar nicht gemeint.

»Was unsere Arbeit hier angeht, erst einmal schon. Aber ich bin dabei, uns Hilfe zu organisieren. Sobald ich die Anfrage von Solveigh bearbeitet habe, kann ich weitermachen.«

»Aber wie diese Hilfe konkret aussehen soll, das wollen Sie uns natürlich nicht verraten?«, bemerkte Paul Regen. »Hatte ich da etwas übersehen, oder war es immer noch ich, der diese Operation leitet?«

Eddy Rames schnaufte: »Es ist … sagen wir … heikel.«

»Heikel ist mein zweiter Vorname«, sagte Paul und verscheuchte eine Fliege von seinem Hemd.

Eddy schwieg. Paul Regen vermutete, dass er überlegte, inwieweit er ihm trauen konnte. Er konnte es ihm nicht verübeln, immerhin kannten sie sich nicht einmal seit einer Woche.

»Ich versuche, eine Drohne zu organisieren«, gab er schließlich zu.

»Sie meinen eines von diesen Modellflugzeugen?«

»Als Spielzeug würde ich die Dinger nicht gerade bezeichnen«, sagte Eddy. »Und zwar unabhängig davon, welche ich kriegen kann.«

»Eine Drohne wäre doch super«, sagte Paul Regen. »Luftaufklärung vom Feinsten, wenn ich mich recht daran erinnere, was in der Zeitung stand.«

»Schon richtig«, sagte Eddy. »Deswegen versuche ich es ja. Aber es gibt da Probleme …«

»Welche Probleme?«, fragte Paul.

»Probleme mit der Zulassung. Die europäische Luftfahrtbehörde will die Dinger nicht im Luftverkehr haben.«

Das hatte Paul Regen gelesen. Es war ein Debakel sondergleichen für den Verteidigungsminister gewesen, weil sein Beschaffungsamt fünf Jahre weiter daran gearbeitet und ordentlich Steuergelder verpulvert hatte, obwohl längst klar war, dass sie niemals fliegen würde. Andererseits konnte man ja kaum glauben, dass die Amerikaner ihre Drohnen nicht über Europa in den Nahen Osten einfliegen ließen, wie den gesamten Rest ihrer Armee.

»Zumindest im zivilen«, fügte Eddy hinzu.

In Paul Regens Hinterstübchen schossen einige Synapsen elektrische Impulse zu einer Idee zusammen.

»Und wenn das gar nichts Ziviles wäre?«, fragte er und klaute eine Salzbrezel von Eddys Schreibtisch.

»Wie meinen Sie das?«

»Ich meine, dass Sie doch sowieso wegen des ganzen Prism-Zeugs immer die Amis fragen, warum denn nicht auch hier?«

»Sie meinen, weil die eine militärische Zulassung haben für ihre Predators?«

Paul Regen nickte.

Zwei Sekunden später verzogen sich Eddys Mundwinkel zu einem breiten Grinsen: »Und weil wir ja sagen könnten, es ginge um einen Übungsflug oder eine Überführung. Zumindest formell.«

»Und wenn ich das richtig gelernt habe, müssen Sie doch bloß ›Kampf gegen den Terror‹ draufschreiben, und dann kriegen Sie von den Amis alles, oder nicht?«

KAPITEL 88

Dortmund, Deutschland
Montag, 5. August 2013, 9.09 Uhr (zur gleichen Zeit)

Solveigh presste das Gaspedal des alten Fünfer-BMW bis zum Anschlag und hatte dabei das dumpfe Gefühl, dass ihr Fuß jeden Moment auf den Asphalt durchschlagen könnte. Wer auch immer dieses Auto vor ihr gefahren hatte, hatte es die gesamten zweihundertachtzigtausend Kilometer, die es laut Tacho gelaufen war, nicht geschont. Und sie hatte nicht vor, heute damit anzufangen. Auch wenn sie kein Vertrauen zu den durchschlagenden Stoßdämpfern hatte. Diese eine Fahrt würde es wohl noch überstehen, dachte sie und nahm eine Ampel bei Dunkelrot.

»Twittert er noch?«, fragte sie.

Bernd Tauscheck hielt das Telefon in der linken Hand, während er sich mit der rechten am Griff über der Tür festkrallte.

»Wie ein Vögelchen«, sagte er. »Allerdings wird er langsam misstrauisch.«

»Sagen Sie ihm, wir können uns das mit der Garantie vorstellen«, sagte Solveigh. »Aber werden Sie bitte nicht allzu spezifisch.«

Sie rasten die Bornstraße hinunter, es fehlte nur noch,

dass Solveigh auf den breiten Grünstreifen in der Mitte auswich. Sie waren gleich bei der Adresse, die ihnen Eddy besorgt hatte. Von dort aus verschickte der Mann seine Nachrichten. Er würde nicht mit ihnen rechnen.

Die geschundenen Stoßdämpfer krachten, als Solveigh in die Einfahrt bog. Sie bremste vor einer Schranke und warf die Tür ins Schloss. Der Anschluss lief auf einen Derek Bork, einen Fotografen. Rückgebäude, 1. Stock. Solveigh warf einen flüchtigen Blick auf die grau-weiß gestrichene Fassade des Gebäudes. Der erste Stock bot eine Art Dachterrasse, mit direktem Zugang zum Nebengebäude. Es mochte für die Mieter des Büros eine gerne genutzte Annehmlichkeit darstellen, Solveigh sah darin einen möglichen Fluchtweg. Sie stürmte die Treppe hoch und hämmerte mit der Faust gegen die Tür.

»Polizei! Bitte machen Sie auf!«

Sie hörte, wie hinter der Tür ein Stuhl umfiel.

»Klettern Sie auf die Dachterrasse«, wies sie Bernd Tauscheck an, der ihr nachgeeilt war. Noch einmal hämmerte sie gegen die Tür.

»Aufmachen! Polizei!«

Sie wusste, dass ihr niemand öffnen würde. Sie trat einen Schritt zurück und maß die Schwachstelle der Tür ab. Dann ging sie leicht in die Hocke, um das Schloss in der richtigen Höhe mit ihrer Schulter zu erwischen, und warf sich dagegen. Erst beim dritten Versuch gab die Tür nach, und Solveigh taumelte in den Raum. Lange Stoffbahnen hingen von der Decke, die wohl normalerweise dazu dienten, das Licht der Scheinwerfer weicher zu machen, und die jetzt gute Verstecke boten. Ist das hier wirklich nötig?, fragte sie sich und zog die Jericho. Etwa in der Mitte des großen Raums konnte sie einen Schreibtisch entdecken, auf dem ein aufgeklappter Laptop stand. Der umgekippte Stuhl lag davor, aber auf der falschen Seite. Es hatten dort zwei Menschen gesessen.

»Polizei!«, rief Solveigh noch einmal. Was nicht ganz richtig und nicht ganz falsch war. Immerhin stand ein waschechter deutscher Beamter auf dem Balkon. Dann hörte sie Schritte. Aus dem rückwärtigen Teil des Raums kam ein Mann in einem dunklen Hemd auf sie zu. Angegrauter Dreitagebart. Nicht besonders groß, nicht besonders klein. Vermutlich der Fotograf.

»Was soll das Theater?«, fragte er, während er auf sie zulief.

Solveigh ließ die Waffe sinken.

»Wieso haben Sie nicht aufgemacht?«, fragte sie.

»Ich vermute, dass ich Ihnen das nicht erklären muss«, sagte er.

»Lilianas Asylantrag«, sagte Solveigh.

Der Fotograf nickte: »Sie waren ziemlich schnell.«

Solveigh drehte sich um und betrachtete die Stoffbahnen. Die Fensterfront zur Dachterrasse war nicht zu sehen. Solveigh versuchte, den Abstand zu schätzen, aber das Treppenhaus war zu verwinkelt gewesen. Das Haus musste früher eine Fabrik oder etwas Ähnliches gewesen sein. Der schwarz gefärbte Betonboden wies noch Markierungen für Maschinen auf.

»Kann sie mich in diesem Moment hören?«, fragte Solveigh.

Sie konzentrierte sich auf seine Mimik statt auf seine Antwort. Die Gesichtsmuskeln verrieten einen ungeübten Lügner fast immer. Wie damals Fabio Lonzi an der Bar.

»Liliana ist nicht hier«, sagte er.

Natürlich nicht, dachte Solveigh.

»Liliana?«, fragte Solveigh. »Kannst du mich verstehen?«

Natürlich erhielt sie keine Antwort.

»Sprechen Sie Englisch mit ihr?«, fragte Solveigh.

Derek zuckte mit den Achseln. Und seine Augenbrauen hoben sich für den Bruchteil einer Sekunde, gleichzeitig weiteten sich seine Pupillen. Ein Reflex.

»Listen to me, Liliana«, sagte Solveigh und fuhr auf Englisch fort. »Du musst keine Angst haben. Es geht nicht darum, dich zurückzuschicken. Es geht heute gar nicht um dich. Sondern um Ioana. Ich verspreche dir, dass ich mich persönlich darum bemühen werde, dir zu einem Visum zu verhelfen, wenn du in Europa bleiben möchtest. Aber jetzt geht es nicht um dein Visum. Heute geht es darum, dass du eine Entscheidung triffst.«

Derek stand mit verschränkten Armen vor ihr und warf ihr finstere Blicke zu.

»Du musst entscheiden, ob dir deine vermeintliche Sicherheit mehr wert ist als Ioanas. Wir glauben, sie schwebt in Gefahr. In großer Gefahr. Die Schleuser, die euch von Moldawien hierhergebracht haben, haben sie verkauft. An einen sehr gefährlichen Mann. Und ich glaube, dass nur du uns helfen kannst, sie zu finden.«

Solveigh lauschte auf ein verräterisches Geräusch, aber der Wind, der durch den Stoff wehte und darin Wellen schlug, war das Einzige, was sie hörte.

»Der Mann, der Ioana in seiner Gewalt hat, hat Menschen umgebracht, Liliana. Und wir glauben, dass er Ioana auch umbringen wird. Ich kann dir nicht versprechen, dass wir sie finden, bevor es zu spät ist. Aber ich kann dir versprechen, dass wir es versuchen werden.«

Tat sie das Richtige? Solveigh hoffte es, denn was sie vorhatte, verstieß mal wieder gegen die Vorschriften.

»Ich kann dir nicht versprechen, dass dein Asylantrag Erfolg hat, Liliana, das könnte niemand, der es ehrlich mit dir meint. Und jetzt liegt es bei dir. Ich werde gehen, wenn du das möchtest. Ich werde gehen, und du kannst dich weiter hier verstecken, ich werde deinen Aufenthaltsort nicht preisgeben. Aber ich bitte dich, uns zu helfen. Für Ioana. Und um deinetwillen. Aber es bleibt deine eigene Entscheidung.«

Solveigh atmete ein. Natürlich könnte sie das Mädchen einkreisen, sie festnehmen und zu einer Aussage zwingen. Solveigh spekulierte darauf, dass eine Fünfzehnjährige, die es geschafft hatte, der Polizei über eine Woche zu entkommen, in einer fremden Stadt, in einem fremden Land, die richtige Entscheidung trifft. Wenn sie recht hatte, gewann sie ihr Vertrauen. Und das war für die nächsten Tage, in denen es galt, Ioana zu befreien, möglicherweise viel wichtiger als alles andere.

Sie hörte zaghafte Schritte hinter einem der Vorhänge. Dann wurde er zur Seite geschoben, und vor Solveigh stand ein Mädchen, Liliana. Etwas scheu, aber nicht verängstigt. Eher vorsichtig, dachte Solveigh. Sie trug eine Lederjacke und eine kurze Hose. Und ihre Stimme zitterte nur sehr leicht, als sie fragte: »Wo ist Ioana? Wer hat sie entführt?«

KAPITEL 89

Veiros, Portugal
Montag, 5. August 2013, 22.14 Uhr (elf Stunden später)

Ioana spürte, dass sich etwas geändert hatte. Der Mann war weniger jähzornig, heute Nacht schien er das Zeichnen zu genießen. Der Bleistift flog über das Papier, und Ioana wusste, dass es ein schlechtes Omen war. Sie starrte auf den Bauern vor ihr, sah die Spitze seiner Pike im Licht der Scheinwerfer und wusste, dass es bald zu Ende gehen würde. In gewisser Hinsicht war sie sogar froh darüber. Ihr Leben war eine endlose Warteschleife vor dem Tod. Sie lag auf der Decke in ihrer Höhle und aß, was er ihr brachte. Bei Einbruch der Dunkelheit zerrte er sie heraus, zog ihr das Kleid an und posierte mit ihr so lange, bis ein Krampf in ihren Waden das Stillstehen unmöglich machte. Dann brachte er sie zurück. Die gleichförmigen Tage und die ständige Dunkelheit waren kein Leben. Es gab keine Hoffnung mehr. Liliana wartete darauf, dass er die Skizze nicht mehr zerriss. Und noch bevor er sie von dem Schachbrett herunterführte, wusste sie an seinen Gesten, dass heute der Tag gekommen war. Er nahm sie an der Hand und zog sie hinaus vor die Scheune. Vermutlich wollte er, dass sie den Himmel noch einmal zu sehen bekam. Und als sie die Sterne betrachtete in all ihrer funkelnden Schönheit und die Ordnung am Firmament und die Stille um sie herum, da wusste sie, dass es das letzte Mal gewesen war. Sie legte den Seidenschal, den er ihr gegeben hatte, um die Schultern und fasste sich selbst um die Taille. Sie wollte den Moment mit jemandem teilen, der nicht er war. Bist du da irgendwo, Lila? Siehst du dieselben Sterne wie ich? Ich werde die Königin sein, damit wird die Prophezeiung erfüllt. Ich bin froh, dass es nicht dich getroffen hat, Lila. Wir werden uns wiedersehen. Ich bin dir nicht böse, das Kleid hat gewählt. Denk mal an mich, wenn du die Sterne betrachtest. In einem Jahr oder in zehn. Bewahre mich in deinem Herzen, so wie ich dich. Dann spürte sie seine Hand auf der Schulter. Sanft, fast zärtlich. Ihr Mörder glaubte, es sei Zeit zu gehen.

Ich liebe dich, Lila, dachte Ioana.

KAPITEL 90

Über Crans Montana, Schweiz
Montag, 5. August 2013, 23.01 Uhr (zur gleichen Zeit)

Die Motoren der betagten Transall machten ein Gespräch unmöglich. Paul Regen saß neben Eddy Rames und Dominique Lagrand auf einem der quer montierten Sitze im hintersten Teil der Maschine, Solveigh, Adelheid Auch und das Mädchen aus Dortmund ihnen gegenüber. Zwischen ihnen stand auf Paletten ihre Ausrüstung, fest mit dem Boden verzurrt. Was notwendig war, denn mit einem regulären Flug hatte schon der Start auf dem Fliegerhorst Manching nichts zu tun gehabt. Das Heulen der Triebwerke, der steile Anstellwinkel, nichts davon war für den Magen eines regulären Passagiers gedacht. Komfort konnten sie nicht erwarten, aber es war die einzige Möglichkeit gewesen, vor dem nächsten Morgen in Portugal zu landen. Es hatte eine Intervention von Will Thater gebraucht, sie neben den etwa fünfzig Luftlandepionieren des deutschen Heers an Bord zu schleusen und den Zwischenstopp in Portugal einzulegen. Die Soldaten allerdings schien weder der Lärm noch der ruppige Start zu stören, viele von ihnen schliefen oder spielten Karten. Paul Regen, Solveigh und der Rest ihres Kommandos hatten weder Zeit zum Ausruhen noch zum Kartenspielen. Alles lief jetzt darauf hinaus, ob sie Ioana schnell genug fanden.

»Wie weit sind Sie mit dem BMW?«, fragte Paul Regen, um sich von der Übelkeit abzulenken.

»Ich arbeite daran«, sagte Eddy. Liliana hatte sich tatsächlich das Kennzeichen des Wagens gemerkt, der Ioana in Dortmund abgeholt hatte. Er war auf Enzo Cesare angemeldet, den hinkenden Vetter zweiten Grades von Matteo Taccola. Die Frage war, wohin Enzo mit ihr gefahren war. Entgegen der landläufigen Meinung war es nicht besonders schwer, ein Fahrzeug zu finden, zumindest auf den Autobahnen. »Glauben Sie denn wirklich, dass die Kamerabilder von den LKW-Maut-Kontrollstellen nicht gespeichert werden? Dann sind Sie wirklich naiver, als ich dachte«, hatte Eddy ihm vorgeworfen. Paul hatte tatsächlich geglaubt, dass er nicht in einem Überwachungsstaat lebte. Möglicherweise war das naiv, möglicherweise sogar dumm, aber es war notwendig, um als Polizist seinen Job zu erledigen, fand Paul.

»Nein, natürlich nicht«, hatte er stattdessen geantwortet und beschlossen, seinen Gewissenskonflikt zu vertagen, bis sie Ioana gefunden hatten. Wenigstens vermittelte die Transall, sobald sie ihre Flughöhe erreicht hatte, nicht mehr das Gefühl, im nächsten Moment abzustürzen, dachte Paul. Es war ihm allerdings unverständlich, warum es im Laderaum nach Benzin stank und warum es so kalt sein musste. Er zog den Reißverschluss seiner Jacke zu. Unter ihnen mussten sich die Alpen mit den mondänen Skiorten der Schweiz erstrecken. Die Aussicht genießen konnte man allerdings nicht, denn die Transportmaschine hatte nur vier kleine Fenster, die alle im vorderen Teil des Flugzeugs lagen, wo die Soldaten saßen.

»Ich hab ihn!«, schrie Eddy endlich, eine gefühlte Dreiviertelstunde später. Die Rotoren verschluckten einen Teil seiner Sätze, Paul hatte Mühe, ihm zu folgen. »Auf der A4 Richtung Frankreich, in der Nacht vom 27. auf den 28. Juni!«

Paul Regen kalkulierte. Das war vor etwas über einer Woche gewesen. Eine Woche. Paul Regen bezweifelte, dass sich der Täter so lange Zeit lassen würde. Er schaute zu Liliana, deren starrer Blick in dieser Sekunde einen Funken Hoffnung schöpfte.

»Das sind gute Neuigkeiten«, rief Agent Lang und zeigte mit dem Daumen nach oben. Doch ihre Augen sprachen eine andere Sprache. Sie schätzte die Situation genauso ein wie er.

»Wie lange werden Sie brauchen, um seine Route zurückzuverfolgen?«, schrie Paul gegen der Lärm der Triebwerke an.

»Nicht lange!« Eddy tippte einige Befehle in seinen Computer. »Jetzt, da ich weiß, wann und wo ich suchen muss.«

Paul Regen atmete Luft ein, die nach Kerosin schmeckte, und seine Finger trommelten auf dem unverkleideten Metall der Flugzeugwände, während er auf das Ergebnis wartete.

»Was ist mit der Drohne?« Ein weiteres Ablenkungsmanöver für seine Nervosität. Und weil es möglicherweise ihre einzige Chance war. Die Autobahn würde sie nicht bis zum Täter führen. Höchstens in die Nähe.

»Sie ist auf dem Weg!«, schrie Solveigh. »Morgen früh kann sie starten.«

Das ist gut, dachte Paul Regen. Und wenn es uns hilft, Ioanas Leiche zu bergen und dafür zu sorgen, dass sie das letzte Opfer dieses kranken Bastards sein würde.

»Ich habe ihn bis Namur in Belgien auf der A15. Dort ist er abgefahren. Und zwar direkt, nachdem er eine etwa fünfzehnminütige Pause gemacht hat.«

Das war es, dachte Paul Regen. Das war der Übergabeort. Dort hatten sie Ioana ihrem Käufer übergeben. Jetzt musste er nur noch den Wagen des Täters finden.

»Ich habe vierzehn Lieferwägen und Busse in der Zeit direkt nach der Übergabe!«, rief Eddy. »Und nur einen mit einem portugiesischen Kennzeichen.«

Bingo!, dachte Paul Regen. Das war der Durchbruch. Sie hatten ihn. Zu spät, aber sie hatten ihn. Das musste er sein. Er starrte auf den Bildschirm von Eddys Laptop. Ein alter VW-Bus auf der rechten Spur. Der Fahrer war nicht zu erkennen, weil er trotz der nächtlichen Stunde den Sonnenschutz heruntergeklappt hatte. Kein Zweifel. Das tut nur jemand, der nicht fotografiert werden will. Ein Psychopath auf seiner Mission.

»Zulassung?«, schrie Solveigh von der anderen Seite. Sie hielt Lilianas Hand.

»Das ist merkwürdig«, rief Eddy. »Der Mann, auf den der Wagen läuft, ist vor acht Jahren gestorben.«

Die Transall legte sich in eine steile Rechtskurve, und Pauls Magen rebellierte. Er hätte nicht sagen können, ob vor Enttäuschung oder wegen des Flugmanövers. Der Wagen war auf einen Toten zugelassen. Das bedeutete, sie hatten ihn nicht.

»Ein gewisser Alberto Machado. Wohnhaft zuletzt in Coruche, Portugal.«

Immerhin ein Ort. Und eine Adresse.

Eddy Rames ließ sich nicht beirren. Sein Bildschirm zeigte auf der rechten Seite die Bilder der Überwachungskameras, auf der linken die Meldedaten von Alberto Machado.

»A1 bis Paris. Machado starb an einem Herzinfarkt.«

Offenbar verfolgte er die Route des Täters.

»A10 nach Süden. Keine Anzeichen für Fremdeinwirkung.«

»Poitier. Bordeaux. Dann die A63 bis zur Küste. Keine lebenden Angehörigen, keine Erben.«

Paul Regen wusste, die Spur zu dem Toten würde in einer Sackgasse enden. Es war Teil seines Plans, Teil seiner Mission. Natürlich würde er Machado möglicherweise gekannt haben. Aber das würde sie nicht zu ihm führen. Irgendwie war es ihm gelungen, seine Spuren zu verwischen.

»Grenzübertritt nach Spanien bei Irun. Die Versicherung und die Steuern für den VW-Bus werden jährlich in seinem Namen bezahlt.«

Eddy schlug mit der Faust gegen dem Rumpf des Flugzeugs: »Per Posteinzahlung.«

Paul wusste, was das bedeutete. Keine verwertbare Spur. Wie er befürchtet hatte.

»AP-1, A62. Er fuhr Richtung Südwesten.«

Nach Hause, dachte Paul.

»Bei Cáceres ist er abgefahren. Von dort sind es noch etwa 80 Kilometer bis zur portugiesischen Grenze.«

Ich würde zwischen dem Wohnort des Toten und der Autobahnabfahrt suchen, dachte Paul Regen.

»Mit einer Wahrscheinlichkeit von dreiundachtzig Komma vier-fünf Prozent lebt er irgendwo zwischen Coruche und Cáceres!«, rief Dominique dazwischen.

Hatte ich es nicht gesagt?, fragte sich Paul Regen.

»Wir sind runter auf ein Suchgebiet von etwa zweihundert Quadratkilometern!«

Dominque tat so, als wäre das ein Durchbruch. Paul Regen vermutete, dass es immer noch ein viel zu großes Gebiet war.

»Das schafft der Reaper an einem Tag!«, sagte Eddy und winkte Solveigh zu sich herüber. Ein Tag also, dachte Paul Regen. Ein verdammter Tag. Nach einer Woche, die er Ioana bereits in seiner Gewalt hatte. Was würde sie dort erwarten in seinem Versteck? Paul Regen hatte genug Zeit gehabt, sich vorzustellen, wie das Schachbrett aussehen könnte. Die schaurigen Plastinate inklusive.

Solveigh löste den Vierpunktgurt und stieg über die Kiste mit der Überwachungsausrüstung. Eddy bedeutete Solveigh, sich etwas auf seinem Monitor anzusehen. Paul Regen hatte keine Ahnung, worum es ging. Ohne allzu offensichtlich zu spionieren, versuchte er, mit gespitzten Ohren zu verstehen, worüber sich die beiden unterhielten. Eddy Rames hatte ein Bild der Mautkameras aufgerufen. Es zeigte den BMW, der Ioana bis nach Belgien gebracht hatte. Und es war deutlich zu erkennen, dass Enzo Cesare nicht alleine im Auto gesessen hatte. Paul Regen beobachtete, wie sich Solveighs Finger verkrampften und zur Faust ballten. In diesem Moment stürzte die Transall in ein Luftloch, und Solveigh stolperte über seine Beine. Sie zog sich an seinem Sicherheitsgurt nach oben. Ihre hellen Augen waren voller Hass und Verachtung. Und Entschlossenheit. Paul Regen vermutete, dass es um den Beifahrer ging.

»Und danach sind sie wirklich von der Bildfläche verschwunden?«, fragte Solveigh ganz nah an Eddys Ohr. Paul Regen, der direkt neben ihm saß, hatte keine Mühe, sie zu verstehen.

Rames nickte. »Sag Will Bescheid, er soll Pollux drauf ansetzen.«

Eddy nickte erneut. »Wir haben andere Prioritäten.«

Als sie auf ihren Platz zurückkehrte, glaubte Paul, fast so etwas wie Bedauern in ihrem Blick zu sehen.

KAPITEL 91

Veiros, Portugal
Dienstag, 6. August 2013, 6.01 Uhr
(am nächsten Morgen)

Ioana hatte in der letzten Nacht nicht geschlafen. Er hatte sie nicht in ihr Erdloch zurückgebracht, sondern zu einem Bett in dem Raum mit der Badewanne. Sie wartete auf den Morgen. Ihre Füße waren mit Handschellen an die Pfosten gefesselt, ebenso wie ihre Hände. Wenn Ioana den Kopf zur Seite drehte, konnte sie die Wanne erkennen und die Seilzüge darüber. Und das verkrustete Blut unter der Wanne riechen. Sie wusste, dass dies ihr letzter Morgen sein würde, wie sie gestern Nacht gewusst hatte, dass es ihr letzter Sternenhimmel sein würde.

Als der Mann kam, stellte Ioana sich schlafend. Sie hörte, wie er etwas über den Holzboden zog, und das Klappern von Stuhlbeinen. Kurz darauf verließ er den Raum. Ioana drehte ihren Kopf, so weit sie konnte, und starrte auf einen gedeckten Tisch mit einer Kerze darauf. Ein Stuhl stand vor einem Teller mit Eiern und einer Platte mit Wurst und Käse. Als er zurückkam, hörte Ioana Metallräder kratzen. Er zog etwas hinter sich her. Etwas Schweres. Er zog es bis zu der Badewanne. Minuten später war ein leises Pumpen zu hören und Flüssigkeit, die auf die Emaille der Wanne tropfte. Es roch nach Chemikalien. Denselben Chemikalien, nach denen die Leichen auf dem Schachbrett rochen. Als er ging, traute Ioana sich nicht mehr, die Augen zu öffnen.

KAPITEL 92

Mora, Portugal
Dienstag, 6. August 2013, 6.25 Uhr (zur gleichen Zeit)

Ihr Konvoi bestand aus sechs Fahrzeugen und einem Lastwagen, der als Leitstand fungierte. Solveigh hatte als taktische Unterstützung eine Grupo Operacionais de Intervenção angefordert, die aus zwanzig Mann bestand, die sich auf die Limousinen verteilten. Ihr Chef, ein bärbeißiger Mittfünfziger, saß mit ihnen in dem Hänger des LKW. Eddy hielt Verbindung zum Piloten der Reaper, der auf der Creech Air Force Base in der Nähe von Vegas vor einem Joystick saß. Die MQ-9 kreiste in etwa vier Kilometern Höhe über ihren Köpfen und flog ein Suchmuster, das Dominiques Wahrscheinlichkeitsberechnungen berücksichtigte. Der Reaper spähte nach einer Farm oder einem frei stehenden Haus, vor dem ein VW-Bus stand. Oder nach dem Bus selbst auf einer der Landstraßen.

»Was machen wir, wenn wir sie gefunden haben?«, fragte Paul Regen.

Solveigh beobachtete Lila, die in einer Ecke saß und auf Eddys Monitor starrte, als könnte sie der Drohne bei der Suche nach Ioana helfen.

»Das entscheiden wir, wenn wir die Lage kennen«, sagte sie. Das oberste Ziel war, Ioana zu befreien, sofern sie noch lebte. Zweitens Festnahme, drittens Bergen der übrigen Leichen. Solveigh wusste, dass es sich bei ihrer Priorisierung um reine Theorie handelte. Erst einmal mussten sie das Haus finden, dann würden sie weitersehen. Solveigh blickte durch das Oberlicht Richtung Himmel und versuchte, die Reaper in dem gerade erwachenden Himmelsblau auszumachen. Natürlich konnte sie das Flugzeug nicht mit bloßem Auge erkennen, was der Hauptgrund für seine Effizienz war. Sie durften ihn keinesfalls aufschrecken. Bis zum Nachmittag hätte der Reaper alle Gegenden abgeflogen, die auf Dominiques Karte dunkelrot markiert waren. Danach würde es mit jeder Minute unwahrscheinlicher, dass sie ihn heute noch fanden. All dies lief auf die Frage hinaus, wie genau Dominique Lagrands Berechnungen waren. Er hatte im letzten Jahr einen spektakulären Erfolg mit der Wahrscheinlichkeitsberechnung erzielt. Und sie vertraute ihm. Will Thater vertraute ihm, er hatte ihn sogar zurück an die Universität geschickt, um seine Formeln zu perfektionieren. Und doch war seine Methodik so neu, dass es keinen Beweis dafür gab, dass sie zum Erfolg führte. Vermutlich musste man sagen, dass sie heute einfach ein wenig Glück brauchten. Nur ein kleines bisschen Glück. Solveigh starrte in den Himmel und fragte sich, wer für Glück eigentlich verantwortlich ist.

KAPITEL 93

Veiros, Portugal
Dienstag, 6. August 2013, 7.23 Uhr
(eine Stunde später)

Ioana saß vor dem Teller mit den Spiegeleiern und stach mit der Gabel in ein Eigelb. Sie verschmierte es mit dem nicht gestockten Eiweiß und lauschte. Der Mann hantierte mit dem Flaschenzug über der Wanne. Er schien sich der makabren Situation nicht bewusst zu sein. Ioana war sich mittlerweile sicher, dass er verrückt war. Entrückt, nicht von dieser Welt. Er schien tatsächlich zu glauben, dass sie ihre Henkersmahlzeit genießen könnte. Oder er glaubte, dass sie nicht ahnte, was ihr bevorstand. Sie ließ die Schelle ihrer Fußfessel so leise wie möglich auf den Boden gleiten. Wäre es möglich, das Stuhlbein anzuheben und die Schlaufe herauszuziehen? Sie starrte geradeaus in die Flamme der Kerze, genau in die Mitte, in die Dunkelzone. Sie lehnte sich ein wenig zurück, und das Stuhlbein hob sich. Jetzt müsste sie ihren Fuß ein Stückchen nach rechts bewegen. Ioana schwitzte. Die Flamme zuckte in einem Lufthauch, als sie es versuchte. Sie hörte das Metall auf dem Holzboden. Hörte er es auch? Sie musste sich konzentrieren. Noch einmal schob sie ihren Oberschenkel nach rechts. Beweg dich, du verdammtes Ding, dachte Ioana, als sie das Gleichgewicht verlor und der Stuhl nach vorne kippte. Sie warf einen Blick auf den Boden. Die Handschelle hatte sich kaum bewegt. Sie hatte es nicht geschafft. Plötzlich spürte sie seinen Atem im Nacken. Ioana zuckte zusammen.

»Iss, meine Königin, iss.«

Seine Hand streichelte ihr Haar. In diesem Moment lief eine einzelne Träne über ihre Wange. Für einen Moment war die Hoffnung zurückgekehrt. Und mit ihr die Fähigkeit zu weinen. Sie hätte es schaffen können.

KAPITEL 94

Mora, Portugal
Dienstag, 6. August 2013, 9.47 Uhr
(zwei Stunden später)

Paul Regen blinzelte, als er aus dem Dunkel des Lastwagenaufliegers in die Sonne trat. Der Weg am Rand des kleinen Dorfes, auf dem sie sich postiert hatten, führte zwischen zwei Feldern hindurch ins Nichts. Solveigh Lang lehnte auf der Motorhaube eines der Begleitfahrzeuge und rauchte eine Zigarette. Sie sah müde aus. Paul Regen stellte sich neben sie.

»Auch eine?«, fragte sie.

»Wollen Sie mich umbringen?«, fragte Paul Regen zurück.

Agent Lang zuckte die Achseln und trat die Zigarette auf dem trockenen Lehmboden aus.

»Was meinen Sie?«, fragte Paul. »Haben wir eine Chance?«

Solveigh Lang überlegte ungewöhnlich lange für ihre Verhältnisse.

»Eine kleine«, sagte sie schließlich.

Gemeinsam blickten sie über die endlosen Felder. Paul fragte sich, wie die Drohne entschied, welche Häuser infrage kamen. Vermutlich alles eine Frage des Zauberkastens, sagte er sich.

»Auch, dass sie noch lebt?«, fragte Paul.

»Sie ist die Dame. Oder die Königin«, sagte Solveigh. »Es ist auch möglich, dass er mit ihr etwas Spezielles vorhat …«

»Sie meinen …?«

Solveigh nickte. Sie sprach davon, dass sie die Krönung seiner Mission war. Dass er sie möglicherweise quälte oder vergewaltigte, bevor er sein Werk vollendete. Wenn ein Soziopath derart lange auf etwas hinarbeitete, konnten sich alle möglichen Emotionen aufstauen. Bis hin zu einem kompletten Kontrollverlust. Paul Regen wusste nicht, was er Ioana wünschen sollte.

KAPITEL 95

Veiros, Portugal
Dienstag, 6. August 2013, 13.41 Uhr
(drei Stunden später)

Er hatte den Tisch mit dem Frühstück aus dem Zimmer geschoben, und Ioanas Stuhl stand jetzt in der Mitte des Raums direkt vor der großen Badewanne. Seit über einer halben Stunde lief Wasser aus einem langen grünen Schlauch in das Bassin. Es roch nach Rosenblüten, und auf der Oberfläche schwamm ein dünner Schaumteppich. Dann drehte er den Hahn zu und löste die Handschellen von ihren Füßen. Als er vor ihr stand, lächelte er, und sie sah seine gelben Zähne.

»Meine Königin«, sagte er.

Ioana kämpfte mit der Panik. Das Bad war für sie bestimmt. Er würde sie mit dem Flaschenzug hineinhieven und ertränken wie eine ungewollte Katzenzucht.

Er trat hinter sie und ging in die Knie. Dann zog er das lange weiße Hemd nach oben, das sie nachts anstelle des Kleides tragen musste. Ioana zitterte, als sie nackt vor ihm stand. Sie fühlte sich noch schutzloser als je zuvor.

»Komm, meine Königin«, sagte er. »Zeit für dein Bad.«

KAPITEL 96

Mora, Portugal
Dienstag, 6. August 2013, 13.56 Uhr (zur gleichen Zeit)

Solveigh starrte auf die Aufnahmen, die der Reaper wenige Minuten zuvor geliefert hatte.

»Lass ihn eine Schleife fliegen«, sagte sie. Eddy gab den Befehl an den Commander der Drohne weiter. Das Signal wanderte von dem kleinen portugiesischen Dorf über einen GCCS-Satelliten und eine Relaisstation in New York bis zur Creech Air Force Base in Nevada. Die Anweisung des Mission Commander, eine Schleife zu fliegen, erreichte den Reaper binnen eins Komma zwei Sekunden. Viertausend Meter über einem kleinen Dorf namens Veiros zog ein Elektromotor einen Draht auf eine Rolle, und die Drohne legte sich in eine lang gezogene Rechtskurve, um die frei stehende Scheune ein zweites Mal zu überfliegen. Eddy hatte einen VW-Bus unter einer Zypresse entdeckt. Das Nummernschild war aus der ersten Perspektive nicht zu erkennen gewesen. Die Schleife, die der Reaper jetzt flog, sollte ihnen Gewissheit bringen.

KAPITEL 97

Veiros, Portugal
Dienstag, 6. August 2013, 14.12 Uhr (zur gleichen Zeit)

Er hielt ihre Hand, als Ioana ins Wasser stieg, damit sie nicht ausrutschte. Es war lauwarm und bot ihr wenigstens die Illusion einer Barriere zwischen ihm und ihrer Schutzlosigkeit. Als sie komplett im Wasser lag, nahm er ein Stück Seife und begann an den Füßen, sie zu waschen. Als er mit dem Lappen ihre Scham berührte, zuckte Ioana zusammen.

»Psssst«, sagte er. »Hab keine Angst, meine Königin.«

Er rieb mit dem rauen Stoff über ihren Bauch, er reinigte jede Pore ihrer Haut. Er wollte seine Königin makellos, bevor er sie konservierte. Ioana zitterte, als sie aufstand. Ihre nassen Haare fielen ihr in den Rücken, und das Wasser, das von ihrem Körper tropfte, mischte sich mit dem getrockneten Blut unter der Wanne und bildete eine dunkelrote, feuchte Pfütze. Er nahm ein Handtuch und begann, ihre Haare zu trocknen. Als er fertig war, umkreiste er sie mehrmals. Dann führte er sie in die Mitte des Raums und wickelte ein grobes Hanfseil um ihre Handgelenke. Ioana fror noch immer, als sie hörte, wie eine Kette von der Decke herunterrasselte.

KAPITEL 98

Mora, Portugal
Dienstag, 6. August 2013, 14.44 Uhr (zur gleichen Zeit)

»Das ist der Wagen!«, rief Paul Regen und deutete auf den Monitor. Es war die dritte Schleife, die der Reaper flog, und jetzt war das Nummernschild deutlich zu erkennen. Er hatte seine Flughöhe ein wenig verringert, war aber immer noch hoch genug, um niemand am Boden auf sich aufmerksam zu machen.

»Hat das Ding einen Infrarotsensor?«, fragte Solveigh.

»Natürlich«, sagte Eddy. »Die Frage ist nur, ob uns das bei fast vierzig Grad im Schatten etwas nützt. Die Scheune hat nämlich keine einzige Scheibe.«

Der Bildschirm wechselte zu einer grau schattierten Schwarz-Weiß-Ansicht. Ein Fenster gab es zwar nicht. Aber schmale Lücken zwischen den Brettern. Paul Regen glaubte, zwei hellere Flecken in einem der Räume ausmachen zu können.

»Da stehen zwei!«, rief er.

»Oder das ist reines Wunschdenken«, murmelte Eddy und rief eine Vergrößerung auf.

Paul Regen hörte, wie der große V8-Diesel der Zugmaschine ansprang. Agent Lang kehrte auf ihren Sitz zurück und legte den Sicherheitsgurt an: »Wir fahren«, sagte sie. »Es gibt einen Parkplatz auf der anderen Seite des kleinen Wäldchens hinter dem Haus. Dort beziehen wir Posten. Und dann sehen wir weiter. «

Als er Lastwagen anfuhr, warf Paul Regen Lila einen aufmunternden Blick zu. Wir haben sie gefunden, also holen wir sie auch da raus, wollte er sagen. Es war nicht das, was er tatsächlich dachte. Paul Regen hatte keine zwei hellen Flecken gesehen. Bestenfalls einen.

KAPITEL 99

Veiros, Portugal
Dienstag, 6. August 2013, 15.08 Uhr (zur gleichen Zeit)

Der Mann kippte eine durchsichtige Flüssigkeit aus blauen Kanistern in die Badewanne. Er trug gelbe Gummihandschuhe und eine Atemschutzmaske, um sich vor den vermutlich giftigen Dämpfen zu schützen. Ioana stand nackt in der Mitte des Raums, das Hanfseil an ihren Handgelenken hing an einem großen Haken, der mit einer Kette am Scheunendach befestigt war. Der Mann schwitzte unter seiner Maske und von den schweren Kanistern, die er einen nach dem anderen heranschleppen und in die Wanne leeren musste. Bisher war kaum der Boden mit Flüssigkeit bedeckt. Und Ioana wusste, dass dies die Zeit war, die ihr noch blieb. Vielleicht eine Stunde, vielleicht etwas mehr. Sie spürte ihre Arme nicht mehr, weil ihr das Blut in die Beine lief, und ihr Kopf sackte immer wieder auf ihre Brust. Sie wusste nicht, ob es Todessehnsucht, Müdigkeit oder die Chemikalien waren, die dazu führten, dass sie sich so müde fühlte. So unendlich müde. Bald würde sie schlafen. Dann wäre endlich alles vorbei.

KAPITEL 100

Veiros, Portugal
Dienstag, 6. August 2013, 16.12 Uhr
(eine Stunde später)

Als der Lastwagen auf den Parkplatz hinter dem Wald rumpelte, wurde es still in der Kommandozentrale. Sie waren keine fünfhundert Meter von ihrem Ziel entfernt, und doch durften sie nichts überstürzen. Zu groß war die Gefahr, dass sie Ioana gefährdeten, falls sie noch am Leben war. Es war sehr riskant, Psychopathen in die Enge zu treiben, wusste Solveigh. Besonders, wenn sie bei etwas gestört wurden, was ihnen wichtig war. Und ohne Zweifel war dem Täter nichts wichtiger als seine Königin.

»Ihre Einschätzung?«, fragte Solveigh den Leiter der Grupo Operacionais de Intervenção.

Der Mann kratzte sich am Bart: »Schwer zu sagen von hier aus«, sagte er und betrachtete die Bilder, die der Reaper von der Scheune sendete. Er flog Warteschleifen direkt über ihren Köpfen und behielt ihr Zielobjekt ständig im Blick. »Ich würde sagen, siebzig zu dreißig, dass wir sie lebend rausbekommen.«

»Das reicht mir nicht«, sagte Solveigh, die selbst eine Ausbildung für Spezialeinsätze absolviert hatte. Sie trainierte zu wenig, aber die Taktiken waren ihr geläufig. Sie würden mit einer Blendgranate reingehen und hoffen, dass er überrascht wurde. Es war keine schlechte Taktik. Aber eben eine, die normalerweise gegen bewaffnete Verbrecher eingesetzt wurde, nicht gegen einen Psychopathen, den niemand einschätzen konnte. Es gab einen Grund, warum Solveigh Liliana mitgenommen hatte. Denn sie war nicht ohne einen Plan in den Flieger gestiegen. Das Problem war, dass niemand sagen konnte, ob er funktionierte. Oder ob er Ioana eine bessere Chance bot. Mit einem jedoch hatte der Portugiese recht: Sie hatten zu wenig Informationen. Sie mussten näher ran.

KAPITEL 101

Veiros, Portugal
Dienstag, 6. August 2013, 16.14 Uhr (zur gleichen Zeit)

Als der letzte Tropfen der Chemikalie in die Badewanne geflossen war, setzte der Mann den Kanister ab. Er wischte sich den Schweiß von der Stirn und zog die gelben Handschuhe aus. Er zerrte an den Hanfseilen, die über der Wanne hingen, und legte sie in großen Schlaufen neben die Badewanne. Ioana schreckte auf, als erneut das Pumpen ertönte, das sie schon am Morgen gehört hatte. Jetzt konnte sie die Apparate sehen, die unter einer Decke verborgen gewesen waren. Vier Schläuche führten von ihnen zu zwei Plastikeimern, die auf einer kleinen Bank standen. Er hielt die Schläuche einen nach dem anderen mit dem Daumen zu, als überprüfte er, dass genügend Druck vorhanden war. Zufrieden hängte er sie über die Lehne der Bank und stellte die Maschine ab. Er trat vor sie und umfasste ihr Gesicht mit seinen Händen. Die Schwielen strichen über ihre Wangen.

»Es ist so weit, meine Königin«, sagte er. »Bist du bereit?«

Ioana wurde schwarz vor Augen.

KAPITEL 102

Mora, Portugal
Dienstag, 6. August 2013, 16.15 Uhr (zur gleichen Zeit)

Paul Regen schlich hinter Solveigh und Liliana durch das hüfthohe Gras. Die Scheune lag in einer sanften Senke zwischen dem Wald und einem Feld, das offenbar nicht bestellt wurde. Etwa einhundert Meter vor dem Gebäude gab ihnen Solveigh das Zeichen anzuhalten. Neben sich hörte Paul Regen das leise Rascheln der vorrückenden Polizisten im Gras. Sie sahen aus wie ein Überfallkommando, mit schwarzen Schutzanzügen und Sturmhauben auf dem Gesicht. Solveigh und Liliana knieten zwischen den verdorrten Halmen. Paul Regen fragte sich seit ihrem Abflug aus Deutschland, warum Agent Lang darauf bestanden hatte, sie mitzunehmen. Was hatte sie mit ihr vor? Er beobachtete, wie sich zwei der Polizisten von der Seite, auf der der Bus geparkt war, der Scheune näherten. Sie hatten die Bretterwand schon fast erreicht. Sie würden ein Loch bohren und eine Miniaturkamera hindurchschieben. Und dann würden sie sich entscheiden müssen.

»Bestätige Position«, flüsterte jemand über den Lautsprecher in seinem Ohr, den ihm einer der portugiesischen Polizisten gegeben hatte.

»Audiovisuelle Lagebestätigung genehmigt«, sagte der Chef der Truppe aus dem Van.

Paul hörte das leise Summen eines elektrischen Bohrers, als sich das scharfe Metall durch das Holz fraß. Es vergingen Sekunden, bis sich erneut der Polizist an der Scheune meldete.

»Zwei Personen, Geisel liegend, Verdächtiger in unmittelbarer Nähe. Geisel offenbar mit medizinischem Gerät verbunden.«

»Das mache ich nicht«, hörte er Solveigh raunen, mehr zu sich selbst. »Viel zu riskant.«

»Zugriff nur nach ausdrücklichem Befehl«, sagte sie in den Sprechfunk.

Paul hörte sie doppelt, wie ein schnelles Echo.

»Geisel lebt, wiederhole: Geisel lebt«, sagte der Mann an der Kamera. »Zugriff möglich.«

Solveigh schien zu zögern.

»Was meinen Sie, Regen?«

Paul Regen dachte nach. Eine Sekunde, zwei Sekunden. Zu lange. Wir wissen, dass er die Opfer ausbluten lässt und dass er ihnen Chemikalien einflößt. Vermutlich war das Gerät, das der Polizist erwähnt hatte, genau dazu bestimmt. Das heißt, ihnen lief die Zeit davon. Andererseits konnte man nicht wissen, ob er das Skalpell bereits an ihre Kehle hielt. Oder an ihre Beckenvenen, was bedeuten würde, dass ihnen noch viel weniger Zeit blieb, Ioana zu retten. Selbst bei einem Zugriff mit einer Blendgranate blieb genügend Zeit für einen schnellen Schnitt, einen Reflex. Ihm war nicht wohl dabei.

»Haben wir denn eine Alternative?«, fragte er.

Solveigh überlegte erneut. Wieder verstrichen wertvolle Sekunden. Was war Solveighs Plan mit Liliana? Und plötzlich wusste Paul, warum die Freundin unbedingt hatte mitkommen sollen. Es war so logisch, dass er sich fast ärgerte, dass er nicht selbst darauf gekommen war. Es war schon immer nur um die Königin gegangen. Paul nickte Solveigh zu. Es war riskant, aber immer noch besser als ein

Schnitt durch die Beckenvenen. Es wäre fast ihr sicherer Tod.

»Hör mir genau zu, Liliana«, flüsterte sie. »Wir brauchen jetzt noch einmal deine Hilfe.«

KAPITEL 103

Veiros, Portugal
Dienstag, 6. August 2013, 16.14 Uhr (zur gleichen Zeit)

Ioana spürte die Nadeln in ihren Venen kaum. Sie lag mit dem Rücken auf den Schlingen und starrte an die Decke. Der Mann zog an einem der Seile, die neben ihr von der Decke hingen. Sie fühlte, wie sich der Hanf hinter ihrem Rücken spannte und sie langsam, aber stetig anhob. Die Seilzüge knarzten auf ihren Rollen an der Scheunendecke, und Drehung für Drehung wurde Ioana nach oben gezogen. Es war diese Prozedur, die dazu führte, dass die Leichen nicht verwesten. Ein Bad aus Chemikalien und ein Cocktail, der ihr in die Venen gespritzt würde. Wenn die Pumpen ansprangen, wusste sie, dass ihr Blut durch die tödliche Flüssigkeit ersetzt würde. Wie lange würde es dauern, bis sie das Bewusstsein verlor und endlich schlafen durfte? Würde sie Schmerzen leiden? Das war alles, was jetzt noch zählte. Gibt es einen guten Tod? Der Mann hängte die Seile in einen Haken an der Wand. Ioana schwebte über der Wanne, die Dämpfe der Chemikalien stiegen ihr in die Nase und brachten ihre Augen zum Tränen. Sie verspürte keine Trauer mehr, nur noch Angst vor dem, was kam. Und auf einmal brachte ihr die Phantasie ein Schauspiel zum Abschied vom Leben. In ihrem Wahn sah sie Lila, wie sie die Tür zur Scheune aufzog und im Licht stand, ihre blonden Haare spiegelten die Sonne bis zu Ioana. Und sie hörte sie sagen: »Ich bin deine Königin! Sie ist die Falsche!«

Der Mann starrte Lila an. Selbst er spielte in ihrer Phantasie mit.

»Ich habe den Wettbewerb gewonnen!«, sagte Lila. Sie hatte sogar das Kleid angezogen, das jede, die es trug, zur Königin machte. »Sie ist nicht deine Königin!«

Lila sah in dem Kleid und in der Sonne wunderschön aus. Und Ioana wusste, dass sie die wahre Königin war. Jeder musste das erkennen. Der Mann rannte zu Lila.

»Das ist nicht wahr!«, schrie er, sein Gesicht zu einer wütenden Fratze verzerrt. »Ich weiß, dass sie meine Königin ist! Du bist nichts!« Er spuckte vor ihr auf den Boden. Als er nach Lilas Arm griff, um sie in die Scheune zu ziehen, fielen zwei Schatten über ihn her und drückten ihn zu Boden. Der Mann stöhnte. Es war ein schöner Traum, dachte Ioana. Sie war kurz davor, wieder das Bewusstsein zu verlieren, da spürte sie eine Hand auf ihrer Stirn. Es war eine Hand, die sie kannte. Lilas Hand. Und sie hörte Lilas Stimme, die sagte: »Ioana! Jetzt wird alles wieder gut. Es wird alles wieder gut. Ich habe dir doch versprochen, dass ich dich nicht im Stich lasse, oder?« Dann schlief Ioana ein. War das der Tod? Dass die Menschen, die man liebt, einem Lebewohl sagen? Ioana hatte es sich schlimmer vorgestellt.

KAPITEL 104

Veiros, Portugal
Dienstag, 6. August 2013, 16.39 Uhr
(zwanzig Minuten später)

Paul Regen beobachtete, wie Sanitäter Ioana aus der Scheune trugen. Sie würde überleben, aber ihre seelischen Verletzungen waren weit größer als die körperlichen. Liliana lief neben der Trage her und hielt ihre Hand. Die Mädchen würden sich in den nächsten Wochen gegenseitig brauchen. Paul Regen konnte nur ahnen, was ein derartiges Erlebnis für ein junges Leben bedeutete. Immerhin hatten sie die beiden retten können.

»Geben Sie mir auch eine von dem Teufelszeug«, sagte Paul Regen, an Solveigh Lang gewandt, die direkt neben ihm stand. Paul nahm ihr das Feuerzeug aus der Hand und zündete die Zigarette an. Der Tabak knisterte, als er den ersten Zug nahm. Paul hustete und gab Solveigh die Packung zurück.

»Man sollte nie mehr als eine Zigarette am Tag rauchen«, sagte Solveigh und trat die Kippe aus.

»Man sollte überhaupt nicht rauchen«, sagte Paul Regen. »Nicht gut für den Genpool.«

Er starrte in die milde Abendsonne und dachte an das, was sie in der Scheune erwartete. Die Kollegen hatten das Gebäude vor fünf Minuten für sicher erklärt, es gab keine Sprengfallen oder Ähnliches. Die Gefahr für Leib und Leben war gebannt. Aber die Männer, allesamt Polizisten, die einige Leichen in ihrem Berufsleben gesehen haben dürften, kamen mit bleichen Gesichtern aus der Dunkelheit. Neben

Paul Regen stützte sich einer auf sein Sturmgewehr und schnappte nach Luft. Das Betreten der Scheune barg eine Gefahr für die Seele. Trotzdem musste Paul mit eigenen Augen sehen, was Ezequiel Mota, so der Name des Täters, angerichtet hatte. Wofür so viele Menschen hatten sterben müssen. Paul Regen hatte oft versucht, sich das Schachbrett vorzustellen. Er war sich sicher, dass die Realität viel schlimmer sein würde als seine Phantasie. Mit der Rettung von Ioana fing die Arbeit erst richtig an. In den kommenden Wochen, vielleicht Monaten würden sie das Grauen katalogisieren müssen. Entführungstag, Tötungsjahr, Angehörige. Am Ende der Tour stand eine fein säuberlich ausgearbeitete Tabelle, die das Schreckliche verwaltbarer machen würde. Fassbarer würde die Tabelle das Grauen für Paul niemals machen. Er warf die Zigarette auf den Boden und atmete tief ein. Solveigh kam mit zwei Papieranzügen zurück, die sie zum Zweck der Spurensicherung tragen mussten. Als sie den dünnen Stoff über ihre Kleidung zogen, bot ihm Solveigh einen kleinen Tigel an.

»Kampferpaste«, sagte sie.

Paul Regen bedankte sich und strich mit dem Zeigefinger ein paar Milligramm auf die Oberlippe. Dann betraten sie die Scheune.

Zuerst sah Paul Regen nur Schatten. Schemenhafte Gestalten auf einem riesigen schwarz-weißen Brett. Auf manchen der Gesichter und Körper malten die schmalen Spalte zwischen den Brettern der Wände zackenförmige Lichtstreifen. Ezequiel Mota ließ seine Schachfiguren posieren, zusammen bildeten sie ein grauenerregendes Schauspiel. Trotz des Kampfers hatte Paul Regen den süßlichen Geruch von Leichen in der Nase. Ezequiel Mota hatte seine Methode verbessert, aber es nicht zur Perfektion gebracht. Plötzlich hörte Paul Regen das laute Klacken eines elektrischen Schalters. Scheinwerfer, die überall rund um das Schachbrett auf Stativen standen oder von der Decke hingen, erwachten summend zum Leben. Sie tauchten die Figuren in genau berechnetes Licht. Manche der Lampen strahlten gelblich, andere rot. Genau so hatte Ezequiel sein Kunstwerk konzipiert. Paul sah einen dürren Mann in der Soutane eines Bischofs, mit roten Knöpfen und einer purpurnen Schärpe. Mit beiden Händen streckte er ein Kreuz vor die Brust, sein Gesicht war hasserfüllt und ängstlich zugleich. Paul trat auf ein schwarzes Feld. Es war als kunstvolles Mosaik gearbeitet, verziert mit Ranken und Blüten von Pflanzen. Es musste ihn Jahre gekostet haben, alleine die Intarsienarbeiten fertigzustellen. Paul wurde klar, dass dies das Lebenswerk eines Mannes war. Das Lebenswerk eines Psychopathen. Eine junge Frau kniete hinter ihrem Schwert, den Kopf gesenkt. Sie betrachtete eine Figur am anderen Ende des Brettes. Paul ging in die Knie, um ihren Blickwinkel nachempfinden zu können. Er roch den Muff ihres groben Gewands. Und sah den schwarzen König, der mit ansehen musste, wie ein Mann in der weißen Papstkutte einem Bauern die Kehle mit einem Dolch aufschlitzte. Es sah so realistisch aus, dass Paul förmlich das Blut spritzen sah, obwohl die Klinge noch Zentimeter von der Halsschlagader entfernt war. Die Augäpfel des Königs geweitet in Panik, zwei Felder neben dem Attentäter ein Ritter mit weißem Banner auf dem Wams, bereit, den Königsmord zu vollenden, sollte der Priester nicht schnell genug sein. Paul musste sich daran erinnern, dass es echte Menschen waren, die hier auf dem Brett miteinander kämpften.

Die Plastinate sahen aus wie Wachsfiguren, und trotzdem steckte hinter jeder der über zwanzig Figuren ein Schicksal. Solveigh trat neben ihn und flüsterte: »Gespenstisch, nicht wahr?«

Paul Regen nickte und lief durch die Reihen. Er kannte die Stellung. In den vergangenen Wochen hatte er die Nächte damit zugebracht, die Geschichte des Schachspiels zu studieren. In der Hoffnung, seinen Täter damit überführen zu können. Auf Ezequiel Motas Brett erzählte jedes Gesicht seine Geschichte vom Krieg und der letzten Schlacht. Es stand alles in ihren Gesichtern. Der Triumph eines gewonnenen Kampfes oder die Opferbereitschaft einer unbeteiligten Figur. Und auf einmal erkannte Paul, dass Ezequiel nicht nur irgendein Schachbrett hatte erschaffen wollen. Es war ein ganz bestimmtes Spiel. Eine ganz bestimmte Situation, der individuelle Fehler des schwarzen Spielers vorausgegangen waren. Fehler, die Ezequiel Mota in seiner Interpretation verarbeitet hatte. Das Spiel war am 21. Juni 1851 in London ausgetragen worden. Adolf Anderssen, der Spieler mit den weißen Figuren, hatte einige spektakuläre Opfer gebracht, schließlich sogar seine eigene Dame, seine Königin, ins Verderben gestürzt. Nur um Lionel Kieseritzky schließlich mit einer Kombination aus Läufer und Springer matt zu setzen. Der Bischof und der Reiter, der Dolchstoß. Es war der Moment des Schachmatt, den Ezequiel Mota zum Vorbild genommen hatte. Der Moment des Schachmatt in der Unsterblichen Partie.

EPILOG 105

München, Deutschland
Freitag, 23. August 2013, 18.19 Uhr
(zweieinhalb Wochen danach)

Solveigh klappte den Laptop zusammen und verstaute ihn in ihrer Tasche, während Adelheid Auch Eddy dabei half, den Kabelsalat hinter seinen Monitoren aufzurollen. Dann ging sie nach nebenan, wo Paul Regen an seinem Schreibtisch saß und telefonierte. Er winkte sie herein, und Solveigh lehnte sich an die hölzerne Schrankwand. Es ging um Ioanas und Lilas Asylanträge, die immer noch nicht bearbeitet worden waren. Solveigh warf ihm einen fragenden Blick zu, aber Paul Regen schüttelte den Kopf. Als er aufgelegt hatte, schürzte er die Lippen.

»Verdammte Bürokraten«, sagte er.

Solveigh nickte: »Ich habe ihr versprochen, dass wir uns darum kümmern.«

»Ich weiß«, seufzte Paul Regen. »Sie behaupten, ich hätte keine Weisungsbefugnis in dem Fall und dass sie keine Ausnahmen machen könnten.«

Er rutschte unruhig auf dem Stuhl hin und her.

»Als ob ich das nicht selbst wüsste. Ich werde die morgen wieder anrufen. Und übermorgen. Und am Tag danach. Bis sie einen Schweißausbruch kriegen, wenn sie nur meine Nummer sehen.«

Solveigh lachte: »Ich kann mir gut vorstellen, dass Sie damit durchkommen.«

»Ich habe ja jetzt Zeit«, sagte er. Natürlich wusste Solveigh, dass es ironisch gemeint war. Paul Regen und Adelheid Auch würden noch Monate mit dem Fall beschäftigt sein. Es galt in nicht weniger als dreiundzwanzig Fällen, die Leiche zu identifizieren, den Todeszeitpunkt zu bestimmen und die Tat zu rekonstruieren. Ezequiel Mota war in eine psychiatrische Klinik eingeliefert worden und sprach kein Wort. Er würde sie nie mehr verlassen, aber das machte auch keinen der Menschen, die für seine groteske Mission ihr Leben lassen mussten, wieder lebendig. Für seine unsterbliche Partie.

»Was wurde eigentlich aus dem zweiten Mann in dem BMW?«, fragte Paul Regen unvermittelt. Während ihres Flugs mit der Transall nach Portugal hatte Eddy ihr das Bild gezeigt. Den Mann mit den markanten Gesichtszügen auf dem Beifahrersitz des Autos, das Ioana zu dem Rastplatz nach Belgien gebracht hatte. Paul Regen musste ihr Gespräch belauscht haben. Solveigh spürte, wie sich die Fingernägel in die Innenfläche ihrer rechten Hand bohrten. Das war der bittere Nachgeschmack von ELMSFEUER, und Paul Regen hatte mit seiner Frage den Finger in die offene Wunde gelegt.

»Matteo Taccola ist nach wie vor flüchtig«, sagte Solveigh. »Procuratore Bonardi sagt, die durchschnittliche Zeit, bis ein untergetauchter Mafiaboss gefasst wird, liegt bei fünfzehn Jahren. Und dass es wenig Gründe gibt, warum es bei Matteo anders sein sollte.«

Paul Regen kratzte sich am Kinn.

»Klingt nicht gut«, sagte er schließlich.

»Ist es auch nicht«, gab Solveigh zu.

»Und der Herr Rames hat keinen Trick mehr in seinem Zauberkasten?«

Solveigh schüttelte den Kopf.

»Ich könnte mir vorstellen …«, sagte Paul, als er von einem energischen Klopfen unterbrochen wurde.

Adelheid Auch stand im Türrahmen. »Sie wollen uns sehen«, sagte sie.

»Wer ist sie?«, fragte Paul Regen.

»Der Kriminaldirektor und der Präsident«, sagte sie.

»Sofort?«, fragte Paul Regen und stand auf. Er warf einen kritischen Blick auf sein Hemd, versuchte, es glatt zu streichen, und gab wenig später achselzuckend auf.

Adelheid Auch nickte: »Ja, sie haben gesagt, die Herren warten schon.«

Solveigh griff nach ihrer Tasche.

»Nein, nein«, hielt sie die alte Kriminalhauptmeisterin zurück. »Sie, der Herr Lagrand und der Herr Rames auch.«

Selbst nach fast vier Wochen in einem Büro hatte sie nicht gelernt, seinen Namen spanisch auszusprechen. Solveigh stellte ihre Tasche wieder auf den Boden.

—

Als Solveigh hinter Paul Regen das Büro des Präsidenten betrat, hörte sie eine vertraute Stimme.

»Wenn der Berg nicht zum Propheten kommt …«, sagte Will Thater in Anspielung auf die verpasste Feier zum Abschluss von ELMSFEUER.

Der Präsident des Landeskriminalamts nahm ein Glas Sekt von dem Tablett, das ihm eine seiner Sekretärinnen hinstreckte, und drückte es ihr in die Hand. Die gesamte SoKo »Schachspieler« stand in einem Halbkreis um den Konferenztisch, sogar Bernd Tauscheck hatte eine Einladung bekommen, was sicherlich auf Adelheid Auchs Konto ging, die einen Narren an ihm gefressen hatte. Natürlich hatte er es verdient, mit ihnen hier zu stehen. Ohne ihn hätten sie Lila niemals schnell genug gefunden. Solveigh beobachtete, wie Paul Regen Polizeidirektor Wochinger misstrauisch beäugte. Der jedoch schien es nicht zu bemerken und war offenbar blendend gelaunt. Solveigh zog ihr Handy aus der Hosentasche und riskierte einen verstohlenen Blick. Fabio Lonzi hatte sich noch nicht auf ihre SMS gemeldet. Ausgerechnet jetzt, da sie ihn unbedingt treffen wollte.

»Kriminalhauptkommissar Regen, Kriminalhauptmeisterin Auch, das war gute Arbeit!«, sagte der Präsident und hob das Glas. »Und unser Dank gilt selbstverständlich auch der ECSB, die uns tatkräftig bei der SoKo ›Schachspieler‹ unterstützt hat«, fuhr er fort. »Ich würde behaupten, das war ein Musterbeispiel für erfolgreiche europäische Polizeiarbeit.«

Perfektes Politikerdeutsch, dachte Solveigh und beobachtete Paul Regen, dem Ähnliches durch den Kopf gehen dürfte. Er hatte ihr erst vor drei Tagen gestanden, welch ein Albtraum es gewesen war, auch nur die notwendigsten Informationen aus dem Ausland zu bekommen. Er grinste, als er bemerkte, dass sie ihn anschaute.

»Und ich darf verkünden, dass dem Asylantrag der beiden geretteten Mädchen heute auf Weisung des Staatsministeriums des Inneren stattgegeben wurde. Sie dürfen in Deutschland bleiben und hier ihre Ausbildung abschließen.« Der Präsident sagte es so stolz, als habe er selbst dafür gesorgt, dass Ioana und Liliana nicht abgeschoben wurden. Dabei war Solveigh sicher, dass Will Thater beim Innenministerium seinen Einfluss geltend gemacht hatte. Sie hatte ihn darum gebeten. Sie hatte ihnen schließlich ihr Versprechen gegeben.

»Auf Sie, meine Damen und Herren.« Er hob das Glas,

und alle nippten einen Anstandstropfen. Der Sekt des Präsidenten des Bayerischen Landeskriminalamts schmeckte süßlich und nach Pfirsich. Während Kriminaldirektor Wochinger Will Thater ein Gespräch aufdrängte, nahm Paul Regen Solveigh zu Seite.

»Ich habe drüber nachgedacht«, raunte er vor der Fensterfront. Er beobachtete eine Baustelle unten auf der Straße.

»Worüber?«, fragte Solveigh.

»Über Ihren flüchtigen Raben. Matteo Taccola.«

Erneut ballte Solveigh im Reflex die Hand zur Faust und warf einen Blick aus dem Fenster. Die Baumwipfel schwankten im Wind, und der Park hinter dem Gebäudekomplex auf der anderen Straßenseite sah friedlich aus.

»Ich glaube, ich weiß, wie Sie ihn kriegen können«, sagte Paul Regen.

»Tatsächlich?«, fragte Solveigh. Bei der ECSB hatten mehrere Analystenteams Wochen damit zugebracht, ohne zu einem Ergebnis zu kommen.

»Versteigern Sie sein Haus«, schlug er vor.

»Die Villa?«, fragte Solveigh.

»Er wird ja kaum mittellos sein, oder? Irgendwo wird er schon noch ein paar Millionen gebunkert haben. Und dann wird er mitbieten, da gehe ich jede Wette ein.«

Solveigh überlegte. Natürlich hatten sie nicht alle Konten der Taccolas ausfindig machen können. Und wenn er erfuhr, dass das Stammhaus der Familie unter den Hammer kam? Ihr dämmerte, dass es funktionieren könnte.

»Und dann muss der Herr Rames nur noch seinen Zauberkasten anwerfen und dieses Programm, mit dem sie jedes Telefonat mitschneiden können, und schon haben Sie Ihren Mann.«

Natürlich. Selbst wenn er über einen Mittelsmann bot, würden sie das Telefonat zurückverfolgen können. Er konnte noch so viele verschiedene Relais einbauen, PRISM und Tempora würde er nicht entkommen. Solveigh spürte, wie sich ihre Faust entspannte. Sie würden ihn kriegen. Matteo Taccola würde für seinen feigen Anschlag auf ihre Kollegen bezahlen. Dieser Regen war tatsächlich ein Fuchs. Sie war gespannt, ob das LKA in Zukunft mehr Gebrauch von seinen Fähigkeiten machen würde, jetzt, da sie den »Schachspieler« geschnappt hatten. Noch immer wusste sie nicht, was in jenem Sommer zwischen ihm und dem Kriminaldirektor Wochinger vorgefallen war, und vermutlich würde sie es niemals herausfinden.

»Kriminalhauptkommissar Regen«, sagte Solveigh und hob ihr Glas. »Es war mir ein Vergnügen, mit Ihnen zu arbeiten.«

Beide tranken einen Schluck von dem pappsüßen Sekt und waren sich in diesem Moment, ohne es auszusprechen, einig. Über Kriminaldirektor Wochinger, den Sekt des Präsidenten und einiges mehr.

»Interessiert es Sie, wie ich drauf kam?«, fragte Paul Regen schließlich.

»Lassen Sie mich raten …«, sagte Solveigh.

»Sie sollten mehr spazieren gehen, Frau Lang.«

Paul Regen grinste.

Danke

Jedes Buch ist ein Abenteuer, für den Leser wie für den Autor. Und wie bei jedem anständigen Abenteuer muss man sich nicht ganz alleine durch den finsteren Wald kämpfen, sondern weiß glücklicherweise tapfere Mitstreiter an seiner Seite. Wie immer gehen alle Fehler, Vereinfachungen und dramaturgisch notwendigen Veränderungen allein auf meine Kappe.

Besonderer Dank gebührt diesmal den Abenteurern:

Kriminalhauptkommissar Ludwig Waldinger vom Bayerischen Landeskriminalamt, der mir nicht nur die Gebäude gezeigt, sondern auch meine sehr lange Fragenliste mit Engelsgeduld beantwortet hat.

Kriminalhauptkommissar Werner Kraus vom Polizeipräsidium München, der sehr spannend über Menschenhandel und verdeckte Ermittlungen zu berichten wusste.

Valentina Müller und Dmitrij Omarov, die mir Moldawien und seine Kultur und den Alltag dort nähergebracht haben, und Dorlies Jessel für den Kontakt.

Michi Schlegel und Miriam Semrau für das Lesen einer sehr frühen Fassung und ihr wertvolles Feedback.

Dem Team von Paul Regens Stammkneipe für die Gastfreundschaft.

Unseren Eltern sowie Lilli Walter für die Unterstützung bei dem Versuch, das Bücherschreiben und einen Haushalt mit einem kleinen Kind unter einen Hut zu bekommen – allen voran der mit dem Löwenanteil Elke Saborowski.

Meiner Lektorin Katrin Andres für einen furiosen Ritt auf einer gekürzten Timeline mit Abgabe direkt vor der Buchmesse, es hat Spaß gemacht wie immer.

Dem gesamten Team vom Piper Verlag für die Unterstützung von A wie Auslieferung bis Z wie Zentrale.

Meinem Agenten Dirk Rumberg für seinen unermüdlichen Einsatz, an welcher Front auch immer es grade brennt.

Und Katharina, wie immer: einfach für alles.

Den Buchhändlerinnen und Buchhändlern von Aurich über Wien bis nach Zürich für ihre Begeisterung und ihr Engagement.

Und last not least möchte ich mich bei meinen Leserinnen und Lesern bedanken: Danke für Ihre Neugier, Ihre Rezensionen, Ihr Lob oder auch Ihre Kritik! Dafür schreiben wir.

Wie immer freue ich mich über Post unter
js@jenksaborowski.de

Herzlich,
Ihr und Euer

Jenk Saborowski
im September 2013

Ben Berkeley

Judaswiege

Thriller. 448 Seiten.
Piper Taschenbuch

»Schau unter den Fahrersitz, Jessica.« Mit Autobomben zwingt ein Psychopath junge Frauen in abgelegene Waldgebiete und ermordet sie mit einem mittelalterlichen Folterwerkzeug, der Judaswiege. Doch schon bald ist ihm das nicht mehr genug: Er stellt Videos von seinen grausamen Taten ins Netz, getarnt als harte Pornografie. Ein schwieriger Fall für Sam Burke, Psychologe und leitender Ermittler beim FBI. Hilfe von unerwarteter Seite erhält er durch seine Ex-Partnerin Klara »Sissi« Swell, die sich bei ihren Untersuchungen jedoch am Rande der Legalität bewegt. Können sie den brutalen Killer stoppen?

05/2680/01/L

Michael Kibler

Todesfahrt

Kriminalroman. 336 Seiten.
Piper Taschenbuch

Als in einem Wald bei Darmstadt die Leiche des Amerikaners William Fishkin auftaucht, steht die Polizei vor einem Rätsel: Warum wurde der Mann erschlagen? Und weshalb hielt er sich überhaupt in Deutschland auf? Bald stellt sich heraus, dass Fishkin als Privatdetektiv arbeitete, sein letzter Aufenthalt in Hessen jedoch war rein privater Natur – er war auf der Suche nach seinem Erzeuger. Obwohl dieser seine Vaterschaft gleich anerkannte, schien irgendetwas nicht zu stimmen. Denn warum hat Fishkin sich sonst bei der amerikanischen Polizei nach mysteriösen Todesfällen vor vierzig Jahren erkundigt? Allmählich kommen die Ermittler einem düsteren Geheimnis auf die Spur, dessen Kenntnis fatale Auswirkungen hat …

»Eine spannende Handlung vor gründlich recherchiertem lokalen Hintergrund.«
Darmstädter Echo zu »Schattenwasser«

05/2723/01/R